NATASCHA SAGORSKI

Männerschlussverkauf

Buch

Eigentlich hätte Anna wunderbare Flitterwochen auf einer kleinen Karibikinsel verbringen sollen, hätte sie nicht ihren Fast-Ehemann auf der Wohnzimmercouch mit einer anderen Frau entdeckt. Kurzerhand entwirft Annas beste Freundin Leonie einen alternativen Lebensplan, holt sie zu sich nach München und besorgt ihr einen Job in der TV-Redaktion von *Flash!*. Doch Annas Werdegang als Redakteurin entwickelt sich komplizierter als zuvor angenommen. Zum Glück hat sie Leonie und den Moderedakteur Manuel an ihrer Seite, gemeinsam meistern sie alle boulevardesken Fehlschläge, und aus der einst biederen Jurastudentin wird eine echte Fashionprinzessin. Und auch von Tom, dem Starmoderatoren und Redaktionsschwarm von *Flash!*, bleibt diese Wandlung nicht unbemerkt. Doch Anna wäre nicht Anna, wenn nicht zwei Nummern zu große Jimmy-Choo-Highheels, ein unglücklicher Sturz und viele Missverständnisse ihr Glück aufs Neue ins Wanken bringen würden…

Autorin

Natascha Sagorski, geboren 1984 in Karlsruhe, studiert, shoppt und schreibt heute in München. Neben ihrer Tätigkeit als Autorin arbeitet sie seit Dezember 2010 u.a. als Kolumnistin bei dem Sender Pro7.

Natascha Sagorski

Männer-schlussverkauf

Roman

blanvalet

FSC
www.fsc.org
MIX
Papier aus verantwortungsvollen Quellen
FSC® C014496

Verlagsgruppe Random House FSC-DEU-0100
Das FSC®-zertifizierte Papier *Holmen Book Cream* für dieses Buch
liefert Holmen Paper, Hallstavik, Schweden.

1. Auflage
Deutsche Originalausgabe März 2013 bei Blanvalet,
einem Unternehmen der Verlagsgruppe Random House GmbH,
München.

Dieses Werk wurde durch die Literarische Agentur
Michael Gaeb vermittelt.
Umschlagillustration: Johannes Wiebel | punchdesign
Redaktion: Angela Troni
ED · Herstellung: sam
Satz: Uhl + Massopust, Aalen
Druck und Einband: GGP Media GmbH, Pößneck
Printed in Germany
ISBN: 978-3-442-37990-3

www.blanvalet.de

Für Mama,
die mein Vorbild, meine Freundin,
meine liebste Reisegefährtin,
meine weiseste Ratgeberin
und das genaue Gegenteil
von Annas Mutter ist.

(K)eine Zugfahrt unter Palmen oder Warum immer ich???

Shoppingbeutetagebuch:

Zauberhafte Business-juhu-ich-starte-in-ein-neues-Leben-und-es-macht-mir-gar-nichts-aus-dass-mein-Bräutigam-mich-betrogen-hat-Kleider in angesagten Knallfarben: 6

Passende Schuhe: 18 (aber die Hälfte davon kann ich kostenlos zurückschicken, falls sie zu schmerzhaft sein sollten)

Absolut schreckliches, geschmackloses Werbe-T-Shirt in Übergröße: 1 (genau genommen geschenkt bekommen und nicht geshoppt. Das macht es aber auch nicht besser …)

Bis vor ungefähr achtunddreißig Stunden und zehn Minuten hat mein altes Leben noch vorgesehen, dass ich mich heute an einem blendend weißen Karibikstrand in der Sonne aalen und prickelnden Champagner aus dem Bauchnabel meines frisch angetrauten Ehemanns Marcel, einem ebenso erfolgreichen wie gut aussehenden Fachanwalt für Wirtschaftsrecht, schlürfen sollte.

Sie fragen sich, warum ich das dann bitte in diesem Augenblick nicht tue?

Die Ursache dieses etwas, nun ja, ungeplanten Umstands fußt wohl in der Tatsache, dass ich ziemlich genau vor diesen achtunddreißig Stunden und zehn Minuten herausgefunden habe, was mein bezaubernder Verlobter in unserer Wohnung so treibt, während ich seiner Meinung nach an anderen Orten weile (in diesem Fall bei der finalen Kleideranprobe im Brautausstattungsgeschäft). Ich habe Marcel nämlich vor besagten achtunddreißig Stunden und zehn Minuten auf der Wohnzimmercouch mit einer BWL-Studentin aus dem zweiten Semester erwischt. Das heißt, *auf* der Couch habe ich nur ihn erwischt. Sie kniete davor. Das hat die Sache allerdings auch nicht wesentlich besser gemacht.

»Sehr geehrte Damen und Herren, dieser Zug kann heute aufgrund von technischen Problemen die geplante Reise nach München nicht antreten. Wir bitten Sie daher, auf andere Züge auszuweichen. Weitere Informationen erhalten Sie über die Lautsprecherdurchsagen auf den Bahngleisen. Wir bitten um Ihr Verständnis.«

Es ist 08.06 Uhr am Morgen, und ich sitze mit zwei Reisekoffern, rasendem Puls und einer sich langsam steigernden Schnappatmung in einem gnadenlos überfüllten und alles andere als gut klimatisierten ICE-Abteil und starre alle dreißig Sekunden panisch auf die Uhr meines Handys. Eigentlich sollte ich längst irgendwo zwischen meinem alten Studienort Augsburg und meiner neuen Heimat München sein, denn pünktlich um 09.00 Uhr beginnt dort heute mein erster Arbeitstag in einer der größten TV-Redaktionen Deutschlands. Eigentlich beginnt heute noch viel mehr: mein neues Leben sozusagen.

Während ich versuche, möglichst cool auszusehen und meine wachsende Verzweiflung hinter einem professionellen Lächeln zu verbergen, geht mir im Kopf nur eine Frage herum: Wieso passiert so was immer nur mir???

Wer sonst wird einen Tag vor seiner Hochzeit von seinem Verlobten auf der eigenen Couch (auch noch der neuen aus weißem Kamelleder, einem echten Schmuckstück, das ich in dem unglaublich edlen Einrichtungshaus in der Fußgängerzone entdeckt habe) betrogen? Wer sonst muss freitagmorgens mit zwei überquellenden Koffern den improvisierten Umzug zu seiner besten Freundin über die Bühne bringen und gleichzeitig versuchen, irgendwie pünktlich zum ersten Arbeitstag im neuen Job (von dem ich übrigens keine Ahnung habe) anzutreten, während parallel die eigene Mutter die Mailbox mit üblen Beschimpfungsnachrichten vollmüllt. Dass ihre Tochter (also ich) gerade ihr Leben wegwerfe, will sie mir weismachen, außerdem dass ja wohl jeder Mann mal fremdgehe, das dürfe man so eng nicht sehen.

Ich frage Sie, WER muss das alles NOCH gleichzeitig bewältigen? WER NOCH??? Richtig: niemand. Nur ich, Anna Abendrot (ich habe mir meinen Namen nicht ausgesucht), studierte Fast-Juristin, zukünftige Hochstapler-Journalistin, ehemalige Beinahe-Ehefrau und Opfer des gemeinsten Schicksals aller Zeiten. Und jetzt fällt auch noch der Zug aus.

Wissen Sie eigentlich, wie schwierig es ist, den Inhalt eines exakt 3,75 Meter langen Kleiderschranks in zwei handelsübliche Reisekoffer zu pressen? Nein, das können Sie vermutlich gar nicht wissen, denn außer mir wird noch nie jemand auf die Idee gekommen sein, ein solch abstruses Kunststück auch nur zu versuchen. Zu meiner Verteidigung muss ich sagen, ich hatte nicht wirklich eine Wahl.

Nachdem Marcel sich von seiner frisch gelockten studentischen Saugglocke befreit hatte und mir mit Dackelblickaugen ins Schlafzimmer gefolgt war, um mir zu erklären, dass alles »ganz anders ist, als es auf den ersten Blick den Anschein hat«, schlug ich ihm mit aller Theatralik, die ich in diesem Moment aufbringen konnte (was angesichts meiner unglaublichen Wut kein allzu großes Kunststück war), meinen maßangefertigten Chiffonschleier mit den handgestickten chinesischen Kirschblüten aus Wildseide, den ich von der Anprobe mitgebracht hatte, um die Ohren. Immerhin gelang es mir dadurch, Marcel zur Flucht in die Küche zu bewegen, und anstatt eine unüberlegte Straftat zu begehen und den Mistkerl mit meinem japanischen Keramikmesser (ein Geschenk meiner Mutter) abzustechen, rauschte ich mit wehenden Haaren zurück ins Schlafzimmer, zerrte wie von Sinnen unsere alten Ersatzreisekoffer unter dem Bett hervor und begann das Innenleben meines Kleiderschranks herauszureißen und so gut es ging in den Hartschalenkoffern zu verstauen.

Irgendwie schaffte ich es bis auf meine Handtaschen und die Winterkleiderabteilung sowie ein paar anderen Kleinigkeiten (na ja, das graue Seidenkostüm von Zara habe ich sowieso nie wirklich richtig gemocht) tatsächlich, den Großteil meiner Lieblingssachen im Wurf-und-Knüll-Verfahren in den alten Koffern unterzubringen. Die neuen standen schon fertig gepackt für die Flitterwochen bei Marcels Eltern. Ohne noch mehr Zeit zu verschwenden (zum Beispiel mit dem Heraussuchen meiner Lieblings-DVDs inklusive der Limited-*Sex-and-the-City*-Premium-Edition, die Julia nun unbedingt noch für mich abholen muss), schnappte ich mir dann Marcels Autoschlüssel vom Schlüsselbrett im Flur und flüchtete gemeinsam mit den beiden Koffern und ein paar vollgestopften Tragetaschen in seinem graumatten Audi mit qualmenden Reifen (das laute Quietschen auf dem Asphalt war wenigstens eine minimale Genugtuung) zu meiner Freundin Julia.

Dort musste ich mich dann (der Lage durchaus angemessen) erst einmal heillos betrinken und kiloweise Pommes in mich hineinstopfen (Marcel hasst es nämlich, wenn ich Pommes esse, weil die einer Anwaltsgattin und ihrem dünnen Hintern nicht würdig sind). Dann bat ich Julia, meine

Mutter anzurufen und dieser die Aufgabe zu überlassen, die Welt über die geplatzte Hochzeit ihrer Tochter zu informieren. Ich selbst zog es vor, mich in den folgenden vierundzwanzig Stunden erst einmal vor der Außenwelt zu verstecken und mich totzustellen. Na ja, abgesehen von einem Anruf bei Leonie, meiner allerbesten Freundin, und ein paar Not-Onlineshopping-Einkäufen, die ich dringend tätigen *musste*, nachdem Leonie mir im Eilverfahren ein neues Leben und einen neuen Job organisiert hatte.

Leonie lebt in München und war am Telefon über die Maßen begeistert, dass ich den »verklemmten, arroganten Anwaltsvollidioten«, wie sie sich ausdrückte, endlich in den Wind geschossen hatte. Nachdem sie mir neunzig Minuten lang erklärt hatte, wie froh ich doch sein könne, und mich zum geschätzten siebenundfünfzigsten Mal zu meiner richtigen Entscheidung beglückwünschte, fing ich fast selbst an zu glauben, dass die Trennung von Marcel meine Entscheidung war und nicht das Resultat der Couchgymnastik dieser fremdgehenden Kanaille. Meine genuschelten Einwände (Julias ordentlich gefülltes Prosecco-Lager für Krisenzeiten hatte mich glücklicherweise hinreichend betäubt) ignorierte Leonie einfach und verkündete, das Wichtigste für mich seien jetzt erst einmal die zwei großen A: Abstand und Ablenkung. Und zwar nicht nur von Marcel, sondern auch von meiner laut Leonie völlig durchgedrehten Mutter, die meine Freundin offenbar laut keifend angerufen und sie zu überzeugen versucht hatte, mich doch noch zu der Hochzeit zu überreden. Selbstverständlich ohne Erfolg.

Stattdessen stellte meine fabelhafte Freundin einen Plan auf, wie wir die zwei großen A so schnell wie möglich realisieren konnten: Ich würde sofort und ohne große Umwege zu ihr nach München ziehen und in derselben TV-Boulevard-Redaktion anfangen. Leonie war im vergangenen Monat zur leitenden Redakteurin befördert worden und hatte ausgerechnet letzte Woche als eine ihrer ersten Amtshandlungen eine junge Redakteurin gefeuert, die sich am Mann einer Kollegin vergriffen hatte (Ha! Nieder mit den Fremdgängern!). Die laut Leonie komplett talentfreie Redakteurin hatte es geschafft, sich innerhalb von sechs Monaten aufgrund ihrer Berichterstattung acht einstweilige Verfügungen von Anwälten dünnhäutiger Prominenter einzufangen, weshalb sie sowieso auf der Abschussliste stand.

Nun wurde in der Redaktion also dringend eine neue Mitarbeiterin gesucht, und da ich mich als Beinahe-Juristin zumindest mit dem Vermeiden von einstweiligen Verfügungen ganz gut auskannte, schaffte es Leonie, ihre Chefin (angeblich ein richtiges Biest) tatsächlich davon zu überzeugen, mir eine Chance zu geben. Meinen Einwand, dass ich noch nie als Journalistin gearbeitet hatte, schoss Leonie direkt in den Wind: »Die checken doch gar nicht, dass du keine Ausbildung in der Branche hast, da arbeiten eh nur Flaschen.« Als ich immer noch zögerte, schmetterte sie mir die entscheidenden Sätze durch die Leitung: »Du brauchst jetzt einen Neuanfang, Anna! Und dein Jurastudium hast du immer gehasst. Mach einen Cut, komm nach München, schneid dir die Haare ab, werde ein neuer Mensch und lass den Mistkerl einfach hinter dir. Du wirst sehen, das ist das Beste, was du tun kannst!«

Na ja, was soll ich sagen, ich habe das Studium wirklich immer gehasst. Und irgendwie wusste ich, dass Leonie recht hatte. Mein ursprünglicher Lebensplan war jedenfalls gerade so gründlich gescheitert, dass die von Leonie vorgetragene Version im Moment irgendwie meine einzige Alternative war. Und so schlecht klang sie (abgesehen vom Haareschneiden) ja auch nicht. München fand ich schon immer toll, Fernsehen schaue ich auch gerne, und Leonie ist mir der drittliebste Mensch auf Erden. Nachdem meine Mutter sich als heiratsgeile, illoyale Marcel-Unterstützerin und mein Verlobter sich als elendiger Mistkerl geoutet hatten, sogar der liebste. Ganz ehrlich, ich glaube, hätte Leonie mir vorgeschlagen, morgen auf einem Greenpeace-Boot voller Walschützer vor der japanischen Küste anzuheuern, hätte ich selbst das getan. Ich wollte einfach nur weg aus Augsburg, weg von meinem Leben, weg von Marcel. Da der Fernsehjob in München erst mal leichter zu realisieren war als ein hypothetischer Umweltaktivistentrip nach Asien, fiel mir die Entscheidung nicht wirklich schwer.

Deswegen stehe ich jetzt also auf dem Gang eines Regionalzuges (mittlerweile bin ich umgestiegen und mit mir anscheinend die gesammelte Pendlerarmee Süddeutschlands) vor einer besonders übelriechenden Toilette und versuche mit angehaltenem Atem das Gleichgewicht zu halten, ohne gleichzeitig blau anzulaufen. Weil die ganze Zeit einer meiner beiden Koffer (und manchmal sogar beide gleichzeitig) gegen meine Schienbeine poltern, schmerzen die mittlerweile so sehr, dass ich bei jedem Ruckeln laut pusten muss, um nicht aufzujaulen. Obwohl der Zug heftiger schwankt als ein altersschwaches Kamel, bewegt er sich leider auch nicht viel schneller fort als ein lebendiges Wüstenschiff kurz vor dem Ruhestand und bleibt noch dazu alle fünf Minuten stehen.

Mittlerweile ist es 09.06 Uhr, und ich müsste seit sechs Minuten in der Redaktion sein. »Sei bloß pünktlich! Verena hasst Zuspätkommer!«, hallt mir Leonies eindringliche Ermahnung in den Ohren nach. Oh Gott, wenn sich der Zugführer nicht bald mal am Riemen reißt und endlich Gas gibt, wird mein neues Leben nicht viel weniger dramatisch starten, als das alte geendet hat.

Während ich meiner zunehmenden Panik, vermischt mit tiefem Selbstmitleid, immer weiter verfalle, spüre ich viel zu deutlich, wie mir ein kalter Schweißtropfen den frisch eingecremten Rücken hinunterläuft und auf Hüfthöhe in meiner weißen Bluse versickert. Als ich gerade versuchen will, den Stoff der Bluse möglichst so hinzuzupfen, dass er nicht gleich durchnässt wird, rammt mir ein Mittfünfziger im Anzug seinen Laptop in die Rippen. Um vor lauter Anspannung und plötzlichem Schmerz (zur Abwechslung mal oberhalb der Schienbeine) nicht loszuheulen und somit auch noch den Rest meines verschwitzten Make-ups zu ruinieren, drehe ich mich mit leidverzerrtem Gesicht zur Seite, woraufhin sich eine grüngesichtige Businessfrau auf meinen Busen übergibt.

»Ruhig bleiben, Augen schließen, Tränen zurückdrücken und bis drei zählen«, wiederhole ich mein Notfallmantra aus guten, alten Festivalzeiten und beschließe, dass dies alles nur ein böser Traum sein *kann*. Mein Verlobter *kann* mich gar nicht auf unserer Couch betrogen haben, während ich nichtsahnend das Hochzeitskleid anprobiert habe, der Großteil meiner mühsam zusammengeshoppten Lieblingsgarderobe *kann* gar nicht in zwei hartschaligen Koffern neben mir vor sich hin muffeln. Ich *kann* in Wirklichkeit eigentlich nur an einem einsamen Traumstrand in der Karibik sein und mich *nicht* in einem überfüllten Zugabteil befinden, während mir der Geruch des Mageninhalts der Frau neben mir langsam von meiner Bluse in die Nase kriecht. Das *kann* einfach alles nicht wahr sein!

Voll zaghafter Hoffnung öffne ich zehn Sekunden später mein rechtes Auge und bete inständig, dass vor meinem Blickfeld wenigstens die eine oder andere Kokospalme auftauchen wird. Stattdessen blicke ich in ein immer noch grünes, nun aber mindestens ebenso verlegen dreinblickendes, fremdes Frauengesicht. Leider stehe ich immer noch in dem überfüllten Zug, und obwohl ich die Augen sofort wieder zusammenkneife, spüre ich, wie der lauwarme, halb verdaute Kaffee meinen Burberry-Trenchcoat, meine Bluse und schlussendlich auch meinen weißen BH von Victoria's Secret durchweicht.

»Wieso – verdammte Scheiße – immer ich???«, möchte ich brüllen, aber zum Jammern bleibt mir keine Zeit.

Der Zug hält an. Ich blinzele. »München Hauptbahnhof!«, verkündet das weiße Schild vor dem Zugfenster höhnisch.

Mein neues Leben hat begonnen.

»Des kanntat jetz au jeder sogn!«, schnauzt mich der bayerische Sicherheitsmann, der offensichtlich kurz vor seiner längst überfälligen Pensionierung steht, eine halbe Stunde später an. Dabei mustert er mich und meine zwei Uraltkoffer misstrauisch von unten bis oben. Sein Blick bleibt an dem riesigen Fleck auf meiner Brust hängen. »Unnd a Frau Wagnrat, die konn i im Computer scho gar ned findn«, mault er weiter und zieht geräuschvoll mit einem noch misstrauischeren Blick auf meine Körpermitte die Nase hoch.

Das hat mir jetzt gerade noch gefehlt. Ganze vierzig Minuten (keinesfalls selbst verschuldete) Verspätung und dann auch noch ein Pförtner, der mich für die Inkarnation alles nichtbayerischen Bösen mit Geruchsausdünstungsproblemen hält. Da ich nicht gleich einen auf »meine beste Freundin hat mir hier einen Job verschafft« machen, sondern ganz korrekt zu meinem ersten Tag antreten wollte, habe ich Leonie nicht angerufen, dass ich da bin, sondern mich offiziell beim Pförtner anzumelden versucht, wie jeder andere auch. Gut, außerdem ist mein Handyakku leer, aber so genau muss man es jetzt auch nicht nehmen.

Verunsichert reiche ich dem Mann den zerknitterten E-Mail-Ausdruck mit der Bestätigung der Jobzusage, den Leonie mir gestern noch schnell geschickt hat. Leider ist das Blatt etwas feucht geworden, da ich es die ganze Zeit schützend vor den Kaffee-Kotze-Fleck auf meinem Trenchcoat gepresst habe.

Demonstrativ widerwillig greift der Pförtner nach dem pitschigen Blatt Papier und entziffert mit zusammengekniffenen Augen den leicht verwischten Text. »Ah, zu der Leonie wollns, ja, warum sagens des denn ned glei!«, ruft er nun schon wesentlich freundlicher, wenn auch ziemlich vorwurfsvoll aus. Dann greift er zum Telefon und kündigt in bayerischem Kauderwelsch meine Ankunft an.

Nachdem er den Hörer auf das Telefon geknallt hat, stemmt er sich stöhnend aus seinem Stuhl hoch, watschelt um den Tresen herum und krallt sich ungefragt meine zwei Koffer. Meinen entrüsteten Protest weist er mit einem energischen Kopfschütteln und einem gebellten »Des san nu mal die Sicherheitsbestimmungen!« zurück.

Gerade als ich mich richtig aufregen will (denn mein Plan, mich unauffällig auf irgendeine Toilette zu verdrücken und schnell umzuziehen ist damit gestorben), saust ein türkisfarbener Wirbelwind in Escada eine Flügeltreppe hinunter, rennt auf mich zu und erdrückt mich fast mit einer Umarmung. Dass ich vornherum fleckentechnisch leicht gehandicapt bin und zudem abfärbe, merkt Leonie zu spät. »Iiiih, was stinkt denn hier so? Anna, bist du das?«

Noch ehe ich antworten kann, hat sich Leonie meine Hand geschnappt und zieht mich in Richtung Aufzug, während sie sich parallel mit einem aus dem Nichts hervorgezauberten und offensichtlich parfümierten Taschentuch den halb verdauten Kaffee von ihrer Couture wischt.

»Eine Frau hat sich im Zug auf meine Brust übergeben,

der bayerische Sicherheitsheini hat gerade meine Ersatzklamotten eingesackt und jetzt…«, setze ich an, aber Leonie winkt bereits ab.

»Spatzl, macht nix. Deine Pechsträhne ist ab jetzt vorbei. Du bist bei mir, und alles wird gut! Komm, wir gehen nach oben in den vierten Stock, ich zeige dir alles, und danach trinken wir schön in der Cafeteria einen Cappuccino. Manuel soll dir was anderes zum Anziehen besorgen, das kriegen wir alles hin. Ich find's ja so schön, dass du da bist. Du wirst sehen, dass der Mistkerl dich betrogen hat, wird noch das Beste sein, was dir je passiert ist! Jetzt ist Showtime, Baby!«

Oh Gott, ich habe Leonie noch nie in ihrem Berufsumfeld erlebt, aber bevor mir das Showtime-Versprechen Angst einjagen kann, jage ich auch schon meiner Freundin hinterher, die mit wehender Tunika auf einen riesigen Fahrstuhl zuschwebt und sich strahlend nach mir umdreht.

»Das wird so-o su-per, Sü-ße!«, trällert sie freudig und unterstreicht jede Silbe, indem sie im Takt den Aufzugknopf drückt. Irgendwie wirkt sie seltsam nervös und überdreht.

Ich will sie gerade fragen, was mit ihr los ist, da ist auch schon der Aufzug da, die Türen gleiten lautlos auf, und mich nehmen vier perfekt geschminkte Augenpaare ins Visier.

»Hallo, Mädels«, quietscht Leonie fröhlich und scheucht die vier ein Stück nach hinten, damit wir auch Platz in der Kabine haben. »Das ist Anna, eure neue Kollegin«, stellt meine Freundin mich vor.

Sofort bricht unter den vier Make-up-Püppchen das große Getuschel aus, und ich verstehe Wortfetzen wie »Ihre beste Freundin« und »Wegen der haben sie Lea gefeuert«. Leonie bekommt jedoch nichts davon mit oder tut zumindest so und strahlt einfach weiter vor sich hin. Ich murmele ein leises »Hallo« und versuche den Fleck auf meiner Brust so gut es geht mit der Hand zu verbergen. Noch bevor wir in der Redaktion angekommen sind, bemerke ich das synchrone Naserümpfen der Bobby-Brown-Fraktion und sehe, wie ein vierfaches höhnisches Grinsen sich auf meine Brust richtet.

Mein Gott, das ist ja schlimmer als an der Jurafakultät, denke ich noch, da werde ich auch schon an Leonies Seite aus dem Aufzug in ein riesiges Großraumbüro ausgespuckt. Die vier Grazien drängeln sich sofort an mir vorbei und sausen – natürlich weiterhin laut tuschelnd – so schnell davon, als hätten sie gerade gehört, dass jemand auf der Damentoilette Marc-Jacobs-Taschen zum halben Preis verscherbelt.

Gerade als ich denke, dass ich jetzt erst mal durchatmen kann, kommt eine aufgeregte Wasserstoffblondine mit Paillettenschal auf uns zugerannt. Sie bleibt keuchend vor Leonie stehen und japst verzweifelt: »Du musst sofort in Schnitt vier mitkommen, Annabell sitzt gerade an dem Halle-Berry-Interview, und auf den Bändern ist kein Tooon!« Bei dem Wort »Ton« wird ihre Stimme so schrill, dass ich Angst habe, gleich von den berstenden Glasscherben der bodenhohen Fenster erschlagen zu werden. Doch nichts dergleichen passiert, stattdessen spüre ich, wie meine beste Freundin sich neben mir versteift.

»Oh Gott!«, kreischt sie. »Das ist der Aufmacher. Verena bringt mich um!!!« Ich verstehe erst mal nur Bahnhof. »Ich muss kurz weg, Anna!«, höre ich noch, dann schreit eine sich schnell entfernende Leonie-Stimme: »Manuel, komm bitte kurz rüber und kümmere dich um sie. Und gib ihr was zum *Anziehen*!«

Als ich panisch aufblicke, sehe ich gerade noch einen türkisfarbenen Fetzen um die nächste Ecke verschwinden, die trippelnde Wasserstofffrau im Gefolge. Sehnsüchtig starre ich den beiden hinterher und fühle mich sofort ähnlich verlassen wie Bambi seinerzeit im dunklen Wald.

»Du bist also Anna«, schallt es da auch schon von hinten.

Als ich versuche, mich blitzschnell aufzurichten und umzudrehen, um die Quelle dieser Ansprache zu finden, stoße ich mit dem Kopf gegen die Nase eines ziemlich dürren Mittzwanzigers, der daraufhin laut fluchend einen Schritt zurückweicht und mich – wie sollte es anders sein? – erst mal eingehend und kritisch mustert. Gut, mit meinem immer noch feuchten, erbrochenen Kaffeefleck auf der Brust und dem immer noch schmerzverzerrten und mittlerweile wohl recht verschmierten Gesicht wirke ich vielleicht nicht gerade wie die geborene Lifestyle-Redakteurin. Aber ganz ehrlich, der Typ vor mir (anscheinend dieser Manuel) sieht mit seiner rot pochenden Nase und den weggeblinzelten Schmerzenstränen hinter den langen Wimpern (trägt der etwa Mascara?) auch nicht gerade aus wie die neue Muse von Karl Lagerfeld.

»Nun ja«, räuspert sich Manuel und scheint meinen kleinen Nasenanschlag erst mal ignorieren zu wollen. »Anna also. Kennst du jemanden bei Prada, Anna?«, fragt er mit undurchsichtiger Miene.

Ich schüttele verwundert den Kopf.

»Gucci?«

Ich schüttele erneut und beginne mich zu fragen, was er eigentlich von mir will.

»Miu Miu?«

»Nein«, antworte ich mittlerweile aufgrund seiner sich zunehmend verfinsternden Miene recht zerknirscht.

»Tja, Schätzchen, dann wirst du es schwer haben. Lea, die Redakteurin, die Leonie gefeuert hat, um dich zu holen, hat dreißig Prozent bei Louis Vuitton bekommen, und zwar für uns alle! Die meisten Kollegen sind verdammt sauer, dass sie weg ist, und ich sage es nicht gerne, aber nicht wenige geben dir die Schuld dafür. Außerdem bist du die beste

Freundin von einer der Chefinnen hier, das heißt, du wirst sowieso schon mal gehasst. Das ist dir doch klar, oder?«

Ich spüre, wie sich meine Augen weiten, und schlucke geräuschvoll.

So hatte ich mir den Beginn meines neuen Lebens nicht vorgestellt! Gerade erst hat mich mein Fast-Ehemann betrogen, ich musste meine Hochzeit absagen, habe keine Wohnung mehr, und meine Mutter hasst mich. Warum muss dieser Mascara-Gott jetzt auch noch so fies zu mir sein? Außerdem hat Leonie *meinetwegen* überhaupt niemanden gefeuert. Was kann ich denn dafür, dass diese Fremdgeherin mit jedem zweitklassigen deutschen Promi auf Kriegsfuß stand? Das ist alles einfach nur gemein! Ich spüre, wie meine Unterlippe anfängt zu beben, und sage erst mal gar nichts mehr.

Manuel ist das Beben auch nicht entgangen, und anscheinend möchte er um jeden Preis verhindern, dass ich gleich vor seinen Augen in Tränen ausbreche. »Vielleicht wenigstens Burberry?«, fragt er deswegen nun mit einem leisen Schimmer von Hoffnung in der Stimme und mustert meinen Trenchcoat.

»Nein«, piepse ich, »leider nicht«, und möchte augenblicklich so laut weinen, wie es mir in diesem Moment zusteht. Da kommt mir ein rettender Einfall. »Aber ich kenne den ehemaligen Leiter der Rechtsabteilung von Esprit«, will ich gerade sagen, doch dann fällt mir ein, dass dieser Mensch ein Kontakt von Marcel war, und als ich Manuels mitleidiges Kopfschütteln bemerke, verstumme ich lieber sowieso ganz schnell.

»Na ja, macht nichts. Wie auch immer, die Chefin will dich nachher sicher kennenlernen, und vorher solltest du dringend was anderes anziehen. Du müffelst ja bis zum Himmel!«, wechselt er abrupt das Thema.

Mist, ich habe gehofft, dass durch den Schlag auf die

Nase kurzfristig seine Geruchsnerven außer Gefecht gesetzt worden seien, aber offenbar ist dies nicht der Fall.

Mit einem eleganten Hüftschwung dreht Manuel sich hundertachtzig Grad um die eigene Achse und stöckelt davon (obwohl er Chucks trägt, wirkt es, als würde er auf zwanzig Zentimeter hohen Highheels durch den Raum stolzieren). Für mich die erste Gelegenheit, mich genauer in der Redaktion umzuschauen. In dem riesigen Raum verteilt stehen etliche Inseln aus je vier Designerschreibtischen aus weißem Lack, auf deren Mitte wiederum je ein weißer Apple-Bildschirm thront. Überall wuseln hektische Menschen in augenscheinlich sehr teuren Klamotten herum (wie sie sich diese trotz des mickrigen Gehalts – ich dachte erst, Leonie mache einen Scherz – leisten können, weiß ich jetzt ja) und kreischen aufgeregt durcheinander. Es ist ein bisschen so, wie ich es mir immer an der Börse vorgestellt habe, nur dass hier niemand Anzug trägt und statt Aktien die neuesten Fremdgehgerüchte über David Beckham gehandelt werden.

Über all dem Chaos thront unterhalb der Decke ein riesiger giftgrüner Schriftzug: »*Flash!* – Das Glamourmagazin der Stars, Marken und Trends von morgen.« Er taucht die umliegenden Schreibtische dank seines grünen Neonscheins in ein gespenstisches Leichenhallenlicht. Ob ich hier wirklich richtig bin? Ich meine, eigentlich sollte ich gerade an einem weißen Karibikstrand mit Marcel Champagner schlürfen, wenn da nicht die Couch und das Flittchen …

Während niemand der Anwesenden mich beachtet und ich tiefer und tiefer in Selbstmitleid versinke, versuche ich aufs Neue die Tränen irgendwie in ihre blöden Kanäle zurückzuschicken.

Da steht mit einem Mal wieder Manuel vor mir und wirft mir ein staubiges, verschweißtes Päckchen in den Schoß. »Komm mit, Sweety!«, trällert er nun schon wesentlich freundlicher, und während ich mir verstohlen eine hartnäckige Träne aus dem Augenwinkel wische, bugsiert er mich in Richtung Damentoilette.

Erleichtert darüber, erst einmal von dem Designerschreibtischwald und seinen Bewohnern wegzukommen, folge ich ihm brav und drücke mir das Päckchen vor die Brust. Wir gehen durch nicht enden wollende weiße Gänge mit schweren Glastüren, die Manuel mit einer Zauberchipkarte öffnet, und gehen schließlich durch einen grellgrün gestrichenen Flur. Mittlerweile habe ich komplett die Orientierung verloren und fühle mich ein bisschen wie Alice im Wunderland, nur dass es hier ganz offensichtlich keine freundlichen Kaninchen und Grinsekatzen, sondern nur Designerklone und Mascara-Männer gibt.

»Die vierte Tür links ist die Toilette, da kannst du dich umziehen. Ich warte oben auf dich! Hier sind übrigens die Studios, da findet dich keine von den Hyänen!«, flötet Manuel mir zwinkernd zu, schwingt sich davon und überlässt mich meinem Schicksal.

Leicht irritiert von der stechend grünen Wandfarbe, die beim Betrachten unangenehm in den Augen brennt, mache ich mich seufzend auf die Suche nach der Damentoilette.

Als ich sie gefunden habe, schaue ich mich erst einmal in meiner improvisierten Umkleide um. Besonders designermäßig sieht es hier im Gegensatz zur Redaktion zwar nicht aus, aber immerhin gibt es Bidets (die mich sofort an den letzten Marokko-Urlaub mit Marcel erinnern. Schluck). »Reiß dich zusammen, Anna, du brauchst wirklich dringend etwas mehr Contenance!«, murmele ich mir selbst zu und merke erst, wie sehr ich besagte Contenance tatsächlich brauche, als ich das verstaubte Plastikpaket öffne. Darin kommt nämlich ein ätzendes weißes T-Shirt zum Vorschein, mit der originellen Aufschrift in fetten Lettern: »Wenn sie umschalten, schalten wir sie aus! FY0: Die neue FBI-Serie auf KNL! Ab Mai 2001.«

Nein!!!!, schreit alles in mir. Ich will mich nicht noch weiter demütigen! Manuel, dieser homosexuelle Möchtegernjournalist hat mich reingelegt! Wahrscheinlich sitzt er jetzt oben in der Redaktion, umgeben von den Designertröten, und lacht sich in seine manikürten Pranken. »Ich will zu Leonie!«, schießt es mir durch den Kopf, doch da ich meine Handtasche inklusive des (sowieso leeren) Handys in der Redaktion gelassen und obendrein keinen blassen Schimmer habe, wo genau sich Schnitt vier und somit Leonie befinden könnten, bin ich wohl oder übel auf mich allein gestellt.

Während ich schicksalsergeben das T-Shirt auspacke und feststelle, dass es zusätzlich zu seiner natürlichen Hässlichkeit auch noch fünf Nummern zu groß ist und auf dem Rücken ein riesiges Einschussloch prangt, frage ich mich unwillkürlich, ob dieses sackartige Ding wirklich eine bessere Bekleidung ist als ein Burberry-Trenchcoat mit einem bisschen Erbrochenem darauf. Sicher bin ich mir da nicht.

Und an diese komische Polizeiserie kann ich mich nicht mal mehr erinnern. Was allerdings kein Wunder ist, wenn alle Werbemaßnahmen dafür so armselig waren wie dieses Shirt. Wahrscheinlich war die Serie ein Riesenflop. So wie dieser blöde Job. Leider habe ich im Moment jedoch keine Alternative, wie mir einfällt. Was soll's, schlimmer kann's nicht kommen!, lüge ich mich selbst an, schlüpfe vorsichtig aus meinem Trenchcoat und werfe ihn ins Waschbecken. Ebenso verfahre ich mit meiner leicht feuchten Bluse und betrachte mich danach im Spiegel. Doch von unten steigt mir immer noch ein leichtes Müffeln in die Nase. Den sauren Geruch, den mein teurer BH von Victoria's Secret verströmt, kann nicht mal ich (und das nach zwei Stunden ununterbrochener Dauergeruchsbedampfung) ignorieren.

Seufzend ziehe ich auch ihn aus und werfe ihn zu den anderen Couture-Opfern ins Waschbecken. Ich bin stinksauer auf Manuel, aber auch auf die Frau aus dem Zug, auf Marcel sowieso und mittlerweile auch auf mich selbst.

Wieso muss ich mich ständig in solch einen Schlamassel bringen?, frage ich mich und will nach dem T-Shirt auf der Waschbeckenablage greifen, fasse aber ins Leere. Sogar dieses bescheuerte T-Shirt macht sich vor mir aus dem Staub! Wütend trete ich so fest gegen die gekachelte Wand, dass ein stechender Schmerz meinen Fuß durchzuckt. Das ist doch alles ein elendiger, doofer Mist! Ich knirsche vor Wut mit den Zähnen und beginne entnervt, den Boden nach dem Shirt abzusuchen – das hässliche Ding muss irgendwie runtergefallen sein! Aber auch unter dem Waschbecken ist von der Geschmacksverirrung in XXL nichts zu sehen. Ich spähe in jeden Winkel – ohne Erfolg. Schäumend vor Wut richte ich mich auf, und fast trifft mich der Schlag. Voller Panik reiße ich die Augen und den Mund auf und schreie um mein Leben!

»WAHHHH!!! WAHHHH!!!! WAHHHH!!!!!! WAAAAAAAAAAAAAAAAAAAAAAAAAAAHHHHHH!!!!!!! WAHHHHHHHHHHHWAHHHHHHHHHHWAHHHHHHHHH!!!!!!!!!!!!!!!!!!!!!!!!!«

Wie aus dem Nichts steht plötzlich ein Mann vor mir! Er ist nicht minder verblüfft, mich zu sehen, und so schockiert von meiner kreischenden Verbalattacke, dass er kurzerhand in mein Schreien einfällt. So stehen wir uns erst einmal eine Weile gegenüber und brüllen. Er im dunklen Designeranzug, ich in Jeans, Highheels und mit blanken Brüsten.

Was ist denn hier los? Was macht der Typ auf der Damentoilette? Und kenne ich den nicht von irgendwoher??? Vor lauter Schock und mittlerweile auch Grübeln, wer der fremde (und unglücklicherweise auch noch gutaussehende) Mann sein könnte, vergesse ich, mir irgendetwas vor die

Oberweite zu halten, und starre ihn einfach nur an. Nach weiteren fünfzehn Schrecksekunden beginne ich endlich, hektisch nach dem T-Shirt zu suchen.

Zu allem Übel sieht der Typ tatsächlich nicht nur einfach attraktiv, sondern fast schon verboten gut aus, und zum noch größeren Übel bemerke ich das sogar in meiner größten Panik und laufe knallrot an. Um von meiner ungesunden Gesichtsfarbe abzulenken, tue ich das Naheliegendste und schnauze ihn erst mal an.

»Das ist die Damentoilette, Sie Vollidiot!«, zische ich, während ich weiter fieberhaft den Toilettenboden nach dem Shirt absuche.

»Nein, ist es nicht. Oder was meinen Sie, wozu die Pissoirs an der Wand gut sind – zum Schuhewaschen?«, entgegnet der Beau in leicht amüsiertem Ton und wedelt mit dem entsetzlichen T-Shirt vor meiner Nase herum.

Ups. Von wegen Bidets! Ich versuche mir meinen Irrtum nicht anmerken zu lassen und schnappe mir das Shirt. Ärgerlich will ich es mir über den Kopf ziehen, was in der Hektik nicht ganz so einfach funktioniert, und verheddere mich in dem Werbezelt. Als ich zwei Minuten später endlich das doofe Ding anhabe, streiche ich mir nervös die Haare glatt und riskiere einen Blick auf das Männermodel vor mir, das mich mit einem belustigten Lächeln beobachtet. Wow, was für ein Traumtyp, schießt es mir durch den Kopf.

Ich spüre, wie ich noch ein bisschen röter werde, und hoffe, dass meine Brüste ihm wenigstens gefallen haben. Wahh! Sei nicht so unprätentiös, Anna, wer weiß, wer das ist, vielleicht sogar einer deiner neuen Chefs, rufe ich mich selbst innerlich zur Ordnung, und plötzlich fällt mir ein, wer da vor mir steht. Es ist Tom Vanderscheid, der Moderator von *Flash!* Jetzt fällt es mir wie Schuppen von den Augen! Ich habe ihn schon ein paarmal auf KNL gesehen und fand ihn sehr süß. Leonie schwärmt auch andauernd am Telefon von ihm. Und Marcel hat immer gelästert, dass der Typ garantiert schwul sei … Oh Gott, vor mir steht Tom Vanderscheid!!!! Ich versuche mir die Tragweite dieser Erkenntnis vor Augen zu führen, muss aber immer wieder in die blauen Augen meines Gegenübers starren.

»Na ja, das war mal ein ziemlich großer Flop«, meint dieser nicht unfreundlich, starrt noch mal meine Brüste an (von wegen schwul!) und ist ohne weiteren Kommentar verschwunden. Wahrscheinlich macht er sich auf die Suche nach einer weniger von weiblichen Wesen frequentierten Toilette, schießt es mir durch den Kopf, während ich verblüfft an mir herunterschaue und registriere, dass sich meine Brustwarzen vor lauter Verlegenheit nach wie vor überdeutlich unter dem T-Shirt abzeichnen. Ich frage mich, ob der Moderator mit dem Flop gerade meine Brüste meinte oder die Serie, für die sie momentan unfreiwillig werben. Von was auch immer er gesprochen hat – mein Herz klopft wie wild. Ich drehe mich zum Spiegel und schaue mir fragend in die Augen, doch eine Antwort finde ich auch hier nicht. Langsam verstehe ich gar nichts mehr.

»Tom Vanderscheid hat dich nackt gesehen???« Leonie sitzt mir gegenüber und schaut mich mit riesengroßen Kulleraugen ungläubig an.

»Na ja, nicht ganz nackt …«, antworte ich vorsichtig und nippe schnell an meinem Prosecco.

Wir sitzen in Leonies – und jetzt auch meiner – knallbunten Chaosküche und stoßen darauf an, dass ich den ersten Tag bei *Flash!* überlebt habe. Da ich meine Freundin erst kurz vor Feierabend wiedergesehen habe, hat sie noch keine Ahnung, wie mein Debüt in der Fernsehbranche heute genau abgelaufen ist. Umso ungläubiger schaut sie mich jetzt an. Nachdem ich ihr in aller Ausführlichkeit erzählt habe, wie es zu meinem unfreiwilligen Herrentoiletten-Striptease kam, fällt sie vor Lachen fast vom Herd. Auf dem sitzt sie in Ermangelung eines zweiten Stuhles in der engen Küche und trommelt mit den Füßen vor Begeisterung so fest gegen den Backofen, dass das Glas anfängt zu knirschen.

»Du bist noch keine zwanzig Minuten im Sender und ziehst gleich vor unserem schärfsten Moderator blank? Das ist mal die richtige Einstellung, mein Hase!«, kreischt Leonie und verfällt gleich wieder in hysterisches Gackern.

Ein wenig beleidigt ziehe ich eine Schnute und sage erst mal nichts, schließlich habe ich mich nicht aus Berechnung auf dem Herrenklo umgezogen.

»Dich darf man keine fünf Minuten allein lassen!«, krächzt Leonie mit mittlerweile hochrotem Kopf weiter und grunzt vor lauter Lachen.

Ich spüre, wie ich langsam grinsen muss, und falle gegen meinen Willen in ihr Gewieher ein. »Daran war nur dieser doofe Mascara-Manuel schuld!«, gluckse ich und spüre, wie mir die Lachtränen in die Augen steigen.

»Woran bin ich schuld?«, sagt plötzlich jemand hinter mir auf dem Flur, und drei Sekunden später erscheint Manuels perfekt frisierter Schopf in der Küchentür.

Mir bleibt das Lachen im Hals stecken. Was will der denn hier?, schießt es mir durch den Kopf, und ich drehe mich mit hochgezogenen Augenbrauen zu Leonie um.

»Spatzl, darf ich dir vorstellen: mein fabelhafter Mitbewohner Manuel. Ihr kennt euch ja schon«, fügt sie mit einem Grinsen hinzu.

Ich bin sprachlos. Dass diese linke Socke mit Leonie und somit jetzt auch mit mir zusammenwohnt, hat sie vorher mit keinem Wort erwähnt. »Aber …«, setze ich an und starre zu Leonie.

Doch die ist schon mit einem Satz vom Herd gesprungen, dreht mir den Rücken zu und überprüft ihr mit Mascara-Lachtränen-Bächen gezeichnetes Spiegelbild in der Dunstabzugshaube.

»Tja, Schätzchen, Surprise, Surprise! Ich bin deine Überraschung für heute!«, flötet Manuel, öffnet eine Tür im Wandschrank und greift sich ein frisches Sektglas, das er mit meinem teuren Willkommens-Prosecco füllt.

»Nein, Manu, eine Überraschung hatte Anna heute schon! Und zwar in Form unseres bezaubernden Tom Vanderscheid, der sie auf dem Klo beim Strippen erwischt hat«, verrät meine miese beste Freundin und gluckst schon wieder los.

»Waaaas?«, kreischt Manuel wie auf Kommando los und schüttet einen Schwall Prosecco auf den schwarz-weißen Fliesenboden.

Ich bilde mir ein, erkennen zu können, wie seine Ohren sekündlich ein kleines Stück wachsen und vor Aufregung zu wackeln anfangen. Gerade will ich beschwichtigend abwinken und zum Thema »unfreiwillige Mitbewohner« zurückkommen, da gibt Leonie auch schon gut gelaunt meine Geschichte zum Besten. Ich versuche mich auf mein Glas zu konzentrieren und das nun zweistimmige Gewieher so gut es geht zu ignorieren. Mich von meiner besten Freundin auslachen zu lassen – das kann ich gerade noch ertragen, aber dass dieser unsympathische Boulevard-Lackaffe, der mich überhaupt erst in diese peinliche Situation gebracht hat, sich seinen Feierabend auf meine Kosten versüßt, das geht echt zu weit! Warum wohnt der überhaupt hier? Dass Leonie sich ihre neue Wohnung mit einem Kollegen teilt, hat sie nie erzählt …

»Schätzchen, das ist ja zu schön, um wahr zu sein!«, kreischt besagter Kollege in diesem Moment und schlägt sich theatralisch die (manikürten?) Hände vors Gesicht.

»Du wohnst also auch hier?«, nutze ich die kurze Atempause der Spaßfraktion und hoffe, dass sich dies gleich als riesiges – haha – Missverständnis herausstellen wird. Tut es aber nicht.

»Ja, Sonnenschein, was hast du denn gedacht? Dass Leonie eine Neunzig-Quadratmeter-Altbauwohnung in bester Münchner Lage mal eben so allein finanziert? Du bist jetzt nicht mehr auf dem Land, Schätzchen! Entweder du lebst hier in einer WG, vögelst einen reichen Typen oder vergammelst in einer Einzimmerwohnung in Thalkirchen, das ist die Big City, Süße! Also, sei froh, dass du bei uns wohnen darfst. Gott, was hätte ich damals alles gevögelt, um so einen easy Start zu haben…« Manuels Augäpfel rollen theatralisch zur Decke.

»Darling, du *hast* alles gevögelt, was dir in die Quere gekommen ist, auch ohne easy Start«, meint Leonie nur trocken und wendet sich an mich. »Manuel war bis vor kurzem noch in einer«, sie nimmt ihn kurz ins Visier, woraufhin er sich sehr interessiert dem Muster der Bodenfliesen widmet, »recht glücklichen Beziehung mit einem gut situierten, blendend aussehenden und unglaublich sympathischen Immobilienmakler samt Dachterrassenwohnung in Schwabing, weshalb er sich nicht besonders oft hier aufgehalten hat. Das hat sich aber aufgrund… unglücklicher… äh… Umstände letzte Woche geändert. Seitdem hängt er dauernd hier herum. Aber er ist stubenrein, und meistens beißt er auch nicht. Du wirst ihn lieben. Mit der Zeit«, versichert mir Leonie.

»Warum hat sich denn die Sache mit dem blendend aussehenden, reichen Makler geändert?«, frage ich sie ganz unschuldig. Rache muss sein, und bei einer stotternden Leonie werde ich gleich hellhörig.

Leonie wirft Manuel wieder einen Blick zu, während der weiterhin hochinteressiert die Küchenfliesen mustert. »Er hat ihn mit seinem Bruder betrogen«, antwortet Leonie knapp.

»Waaahhhas???«, schießt es aus mir heraus, und eine Welle riesigen Mitgefühls überschwemmt mich. »Er hat dich mit *deinem Bruder* betrogen? Was für ein Riesenarschloch ist das denn? Und was für eins erst dein Bruder??? Oh mein Gott, das tut mir ja so leid! Ich weiß, wie du dich fühlst, wirklich, ich weiß es«, raune ich, laufe auf Manuel zu und nehme ihn völlig ergriffen in den Arm.

Meine Augen füllen sich mit Tränen. Es ist unglaublich, dass ich innerhalb so kurzer Zeit einen Seelenverwandten finde. Manuel und ich machen gerade exakt das Gleiche durch, es ist wie Schicksal! Die weise Leonie hat mich bestimmt extra nach München geholt, damit ich einen Leidensgenossen an meiner Seite habe, mit dem ich alles viel leichter verarbeiten kann. Wir werden eine fabelhafte WG! Gemeinsam werden wir die Fotos unserer Exfreunde verbrennen, Voodoopuppen kaufen und mit Prosecco und Pizza Orgien feiern, das wird …

»Anna?«, Manuel schiebt mich vorsichtig von sich weg.

»Was ist denn?« Ich wische mir die Tränen aus den Augen.

»Anna?«, kommt es jetzt auch sanft von hinten.

Mit einem Lächeln drehe ich mich zu Leonie um. »Das hast du wirklich gut gemacht, meine Süße. Wir werden eine ganz tolle Zeit haben und die miesen, kleinen Fremdgeh-Wichser einfach vergessen!«, sage ich und lächele tapfer.

Leonie blickt mich leicht ängstlich an und wispert dann: »Das hast du ein bisschen falsch verstanden. Manuel wurde nicht betrogen. Er hat nach einer Party mit dem Bruder seines«, Leonie schluckt, »Verlobten geschlafen.«

Ich spüre, wie mir die Kinnlade runterklappt, und drehe mich blitzschnell zu Manuel um. Der hebt entschuldigend beide Hände und versucht ein zerknautschtes Lächeln.

»Ich kann einfach nicht treu sein«, erklärt er entschuldigend und greift nach seinem Glas.

Meine Augen verengen sich zu Schlitzen, Manuels Gesicht verschwimmt vor meinen Augen und wird Marcels immer ähnlicher. »Miese, elendige Bagage! Und ich dachte, wenigstens ihr schwulen Männer wärt besser!«, brülle ich, reiße ihm das Glas aus der Hand und schütte es ihm ins Gesicht.

Während Marcel, pardon, Manuel prustend nach Luft schnappt und sich unter seinen Augen schwarze Rinnsale bilden (hätte er besser mal wasserfeste Mascara benutzt), drängele ich mich an ihm vorbei, stürme den Flur entlang in mein neues Zimmer und knalle die Tür hinter mir zu. Im Weggehen meine ich zu hören, wie Leonie so etwas wie »Na dann auf gute Mitbewohnerschaft – und Prost« von sich gibt, aber sicher bin ich mir nicht.

»Na, komm schon. Du kannst doch nicht ewig hier drin bleiben«, säuselt Leonie eine Stunde später und flößt mir frischen Prosecco ein.

»Außerdem haben wir Rucola-Pizza mit Parmaschinken bestellt«, wirft Manuel vom Türrahmen aus ein und lugt vorsichtig in meine Richtung.

Mittlerweile hat er wieder trockene Haare und trägt Jogginghose und Kapuzenpulli. Abgeschminkt ist er auch. Ermutigt davon, dass mein Proseccoglas ihm noch nicht um die Ohren geflogen ist, kommt er vorsichtig näher und setzt sich auf den Rand meines neuen, noch unbezogenen Bettes.

»Weißt du, bei mir war das etwas ganz anderes. Mein Ex hat mich gar nicht mehr richtig beachtet, da musste ich mir die Liebe eben woanders holen. Dein Verlobter dagegen hat den größten Fehler seines Lebens begangen, ehrlich. Der wird seines Lebens nie wieder froh!!! Leonie hat mir alles erzählt. Das tut mir echt leid für dich. Und das mit dem alten T-Shirt war gar nicht meine Idee. Vanessa hat es mir gegeben«, beteuert er zerknirscht und blickt mich mit seinen ungeschminkten und dadurch recht sympathischen Bambiaugen an.

Obwohl Leonie bei dem Satz »Er hat mich nicht mehr beachtet« kritisch eine Augenbraue hochgezogen hat, beschließe ich, Manuels Entschuldigung (ich glaube, in seiner Welt kommt das Gesagte einer Entschuldigung recht nahe) anzunehmen, und rappele mich mit einem leisen »Okay« von der Matratze auf. Ich muss sowieso mal auf die Toilette, und Hunger habe ich auch. Außerdem habe ich eine Schwäche für Rucola-Pizza mit Parmaschinken.

Zwei Stunden später liegen wir im Wohnzimmer auf der großen Couch, haben in der Zwischenzeit fast Leonies gesammelten Proseccovorrat gekillt, eine Familienpizza Xtra-Large und drei Becher Kekskrümeleis verputzt. Mittlerweile finde ich Manuel sogar richtig sympathisch. Na ja, bis auf das Fremdgehen.

»Wieso hasstn du jetzt deinen Exsss betrogen – isch mein, wenn ihr sogga verlobt warrt?«, frage ich ihn, weil ich es immer noch nicht verstehen kann.

»Weisstu, Anna«, setzt er an, stellt sein schon wieder halb leeres Sektglas ab und hebt den Zeigefinger beim Sprechen. »Isch bin einfach su sexyy für nua einennn Mann«, nuschelt er und prostet mir zu.

»Quatsch, n' geiler Bock bist du, mehr nich!«, fällt Leonie ein und stößt dazu bestätigend auf. »Ups, sorry«, kichert sie.

»Selba Quatsch!«, entgegnet Manuel und macht eine wegwischende Handbewegung, woraufhin zwei leere Flaschen vom Couchtisch fallen. »Abba, Anna, damit dia dassss nisch noch ma passiert, ne, also da müssen wir driiiingend was an deinem Outfittt verändern. Vieeeel ssuu konservativ! Das gefälllt dem Tom beschdimmdd auch nisch«, kichert er und zwinkert Leonie zu.

Schockiert starre ich ihn an und verschütte den halben Inhalt meines Glases über die Couch, als ich hektisch auf mein neues beigefarbenes Wickeltop zeige und ihn fragend anschaue. »Anna!!!!«, keucht er. »Burberry!!!!! Wir sinn doch nisch in Großbritannnnijen. Bei der Queen. Oder noch schlimma, bei der ARD. Wir sinnnnd doch Bouuulevard. Das gehtt so nisch.«

»Wiesso?«, jaule ich und denke wehmütig an meinen wunderschönen Trenchcoat, der dringend in eine vertrauenswürdige Reinigung muss.

»Häääh!«, macht Manuel nur und krabbelt aus dem Wohnzimmer, um kurz darauf mit einem Netbook und einer frischen Flasche Prosecco auf allen vieren zurück ins Wohnzimmer zu kehren. Nicht nur in seinem Zustand eine logistische Meisterleistung. »Wir geehhn jezzz shoppen!«, verkündet er, woraufhin Leonie begeistert in die Hände klatscht. »Für Anna, nisch für disch!«, sabbelt Manuel und ruft erstaunlich zielsicher eine Shoppingseite auf. Und was für eine!

Ich weiß nicht, wie lange es dauert, aber mein digitaler Warenkorb ist recht schnell ziemlich voll und drei Webseiten später sind wir sicher, dass mein Bedarf an Business-juhu-ich-starte-in-ein-neues-Leben-und-es-macht-mir-gar-nichts-aus-dass-mein-Bräutigam-mich-betrogen-hat-Kleidern in angesagten Knallfarben und diversen schwindelerregend hohen und deswegen unglaublich sexy Schuhen gedeckt ist. Mein Konto ist das zwar wahrscheinlich morgen nicht mehr, aber so ein Neustart kostet eben Geld, und manchmal muss man Opfer bringen. Das Leben geht nämlich weiter! Und eine letzte Flasche Prosecco hat Leonie doch noch gefunden. Es lebe das Leben! Und zwar mein neues.

Die Hello-Kitty-Hölle

Shoppingbeutetagebuch:

Tragetaschen: 1 *(allerdings ohne Inhalt und nur zum Über-den-Kopf-Ziehen)*

Schuhe: 0 *(Kreditkarte gesperrt)*

Knoblauchzehen zum Schutz vor blutrünstigen Vampirellas: 10

Der nächste Tag in der Redaktion beginnt leider nicht ganz so euphorisch. Mein Kopf brüllt mich an und meine neue Chefin auch … Das heißt, sie brüllt glücklicherweise nicht explizit mich an, sondern die ganze Redaktion, aber leiser ist sie deswegen nicht.

»Acht Komma neun Prozent Marktanteil!!! Wir waren gestern schlechter als der Vorlauf, und der war eine Talkshow mit einem kochenden Schimpansen als Stargast!!! Ihr habt komplett versagt, alle miteinander!!!«, schreit Verena und läuft dabei knallrot an.

Es sieht ein bisschen so aus, als ob ihr gleich der Schädel platzt, wobei ein bisschen Farbe im Gesicht sie zumindest etwas menschlicher aussehen lässt. Wenn sie gerade keinen Tobsuchtsanfall hat, ist ihr Gesicht nämlich kalkweiß. In Kombination mit ihren langen, glatten pechschwarzen Haaren und dem spindeldürren Hals sieht sie fast aus wie

Draculas Braut höchstpersönlich. Mir macht sie jedenfalls ganz schön Angst, und ich war gestern heilfroh, als ich mich bei ihr nur ganz kurz vorstellen musste, da sofort eines ihrer drei Telefone klingelte und sie keine Zeit mehr hatte, um mich ausführlich ins Visier zu nehmen. Nur mein XXL-Notfall-Shirt bedachte sie mit einem ausführlicheren und sichtlich irritierten Blick, dann war ich nach einer knappen Minute Vorstellungsrunde auch schon wieder aus ihrem Glaskastenbüro entlassen.

Heute kann ich mich hervorragend zwischen den anderen Redakteuren verstecken, wir sitzen nämlich gerade zur Morgenkonferenz in einem riesigen Aquarium (deckenhohe Glaswände und alle außer der Vampirella sind fischähnlich stumm) und lassen Verenas Generalanschiss über uns ergehen. Um mich herum rutschen alle verlegen auf ihren Stühlen herum und bemühen sich, ja nicht nach vorn und dabei womöglich aus Versehen in die Augen der Chefin zu schauen. Die Stimmung ist ein bisschen so wie früher in der Schule, wenn die korrigierten Matheklausuren ausgeteilt wurden, nur dass die Moralpredigt hier weniger pädagogisch korrekt abläuft als im Klassenzimmer.

»Wenn der Zuschauer Titten will, dann soll er Titten kriegen und nicht diesen pseudointellektuellen Ayurveda-Scheiß!«, fährt Verena gerade mit ihren lautstarken Ausführungen fort.

Ich will gerade unauffällig Leonie, die neben mir sitzt, nach einem Aspirin fragen, da geht ein Raunen durch den Saal, und von rechts bohrt sich ein Ellenbogen in meine Rippen. »Aua!«, quietsche ich und drehe mich entrüstet zu Manuel um, der auf meiner anderen Seite sitzt und der Besitzer des Waffen-Ellenbogens ist.

»Da kommt dein To-ho-m!«, flötet er und deutet grinsend in Richtung Tür.

Tatsächlich betritt in dem Moment Tom den Raum. Er trägt ein schwarzes Hemd, Jeans und ein Lächeln, das mich unwillkürlich schlucken lässt. »Einen wunderschönen guten Morgen allerseits!«, grüßt er in die Runde und setzt sich an das Kopfende des Konferenztischs neben Verena.

Die verstummt sofort und lächelt den Moderator verzückt an. »Nun gut«, wendet sie sich nach zehn Entzückungssekunden wieder an die Runde, diesmal in wesentlich freundlicherem Ton, »so schlimm war das Ganze ja nun auch wieder nicht, und gemeinsam werden wir es heute eben besser machen. Wer von euch hat Themenvorschläge für die Sendung?«, fragt sie.

»Die war schon immer scharf auf Tom«, flüstert Leonie mir ins Ohr und erklärt damit den Stimmungsumschwung der Vampirella.

So etwas habe ich tatsächlich selten erlebt. Vor vierzig Sekunden hat die Redaktionsleiterin noch Gift und Galle gespuckt und einen Eindruck gemacht, als wollte sie gleich nach der Konferenz zum Frühstück ein paar Neugeborene verspeisen, und jetzt lächelt sie uns so zuckersüß an, als wären wir alle rosa Wattebäusche. Toms Anwesenheit hat sie derart befriedet, dass im Aquarium auf einmal pure Harmonie schwingt. Zumindest so lange, bis Verena feststellt, dass ihr die Themenvorschläge nicht wirklich gefallen.

»Das ist doch Bullshit!«, ruft sie gerade einem dicklichen Mittdreißiger zu, der sich daraufhin duckt wie ein Erdmännchen mit Bauchkrämpfen.

Was genau Bullshit sein soll, habe ich nicht mitbekommen, weil ich heimlich Tom beobachtet habe. Er hat wirklich eine unglaublich schöne Nase. So gerade irgendwie …

»Stacey Fairy ist heute in der Stadt, wir sind für ein Interview akkreditiert«, meldet sich nun eine Wasserstoffblondine drei Sitze von mir entfernt zu Wort.

Ich beuge mich leicht vor und erkenne sie wieder. Es ist eine von den vier Grazien aus dem Fahrstuhl, die so gar nicht unauffällig gestern über mich gelästert haben.

»Ach, Vanessa, auf dich ist eben immer Verlass!«, säuselt die Chefblutsaugerin daraufhin entzückt und kritzelt irgendetwas auf ihr Klemmbrett.

Vanessa??? Das ist doch die fiese Tussi, die Manuel gestern das hässliche T-Shirt für mich untergejubelt hat. Jetzt wird mir einiges klar.

»Wer kann Vanessa vor Ort unterstützen?«, fragt Verena in die Runde, woraufhin alle Köpfe ruckartig nach unten schnellen. »Kommt schon, irgendjemand wird ja wohl Zeit haben? Das ist nun wirklich keine anspruchsvolle Aufgabe, das kriegt jeder von euch hin, sogar die ganz Trotteligen!«

»Was ist denn mit dir?«, ertönt eine prominente männliche Stimme, und als ich aufsehe, registriere ich mit Panik, dass der nicht minder prominente Besitzer der Stimme auf mich zeigt.

Mein Herz fängt bassartig an zu schlagen, und ich spüre, wie mein Gesicht heiß wird. »Trottelig« war wohl mein Stichwort, oder was?, schießt es mir durch den Kopf. Nur weil ich gestern die Pissoirs mit Bidets verwechselt habe… Toms Augen ruhen auf mir. »Ich… äh… Ja… also… ich hab schon Zeit. Glaube ich zumindest«, stammele ich und schaue hilfesuchend zu Leonie rüber.

»Anna hat tatsächlich Zeit heute, und da sie neu ist, wird der Dreh bestimmt interessant für sie«, springt meine Freundin für mich in die Bresche.

»Wenn vor der Tür warten interessant für sie ist… Von mir aus kann sie mit«, zischt Vanessa so leise, dass ich es hören kann, aber Verena und Tom sicher nicht.

Das ist mir in dem Moment jedoch egal, denn der Moderator grinst mich strahlend an, und sein Lächeln ist alles –

nur nicht schadenfroh. Innerhalb von Sekunden spüre ich, wie mir das Herz in die Hose rutscht und mein Kopfweh wie weggeblasen ist. Das könnte heute ein richtig guter Tag werden.

Eine halbe Stunde später bin ich immer noch ganz aufgeregt. Diesmal allerdings nicht wegen Tom (na gut, vielleicht noch ein bisschen), sondern wegen Stacey Fairy. Sie ist im Moment nämlich *die* Sängerin schlechthin, und auch ich liebe sie! Sie sieht immer aus wie eine Mischung aus Alice im Wunderland, zugekiffter Zauberelfe und Laufstegdiva. Und Musik macht sie auch ganz tolle. Dass ich sie einmal persönlich kennenlernen würde, hätte ich nie gedacht!

»Dir ist schon klar, dass du zu dem Interview nicht mitdarfst, sondern nur für alle Fälle mit dem zweiten Kamerateam die Stellung hältst? Von kennenlernen kann keine Rede sein«, zischt Vanessa in meinem Rücken.

Mist, da habe ich wohl gerade etwas zu laut gedacht und die Ankunft von Verenas Liebling verpasst.

»Beeil dich, wir müssen los!«, bellt Vanessa mich prompt an, und ehe ich michs versehe, hetze ich hinter der Platinblondine in Richtung Aufzug.

Unterkriegen lasse ich mich von der trotzdem nicht, nehme ich mir vor. Und wenn schon, dann fahre ich eben nur als Begleitung mit, aber wer weiß, vielleicht passiert irgendetwas ganz verrückt Fabelhaftes, und am Ende des Tages bin ich die neue beste Freundin von Stacey. Hört man ja andauernd, so etwas.

Kurz darauf sitze ich mit dem gelangweilten zweiten Kamerateam in der Lobby eines piekfeinen Luxushotels, zähle die goldenen Lilien auf dem Teppichboden und lasse mich von dem notgeil grinsenden Portier anstarren, während Vanessa wahrscheinlich gerade Champagner mit Stacey Fairy trinkt. Richtig frustrierend ist das. Dabei würden mir für

Stacey so gute Fragen einfallen, zum Beispiel was sie von der Idee hielte, ihre abgelegten Designerschuhe bei eBay zu verkaufen, so als Goodie für die Fans (das muss ich unbedingt Manuel vorschlagen). Wäre sicherlich der PR-Gag. Stattdessen muss ich hier rumsitzen und mich begaffen lassen, und jetzt kommt auch noch der widerliche Portier zu mir rüber. Wieso eigentlich immer ich???

Okay. Dreißig Minuten später weiß ich eins: Ich bin definitiv ein Genie! Von der betrogenen Möchtegernjuristin über die Starreporterin zur Enthüllungsjournalistin! Ich werde der Welt nämlich schon bald das berichten können, was bisher niemand für wahr gehalten hat: Stacey Fairy muss nachts eine Beißschiene tragen (das hätte ich eher von Verena erwartet) und formt ihren Hintern mit fleischfarbenen Miederhosen (von wegen makrobiotische Ernährung und so)! Mein Kamerateam hat alles in Großaufnahme gedreht, das wird die Sensation! Verena wird mir die Füße küssen, Vanessa sich vor Ärger die Extensions raufen und statt halb nackter Models wird künftig mein Bild die Wände der Redaktion schmücken. Mein Name wird in die Geschichte des Fernsehens eingehen als die neue Redakteurin, die an ihrem zweiten Arbeitstag die exklusivste Story des Jahres gedreht hat! Ich. Habe. Es. Nämlich. Fertiggebracht. In. Stacey. Fairys. Hotelsuite. Zu. Kommen. Mit. Kamerateam. Weltexklusiv.

Ha! Also entweder ich werde jetzt für den Deutschen Fernsehpreis nominiert oder gefeuert. Aber vielleicht sollte ich die Geschichte von vorn erzählen …

Einfach war das Ganze nämlich wahrlich nicht. Der Portier hatte fürchterlichen Mundgeruch und hätte vor lauter Nervosität fast seine possierliche dunkelrote Samtmütze verloren, als er tatsächlich zu mir rüberkam und fragte, ob ich auf Kosten des Hauses etwas an der Lobbybar trinken wolle. Da mir so schrecklich langweilig war und ich deshalb zum ersten Mal seit Stunden wieder über Marcel nachgrübeln musste, schlug ich sein Angebot trotz des Giftgasangriffs nicht aus und schlenderte mit dem Pagen an die dunkle Mahagoniholzbar. Dem Ambiente entsprechend ließ ich mir dort vom Barkeeper ein Glas Champagner servieren.

Eigentlich bin ich nicht so der dekadente Typ, und ein bisschen schlecht von dem Prosecco gestern war mir auch noch, aber wenn ich schon auf Vanessa warten musste, dann wenigstens mit Stil. Meine unbescheidene Bestellung schockierte den Portier allerdings nicht, vielmehr ließ er sich neben mir an der Bar nieder und bestellte sich ebenfalls ein Glas Moët. Als ich ihn daraufhin ungläubig anstarrte, erklärte er mir, dass er der Neffe des Hotelbesitzers sei und hier nur den Pagen spiele, weil er gerade eine Ausbildung zum Hotelkaufmann mache und deshalb alle Abteilungen durchlaufen müsse. Ich glaubte ihm kein Wort und hörte mir sein Geprahle über das tolle Luxushotel und die berühmten Hotelgäste widerwillig an. Das einseitige Gespräch mit ihm war wirklich tierisch langweilig. Zumindest bis zu dem Moment, als er anfing, damit rumzuprahlen, dass er von jedem Zimmer die Schlüsselkarte habe und daher zu jeder Tages- und Nachtzeit ein Bad in den Whirlpools der Suiten nehmen könne, wenn er wolle.

Was soll ich sagen? Jeder Mensch hat ab und zu Momente der Genialität, und genau in dieser Sekunde überkam mich einer.

Ruckartig drehte ich mich zu dem Mützenmann um. »Hast du auch den Schlüssel zur Suite von Stacey Fairy?«, fragte ich sehr interessiert.

»Ja klar!«, strahlte er und setzte einen Schwall seines üblen Mundgeruchs frei.

»Wirklich? Das glaube ich dir nicht«, säuselte ich, hielt

die Luft an, beugte mich verführerisch zu ihm hinüber und klimperte mit den Wimpern.

»Wohl hab ich den! Ich kann's dir beweisen!«, meinte er entrüstet und starrte fasziniert in meinen Ausschnitt.

»Echt? Jetzt gleich?« Ich klimperte weiter und beugte mich noch etwas weiter zu ihm.

»Klar, warte kurz, ich hole die Karte, dann können wir hochgehen. Die Tussi gibt sowieso gerade eine Pressekonferenz im Luitpoldsaal«, haspelte er, sprang entschlossen auf und watschelte eilig in Richtung Rezeption.

Wenn er wirklich der Neffe des Hotelbesitzers ist, dachte ich mir, kann dieser einem nur leidtun. Sein Imperium wird ihn wohl nicht besonders lange überleben.

Eine Minute später watschelte der Undercover-Portier wieder zurück und signalisierte mir, ihm unauffällig zu den Fahrstühlen zu folgen. Aufgeregt kippte ich den Schampus hinunter und wedelte mit der Hand das Kamerateam herbei, das mir neugierig (und nicht ganz so unauffällig) folgte. Als der Hotelneffe meine Begleitung sah, wurde er zwar ziemlich nervös und wollte die Sache abbrechen, doch ich neckte ihn immer weiter, dass er bloß ein Hochstapler sei und in Wahrheit gar keinen Schlüssel zu der Suite habe. Er war ein viel zu leidenschaftlicher Angeber, um sich das bieten zu lassen.

»Wart's ab, Lady!«, verkündete er großspurig, zwinkerte mir siegessicher zu und drückte den goldenen PH-Knopf des edlen Aufzuges.

Im obersten Stockwerk des Hotels angekommen folgten das Team und ich meiner Eroberung über den schweren Teppich zu einem doppeltürigen Eingang aus geschnitztem Mahagoniholz (wahrscheinlich hatte mindestens ein halber bolivianischer Regenwald für den Bau dieses Hotels dran glauben müssen). Dort zog der Neffe seine Karte routiniert durch ein Lesegerät und öffnete uns grinsend die Tür zu Stacey Fairys Suite. Ein dreistimmiges, langgezogenes »Wooohhhw!« ertönte, und selbst das Kamerateam blieb beeindruckt in der Tür stehen. Ich drängte mich an ihnen vorbei und ließ ehrfürchtig den Blick schweifen.

Die Suite war riesig! In der Mitte des hallenartigen Raumes stand ein überdimensionales Himmelbett aus rosa Samt (auf dem eine metergroße Plüschkatze aus Japan thronte), und auf sämtlichen Tischen und Sekretären prangten gigantische Blumenbouquets aus rosa Lilien. Es gab einen offenen Kamin und vier beinahe wandfüllende Fernseher, die alle gleichzeitig stumm liefen und Staceys neuestes Musikvideo zeigten. Da dieses in einem nachgebauten Barbie-Village spielte, wirkte der Raum noch rosafarbener, als er sowieso schon war. Überall in diesem Mädchenparadies waren Klamotten, leere und volle Rosé-Champagnerflaschen und Obstkörbe voller pinkfarbener Drachenfrüchte verteilt. Auf dem Fußboden und den vermutlich extra bereitgestellten rosafarbenen Teppichen lagen massenhaft Schuhe, BHs und bunte Klamotten (vermutlich Bühnenoutfits). Es sah aus, als ob eine Hello-Kitty-Bombe explodiert wäre.

Nach einer Minute unbändigen Staunens machte ich den Mund wieder zu und riss mich zusammen. »Ihr wisst, was zu tun ist«, raunte ich dem Kamerateam zu und hoffte, dass sie das tatsächlich wussten, denn ich hatte ehrlich gesagt keine große Ahnung.

Mein Instinkt sagte mir, dass es ein boulevardjournalistisch korrektes Vorgehen sei, die Suite zu durchsuchen und die pikantesten Entdeckungen zu drehen, trotzdem war es mir ziemlich peinlich, in den Sachen meines Idols herumzukramen. Außerdem hatte ich das Gefühl, dass die riesige Hello Kitty aus Plüsch mich vom Bett aus beobachtete. Ich hatte unten an der Bar nicht daran geglaubt, dass dieser zurückgebliebene Portier uns tatsächlich in die Suite lassen würde (wer ist denn bitte so dämlich?), und jetzt fühlte ich mich doch ziemlich überrumpelt. Aber die Kameraleute huschten schon durch den Raum und hielten auf das zerwühlte Bett, die halb leere Minibar und den überfüllten Aschenbecher.

»He, Rauchen ist in der Suite verboten!«, rief mein Türöffner mit der Pagenmütze, als er dem Objektiv der Kamera folgte und Staceys Kippen erblickte. Neugierig schlich er daraufhin ins Bad, vermutlich um zu überprüfen, ob die Sängerin weitere Hotelsünden in des Onkels teuerster Suite begangen hatte.

Und ich … Tja, ich wollte gerade meine Jungs zurückpfeifen und mich schleunigst aus dem Staub machen, bevor jemand kam und uns entdeckte, als ich mich plötzlich dabei erwischte, wie ich die verspiegelten Flügeltüren des mehrere Meter langen Kleiderschranks öffnete und Staceys Kostüme betrachtete. »Ach was, von Dior ist der«, nuschelte ich und nahm den Catsuit aus ihrem »Love-is-like-a-Lollipop«-Video vom Bügel, da rief mich der Kameramann vom Bett aus zu sich.

»Ist das nicht so 'ne Fett-weg-Hose, wie ihr Weiber die immer benutzt?«, fragte er und zoomte auf ein fleischfarbenes Etwas, das neben Staceys Kopfkissen lag.

»Wirklich?« Neugierig rannte ich zu ihm und nahm die Omahose prüfend in die Hand.

Er schien recht zu haben. Siegessicher grinsten wir uns an. Stacey Fairy benutzte Fett-weg-Höschen! Dass das eine sensationelle Story ist, war sogar mir als Boulevard-Anfängerin bewusst.

Und es ging immer weiter: Wir fanden noch eine Beißschiene, ein Nasenhaarschneidegerät (zumindest ist es das nach Aussage des Kameraassistenten), einen pinkfarbenen

Minivibrator und etwas, das aussah wie ein Tütchen Marihuana.

»Jetzt solltet ihr aber echt wieder rausgehen. Ich weiß nicht, ob das so gut ist, wenn ihr hier filmt. Man sieht schließlich, dass das in unserem Hotel war!«, kombinierte der Pagen-Einstein in einem kurzen Moment der Hellsichtigkeit.

Und mal ehrlich, so ganz wohl fühlte ich mich bei der Sache auch nicht.

»Nur noch die Packung Kondome dahinten!«, brüllte der Kameramann und hechtete um das Bett herum.

Ich schwöre, dass ich ihm gerade sagen wollte, er solle sich beeilen, da hörte ich von hinten eine mir seltsam bekannte Stimme kreischen: »What is this fucking girl doing with her fucking camerateam in my fucking suite?!«

Ich spürte genau, wie mein Herzschlag aussetzte. Mit einer lauten Vorahnung drehte ich mich um und sah direkt in die entsetzten Augen von Stacey Fairy herself! Um sie herum eine Horde von bulligen Securitys und anderen wichtig aussehenden Menschen mit Knöpfen in den Ohren und Unterlagen in den Händen. Innerhalb von Sekunden verwandelte sich meine Hammerstory samt Luxussuite in eine albtraumhafte Hello-Kitty-Hölle. Ich wusste, dass mich jetzt nur noch ein Wunder retten konnte. Aber wie immer ließ sich keines blicken. Stattdessen spürte ich, wie mir schwallartig schlecht wurde. Meine Handflächen wurden nicht feucht, sondern nass, meine Ohren fingen an zu rauschen, und meine Knie zitterten so sehr, dass ich jeden Moment damit rechnete, aus meinen pinkfarbenen Pumps zu kippen. Doch leider blieb ich stehen.

Hilfesuchend drehte ich mich nach dem Kameramann um, aber der zischte nur: »Du bist die Redakteurin! Du musst uns da rausbringen!«

Mein Magen drehte sich noch schneller, und ich begann jeden Schluck Champagner unten an der Bar zu bereuen. Obwohl – vielleicht kann ich auf verminderte Schuldfähigkeit wegen Alkoholeinflusses plädieren, schoss es mir durch den Kopf, aber den Gedanken verwarf ich ganz schnell wieder. Also drehte ich mich suchend nach dem Hotelchefneffen um, doch der war nirgendwo zu sehen (ich vermutete ihn im Whirlpool, ein intelligenteres Versteck traute ich ihm nicht zu). Mir blieb also nichts anderes übrig, als tief Luft zu holen, zu versuchen, möglich ruhig zu bleiben und Miss Fairy irgendwie zu besänftigen. Doch schon, als ich nur einen kleinen beschwichtigenden Schritt auf sie zumachte, schnellten ihre Gorillas zeitgleich nach vorn und positionierten sich drohend um mich herum.

»Gaaanz ruhig bleiben, Anna«, ermahnte ich mich selbst und nahm all meinen Mut zusammen. »Hi, Stacey!«, setzte ich an und erklärte ihr dann in (hoffentlich) perfektem Englisch, dass es eine Riesenehre für mich sei, sie persönlich zu treffen. Und dass es mir ganz furchtbar leidtue, dass wir aus Versehen irgendwie in der falschen Suite gelandet sind. Ob das hier nicht die Nummer 904 sei? Und dass wir wohl vorhin einfach statt links rechts hätten langgehen müssen. Verschwörerisch fügte ich mit einem neckischen Augenzwinkern hinzu, dass ich rechts und links andauernd verwechsle.

So was schweißt Frauen meist direkt zusammen, denn warum sollte es Stacey Fairy da anders gehen als mir und neunundneunzig Prozent der weiblichen Weltbevölkerung?

Entsprechend erwartungsvoll strahlte ich den Popstar an, doch sie musterte mich nur mit Augen, die mich irgendwie an die von Verena erinnerten, und erwiderte recht einsilbig: »Fuck you!«

Das war anscheinend das Stichwort für ihre Bodyguards, denn im nächsten Moment packte einer von ihnen mich am

Arm, zwei weitere stürzten sich auf das Kamerateam, und in Sekundenschnelle hatten sie uns aus der Suite befördert. Allerdings ohne uns vorher die Kamera abzunehmen …

»Was zum Teufel hast du dir bloß dabei gedacht?!«, schreit Verena mich in diesem Moment zum vermutlich neunundneunzigsten Mal an, während sie in ihrem Glaskastenbüro wie eine böse Königin in ihrer Folterkammer thront.

Neben ihr sitzt eine recht zufrieden dreinschauende (auch wenn sie versucht, das zu verbergen) Vanessa mit verschränkten Armen und fixiert mich mit ihren Schlangenaugen, während Vampirella kurz davor ist, mir eine zu kleben. Zumindest fühlt es sich so an.

»Das Interview dürfen wir im Leben nicht mehr ausstrahlen!!!! Wahrscheinlich dürfen wir nie wieder IRGENDETWAS von Stacey Fairy ausstrahlen!!!! DAS IST EINE KATASTROPHE!!!!!«

Ich rutsche tiefer in meinen Sitz und wünsche mir auf der Stelle einen Unsichtbarkeitsumhang oder so etwas in der Art herbei. Die Begrüßung in der Redaktion hatte ich mir nun wahrlich anders vorgestellt. Aber schon, als Vanessa in der Hotellobby meine Geschichte gehört hat, ist sie leichenblass geworden, hat sofort Verena angerufen und ist schnurstracks mit mir zurück in den Sender gefahren. Jetzt sitze ich hier wie eine Schwerverbrecherin und lasse mir von einer Vampirin und ihrer Beachbabe-Assistentin das Fell über die Ohren ziehen. Von der Möchtegernjuristin über die Starreporterin zur Schwerverbrecherin. Die Karriere, die ich in den letzten zwei Tagen hingelegt habe, ist schon – wenn auch auf eine sehr zweifelhafte Art und Weise – sehr beeindruckend.

»Anna!!!! So heißt du doch????«, reißt Verena mich aus meinen Überlegungen, »Anna, wie lange bist du bei uns?

Den zweiten Tag? Und ruinierst schon unsere gesamte Sendung??? Anna, du bist so was von gefeu…!«

Weiter kommt sie nicht, denn in dem Moment reißt Leonie die Tür zum Büro auf, stürzt herein und brüllt völlig außer Atem: »Das Management von Stacey Fairy hat eben angerufen, sie wollen unbedingt, dass wir die Bilder von der Suite bringen, und zwar alle – in einer Exklusivstory mit Interview! In einer Umfrage ist wohl rausgekommen, dass Stacey ihren Fans nicht authentisch genug ist, und jetzt wollen sie sie ganz echt präsentieren, mit allen Fehlern, Bauchweg-Höschen und so weiter. Damit die Frau auf der Straße sich wieder mit ihr identifizieren kann oder so. Die Plattenverkäufe sind wohl rückläufig…« Nicht ohne Triumph blickt Leonie in die Runde und zwinkert mir heimlich zu.

Ich beginne unwillkürlich von meiner Schockstarre in ein breites Grinsen überzugehen und beobachte mit Genugtuung, wie sich auf Vanessas Gesicht das genaue Gegenteil abspielt. Die Vampirella scheint leicht verwirrt zu sein, fängt sich aber recht schnell wieder.

»Nun gut, wenn die das so wollen…«, meint sie. »Also, uns soll es ja recht sein, nicht?« Sie sieht mich an. »Glück gehabt, Anna! Versteh einer die Stars… Und jetzt raus aus meinem Büro, ich habe zu tun.«

Das lasse ich mir nicht zweimal sagen, springe wie aus der Pistole geschossen auf, murmele ein schnelles »Danke« und husche erleichtert hinter Leonie aus der Tür.

Draußen empfangen mich ein bis über beide Ohren grinsender Manuel und lautes Getuschel, das eher ehrfürchtig als böse klingt. Anscheinend hat sich die Nachricht vom Exklusivbeitrag wie ein Lauffeuer verbreitet. Ein paar Redakteure fangen sogar an zu klatschen.

»A star is born!«, sinniert Manuel andächtig und schließt mich in die Arme.

Ich muss unwillkürlich lachen und will ihm einen Klaps auf den Hintern geben, doch mitten in der Bewegung halte ich inne – hinter Manuels Rücken steht Tom und schaut mich an. Er lächelt (mein Herz setzt fast schon wieder aus), dann hebt er kurz den Daumen, nickt mir zu und geht weiter. Ich bleibe stehen, und mir wird schwindlig. Doch dann reiße ich mich schnell wieder zusammen und gehe zügig weiter. Aus der Sache mit Stacey Fairy mag ich ganz gut herausgekommen sein, aber ich werde mein Glück sicher nicht überstrapazieren. Von Männern halte ich mich erst einmal fern. Auch wenn das bei Toms süßem Lächeln verdammt schade ist… Seufz.

Das Designerschuhinferno

Shoppingbeutetagebuch:

Fabelhafte silberne Designerpumps mit Swarovski-Steinchen (na ja, fast zumindest): 1

»Das müssen wir feiern!«, hat Manuel gleich nach Redaktionsschluss gebrüllt, und anstatt in die WG zu fahren und endlich meine Koffer richtig auszupacken, haben wir inklusive Leonie direkt die Innenstadt angesteuert, um die Zeit bis Ladenschluss ausgiebig zu nutzen.

»Du bist jetzt eine Killer-Reporterin, also brauchst du auch Killer-Highheels«, frohlockte Manuel und tänzelte vor uns durch die Fußgängerzone.

Er steuerte einen Laden an, den ich normalerweise nie betreten hätte und in dem ein namhafter Designer wahnsinnig fabelhafte Schuhe und Handtaschen verkauft. Nicht minder wahnsinnig waren die Preise dort, doch da ich heute die Rücküberweisung meines Anteils an den Flitterwochen (bloß nicht weiter dran denken) erhalten habe, konnten mich die nicht vorhandenen Preisschilder ausnahmsweise wenig abschrecken.

Als wir den edlen Store betraten, musste ich erst mal stehen bleiben und nach Luft schnappen. Auf etlichen beleuchteten Wandregalen standen unzählige Schuhe – und was für welche! Die wahrscheinlich schönsten Highheels, die ich in meinem Leben jemals gesehen habe! Sie funkelten und strahlten in der indirekten Beleuchtung des Designerstores, jeder Schuh schien mich wahrhaftig anzulächeln und aufmunternd zu flüstern: »Na los, probier mich an, dafür bin ich schließlich da!« Ich fühlte mich ein bisschen wie Mel Gibson in *Was Frauen wollen*, nur dass ich die Gedanken von Schuhen und nicht die von Frauen lesen konnte. Deswegen blieb ich – während Leonie und Manuel sofort auf die Regale zustürmten – vor Ehrfurcht fast gelähmt mit weit aufgerissenen Augen und pochendem Herzen in der Tür stehen und ließ dieses Schuhparadies auf mich wirken. Ehrlich gesagt, so richtig traute ich mich in die edle Boutique nicht rein, denn es sah alles so elegant aus – sogar der Teppich leuchtete in strahlendem Weiß. Wahrscheinlich würde ich den edlen Flor mit meinen Nicht-Designer-Schuhen nicht nur entehren, sondern mit meinen alten Tretern auch ziemlich schmutzig machen …

Mit nur einem einzigen Satz schaffte es Manuel, sämtliche Ehrfurcht meinerseits zu zerstören. »Jetzt zerfließ hier nicht vor lauter Ehrfurcht, sondern schwing deinen kleinen Hintern zu mir, Anna! Das sind Schuhe, ziemlich überteuerte Schuhe, aber eben auch nur Schuhe! Du kannst wieder mit dem Atmen anfangen, *chica*!«, flötete er durch die gesamte Boutique und erntete daraufhin brüskierte Blicke von den geschniegelten Verkäufern.

Gott, wie peinlich war das denn? Mit gesenktem Blick eilte ich zu Manuel und gab ihm einen Knuff in die Seite. »Pschhhhhhhhht!!!«, machte ich und schämte mich sehr. Was dachten denn jetzt die Verkäufer von mir?

»Keine Sorge«, erriet Manuel meine Gedanken. »Wenn wir nachher ein Paar von den Achthundert-Euro-Schuhen kaufen, werden sie uns lieben, egal wie viel wir zuvor gepöbelt haben. So läuft das hier – deswegen fühle ich mich in diesem Laden ja so wohl!«, zwinkerte er und fuhr fort: »Deswegen solltest du jetzt auch schnellstens mit dem Probieren anfangen! Wie wäre es mit dem da? Oder doch lieber der hier? Oder der dahinten, was meinst du? Am besten probierst du sie alle einmal an«, schlug Manuel vor und stapelte die exklusiven Schuhe auf seinem Arm, als wären es Honigmelonen aus dem Sonderangebot.

»Na gut«, antwortete ich, wieder mit pochendem Herzen und dem leisen Wispern der Schuhe im Ohr. So elegant, wie es mir möglich war, ließ ich mich auf einer der lederbezogenen Bänke nieder, schlüpfte aus meinem No-Name-Schuh und streckte den Fuß zehenklimpernd Manuel entgegen. »Dann bring mir mal eins von den guten Stücken rüber!«, forderte ich ihn auf und wartete gespannt darauf, wie es sich wohl anfühlte, Achthundert-Euro-Schuhe zu tragen.

Inzwischen weiß ich sehr genau, wie sich das anfühlt: fabelhaft! Gut zwei Stunden später habe ich nämlich – bis auf drei Ausnahmen, die es nicht in meiner Größe gab – alle Schuhe aus dem Store anprobiert und mit Leonies und Manuels Hilfe den Favoritenkreis auf fünf Paare eingeschränkt. Aber die sind alle so fantastisch, dass ich keine Ahnung habe, wie ich es schaffen soll, mich auf eines davon festzulegen.

»Wenn wir Stacey Fairy wären, würden wir einfach alle nehmen«, philosophiert Leonie verträumt und schlüpft zum einhundertsten Mal in ihr Lieblingspaar.

Gott sei Dank hat sie eine andere Schuhgröße als ich, schießt es mir durch den Kopf, als ich den verträumt-verliebten Blick sehe, mit dem sie auch meine Auswahl mustert.

»Mädels, manchmal im Leben muss man eben knallharte Entscheidungen treffen! Da kommt man nicht drum herum, dieser Herausforderung muss man sich stellen, offen auf sie zugehen und sich für die besten entsch… Huch!«, unterbricht Manuel seinen Vortrag, wirft sich wie ein Militärauskundschafter der Special Forces auf den Boden und robbt hinter den Berg Kartons, die sich mittlerweile zu meinen Füßen stapeln. Entsetzt schaue ich zu ihm hinunter und frage mich, ob das wieder eines seiner Ich-teste-Anna-Spielchen ist.

»Oje«, seufzt nun aber auch Leonie, und da ich überhaupt nichts mehr verstehe, folge ich ihrem Blick zur Tür. Dort steht ein sehr gut aussehender junger Mann im Anzug, an seiner Seite eine nicht minder junge und gut aussehende Frau, die beim Anblick der zahlreichen Schuhe begeistert zu quieken anfängt. »Das ist Alex, Manuels Ex«, wispert Leonie mir zu.

»Der Typ, den er betrogen hat?«, frage ich nicht ganz so leise, dafür umso schockierter zurück und werde prompt von unten in die Wade gezwickt, woraufhin die Mitte des Kartonstapels leicht zu wackeln beginnt.

Alex, wie ich inzwischen erfahren habe, und seine hübsche Begleitung laufen derweil immer weiter in den Laden hinein und bewegen sich damit zwangsläufig auf uns zu. Leonie betrachtet hochinteressiert den Schuh an ihrem Fuß und vermeidet es krampfhaft, aufzusehen, doch es nützt nichts.

»Leonie, bist du das?« Es ist Alex, der direkt vor uns steht.

»Oh ... Alex, was für eine nette Überraschung!«, antwortet Leonie in deutlich überhöhter Stimmlage und dreht sich ihm zu, möglichst weit weg von den Schuhkartons.

»Das ist Anna, eine neue Kollegin von *Flash!* und meine beste Freundin. Wir shoppen gerade ... Schuhe!«, schiebt sie hektisch hinterher.

Ich hebe zum Gruß kurz die Hand und lächele den Exverlobten von Manuel an. Aus den Augenwinkeln sehe ich, wie der Kartonstapel gefährlich zu schwanken beginnt.

»Ist Manuel nicht hier?«, fragt Alex in dem Moment ein

wenig schüchtern, und als Leonie und ich daraufhin wie verrückt die Köpfe schütteln, meine ich, ein kurzes Aufblitzen von Enttäuschung in seinem Blick ausmachen zu können.

»Alex-Spatzi, komm doch mal her, ich habe ein ganz entzückendes Paar gefunden!«, flötet in dem Moment seine blonde Begleitung von hinten und wedelt mit einem Schuh vor ihrer Nase herum, das Leonie und ich gleich zu Beginn aussortiert haben.

»Entschuldigt bitte, meine Schwester sucht sich hier gerade ihr überteuertes Geburtstagsgeschenk aus… Also schön, Leonie, hat mich gefreut, dich zu sehen, und Anna, dich kennenzulernen! Viel Spaß euch noch«, er wendet sich zum Gehen, dreht sich dann noch einmal unschlüssig um. »Ach ja, Leonie, wenn du Manuel siehst, dann…«

»Ja?«, fragt Leonie hoffnungsvoll nach.

»Ach, nichts. Macht's gut, ihr zwei«, entschließt Alex sich und läuft zurück zu seiner Schwester mit dem schlechten Geschmack.

Wir bleiben sitzen, wobei ich unauffällig versuche, den immer noch schwankenden Kartonstapel mit der Hand zu stützen.

»Was machen wir denn jetzt?«, wispere ich. Der Laden ist viel zu klein, als dass wir Manuel ungesehen an Alex vorbeimanövrieren könnten.

»Warten, bis er weg ist!«, zischt es aus den Kartons.

Mit einem Seitenblick auf die vor Begeisterung beinahe schaumsprühende Schwester von Alex meint Leonie recht trocken: »Das kann dauern.« Dabei seufzt sie laut.

Ich tue es ihr gleich und beschließe, dass ich, wenn wir schon hier festsitzen, wenigstens in Ruhe meine Schuhentscheidung treffen kann. Als ich nach unten schaue, denke ich, dass mir die silbernen Exemplare mit den Swarovski-Steinen, die ich im Moment trage, von Anfang an am besten gefallen haben. »Ich habe eine Entscheidung getroffen!«, setze ich gerade zur großen Verkündung an.

Da kommt auch schon einer der schleimigen Verkäufer auf uns zugeeilt, ein leicht irres Grinsen im Gesicht, das wohl verkaufsfördernd sein soll, und flötet: »Na, für welche Modelle haben sich die Ladys denn entschieden?«

Entweder ist der Laden verwanzt, oder der Typ hat ein Gehör, das Superman alt aussehen ließe.

»Die da«, antworte ich und wackele mit den Zehen.

»Eine grandiose Entscheidung«, strahlt er daraufhin, was mir angesichts des Preises, den ich erst an der Kasse erfahren werde, etwas Angst macht.

In dem Moment geschieht jedoch etwas noch viel Beängstigenderes, denn der Mann fängt an, meinen Kartonstapel aufzuräumen.

»Nein!«, ertönt plötzlich ein dreifacher Schreckensschrei, und eine Hand zupft von unten hektisch am Hosenbein des Schuhverkäufers.

Damit hat der Mann wohl nicht gerechnet, denn er stößt einen schrillen Schrei aus und beginnt wie wild um sich zu treten. Offenbar mit schlagkräftigem Erfolg, denn einer der Kartons jault schmerzerfüllt auf, und ehe wir uns versehen, bricht die Kartonwand in sich zusammen. Inmitten des Chaos steht – wie aus dem Nichts erschienen – ein hüpfender Manuel, der sich jaulend das Schienbein hält und etwas von Körperverletzung stammelt. Der ganze Store schaut zu uns herüber, und bis auf Manuels Gehopse und Gejaule herrscht Totenstille. Erst nach einigen weiteren Schrecksekunden durchschneidet eine ungläubige Stimme die Friedhofsruhe.

»Manuel?«, ertönt es leise aus der Geschmacksverirrungsecke, und Alex kommt wieder langsam auf uns zu.

Schlagartig hört Manuel auf zu hüpfen, blickt erschrocken seinen Ex an, dann uns und murmelt nur: »Ich muss weg.«

Eine Zehntelsekunde später hat er sich aus der Kartonwüste befreit, schüttelt die letzten Seidenpapierfetzen von seinen Beinen ab und läuft schnurstracks auf den Ausgang zu. Den verdutzten Alex lässt er kommentarlos stehen. In dem Moment besinnt sich Leonie, rafft ihre Handtasche an sich, spurtet Manuel hinterher und hetzt raus aus dem Laden. Ich sitze noch eine Schrecksekunde länger da, dann berappele auch ich mich und laufe den beiden nach. Allerdings werfe ich Alex im Vorbeigehen noch ein kurzes »Sorry!« zu – wir Betrogene müssen schließlich zusammenhalten.

Erst an der Tür fällt mir auf, dass ich noch die silbernen Pumps mit den Glitzersteinen trage. Hektisch ziehe ich sie aus, werfe sie dem verstörten Verkäufer zu und sage: »Bitte legen Sie die für mich zurück!« Dann stürme ich barfuß aus dem Laden, hinter mir nur sprachlose Menschen und das größte Designerschuhinferno, das diese Straße wohl jemals gesehen hat.

Manuel und Leonie sind mir schon ein gutes Stück voraus, und ich rufe ihnen zu, dass sie auf mich warten sollen. Ich kann barfuß einfach nicht so schnell laufen. Nichtsdestoweniger trippele ich ihnen hektisch hinterher und zucke bei jedem Stein schmerzhaft zusammen. Was war das eigentlich gerade?, frage ich mich und lege noch einen Schritt zu. Dabei weiß ich ganz genau, was das war. Nämlich der eindeutige Beweis dafür, dass nicht nur mein Liebesleben das reinste Chaos ist. Ich befinde mich in bester Gesellschaft.

Eine gute Stunde später sitzen wir alle drei in der Küche und rühren mit kleinen pinkfarbenen Plastiklöffeln in der dickflüssigsten heißen Schokolade, die ich jemals gesehen, geschweige denn getrunken oder besser gelöffelt habe. Auf den Schock hin brauche er erst mal was für die Nerven, meinte Manuel vor einer Viertelstunde und stürmte, direkt nachdem wir zur Tür herein waren, in die Küche, um seine

Lieblingstrinkschokolade nach einem Rezept seiner spanischen Mama herzustellen.

Ich habe noch nie zuvor etwas probiert, das dermaßen fantastisch und pervers zugleich schmeckt. Fantastisch, weil das Gebräu einfach nur wie flüssige, heiße Milchschokolade schmeckt und insofern köstlich ist, pervers deswegen, weil selbst mir als hartgesottenem Schoko-Junkie schon nach dem fünften Löffel langsam schlecht wird. Der dürre Manuel scheint die geballte Ladung flüssiger Kalorien weitaus besser wegzustecken. Verblüfft schaue ich ihm zu, wie er seinen Löffel im Sekundentakt in dem großen Topf auf dem Herd versinken lässt und sich Mamas Schokolade reinschaufelt, als handelte es sich um Hühnerbrühe.

Als sein Löffel nach guten zehn Minuten endlich über den Boden des Topfes kratzt (Leonie und ich haben bereits nach vier Minuten und einem drohenden Schoko-Flash aufgegeben), führt er sich die allerletzten Überreste seines spanischen Wundermittels zu Gemüte, wirft dann den Löffel in hohem Bogen in die Spüle, klatscht in die Hände, dreht sich geschäftig zu uns um und meint in trockenem Ton: »Also gut, lasst uns tanzen gehen!«

Während ich ungläubig die vor meiner Nase vor lauter Enthusiasmus zugeschlagene quietschgelbe Küchenuhr mustere (mittlerweile ist es zwanzig nach zehn), wirft Leonie ihren Löffel – wenn auch deutlich vorsichtiger – ebenfalls in die sowieso schon gnadenlos überfüllte Spüle und tänzelt durch die Küchentür in Richtung ihres Zimmers. Ratlos bleibe ich allein mit dem ausgekratzten Schokotopf zurück und rufe unsicher: »Müssen wir nicht morgen arbeiten?« in Richtung Flur.

Als mir daraufhin ein zweistimmiges »Mach dich locker, Anna!!!« entgegenschallt, zucke ich die Schultern, versuche den Gedanken an die Neun-Uhr-Konferenz und die themengeile Vampirella zu verdrängen und werfe auch meinen Löffel in die Spüle. Natürlich treffe ich nicht, sondern er landet in hohem Boden auf dem Schachbrettküchenboden und hinterlässt auf den weißen Fliesen unschöne braune Streifen. Egal.

Wie von mir verlangt, mache ich mich locker, drehe mich um und laufe in den Flur, um in meinem Kofferklamottenchaos nach meinem rosa Seidenkleid zu suchen. Die Küchentür drücke ich vorsichtshalber doch lieber ganz sanft hinter mir zu.

Kaum habe ich den ersten Koffer durchwühlt und mein Seidenkleid glücklicherweise ganz unten zwischen ein paar Spitzentangas und meinen Winterwollsocken gefunden, stürmt auch schon Leonie (in dem kürzesten Kleid, das ich jemals gesehen habe), gefolgt von Manuel (in der engsten Jeans, die ich jemals gesehen habe, und dem knallbonbonfarbensten Hemd, das ich jemals gesehen habe) herein. Unglaublich, wie schnell die beiden sich partytauglich machen können, vor allem wenn man bedenkt, wie lange sie morgens brauchen.

Gerade will ich sie fragen, ob sie heimlich Partystyling als Ersatzsportart trainieren, da reißt mir Leonie das zartrosa Seidenkleid aus der Hand. Fassungslos breitet sie es vor sich aus, mustert dann noch schockierter das Etikett des Kleides (habe ich letzten Sommer im Schlussverkauf bei Esprit erstanden) und wirft es fast schon angewidert Manuel zu. Der quiekt kurz auf, zischt etwas, das wie »abscheulicher Fetzen« klingt, knüllt mein geliebtes Seidenkleid zusammen und befördert es mit einem gekonnten Wurf über die Schulter in den Flur. Jetzt bin ich noch froher, die Küchentür geschlossen zu haben (Schokolade macht sich auf Seide nicht so gut), und rufe den beiden empört zu, dass der abscheuliche Fetzen zufällig mein Lieblingskleid sei und außerdem meinen Pfirsichteint wunderbar betone. Das hat zumindest Marcel immer behauptet, aber das muss ich den beiden ja nicht unbedingt auf die Nase binden.

»Deinen Pfirsichteint vielleicht, aber das ist dann auch das Einzige, was dieser wahr gewordene Modekettenalbtraum betont. *Du* brauchst etwas, das eher deine Pfirsiche betont als deinen Teint, sonst gehst du im Stüberl komplett unter«, klärt mich Manuel mal wieder mit erhobenem Zeigefinger auf.

»Im Stüberl?«, frage ich misstrauisch und habe sofort Bilder von Skipisten, Käsefondue und DJ Ötzi im Kopf.

»Im P 1, mein Hase«, erklärt mir Leonie mit einem sanften Lächeln und zaubert eine Handvoll Stoff hinter ihrem Rücken hervor, die bei näherer Betrachtung und mit viel gutem Willen tatsächlich ein Kleid darstellen könnte. Ein sehr kleines Kleid allerdings.

»Ist von Topshop, sieht im Dämmerlicht aber wirklich original nach DKNY aus«, säuselt Leonie fast mit ein wenig Mutterstolz in der Stimme und fängt an mir geschäftig die Bluse aufzuknöpfen.

Auch Manuel wird langsam ungeduldig, klatscht mal wieder in die Hände und verkündet, dass er nach diesem hochtraumatischen Erlebnis gleich durchdrehen müsse, wenn die *chicas* (also Leonie und ich) jetzt nicht endlich abflugbereit seien. Auf irgendeine fast schon magische und Leonieeigene Art bin ich dank ihres Wunder-Make-up-Kastens fünf Minuten später tatsächlich fertig, stürme hinter den beiden aus der Wohnungstür zum wartenden Taxi und versuche die ganze Zeit, mir das megaenge Schlauchkleid wenigstens über den Hintern zu ziehen, was mir nur halb gelingt. Ich bin nicht wirklich sicher, was mich erwartet, aber komischerweise freue ich mich darauf.

Das Stern-des-Südens-Outing

Shoppingbeutetagebuch:

FC-Bayernschal (in Vorbereitung auf das Interview): 1

Silberne Designerpumps mit Swarovski-Steinchen (zur Belohnung): 1

Pfirsichfarbener Push-up-BH von La Perla (ebenfalls in Vorbereitung auf das Interview): 1

Als wir in einer Art Hinterhof aus dem Taxi steigen und auf den Eingang des P 1 zusteuern, bin ich zugegebenermaßen ganz schön nervös. Zu meinen Augsburg-Zeiten bin ich mit Marcel vielleicht mal in den Who Club gegangen oder zu seinen geliebten, unsäglichen Karaokepartys, aber in einer echten Promi-Disko war ich noch nie! Doch als Leonie den Türsteher mit zwei Küsschen begrüßt und Manuel mich ungefragt als die neue KLN-Starreporterin vorstellt, verfliegt meine Angst recht schnell. Anscheinend befinde ich mich in der besten Begleitung, und spätestens nachdem ich das erste Glas Schampus viel zu schnell getrunken habe (nicht meine Schuld! Ich komme fast um vor Durst, und Wasser ordert Manuel aus Prinzip nicht, wie er sagt), finde ich sowieso alles super.

Leonie und ich tanzen uns die Seele aus dem Leib, und Manuel zuckt im Takt der Musik, als stünde er unter Starkstrom. Leicht besorgt frage ich Leonie, ob sie glaubt, dass er Schmerzen habe, aber sie winkt nur ab und erklärt mir, dass dies sein normaler Tanzstil sei. Ehrlich gesagt achte ich sowieso weniger auf Manuel, sondern halte hoffnungsvoll Ausschau nach Tom. Immerhin bin ich in einem Promi-Club, und als Fernsehmoderator ist Tom ganz eindeutig ein Promi. Demnach halte ich die Wahrscheinlichkeit, dass er früher oder später hier auftaucht, für recht hoch.

Allerdings stellt es sich als gar nicht so einfach heraus, die ganze Zeit zu tanzen, alle drei Minuten mit Manuel und Leonie auf die »gottverdammte Freiheit glücklicher Singles, die überhaupt keine Männer brauchen, und zwar nie wieder!!!« anzustoßen und parallel die umstehenden Gesichter nach Tom abzusuchen. Während ich mir den Hals gerade um gefühlte einhundertachtzig Grad verrenke, weil ich meine, seinen Hinterkopf rechts neben den Damentoiletten erspäht zu haben, und gleichzeitig mein Glas hebe, um aufs Neue meinen Begleitern zuzuprosten, stoße ich mit dem Glas plötzlich gegen etwas Hartes, und es fällt zu Boden. Als ich den Blick von den Menschen rund um die Toilette löse und nachschaue, gegen was ich da eben geprallt bin, sehe ich zuerst die Scherben und die kleine Champagnerlache auf dem Boden. Mit einem unguten Gefühl wandern meine Augen weiter nach oben und entdecken die Ursache für meinen Champagnerunfall: eine Wand aus Stahl. Die steckt in einem recht engen schwarzen Hemd und blickt mich halb überrascht, halb belustigt an.

»Sorry, aber mit so harten Bauchmuskeln habe ich nicht gerechnet«, entschuldige ich mich bei meinem sehr attraktiven und offensichtlich sehr italienischen (schwarze, längere Haare, braune Augen, dunkle Haut, mmh…) Gegenüber. Allerdings ist es wohl eher der Alkohol, der aus mir spricht, denn für gewöhnlich spreche ich einen Mann beim Kennenlernen nicht schon im ersten Satz auf seine Bauchmuskeln an.

»*Scusi*, das ware wohl meine Schulde, *bella*! Darf isch ihne eine neue Schampagne ausgebe?«, fängt die südländische Betonwand unvermittelt an zu sprechen.

Plötzlich finde ich sie noch netter! »Das wäre wirklich toll!«, antworte ich ehrlich und verschweige weniger ehrlich, dass das kleine Malheur eigentlich meine Schuld war.

Fröhlich folge ich dem edlen Spender an die Bar und registriere nebenbei, dass er wirklich extrem breite, muskulöse Schultern hat. Dank der anhaltenden Wirkung der Prickelbrause sage ich ihm das auch gleich, was der nette Italiener mit einem Lächeln quittiert. Mit einem »Isch eiße übrigens Marco« überreicht er mir zwanzig Sekunden später ein Champagnerglas und prostet mir ganz gentlemanlike zu.

»Aber du hast gar kein Auto, stimmt's?«, krähe ich daraufhin noch fröhlicher und fühle mich an die Lieblings-Kaffee-Werbung aus meiner Kindheit erinnert.

»*Scusi?*«, antwortet Marco leicht irritiert, scheint sich dann aber mehr für die Länge meiner Beine als für meine Kommentare zu interessieren.

Ich schließe daraus, dass Nescafé in Italien andere Werbegesichter einsetzt, und drehe mich kurz suchend nach Leonie und Manuel um, immerhin bin ich eben einfach so verschwunden.

»*Bel culetto!*«, höre ich Marco daraufhin sagen.

Ich meine, mich vom letzten Urlaub am Gardasee noch erinnern zu können, dass *culetto* Po oder Hinterteil heißt. Als mir gleichzeitig auffällt, dass ich ein ziemlich luftiges Gefühl an besagtem Körperteil verspüre, greife ich reflexartig mit der Hand an meinen Hintern und erblasse augenblicklich. »Dieses blöde Kleid!«, zische ich und zerre wie verrückt an dem Stoff, bis ich mir sicher sein kann, dass er meine Pobacken wieder einigermaßen verdeckt.

Wie sehr ich mein rosafarbenes Seidenkleid in diesem

Moment vermisse! Glücklicherweise trage ich dank Leonie wenigstens einen frisch gewaschenen roten Seidenstring von La Perla und nicht die verwaschene Baumwollunterhose, die ich noch heute Morgen anhatte, da ich nach dem (zu späten) Aufstehen auf die Schnelle nichts anderes als meine superbequeme Schlafunterhose gefunden hatte. Trotzdem würde ich Leonie mit ihrem blöden Topshop-DKNY-Verschnitt am liebsten verfluchen!

Marco sieht das offensichtlich anders, denn er grinst mich freudig an. Unwillkürlich beginne ich mich zu fragen, seit *wann* mein Kleid hochgerutscht ist und ob dieser Umstand etwas mit seiner freundlichen Einladung zu tun gehabt haben könnte. Um von mir abzulenken, frage ich Marco deswegen schnell, was er denn beruflich so mache.

»Isch spiele Fußballe«, antwortet er daraufhin vergnügt, was mich wiederum irritiert, da ich mit Fußball eher ein Hobby als einen Beruf assoziiere.

»Ah ja«, antworte ich ziemlich skeptisch und will gerade genauer nachfragen, als mich plötzlich jemand am Arm reißt und wegzieht. Das Ganze passiert so abrupt, dass mir mein Glas schon wieder auf den Boden fällt. »Was zum Teufel …«, schimpfe ich los und erblicke Leonie, die meinen Arm immer noch krampfhaft umklammert hält.

»Weißt du eigentlich, mit wem du da gerade sprichst!!!«, schreit sie mich an.

Ich antworte ziemlich beleidigt: »Ja, das ist Marco, er ist Italiener und ich habe mein Glas gegen ihn …« Weiter komme ich nicht.

»Das ist Marco Tossi, Bayern Münchens neuer Starstürmer und der sexiest man alive, du super Starreporterin du!!!«, schmettert mir Leonie atemlos entgegen und winkt dem ein paar Meter von uns weg stehenden und mal wieder sehr verdutzt dreinschauenden Marco mit einem leicht hysterischen Lächeln zu. »Der ist so was von süß!«, zischt sie mir durch die Zähne zu und schenkt dem Italiener weiterhin ihr betoniertes Grinsen.

»Ach, *der* ist das!!??«, frage ich schockiert und werfe einen vorsichtigen Blick auf den berühmten Kicker, was dieser gleich mit einem Augenzwinkern kommentiert und erst auf sein Champagnerglas und dann hinter sich auf die Bar deutet.

»Nick ihm gefälligst zu, der will dir noch einen Schampus spendieren!«, zischt Leonie mir wieder ins Ohr, und wie ferngesteuert nicke ich.

Als Marco sich daraufhin umdreht, wende ich mich Leonie zu und schlage mir die Hand vor lauter Peinlichkeit so fest vor die Stirn, dass mir kurzfristig auch ganz ohne neues Champagnerglas schwindelig wird. »Oh Mann, sag doch früher, dass das der aus der *GQ* ist!!!! Den habe ich sogar schon in den Nachrichten gesehen! Wie peinlich!!! Ich muss sofort weg«, befinde ich und drehe mich wieder nach vorn, um so schnell wie möglich Reißaus zu nehmen, bevor der italienische Superstar zurückkommen kann.

Da packt Leonie mich abermals am Arm und zieht mich zu sich. »Sag mal, spinnst du???? Das ist *deine* Chance!!! Du hast gerade *den* absoluten Fußballsuperstar getroffen, gegen den sogar David Beckham alt aussieht, und dieser absolut weltberühmte Superstar steht augenscheinlich auch noch auf dich!«

»Weil er nicht weiß, wie bescheuert ich bin, und weil dein dämliches Kleid nicht über meinen Hintern geht«, maule ich, doch Leonie spricht gleich aufgeregt weiter.

»Ist doch total egal, warum. Wichtig ist, *dass* er es tut! Die dämliche Vanessa versucht seit Wochen, ein Interview mit ihm zu ergattern, und bekommt einfach keines. Wenn du dich jetzt nicht ganz dämlich anstellst, flirtest du noch ein bisschen mit dem guten Marco, trinkst mit ihm ein paar Gläschen und machst dann einen Interviewtermin mit ihm fix, *capisci, bella*??? Und jetzt Vorsicht, er kommt!!!«, warnt Leonie mich noch und schubst mich ein Stückchen nach vorn.

Schon stehe ich wieder vor dem prominenten Bayernstürmer, der mit einem breiten Grinsen zwei Gläser vor sich her trägt, mir eines davon reicht, wieder zwinkert und mir mit einem »Aber diese Male trinkst du deine Glas auche leere!« zuprostet.

Wenn ich ihn mir genauer betrachte, kommt er mir tatsächlich irgendwie bekannt vor. Gut, in der *GQ* hatte er deutlich weniger an, und ich war beim Betrachten der Bilder auch wesentlich nüchterner als zurzeit, aber je länger ich ihn anschaue, desto sicherer bin ich mir, dass Leonie recht hat. Die ganzen starrenden Frauen um uns herum, die mir erst jetzt auffallen, sind mit Sicherheit auch ein Indiz für die Echtheit des Bayernstars. Na gut, also auf in den Kampf, sage ich mir, setze mein bezauberndstes Lächeln auf und stoße mein Glas elegant gegen das von Marco. »Anna«, hauche ich verführerisch und zwinkere ihm ebenfalls zu.

Kann ja nichts schaden, ein bisschen nett zu ihm zu sein. Erstens sieht er verdammt gut aus und ist ein netter Kerl, und zweitens klingt Leonies Idee mit dem Interview gar nicht so dämlich. Ich sehe Verenas finsteres Gesicht regelrecht vor mir. Außerdem – aber diesen dritten Grund wage ich nur in meinem Unterbewusstsein laut auszusprechen – ist Marcel ein riesiger Bayernfan und fände es bestimmt gar nicht lustig, wenn er wüsste, dass ich mich von einem seiner heiß verehrten Spieler zu Champagner und Flirtversuchen einladen lasse. Aber genau das tue ich dann.

Es wird eine ziemlich lange Nacht. Marco stiefelt noch recht oft zur Bar, um Nachschub zu bestellen (würde ich hier auch nur annähernd so viele Wasserflaschen kaufen wie er Champagnerflaschen, wäre mein Gehalt bereits um Mitternacht aufgebraucht – im nächsten Leben werde ich auch Fußballstar!), und ich packe alle meine Flirtkenntnisse, die ich in den Jahren mit Marcel sträflich vernachlässigt habe, wieder aus und sprühe regelrecht vor Charme.

Ich weiß nicht, ob es daran, an meinem halb entblößten Hintern oder an der Tatsache liegt, dass Marco total besoffen ist (ich dagegen habe an meinem Fauxpas Geschmack gefunden und kippe inzwischen jedes zweite Glas unauffällig auf die Tanzfläche), aber als ich ihn frage, ob er mir nicht mal ein Interview für mein Magazin geben könne, holt er sein Handy aus der Tasche, ruft seinen offenbar rund um die Uhr erreichbaren Manager an und kräht in gebrochenem Deutsch ins Telefon, dass die blonde Anna von *Flash!* alles bekommen solle, was sie will. Dann reicht er mir den Hörer weiter, und ich vereinbare mit dem sehr netten und anscheinend unerschütterlichen Manager einen Termin zum Interview im Bayerischen Hof. Gerade als ich mich zu fragen beginne, ob das nicht zu viel Glück auf einmal ist und was Herr Tossi wohl als Gegenleistung für so viel mediale Offenheit erwartet (hoffentlich keine nonverbale Offenheit von mir!), küsst er mir noch einmal die Hand, dreht sich auf dem Absatz um und plumpst der Länge nach auf den Boden. Vielleicht hätte er das eine oder andere Glas auch mal auf den selbigen schütten sollen.

Jedenfalls sind plötzlich wie von Zauberhand tausende helfende Hände zur Stelle, Männer in Anzügen stützen den wankenden Stürmer, und irgendjemand reicht mir im Gehen eine Visitenkarte mit der Aufschrift »Sportlights Management«. Dann ist die ganze Aufregung so schnell vorbei, wie sie begonnen hat, und Marco Tossi weg. Ich komme mir ein bisschen vor wie Cinderella, nachdem sich ihre Pferde wieder in Mäuse und ihre Kutsche sich wieder in einen Kürbis verwandelt haben, nur dass Cinderella vermutlich keinen halb nackten Hintern gehabt und außerdem ihren Traumprinzen kennengelernt und nicht nur ein Boulevardinterview an Land gezogen hat. Aber meinem Herzklopfen in der letzten Zeit nach zu urteilen, habe ich meinen neuen Traumprinzen sowieso schon in Tom gefunden, auch wenn der davon ungefähr so viel weiß, wie ich noch vor ein paar Stunden von Marcos wahrer Identität.

»Haaa!!!!«, schreit es plötzlich hinter mit.

»Waaahh!!!«, antworte ich erschrocken, bis eben noch tief in meine Gedanken versunken.

»Haben wir dich gefunden! Und, hast du dein Interview???«, brüllt mir Leonie durch die laute Musik ins Ohr und schleift den völlig verschwitzten Manuel hinter sich her.

»Was'n für'n Interview?«, fragt er völlig irritiert und schaut mich aus seinen kleinen, trüben Augen verwirrt an.

»Ich habe morgen ein Exklusivinterview mit Marco Tossi, dem Bayernstürmer und sexiest man alive!«, verkünde ich stolz und wedele zum Beweis mit der Karte seines Managements vor Leonies Gesicht rum.

»Oh, das ist super, Süße!«, kreischt sie daraufhin und umarmt mich stürmisch.

Als wir endlich ins Taxi steigen, ist es halb fünf Uhr morgens, aber ich fühle mich kein bisschen müde, sondern einfach nur gut. Jobtechnisch hätte es für mich diese Nacht nicht besser laufen können, ich habe den sexiest man alive kennengelernt, meinen ersten Besuch in einer Promi-Disko (fast) gänzlich mit Bravour gemeistert und werde morgen in der Frühkonferenz sowohl Vanessa eins auswischen als auch die Vampirella beeindrucken. Die Heimfahrt könnte zufriedener nicht sein. Nur Manuel schmollt, weil wir ihm Marco nicht vorgestellt haben. Aber mitten in seinem Monolog darüber, dass ein italienischer Fußballspieler mit dieser Frisur einfach schwul sein *müsse*, schläft er ein und schnarcht nach zwanzig Sekunden so zufrieden wie ein Nashornbaby. Es ist eine überaus glückliche Nacht in München.

Eine Nacht, die mit einem überaus glücklichen Morgen endet. Zwar sitze ich mit zugegebenermaßen überdimensional großen Augenringen in der Neun-Uhr-Themenkonferenz zwischen Manuel und Leonie, und mein Kopf fühlt sich an, als ob ich die ganze Nacht mit einer Planierraupe Lambada getanzt hätte (ich fürchte, dass ich auch genauso aussehe). Doch ein Blick nach links und rechts verrät mir, dass die beiden neben mir fast noch verbotener ausschauen als ich. Das könnte allerdings auch an dem inneren Strahlen liegen, das mich befällt, wenn ich daran denke, was ich gleich bei der Themenrunde verkünden werde. Und das Beste: Tom (wir haben letzte Nacht nach dem fünften Champagner beschlossen, ihn ab sofort »Tom den Fabelhaften« zu nennen) ist heute Morgen ebenfalls da. Das heißt, er wird alles mitbekommen!

Gleich bin ich dran. Eben ist die Praktikantin zwei Stühle weiter mit ihrer Beschreibung eines neuen potenzsteigernden Mittels aus Stierhoden und ihrer Idee, wie man es für einen Beitrag testen könnte (auf die Einzelheiten verzichte ich hier lieber), fertig geworden. Vampirella überlegt kurz und lehnt das Thema dann aus Jugendschutzgründen ab (»Diese dämlichen Bestimmungen, das wäre eine Quote …«). Manuel neben mir zuckt beim Klang seines Namens kaum merklich zusammen, hebt die Schultern einmal kurz und kraftlos und knallt sich wortlos wieder den babyblauen Eisbeutel an die Stirn. Da zischt die Vampirella auch schon meinen Namen, und anstatt wie sonst rot anzulaufen und dumm herumzustammeln, lächele ich zum allerseitigen Erstaunen, richte mich auf und flöte zuckersüß: »Es gibt doch da diesen neuen Bayernstürmer, der erst letzten Monat gewechselt hat und letzte Woche zum ›Sexiest man alive‹ gekürt worden ist. Ihr wisst schon, Marco Tossi.«

»Jaaahhh, Anna, stell dir vor, der ist uns im Gegensatz zu dir schon länger bekannt«, lässt sich Vampirella zu einem Kommentar herab.

Leichtes, gehässiges Gelächter erfüllt den Raum. Ich schaue schnell nach, aber Tom lacht nicht mit.

»Den kannst du vergessen. Vanessa ist schon eine Ewigkeit an ihm dran. Der gibt seit seinem Wechsel keine Interviews mehr, weil er Sprechverbot vom Verein hat. Netter Gedanke, aber das wird nichts. Recherchiere deine Themen demnächst einfach vorher mal an, okay? … Leonie, was hast du?«, speist die Redaktionschefin mich in ihrer gewohnt liebenswerten Art ab.

Doch Leonie bleibt still, stattdessen räuspere ich mich laut.

Die schwarzen Vampiraugen schießen wieder zu mir herüber. »Ja, Anna, ist noch was?«, zischt die Herrin der Dunkelheit.

»Also den Marco Tossi … den könnte ich nachher interviewen, wenn Ihr das wollt.«

Auf einen Schlag herrscht Stille im Raum. Ich spüre Vanessas feindseligen Blick auf mir und muss unwillkürlich grinsen. »Kann ich denn ein Kamerateam für elf Uhr haben? Wir treffen uns im Bayerischen Hof. Abfahrt halb elf müsste passen, oder?«, fahre ich fort und platze gleichzeitig fast innerlich, als ich sehe, wie Vanessa knallrot anläuft.

»Wie hast du das denn geschafft, Anna?«, fragt mich die Vampirella, nun etwas kraftlos.

»Och, ich habe ihn einfach nur nett gefragt, das war eigentlich alles«, meine ich locker und schenke Vanessa nebenbei ein zuckersüßes Lächeln. Na gut, ganz so lief es zwar nicht, aber was geht das meine Chefin an?

Natürlich herrscht nach meiner Ankündigung ziemlich große Aufregung, und so richtig konzentriert sich keiner mehr auf die Themen oder hört Verena zu. Stattdessen beginnen alle zu tuscheln und fragen sich ganz offensichtlich, wie ich das wohl geschafft haben könnte. Doch das Schönste passiert, als ich den Konferenzsaal verlasse. Auf einmal steht nämlich Tom neben mir, lächelt mich kurz an und gratuliert mir zu meinem »Coup«, wie er es nennt.

»Endlich mal eine Frau, die ihren Charme sinnvoll einzusetzen weiß«, schmunzelt er und geht in Richtung seines Büros.

Zwar frage ich mich nach dieser Bemerkung unwillkürlich, ob er eine Ahnung davon haben könnte, wie ich in Wahrheit an das Interview gekommen bin, aber ich schüttele den Gedanken ganz schnell wieder ab und konzentriere mich lieber darauf, nicht allzu rot anzulaufen, als Tom wieder weg ist.

Oh. Mein. Gott. Er hat mich angesprochen!

Ich könnte schreien und springen, stattdessen unterdrücke ich mein breites Grinsen. Schon spüre ich Vanessas hasserfüllten Blick auf mir und wende mich schnell ab. Als Nächstes rufe ich das Management von Marco Tossi an, da ich zugegebenermaßen ein wenig Angst habe, dass er nach unserer durchzechten Nacht sämtliche Versprechungen vergessen haben und alles abblasen könnte, was für mich nach dieser Konferenz und Toms Lob extrem peinlich wäre. Unfassbar peinlich!!! Ich darf gar nicht daran denken…

Glücklicherweise ist Marco jedoch ein Mann, der zu seinem Wort steht, und sein nach wie vor sehr freundlicher Manager bestätigt den Termin im Bayerischen Hof. Also trödele ich nicht lange rum, sondern schnappe mir ein Kamerateam und düse los (nicht ohne Vanessas feindseligen Blick in meinem Rücken zu spüren und ihn zu genießen).

Als ich ein paar Stunden später zurück in die Redaktion komme, platze ich fast vor Mitteilungsbedürfnis. Aber diskret, wie ich bin, lebe ich es nicht aus, indem ich auf Manuel und Leonie zurenne und alles laut hinausposaune, sondern schreibe ganz zivilisiert eine E-Mail an die beiden.

>>

Gesendet: Dienstag, 04. Juni um 14.23 Uhr
Von: »Anna« <anna@flash.de>
An: »Leonie« <leonie@flash.de>; »Manuel« <manuel@flash.de>
Betreff: WAAAAAHHHHHHHHH!!!!!!!!!!!!!

Hey, meine beiden Glücksengel,
wie ihr sicher schon gesehen habt, bin ich von meinem fabelhaften Trauminterview mit Marco Tossi zurückgekommen, und es war toll! Wir hatten gleich einen Draht zueinander!!! Ich habe die Fragen von Verena ein kleines bisschen abgeändert, aber das war genau richtig so, denke ich. Ihr hättet dabei sein müssen, wir hatten so eine super Stimmung da oben auf der Dachterrasse, und er war total offen und redegewandt. Ich glaube, das war wirklich ein unglaublich gelungenes Interview! Ihr könnt stolz auf mich sein. Und da ich das einzig und allein euch zu verdanken habe, möchte ich mich heute Abend mit einem kleinen Essen bei euch bedanken. Irgendwelche Wünsche, was ich kochen soll?

Bussi von eurer Anna

>>

Gesendet: Dienstag, 04. Juni um 14.24 Uhr
Von: »Leonie« <leonie@flash.de>
An: »Anna« <anna@flash.de>; »Manuel« <manuel@flash.de>
Betreff: Re: WAAAAAHHHHHHHHH!!!!!!!!!!!!!

Welche Fragen hast du denn geändert???????????????!!!!!

>>

Gesendet: Dienstag, 04. Juni um 14.26 Uhr
Von: »Anna« <anna@flash.de>
An: »Leonie« <leonie@flash.de>; »Manuel« <manuel@flash.de>
Betreff: Re: Re: WAAAAAHHHHHHHHH!!!!!!!!!!!!!

Nur so ein paar Kleinigkeiten ... Ein bisschen mehr Mode und weniger Fußball, außerdem ein wenig mehr italienischer Lifestyle und weniger Knieverletzungen. Passt so jetzt vieeeel besser ins Sendungsprofil, echt!

>>

Gesendet: Dienstag, 04. Juni um 14.30 Uhr
Von: »Manuel« <manuel@flash.de>
An: »Anna« <anna@flash.de>; »Leonie« <leonie@flash.de>
Betreff: Re: Re: Re: WAAAAAHHHHHHHHH!!!!!!!!!!!!!

Hat er dich geküsst???
Peperonipizza mit Salami und Champignons!

>>

Gesendet: Dienstag, 04. Juni um 14.31 Uhr
Von: »Leonie« <leonie@flash.de>
An: »Anna« <anna@flash.de>; »Manuel« <manuel@flash.de>
Betreff: Re: Re: Re: Re: WAAAAAHHHHHHHHH!!!!!!!!!!!!!

Was genau meinst du mit »italienischer Lifestyle?«
Ich mag keine Champignons!

Gesendet: Dienstag, 04. Juni um 14.33 Uhr
Von: »Anna« <anna@flash.de>
An: »Leonie« <leonie@flash.de>; »Manuel« <manuel@flash.de>
Betreff: Re: Re: Re: Re: Re: WAAAHHHHHHHHH!!!!!!!!!!!!!

Na ja, zum Beispiel, ob er lieber Hugo oder Sprizz trinkt und ob man Spaghetti mit dem Löffel isst oder nicht? Darüber haben wir uns wirklich lange unterhalten. Es war hochinteressant! Marco hat dazu als Italiener eine ganz feste Meinung. Ich kann gar nicht verstehen, warum alle sagen, dass er immer so wortkarg ist. War gar nicht so! Wie gesagt, wir hatten total den Draht zueinander!

Pizza bekomme ich hin! Soll statt der Champignons dann was anderes drauf?

Gesendet: Dienstag, 04. Juni um 14.34 Uhr
Von: »Leonie« <leonie@flash.de>
An: »Anna« <anna@flash.de>; »Manuel« <manuel@flash.de>
Betreff: Re: Re: Re: Re: Re: Re: WAAAAAHHHHHHHH!!!!!!!!!!!!!

Du hast Marco Tossi bei einem einmaligen, megaseltenen Exklusivinterview nach Nudeln gefragt?????????? Du weißt, dass wir keine Kochsendung sind?

Gesendet: Dienstag, 04. Juni um 14.36 Uhr
Von: »Manuel« <manuel@flash.de>
An: »Anna« <anna@flash.de>; »Leonie« <leonie@flash.de>
Betreff: Re: Re: Re: Re: Re: Re: Re: WAAAAAHHHHHHHHH!!!!!!!!!!!!!

Dann eben mit Schinken …
Du hättest dich von dem heißen Italiener mal lieber selbst durchnudeln lassen sollen, hahahahahahaha!

Gesendet: Dienstag, 04. Juni um 14.40 Uhr
Von: »Anna« <anna@flash.de>
An: »Leonie« <leonie@flash.de>; »Manuel« <manuel@flash.de>
Betreff: Re: Re: Re: Re: Re: Re: Re: Re: WAAAHHHHHHHHHH!!!!!!!!!!!!!!

Warum denn nicht? Schließlich weiß fast niemand, wie man Nudeln richtig isst! Manche sagen mit Löffel, andere sagen ohne … So was interessiert die Zuschauer! Darauf kommt es an. Außerdem habe ich ihn auch nach seiner Lieblingspizza gefragt. Und nach seinem Lieblingsaperitif, wie gesagt. Und nach seinem Lieblingsnachtisch. Das Catering im Bayerischen Hof ist wirklich fantastisch! Findet er übrigens auch. Es ging also NICHT nur um Nudeln! War eben eine längere Diskussion …

Gesendet: Dienstag, 04. Juni um 14.41 Uhr
Von: »Leonie« <leonie@flash.de>
An: »Anna« <anna@flash.de>; »Manuel« <manuel@flash.de>
Betreff: Re: Re: Re: Re: Re: Re: Re: Re: Re: WAAAAAHHHHHHHHH!!!!!!!!!!!!!!

Oh mein Gott.

Gesendet: Dienstag, 04. Juni um 15.20 Uhr
Von: »Manuel« <manuel@flash.de>
An: »Anna« <anna@flash.de>; »Leonie« <leonie@flash.de>
Betreff: Re: Re: Re: Re: Re: Re: Re: Re: Re: Re: WAAAAAHHHHHHHHH!!!!!!!!!!!!!!

Ist Schinken jetzt okay?

Gesendet: Dienstag, 04. Juni um 15.21 Uhr
Von: »Redaktionsleitung« <redaktionsleitung@flash.de>
An: »Anna« <anna@flash.de>
Betreff: Dringend

Komm in mein Büro.
Sofort.
Verena

Schlagartig wechseln meine Gedanken vom perfekten Pizzabelag zur Befürchtung, dass ich höchstwahrscheinlich gleich zu Pizzabelag gemacht werde.

Als ich Vampirellas Büro betrete, sehe ich, wie auf dem Fernseher neben dem Schreibtisch ein Standbild von Marco Tossi flimmert. Aha. Misstrauisch, wie sie ist, hat sie sich das Rohmaterial natürlich gleich angesehen. Meine Augen wandern vom Bildschirm zu Verena. Wenn sie normalerweise aussieht wie Vampirella auf Beutezug, befindet sie sich heute optisch mindestens auf einem Kreuzzug durch die weltgrößte Knoblauchplantage. Ich habe sogar den Eindruck, dass ihre Eckzähne ein Stück gewachsen sind.

»Anna«, fängt sie mit ihrer oberflächlich süßen Stimmlage an, die sie immer dann auflegt, wenn sie kurz vor dem Angriff steht und es genießt, zu wissen, dass sie ihre Beute gleich erlegen wird. Mit mir spricht sie eigentlich immer so. »Anna, meine Liebe, kennst du das *ARD Buffet*?« Sie zwinkert mir pseudoneckisch zu.

Mir schwant, dass es gefährlich werden wird.

»Ähm, vom Namen her… Ich glaube, meine Mutter schaut das ganz gerne mal beim Bügeln an, soweit ich weiß«, stammele ich.

»Aha, deine *Mutter* schaut das gerne!«, antwortet Verena, wobei ihre Stimme bei dem Wort »Mutter« gefährlich nach oben ausschlägt. »Wie alt ist deine Mutter?«, zischt sie weiter.

»Dreiundfünfzig«, antworte ich vorsichtig.

»Wie passend! Damit fällt sie genau in die Zielgruppe des *ARD Buffets*, Anna. Die fängt nämlich ungefähr bei fünfzig an. Weißt du auch, wie alt unsere Zielgruppe ist?«

»Vierzehn bis fünfunddreißig Jahre«, rassele ich sofort herunter. Wenn es auch das einzig Positive daran war: Fakten auswendig lernen habe ich während meines Jurastudiums wirklich gelernt.

»Richtig«, entgegnet Verena immerhin marginal erstaunt. »Weißt du denn auch, warum die Vierzehn- bis Fünfunddreißigjährigen lieber *Flash!* anstatt das *ARD Buffet* anschauen?«, fragt sie, ohne mir Zeit für eine Antwort zu lassen. Eine Sekunde später verfällt sie nämlich ins Brüllen. »Weil wir verdammt noch mal bei *Flash!* nicht über italienische Pasta und andere Kochscheißthemen berichten!!!!!!!! Du hattest die einmalige Chance, ein absolut exklusives Starinterview mit dem Bayernspieler des Jahrhunderts zu führen und alle Infos abzugreifen, nach denen sich sämtliche Kollegen auf allen Sendern seit Monaten die Finger lecken. Und du hirnloses blondes Juramäuschen fragst ihn nach Spaghetti mit Tomatensoße??? Ja, haben dich denn alle guten Geister verlassen???? Sogar die *Bildzeitung* hat kein Interview mit ihm bekommen, wir waren die Einzigen, und dann versaust du es? Willst du mich eigentlich ins Grab bringen???«, schreit sie wie eine Furie.

Sprachlos starre ich auf die Schaumbläschen vor Verenas Mund. »Von Tomatensoße war doch überhaupt keine Rede«, wispere ich schockiert. »Es ging nur um die Frage, ob man Spaghetti mit dem Löffel oder …«

»Verschwinde aus meinem Blickfeld und scher dich in den Schnitt!!!«, brüllt die Fürstin der Dunkelheit, aber ohne meinen Einwand zu beachten. »Und nimm Leonie mit, die kann aus dem Mist vielleicht noch irgendwas Brauchbares zaubern! Die Location-Miete im Bayerischen Hof war teuer genug, irgendwas Sendbares müssen wir aus diesem Schwachsinn zusammenschustern. *Wie*, das müsst ihr beiden klären, und wehe, ich habe bis um sechs keine annehmbare MAZ auf dem Tisch, dann Gnade dir Gott, Anna Abendrot!«

Ich schlucke unwillkürlich und sehe zu, dass ich aus Verenas Glassarg so schnell wie möglich rauskomme. Jetzt muss ich auch noch in den Schnitt und den Beitrag schneiden! Mir wird ganz anders. Was ich für tolles Material gehalten habe, könnte mein Untergang werden! Zumindest mein Untergang bei *Flash!*

Glücklicherweise hat Leonie tatsächlich gerade Zeit und erklärt sich bereit, mir zu helfen und zu retten, was zu retten ist. Zumindest hoffe ich, dass sie das tun wird. Und tatsächlich: Je länger wir dort unten in dem fensterlosen Schnitt-Kabuff an dem Beitrag arbeiten, desto mehr verfliegt meine Panik glücklicherweise.

Leonie wirft sich vor Lachen nämlich fast weg, als sie meinen Interviewdialog im Ganzen hört, und irgendwie schaffen wir es gemeinsam (na gut, vor allem dank Leonie), tatsächlich einen Beitrag zu zaubern, in dem das Interview ziemlich cool rüberkommt (was es meiner Meinung nach ja auch war, selbst wenn alle anderen das anders sehen) und der wirklich witzig wird. Sogar Verena – oh Wunder! – nimmt die MAZ zähneknirschend ab, ohne dass wir noch mal umschneiden müssen.

Als wir den Beitrag abends zu dritt bei Pizza und Hugo im Fernsehen anschauen, muss Manuel sogar so sehr lachen, dass ihm der halbe Käse wieder aus der Nase gelaufen kommt. Also ich finde, das Ganze hätte durchaus blöder laufen können, von der Vampirella-Nummer mal abgesehen, und das sage ich Leonie auch.

»Du hast schon irgendwie ein besonderes Talent, meine Süße!«, meint sie daraufhin und legt einen Arm um mich. »Mit klassischem Journalismus hat das zwar nicht viel zu tun, aber vielleicht ist genau das deine Stärke!«

»Pffffh! Als ob bei *Flash!* auch nur irgendetwas mit klassischem Journalismus zu tun hätte!«, kommentiert Manuel, der sich immer noch die Nase putzt.

Insgeheim muss ich ihm recht geben. Sind Beiträge wie *Die zehn besten Mittel gegen Kater, die nicht dick machen* denn wirklich so viel anspruchsvoller als mein Interview mit Marco Tossi? Aber ich sage wohlweislich nichts dazu.

»Na ja, wir haben eben die falsche Chefin für diese Art

von Experimenten«, meint Leonie daraufhin und leert ihr Glas in einem Zug samt dem Minzblatt.

Was das betrifft, muss ich nun ihr recht geben. Allerdings habe ich die heimliche Befürchtung, dass mein Chaosgen gar nichts mit Verena zu tun hat, sondern mich auch mit einem netten Chef von einem Fettnäpfchen ins nächste tappen lassen würde. Was vielleicht auch daran liegt, dass ich bis vor wenigen Tagen Jura und nicht die besten zehn Tipps gegen Sonnenbrand studiert habe. Plötzlich komme ich mir furchtbar verloren vor. Resigniert lasse ich den Kopf sinken und seufze tief.

»Vielleicht bin ich für den ganzen Zirkus einfach doch nicht geschaffen. Tom hat mich heute Nachmittag zu allem Übel nicht ein einziges Mal angeschaut«, jammere ich und spüre, wie sich meine Hochstimmung im Nu verflüchtigt.

»Na, na, jetzt lasst hier bloß nicht die Depri-*Chicas* raushängen, meine Engel! Warten wir erst mal ab, wie die Quote morgen ist, davon hängt sowieso alles ab. Bevor die nicht da ist, lassen wir uns die Stimmung nicht vermiesen! Wer von euch zwei Hübschen macht mir noch einen Hugo?«, fällt Manuel ein und zwinkert uns beiden verschwörerisch zu.

Dabei sieht er so bemüht schwul aus, dass Leonie und ich nicht anders können und beide in Gelächter ausbrechen. Danach machen wir nicht bloß einen Hugo, sondern gleich drei. Hilft ja nichts.

Neuanfang auf Französisch

Shoppingbeutetagebuch:

Lippenstift, Rosé Nude und kussecht (man weiß ja nie): 1

Sündhaft teures Bauchweg-Höschen mit hundert Prozent Stretchanteil (trägt heute jede Frau, die etwas auf sich hält): 1

Push-up-BHs mit Aufpumpfunktion (Leonies Idee): 1

Als ich heute Morgen in die Redaktion komme, ist die Hölle los. Erst kapiere ich gar nicht, warum, aber als immer neue Glückwunsch-E-Mails in mein Postfach flattern, verstehe ich allmählich, dass es etwas mit der Quote zu tun haben muss.

»Dein Interview hat einen Quotenrekord erzielt!«, singt mir auf einmal jemand fröhlich ins Ohr.

Ich drehe mich um und sehe eine bis über beide Backen strahlende Leonie vor mir.

»Nicht dein Ernst!«, schreie ich sie an.

»Oh dohoch! Das wird eine superspannende Moooorgenkooooonfiii heute«, singt sie weiter und hakt sich bei Manuel ein, der lautstark *»For she's a jolly good fellow«* grölt und in Richtung Konferenzraum marschiert.

Anscheinend ist bei meinen Mitbewohnern das Musikfieber ausgebrochen. Neugierig bin ich natürlich ebenfalls, deswegen flitze ich wie der Blitz hinter den beiden her. Der Saal ist brechend voll, ganz vorn kann ich Tom erkennen, der mich (kann der Tag noch besser werden?) anlächelt. Kurz darauf wirft Verena wie jeden Morgen per PowerPoint-Präsentation ein riesiges Bild von der Zuschauerkurve an die Wand, auf der man ablesen kann, wie viele Menschen die Sendung gesehen haben und welche Beiträge am besten liefen. Heute sieht die Kurve aus wie ein Bild von New York, allerdings von einem New York mit nur einem Wolkenkratzer. Die Unterschrift zu dem Wolkenkratzer lautet: »Interview Marco Tossi«. Ich kann es mir nicht verkneifen und fange an zu strahlen. Währenddessen höre ich, wie ein Raunen durch den Konferenzsaal geht.

»Also, wir hatten gestern einen kleinen Quotenrekord«, fängt die Vampirella selbst für ihre Verhältnisse auffällig eisig an. »Wir sind zwar recht verhalten gestartet, aber das Interview von«, sie räuspert sich kurz, »Anna und dem Bayernspieler ist recht gut angekommen. Sehr gut sogar. Genau genommen ist das die am besten gelaufene MAZ von *Flash!*, die wir jemals gesendet haben. Ihr wisst ja, der Zuschauer ist unberechenbar, den Beweis haben die Leute uns wieder einmal erbracht. Wie dem auch sei, danach können wir mit dem Beitrag über die zehn besten Methoden zur Intimrasur das Niveau nicht mehr ganz halten, laufen aber immer noch auf einem recht hohen Stand weiter. Im Endeffekt hatten wir gestern eben die beste Quote des Jahres. Ich habe soeben einen Gratulationsanruf vom Vorstand bekommen, ihr könnt also *alle* stolz auf euch sein! Diesen Erfolg haben wir uns gemeinsam lange und hart erarbeitet. Ich bin sehr stolz auf eu…«

In diesem Moment der vollendeten Scheinheiligkeit wird Verena unterbrochen, weil die aufgeregte Redaktionsassistentin dir Tür aufreißt. »Sorry, aber alle Server sind eben zusammengebrochen! Nichts geht mehr, weil seit gestern Abend massenhaft Zuschauermails wegen dieser Löffelsache reinkommen! Die diskutieren alle, ob Marco Tossi recht hat, dass man zum Nudelessen keinen Löffel nehmen darf. Scheint 'ne Riesensache zu sein, das habe ich noch nie erlebt. Müssen Tausende E-Mails sein, ich …«

»Das reicht, danke, Sina!«, unterbricht Verena sie mitten im Satz scharf. »Ruf bitte den technischen Support an, wir sind hier mitten in der Konferenz, ja?«

Die Assistentin schaut sie kurz ungläubig an, zieht den Kopf zurück und schließt die Tür etwas lauter als nötig, woraufhin Vampirella sich sofort wieder an uns wendet und weiterredet, ohne auf das eben Gehörte einzugehen. Was das im Saal ausgebrochene Getuschel allerdings nicht unbedingt leiser werden lässt. Das Grinsen kann ich mir daraufhin erst recht nicht verkneifen, und ich meine aus dem Augenwinkel zu erkennen, wie Toms Mundwinkel ebenfalls nach oben wandern, was bei mir gleich wieder Herzrasen auslöst.

Aber es soll noch besser kommen.

»Nun gut, widmen wir uns dem wirklich wichtigen Thema des Tages.«

An dieser Stelle entfährt Manuel ein empörtes Schnauben.

»In drei Monaten findet das Großereignis des Jahres statt: die erste Münchner Fashion Week, exklusiv präsentiert von unserem großartigen Sender und seinem nicht minder großartigen beliebtesten Moderator, unserem Tom Vanderscheid! Tom, wir freuen uns alle schon riesig und sind furchtbar aufgeregt. Das wird toll!«, kreischt Verena schrill und fängt begeistert an in die Hände zu klatschen, was ihr die Redakteure sogleich begeistert nachmachen.

Tom, dem der ganze Zirkus sichtlich peinlich ist, nimmt beschwichtigend die Hände hoch und erhebt sich langsam von seinem Stuhl. »Vielen Dank euch allen, aber bisher gibt es noch nichts zu beklatschen, sondern nur einen Haufen Arbeit, der vor uns liegt. Das Team für den großen Live-Dreh ist fast komplett, wir arbeiten ja schon eine ganze Weile an den Vorbereitungen. Vielen Dank dafür, ihr seid eine Riesenhilfe! Aber irgendwie habe ich das Gefühl, dass das gewisse Etwas für die große Show noch fehlt, deswegen habe ich Verena gebeten, mir eine Zusatzkraft für das Projekt an die Seite zu stellen. Da sie so lieb war und mir erlaubt hat, mir einen Redakteur oder eine Redakteurin auszusuchen, der oder die mich ab sofort voll und ganz unterstützt, würde ich jetzt gerne jemanden von euch zum Fashion-Week-Beauftragten und meiner rechten Hand ernennen.«

Im Konferenzsaal ist es wie auf einen Schlag mucksmäuschenstill, nur vereinzelt ist noch ein aufgeregtes Wispern zu hören. Ich halte gespannt die Luft an.

»Ich möchte gerne Anna fragen, ob sie sich vorstellen kann, den Job zu übernehmen!«, lässt Tom in diesem Moment die Bombe platzen und lächelt mich freundlich an.

Ich habe das Gefühl, gleichzeitig zu explodieren und keine Luft mehr zu bekommen, und als ich Verenas entsetztes Gesicht sehe, wird mir noch schwindeliger. Aber dann blende ich die Vampirella und alle anderen aufgeregt durcheinanderredenden Menschen um mich herum einfach aus und sehe nur noch in Toms Augen. »Ja«, antworte ich mit zitternder Stimme, »ich möchte sehr gerne deine Fr… äh… deine rechte Hand werden!«

Wieder herrscht kurze Stille, woraufhin Leonie und Manuel ziemlich peinlich in lautstarken Jubel ausbrechen und Tom mir durch den direkt danach ausbrechenden allgemeinen Trubel nur noch ein »Dann lass uns das heute beim Mittagessen besprechen!« zurufen kann.

Ich bin kaum in der Lage, mein Glück zu fassen.

Die nächsten drei Stunden entwickeln sich zu einem reinen Adrenalin-Training. Bei jeder E-Mail, die auf meinem Bildschirm aufploppt, zucke ich zusammen und erwarte Toms Wollen-wir-jetzt-zum-Essen-gehen?-Mail. Ich zucke ziemlich oft zusammen, denn Leonie und Manuel bombardieren mich mit guten Ratschlägen für mein bevorstehendes »Date«, wie Manuel es nennt. Meine beharrlichen Hinweise darauf, dass es sich mitnichten um ein Date, sondern ein Geschäftsessen handele, ignoriert er in seiner gekonnt ignorant liebenswürdigen Art. Neben »Iss ja keine Spaghetti mit Tomatensoße, das geht bei dir sowieso schief!« und »Trink bloß kein Mineralwasser mit Kohlensäure, sonst musst du die ganze Zeit aufstoßen!«, entwickeln meine engagierten Freunde noch einen speziellen Schlachtplan.

Leonie hübscht mich auf der Damentoilette mit Lipgloss, Haarspray und ihrem sündhaft teuren neuen Chanel-Parfüm auf, während Manuel mir ein Menü mit unverfänglichen Speisen zum Mittagessen ausarbeitet: »Erst einen Salat, das zeigt, wie gesund und bewusst du dich ernährst, dann ein gegrilltes Stück Fleisch oder Fisch – kein Lamm, das bleibt in den Zähnen hängen! – und danach unbedingt einen Nachtisch. Er soll schließlich merken, dass du ernährungsbewusst, aber nicht essgestört bist. Frauen, die Nachtisch essen, sind besser im Bett, das weiß ja sogar ich!«

Dank der beiden bin ich gegen zwölf Uhr, als Toms E-Mail tatsächlich aufploppt, so nervös, dass ich befürchte, gleich nicht mal ein Salatblättchen runterzukriegen.

Glücklicherweise gehen wir in ein kleines französisches Bistro zwei Straßen weiter und nicht in die Kantine. (Vanessa hat mich den ganzen Vormittag über ausreichend mit ihren Stirb-du-Biest-Blicken traktiert, die würde ich bei meinem Date mit Tom nicht auch noch verkraften. Mist, jetzt habe ich selbst Date gesagt. Aber irgendwie ist es ja auch ein bisschen so.) Tom ist der vollendete Gentleman, er hilft mir aus der Jacke, zieht den Stuhl für mich nach hinten und bestellt direkt eine Flasche Perrier und zwei Gläser Crémant. Ich hoffe inständig, dass ich ihn nicht nach dem dritten Schluck anrülpsen werde, und verfluche innerlich Leonie und Manuel, denn ohne die beiden wäre ich nicht mal auf die Idee gekommen, dass so etwas passieren könnte.

»Eigentlich trinke ich keinen Alkohol während der Arbeitszeit, aber ich schätze, wir zwei haben es uns heute verdient«, holt Tom mich aus meinen Gedanken zurück in dieses kleine bezaubernde Bistro und hält mir sein Glas zum Anstoßen entgegen.

»Ich glaube, ein bisschen mehr Alkohol könnte dem Laden da drüben hin und wieder nicht schaden«, erwidere ich und bekomme direkt nach der letzten Silbe Angst, dass er mich für bescheuert und außerdem für eine Alkoholikerin halten könnte, aber er lächelt nur und meint, dies sei sicher ein interessanter Vorschlag für das nächste Redaktionsseminar.

Anschließend studieren wir die Karte. Ich bestelle einen Salat der Saison an einer Paprika-Quiche und für danach eine Tarte au Chocolat (Manuel wäre stolz auf mich). Tom wählt irgendetwas Fleischiges und ebenfalls einen Nachtisch, aber ich bekomme nicht genau mit, was für einen, denn ich nutze die Chance, ihn endlich mal aus nächster Nähe zu betrachten. Tom ist nicht nur ein umwerfender Moderator, er sieht auch noch umwerfend aus.

Wirklich, er hat dunkle Locken, die er einen Tick zu lang trägt, was ihm einen Touch von Surferboy verleiht, wegen seiner unglaublich tiefgrüne Augen sieht er aber fast ein bisschen wie ein Philosoph oder zumindest wie ein Davidoff-Model aus. Ob er ohne Hemd auch wie … Okay, ich sollte aufhören, solche Sachen zu denken. Trotzdem glaube ich, dass sich Toms Attraktivität unterhalb seines Hemdkragens weiter fortsetzt. Auf jeden Fall hat er schöne Hände. Und einen tollen Hautton. Er sieht aus, wie ich nach drei Wochen Karibikurlaub mit Lichtschutzfaktor fünf. Nur ohne Sonnenbrand und in sexy! Um seine Augen hat er leichte Lachfältchen, was ihm neben dem Surferlook eine gewisse Reife verleiht und mich ständig an Mister Big aus *Sex and the City* erinnert. Die Lachfältchen bewegen sich jedenfalls, als Tom zu reden beginnt und mich so abermals zurück in die Realität holt.

»... ist ein riesiges Projekt, und du bist genau die Richtige dafür. Du bist so anders, Anna, ich glaube, ich habe lange Zeit keine Frau wie dich kennengelernt.«

Okay, das klingt definitiv nach Date!

»Wenn ich deine Beiträge sehe, habe ich jedes Mal das Gefühl, dass ich kein Fernsehen schaue, sondern mir eine gute Freundin eine Geschichte erzählt. Weißt du, so was nennt man auf der Journalistenschule ›Nähe zum Rezipienten‹. Und die hast du! Du bist eine Mischung aus Selfmade-Journalistin und Kamerakind, und das mag ich!«

Okay. Das klingt weniger nach Date, sondern eher nach einem Feedback-Gespräch mit dem Boss. Zudem habe ich trotz seiner netten Art das Gefühl, eben ziemlich beleidigt worden zu sein.

»Genau so etwas suche ich für die Fashion-Week-Show! Dieses gewisse Etwas. *Flash!* fehlt schon lange der Flow, wenn wir mal ehrlich sind. Jeden Tag die Cellulitefotos von Britney Spears, irgendwelche OP-Berichte aus der Botox-Klinik und betrunkene Türsteher mit Aufmerksamkeitsdefizit, das will doch auf die Dauer keiner sehen. Verena traut sich meiner Meinung nach zu wenig. Aber *deine* Beiträge, die sind anders, Anna! Das ist was Neues, etwas, das auf den anderen Kanälen noch nicht in der tausendsten Wiederholung läuft, und genau mit diesem Esprit können wir aus unserer Fashion-Week-Show etwas ganz Besonderes machen!«, begeistert sich Tom und schaut mich mit seinen enthusiastisch leuchtenden Augen an.

»Toll!«, erwidere ich etwas verwirrt und hebe mein Glas, während ich mir überlege, wann wohl der passende Zeitpunkt wäre, um ihm zu sagen, dass ich keine Ahnung davon habe, was ich tue, sondern dass ich einfach nur von einem Fettnäpfchen ins nächste tappe und zwischendrin darauf hoffe, dass Leonie und Manuel mich irgendwie retten.

»Deine MAZ heute, das war wirklich ein Riesenerfolg für *Flash!*, solche Quoten hatten wir noch nie!«, redet Tom weiter, und ich verlege mich auf ein begleitendes lächelndes Nicken. »Deswegen habe ich mir überlegt, wie es wäre, wenn du bei der Show einen Teil der Interviews übernehmen würdest«, fährt er fort und fügt, als er mein entsetztes Gesicht sieht, hinzu: »Natürlich sprechen wir die Fragen vorher ab, ich lasse dich nicht allein!«

Ich bin gerührt von seiner Fürsorge und überlege gleichzeitig, ob ich genug arschfreie Kleider auftreiben könnte, um ausreichend potenzielle Interviewpartner von meiner Kompetenz zu überzeugen. Das würde eine einzige Katastrophe werden!!!

»Aber genug vom Geschäftlichen. Das bekommen wir hin, da bin ich mir sicher«, sagt Tom, und eine seiner Locken fällt ihm in die Stirn.

Ich schmelze regelrecht dahin. Dann werden mein Salat und sein, wie ich feststelle, halb rohes Fleisch serviert, und mein bezaubernder Moderator stellt mir eine vermutlich höfliche Frage.

»Du hast also Jura studiert? Das finde ich wirklich toll. Ich habe Politikwissenschaften studiert. Aber Jura, hey, da muss man schon wirklich Disziplin haben! Wieso hast du aufgehört?«

Erwischt. Mein Bedürfnis, mit Tom über meine Vergangenheit und vor allem über meinen Exverlobten zu reden, tendiert gegen null. Daher überlege ich mir eine unverfängliche Antwort und stochere zur Ablenkung in meinem Salat herum. Wie erkläre ich ihm bloß meine Geschichte, ohne dabei das gefährliche Marcel-Kapitel zu erwähnen? »Rede bloß nie mit potenziellen neuen Freunden über alte Freunde!«, höre ich Manuel sagen.

»Weißt du«, fange ich an und malträtiere meine Salatblätter beim Gedanken an Marcel noch ein bisschen heftiger, »eigentlich fand ich Jura nie so toll. Gut, ich habe immer gerne leidenschaftliche Plädoyers gehalten, allerdings eher für mich selbst, zum Beispiel vor meinen Eltern, als ich mit sechzehn unbedingt ein Bauchnabelpiercing wollte, und nicht um potentielle Mörder, Steuerhinterzieher und Kinderschänder zu verteidigen. Ich wollte eigentlich Touristik studieren, aber da besteht das halbe Studium aus BWL, und mit einer Fünf in Mathe war das keine gute Idee. Also habe ich erst mal mit Jura angefangen, so wie meine Mutter es immer wollte, und um mich dann später zu orientieren und vielleicht zu wechseln. Aber dann habe ich diesen Typen kennengelernt, Marcel. Seine Familie hat eine Anwaltskanzlei in fünfter Generation, angeblich haben sie früher die Kaiserfamilie beraten. Naja, und dann haben wir uns verliebt und irgendwie hat alles so gut gepasst, also habe ich einfach weiterstudiert. Irgendwann hat er mir dann einen Heiratsantrag gemacht, und meine Mutter hatte noch dieses Diadem, das sie damals für ihre Hochzeit gekauft hatte, aber niemals tragen konnte. Naja, und dann wollten wir irgendwie heiraten, und alles war super, bis ich ihn auf unserer neuen Couch mit einer anderen erwischt habe. Die beiden hatten keinen richtigen Sex, sie hat ihm nur einen geblasen, war wohl eine aus dem ersten Semester BWL, wie auch immer. Auf jeden

Fall ist aus der Hochzeit nichts geworden, und ich musste aus unserer Wohnung raus, und irgendwie war alles ganz furchtbar kompliziert und na ja, dann hat Leonie gemeint, ich solle doch nach München kommen und es mal mit dem Boulevardfernsehen probieren, und das habe ich dann gemacht und… also jedenfalls sind wir beide jetzt hier.« Ich hole tief Luft und schaue Tom an.

Er sitzt mit offenem Mund da und starrt mich an.

»Jedenfalls… deswegen habe ich aufgehört, also mit Jura«, schiebe ich hinterher und lege die Gabel auf meine Serviette.

Das hätte ich wohl schon vorher tun sollen, denn mein hektisches Hacken ist nicht ohne Folgen geblieben. Mein Salat sieht aus wie vegetarisches Hackfleisch und Toms weißes Hemd sowie meine Bluse haben Sommersprossen bekommen.

»Oh Scheiße!«, rufe ich, tunke meine Serviette in das Perrier und fange an, an Toms Hemd herumzurubbeln. Es war bestimmt echt teuer.

Während ich mich ein ums andere Mal entschuldige, vor Scham rot anlaufe und immer weiter rubbele, registriere ich, dass ich mit der Davidoff-Vermutung recht hatte. Toms Brust gibt keinen Millimeter nach, sondern fühlt sich verdammt hart an. Wenn ich nicht die ganze Zeit darüber nachdenken müsste, dass ich gerade einem Starmoderatoren, der gleichzeitig so was wie mein Vorgesetzter ist, meine nach Billig-Fernsehsoap klingende Marcel-Story aufgetischt und gleichzeitig wahrscheinlich sein Zweihundert-Euro-Hemd ruiniert habe, wäre es eine fast schon erotische Situation.

Tom ist wirklich lieb, er nimmt meine hektisch putzende Hand beruhigend in die seine, blickt mich mit erstaunlich sanften Augen an und erwidert: »Das tut mir wirklich leid, Anna. Ich fürchte, so was haben wir alle schon mal mitgemacht. Ich war nicht nur bei KBML, weißt du… Mein Traum war es immer, bei den Öffentlich-Rechtlichen zu landen und dort Tagesschausprecher zu werden.« Er schmunzelt leicht. »Aber dann ist es eben doch anders gekommen.« Schlagartig verschwindet das Schmunzeln. »Im Endeffekt ist meine Story gar nicht so anders als deine, nur dass es bei mir wesentlich länger her ist. Aber das kann ich dir ja mal irgendwann anders erzählen«, zieht er sich zurück.

Nun bin ich neugierig geworden und auch ein bisschen überrascht, und während ich in Toms tiefgrüne Augen schaue, frage ich mich, was hinter seiner Geschichte so alles stecken mag. In dem Moment fängt sein BlackBerry an cholerisch zu piepsen und zu blinken. Er wirft einen Blick darauf und verzieht das Gesicht. »Verena fängt wohl an, uns zu vermissen!«

»Vermutlich eher dich als mich«, antworte ich sarkastisch und bin enttäuscht, dass sich diese ganz besondere Stimmung dank der Vampirella genauso erledigt hat wie mein Schokoladenkuchen zum Nachtisch.

Gemeinsam brechen wir auf und machen uns auf den Weg zurück zum Sender, immer darauf bedacht, beim Laufen einen gewissen Abstand zwischen uns zu lassen. Trotzdem, es hat sich etwas verändert zwischen uns, und dieses Etwas lässt mich selbst dann noch lächeln, als ich zurück in der Redaktion bin und Verenas eisigen Blick auf mir spüre. Ob das jetzt mehr ein Date oder ein Geschäftsessen war, kann ich nicht mit Sicherheit sagen. Aber Hauptsache, ich habe nicht gerülpst!

»Du hast sein Hugo-Boss-Hemd mit Balsamico vollgekleckert?????«, schreit Leonie durch die komplette Dessousabteilung.

Wir sind im Oberpollinger, Münchens Prestigekaufhaus, das neben Gucci, Prada und Louis Vuitton auch Hosenträger und Bauchweg-Höschen führt.

Genau so eines suchen wir gerade, wobei ich mir vorher nicht darüber im Klaren war, dass man für ein schlichtes Miederhöschen heutzutage einhundertvierzig Euro auf den Tisch legen muss. Doch über die Münchner Wucherpreise kann ich mich gerade gar nicht weiter aufregen, ich muss mich vielmehr darum kümmern, dass uns die ohnehin bereits die Nase rümpfenden Verkäuferinnen dank Leonies mittelstarkem Kreischanfall nicht vor die teuren Schiebetüren setzen. Weil Tom mich trotz der Balsamicoflecken eingeladen hat, ihn auf eine Filmpremiere zu begleiten, brauche ich für mein … ähm … für Leonies neues DKNY-Kleid unbedingt eine von diesen Spanx-Hosen, da ich ansonsten bis Freitag (und heute ist erst Mittwoch) weder etwas essen noch etwas trinken dürfte. Und das halte ich erfahrungsgemäß keine drei Stunden durch.

Aber wie immer wusste Leonie auch für dieses Problem eine schnelle Lösung (wahrscheinlich könnte sie mit einer Kreditkarte und zwei iPhones die ganze Welt regieren, wenn sie müsste) und schleppte mich nach Feierabend, den wir um eine Stunde vorverlegt haben, indem wir behaupteten, eine Dreh-Location besichtigen zu müssen, in ihr Lieblingskaufhaus. Dort steht meine Freundin nun und schaut mich mit so weit aufgerissenen, ungläubigen Kulleraugen an, dass Bambi neben ihr wie ein kurzsichtiges Rehkitz nach achtundvierzig Stunden Schlafentzug aussehen würde.

»Ihr habt gesagt, ich soll einen Salat essen!«, antworte ich trotzig und bin mir nach Leonies entrüsteter Reaktion nun doch etwas unsicher, ob mein Date … äh … Geschäftsessen wirklich so gut gelaufen ist.

»Ja, *essen* solltest du den, nicht auf Toms Hemd verteilen.«

»Das habe ich ja auch gar nicht!«, widerspreche ich. »Ich habe ihm lediglich etwas Balsamico aufs Hemd gespritzt, natürlich nicht mit Absicht«, fahre ich zerknirscht fort.

»Mach dir nichts draus«, beschließt Leonie nach kurzem Nachdenken und hält mir einen schwarzen Spitzen-Push-up unter die Nase. »Wenn's ihn gestört hätte, dann hätte er dich garantiert nicht für Freitag eingeladen. Und wenn du *den da* anziehst, hat er dir sowieso in null Komma nichts verziehen. Das würde er selbst dann tun, wenn du seinen Designeranzug mit Ketchup beschmieren würdest.«

Vor meiner Nase baumelt der Spitzen-BH. Einen Versuch ist es wert, denke ich mir und schnappe nach dem schwarzen Stoff, auch wenn mir beim Anblick des Preisschildes bald die Luft wegbleibt, aber was tut man nicht alles für die Liebe …

»Dazu passt perfekt *das* hier!«, flötet Leonie und hält mir eine ganz offensichtlich bis kurz unter die Brust reichende Gummiunterhose vors Gesicht.

»Also, wenn die nicht mal den heißesten BH neutralisiert, dann weiß ich auch nicht …«, entgegne ich skeptisch und befühle mit zwei Fingern vorsichtig den Stoff der Miederhose. Als ich mit vierzehn die Mandeln rausbekommen habe, musste ich eine Woche lang furchtbare weiße Krankenhausstützstrümpfe tragen, die sich genauso angefühlt haben.

»Die wird er gar nicht zu Gesicht bekommen, Süße! Ihr bewegt euch schließlich auf dem roten Teppich und nicht in einem Swingerclub! Wir formen dir die perfekte Silhouette, und was drunter ist, darf er sowieso noch nicht sehen«, erklärt Leonie mir ganz selbstverständlich.

»Das heißt, ich verkleide mich als Mogelpackung, um einen Mann zu beeindrucken, der an mir vor allem meine ach so tolle Authentizität schätzt. Super Plan«, stelle ich skeptisch fest.

»Ach, Süße, jetzt hör endlich auf! So was tragen alle Frauen, Eva Longoria hat die Dinger auf jedem Teppich an! Das ist total normal, außerdem bist du auch ohne Spanx schlank. Wir optimieren dich nur für einen Abend auf Hollywood-Victoria's-Secret-Niveau! Glaub mir, keine von den gut aussehenden Frauen wird am Freitag ohne so ein Wunderhöschen auflaufen. Und falls doch, findet sie sich am nächsten Tag unter den Bad-dressed-Fotos in der *Bild* wieder. Also, komm runter und probier es mal an, du wirst schon sehen!«

Fünf Minuten später habe ich den flachsten Bauch, den ich jemals gesehen habe, und spüre, wie die zwei bis drei halb zerkauten Salatblätter von heute Mittag langsam vom Magen aus nach oben in Richtung Speiseröhre gequetscht werden. Mit richtigem Essen wird es wohl am Freitag trotz Wunderhose nichts werden, zumindest wenn ich mich nicht auf den roten Teppich übergeben möchte …

»Naaaa, wie sieht's aus???«, ruft Leonie. Im nächsten Moment reißt sie den Vorhang zu meiner Kabine zurück, woraufhin ich in dem Push-up samt Bauchweg-Ungetüm im Freien stehe. Leonie, die selbst nur ein knallrotes Unterwäscheset von La Perla trägt (ihre Eltern waren früher regelmäßig mit ihr im FKK-Urlaub, weshalb meine beste Freundin ein etwas anderes Verhältnis zu Freizügigkeit hat als ich, die ich mich selbst mit drei Jahren ohne Bikinioberteil nicht an den Strand gewagt habe), mustert mich von oben bis unten, wiegt den Kopf kurz nach rechts, dann nach links und kreischt anschließend: »Perfekt!!! Neben dir hätte selbst Barbie einen Schwabbelbauch, Süße!«

Ich lächele ihr kurz zu und versuche zugleich mit der linken Hand den Blick auf das Stretch-Ungetüm zu verbergen und mit der rechten Hand den Vorhang wieder zuzuziehen. Circa fünf ältere Damen mit Chanel-Taschen betrachten nämlich gerade interessiert das Schauspiel, das Leonie und ich ihnen bieten. Meine Freundin scheint das überhaupt nicht zu stören, im Gegenteil – sie stolziert sogar im Laufstegschritt vor den Kabinen entlang und betrachtet sich in der parallel verlaufenden Spiegelwand.

»Macht der String meinen Hintern dick, Süße?«, fragt sie mich über drei Umkleiden hinweg.

Erst als ich ihr ein laut geflüstertes »Nein, natürlich nicht, und jetzt komm wieder in die Kabine!« hinterherschicke, huscht sie tatsächlich dreißig Sekunden später hinter meinen Vorhang. Vielmehr schlüpft sie erst hinter den falschen, wie ich an dem erschrockenen Kreischen neben mir hören kann, und kommt dann schnell zu mir rübergehuscht.

»Und? Ist das ein Bauchflachmacher, oder nicht?«, fragt sie mich rhetorisch und außer Atem, wobei sie bis über beide Backen strahlt und sich selbst schon wieder prüfend im Spiegel betrachtet.

»Sag mal, wofür brauchst du eigentlich rote Spitzenunterwäsche?«, frage ich sie, leicht misstrauisch geworden. Vor einer Woche hat sie mir noch erzählt, dass auf ihrer Shopping-Sparliste ganz oben eine neue Bluse von Marc Jacobs steht und keine Wäsche von La Perla, auch wenn die fast genauso viel kostet.

»Weißt du…«, fängt Leonie an und dreht sich ruckartig mit einem verschmitzten Lächeln zu mir um. »Neulich im P 1, als du deinen Italiener bezirzt hast, da habe ich jemanden kennengelernt«, verrät sie mir und ist auf einmal gar nicht mehr so aufgedreht, sondern wirkt ziemlich unsicher.

»Und wen?«, frage ich ziemlich überrascht, denn normalerweise erzählt Leonie von ihren Männerbekanntschaften recht offenherzig und recht viel. An ihren letzten wirklich festen Freund kann ich mich jedenfalls kaum noch erinnern, ich glaube, damals hatten wir gerade das Abi gemacht und die Beziehung hielt knapp zehn Monate. Für Leonie quasi ein Rekord biblischen Ausmaßes. Aber als ich nun ihre strahlenden Augen sehe, fühle ich mich prompt schlecht bei dem Gedanken und höre ihr gespannt zu.

»Er heißt Dominic, ist fünfunddreißig, hat tiefschwarze Augen und verkauft Yachten«, schwärmt sie.

»Wie, er verkauft Yachten? In München??? Etwa auf der Isar???«, frage ich und kann das in mir aufkeimende, laut schrillende Warnsignal kaum unterdrücken.

»Nein, du Dummerchen! In Saint Tropez natürlich! Er war geschäftlich in der Stadt und hat hier einen Zweitwohnsitz, weil seine Familie aus München stammt«, klärt Leonie mich auf.

»Aha!« Die Warnglocken wollen nicht verstummen, aber ich mag Leonie auch nicht ihr Glück mit den tausend Vorurteilen, die bei dem Wort »Yachtverkäufer« automatisch in mir aufblinken, kaputt machen. Und glücklich sieht sie wirklich aus.

»Ich glaube, ich habe mich verliebt!«, strahlt sie mich in diesem Moment an und umarmt mich stürmisch.

»Wow, das freut mich für dich. Auch wenn es echt schnell geht, Süße«, entgegne ich grinsend und versuche mit dem Daumen das Gummihöschen so weit von meinem Bauch wegzudrücken, dass mein Mageninhalt wieder etwas mehr Platz bekommt.

Leonie ist mit dem Verlieben immer recht schnell bei der Sache. Aber nachdem mein Händchen bei Männern in der letzten Zeit auch nicht so sicher war, halte ich ihr ganz bestimmt keine Predigt deswegen.

»Aus dem Grund haben wir *beide* am Freitag ein Date! Du auf dem roten Teppich, ich im Acetaia!«, rückt Leonie endlich mit der Sprache raus.

»Im Adsche … Wo???«, frage ich sie erstaunt.

»Acetaia, das ist einer der besten und teuersten Italiener Münchens. Der Mann hat Stil … und sooooooo dunkle, schöne Augen«, schwärmt meine beste Freundin und sieht dabei aus wie ein kleines Mädchen, das sich auf Weihnachten freut.

»Na, dann gehen wir mal an die Kasse, würde ich sagen«, verkünde ich und schiebe Leonie vorsichtig aus meiner Kabine, damit ich mich endlich von diesem Gummiteil befreien kann.

»Oh ja, das machen wir«, stimmt Leonie begeistert ein, umarmt mich noch einmal stürmisch und tänzelt in den Gang. »Und danach trinken wir einen Schampus an der Veuve-Clicquot-Bar!«, ruft sie noch hinterher.

Ich seufze zustimmend und betrachte mich im Spiegel. Immerhin ist das Miederhöschen in einem eleganten Schwarz und nicht fleischfarben, wie die von meiner Oma früher. Leider ist das Rauskommen dafür nicht halb so elegant. Den Drink danach habe ich mir wirklich redlich verdient!

Als wir unseren Champagner endlich in der Hand halten, bin ich um weitere dreißig Euro ärmer, denn laut Leonie kann ich unmöglich zu diesem Filmpremierendings gehen, ohne einen neuen Lippenstift von Chanel zu tragen. Nachdem die sehr zuvorkommende Verkäuferin mir beide Handrücken und Handgelenke mit fast allen erdenklichen Farben des Regenbogens verziert hatte, fand ich endlich den perfekten Roséton für mich. Als auch Leonie zwanzig Minuten später den richtigen Lippenton für sich ausfindig gemacht hatte (Rouge Allure), schleppten wir uns endlich an die Champagnerbar, die praktischerweise gleich im Beautydepartement des Kaufhauses liegt.

Gerade als wir auf uns, unsere neue Unterwäsche und den kommenden Freitag anstoßen wollen, rümpfen wir beide die Nase, weil wir synchron denselben unangenehm aufdringlichen Aftershaveduft wahrnehmen, der uns auch in der Redaktion jeden Start in den Tag vermiest. Wir können uns nur noch vielsagend anschauen, da lässt sich auch schon Sebastian, der allseits (un)beliebte Redaktionsproll, neben uns auf einen Barhocker plumpsen.

»Na, Ladys, was liegt an?«, fragt er gewohnt schmierig.

»Hallo, ihr zwei!«, hören wir nun eine zweite, wesentlich sympathischere Männerstimme hinter uns.

»Torben!«, ruft Leonie erstaunt, als sie den CvD (was so viel heißt wie er ist unser Vorgesetzter) erblickt.

Torben ist ein sehr netter CvD, im Gegensatz zu Verena brüllt er nie rum, hat aber trotzdem meistens recht, wenn er etwas sagt. Er sieht eigentlich ziemlich gut aus, ist geschieden und kann keinen privaten Satz wechseln, ohne dabei rot zu werden. So auch jetzt wieder.

»Hallo!«, sagt er noch mal und schaut sich unglücklich nach dem Dior-Stand hinter uns um, der ihn auch nicht retten kann.

»Was macht ihr denn hier? Vor allem zusammen?«, fragt Leonie und schaut Torben fragend an.

Die Antwort kommt, wenig überraschend, nicht von ihm, sondern von Sebastian. »Wir hatten um die Ecke ein Treffen mit dem Agenten von Jamuel, dem Make-up-Artist für die neue Style-Rubrik, und da wollte ich noch schnell hier vorbeischauen, um mein Parfüm nachzukaufen. Das ist immer so schnell leer!«, erklärt Sebastian und schickt ein bekräftigendes Grunzen hinterher.

Wir alle, inklusive Torben, zucken bei dem Grunzen zusammen und schauen betreten zu Boden. Wahrscheinlich denken wir alle drei das Gleiche, nämlich dass Sebastians Parfüm nicht nur das schrecklichste der Welt ist, sondern auch wesentlich länger halten würde, wenn er nicht jeden Morgen darin baden würde.

»Na ja, wir… ich… also wir müssen dann mal wieder. Ich hoffe, eure Dreh-Location-Besichtigung war gut? Ihr könnt ja morgen davon erzählen. Hat mich gefreut, noch einen schönen Abend den Damen«, unterbricht Torben das betretene Schweigen und räuspert sich.

»Jetzt schon? Na gut, dann müssen die Ladys eben ohne meine werte Anwesenheit weitertrinken. Macht euch nichts draus, Babes, morgen früh sehen wir uns ja wieder!«, schmalzt Sebastian, steht auf, zwinkert mir noch einmal zu und läuft seinem Chef hinterher.

Leonie und ich schauen uns nur an, warten noch zehn Anstandssekunden und brechen dann in schallendes Gelächter aus. Als wir uns endlich wieder beruhigt, noch einmal in Ruhe angestoßen und schnell überlegt haben, von welcher angeblichen Besichtigung wir morgen erzählen könnten (Dessousabteilung als Kulisse für die Vorstellung der neuen Wonderbra-Trends mit ein paar *Playboy*-Models – kommt immer gut…), freue ich mich noch mehr auf Freitag. Ich habe ein unglaublich tolles Date auf einem unglaublich tollen Event und – das ist das Wichtigste – mit einem unglaublich tollen Mann! So viele gibt es von denen ja nun auch wieder nicht, das habe ich schließlich am eigenen Leib erfahren dürfen. Umso glücklicher darf ich mich schätzen, was ich dann auch tue und den schönen Abend mit Leonie, Veuve Cliquot und meiner neuen Bauchweg-Hose genieße, dank derer ich bis Freitag so viel essen kann, wie ich will, und trotzdem fabelhaft aussehen werde!

Ja, kann die Welt denn schöner sein?

Knoblauch, Teppich, Kuss!

Shoppingbeutetagebuch:

Milchtüten fettarm: 30

Kaugummipackungen mit extra Minzfrische: 10

Mundwasserflaschen, extrascharf mit Frischeeffekt: 3

Flaschen meines Lieblingsparfüms, in der Hoffnung, dass der edle Duft meine Knoblauchfahne irgendwie überdecken wird: 1

Manchmal hasse ich Manuel! Welcher wirklich gute Freund würde seiner Mitbewohnerin einen Tag vor ihrem großen Date mit dem Traummann inklusive Rotem-Teppich-Auftritt und Galaabend schon Ratatouille mit einer extra Portion frischem Knoblauch servieren? Das Tückische an diesem Eintopf ist ja, dass man als relativ ungeübte Köchin nicht einmal schmeckt, ob da – geschweige denn *wie viel* – Knoblauch drin ist. Da ich in dem Wissen, dass mein magisches Bauch-weg-Höschen sicher in meinem Schrank verstaut liegt, sage und schreibe drei Teller von dem Gemüseeintopf verputzt habe, rieche ich jetzt nicht mehr wie eine sinnliche französische *gourmande*, sondern eher wie eine ganze Knoblauchfabrik nach einer Doppelschicht!!!

Das hat zumindest Leonie behauptet, nachdem sie gestern später nach Hause kam und so Manuels Date-Manipulation mittels Knoblauchangriff entkommen war. Ganz im Gegensatz zu mir. Ich habe seit heute Morgen insgesamt fünfzehn Gläser kalte Milch getrunken und renne alle Viertelstunde von meinem Schreibtisch zur Damentoilette, um mit Mundwasser nachzuspülen und mir anschließend drei frische Kaugummis in den Mund zu stopfen. Aber laut Leonie stinke ich immer noch. Wenigstens muss ich heute keine Angst vor Vampirella-Wutanfällen haben, denn die traut sich dank meiner Ausdünstungen sicher nicht in meine Nähe. Nur leider hilft mir das für das große Date heute Abend auch nicht viel…

Dabei lief es die letzten Tage über so gut! Tom und ich haben mittlerweile täglich Meetings zusammen, in denen wir die große Livesendung planen und alles Organisatorische regeln. Gerade gestern hat Tom vor der kompletten Runde (wir sitzen bei den Planungen im Sender immer mit furchtbar vielen furchtbar wichtigen Menschen, die alle jeden Tag mehrmals die Welt retten (zumindest tun sie so), in Glaskasten-Konferenzräumen zusammen), verkündet, wie sehr er meinen unkonventionellen Blick auf die Sachfragen schätzt, da ich zahlreiche neue Aspekte mit einbringe. Zum Beispiel fand er es unheimlich toll, als ich vorschlug, eine eigene Modenschau zu veranstalten, auf der kein Model größer als 1,69 Meter sein darf, um auch die durchschnittliche, nicht giraffenartige Kundin oder vielmehr Zuschauerin zu repräsentieren. Zufälligerweise saßen in genau diesem Meeting zwei Vertreter eines Klamottenkonzerns, der gerade seine erste eigene Petite-Linie für weniger große Frauen auf den Markt gebracht hatte, und die wollen jetzt genau so eine Modenschau veranstalten!

Das Beste kommt aber noch: Sie wollen mich als Model über den Catwalk laufen lassen. Ich bin quasi als rasende (oder eher modelnde) Live-Reporterin vor Ort und mache einen Selbstversuch, wie es so ist als (Mini-)Model. Tom hielt das für eine super Idee und meinte, Beiträge wie dieser verliehen der Show »noch mehr Personality«. Das sehe ich auch so, vor allem seit die nette Dame von dem Konzern mir erklärt hat, dass ich die Outfits hinterher behalten darf.

Also, wie gesagt, eigentlich eine super Woche, wäre da nur nicht Manuels fiese Kochnummer von gestern Abend. Ich weiß, es ist gemein, so etwas auch nur zu denken, aber ich glaube, Manuel ist ziemlich eifersüchtig, weil Leonie und ich heute heiße Dates haben und er nicht, und hat deswegen absichtlich das Knoblauchessen gekocht. Normalerweise ist er nämlich der perfekte Date-Berater und passt höllisch auf, dass Leonie und ich uns nicht blamieren (siehe der Salat-Tipp). Außerdem nimmt ihn die Alex-Nummer doch mehr mit, als er zugeben will, vor allem seitdem ein Bekannter ihm erzählt hat, dass Alex einen neuen Freund habe. Aber mich oder vielmehr meinen Atem deswegen gleich mit Knoblauch zu vergiften ist auch nicht gerade die feine englische Art, nicht mal für einen Spanier wie Manuel.

Doch siehe da – anscheinend hatte er das nach der Mittagspause auch eingesehen. Da kam er nämlich hektisch mit einer Plastiktüte aus der Apotheke in die Redaktion zurück und brachte mir lustige grüne Tabletten mit, die angeblich sämtlichen Knoblauchatem auf der Stelle in einen zarten Hauch von Rosenduft umwandeln. Oder so ähnlich. Laut Leonie hat es auch geholfen, nur muss ich seitdem andauernd aufstoßen und habe einen Magen, der sich anfühlt, als hätte ich dreißig Zitronen auf einmal ausgelutscht. Aber egal. Jetzt ist gleich Showtime, und davon wird mich so ein bisschen Salzsäure im Magen ganz sicher nicht abhalten.

Gut gedacht, doch natürlich befällt mich trotzdem die Nervosität.

»*Chica*, in diesem Kleid wirst du den Teppich rocken!«, ruft Manuel in diesem Moment und betritt mein Zimmer, wobei er Leonies neues DKNY-Kleid auf einem Bügel ehrfürchtig vor sich her trägt.

Es ist wirklich unglaublich lieb von Leonie, mir ihr neues Stardress auszuleihen, obwohl sie heute selbst ein großes Date hat – zwar bloß mit diesem schmierigen Bootstypen (in meiner Fantasie hat er zurückgeschleimte Haare und trägt Polohemden von La Martina), aber immerhin. Nur eine wirklich beste Freundin verleiht ihr teuerstes Kleid, bevor sie es selbst einmal getragen hat. Aber Leonie meint, dass ihr gutes Stück, falls ich morgen damit in der Zeitung abgebildet sein sollte, dadurch noch viel wertvoller würde und wir so am Ende alle was davon hätten. Ich hoffe nur, dass mir der Rock dieses Mal nicht wieder über dem Hintern klebt, wie das bei Leonies Outfits ja manchmal der Fall ist, zumindest wenn ich sie trage …

»Anna, Schätzchen, hör auf zu träumen und zieh endlich deinen Liebestöter an, es sind nur noch dreißig *minutes to go*! Also, hopp, hopp, hopp!«, schreit Manuel in seinem Pseudo-Militärton und reißt mich aus meinen Gedanken.

»*Arriva, arriva*!« Mit Mordsgebrüll stürmt nun auch Leonie in mein Zimmer, wedelt mit einer Flasche Prosecco und dreht sich einmal um die eigene Achse.

Sie sieht einfach nur fantastisch aus! In dem silbernen, asymmetrischen Minikleid, das über und über mit Pailletten besetzt ist, und den passenden Pumps von Jimmy Choo (dank denen Leonie bis 2020 verschuldet sein dürfte) sieht sie einfach nur umwerfend aus. Selbst auf jeder Hollywood-Filmpremiere wäre sie der Star, da bin ich mir sicher. Umso mehr geht mir nun die Düse, denn momentan sehe ich mehr nach Frauenhaus als nach rotem Teppich aus. Ich habe mein neues Mega-Stretch-Bauchweg-Killer-Ungetüm an, dazu Manuels Lammfellhausschuhe und riesige Lockenwickler, die meinen Haaren angeblich ein geradezu bombastisches Volumen verleihen sollen, am Kopf kleben.

Nieeeeemals werde ich in dreißig Minuten filmpremierentauglich aussehen, da bin ich mir sicher! Doch ich habe meine Rechnung ohne Leonie und Manuel gemacht. Die zupfen nämlich plötzlich wie auf Kommando im Akkord an mir herum, nehmen abwechselnd einen Schluck aus der Pulle Prosecco und zupfen dann wieder an meinen Haaren, während sie parallel die sexy Wickler in Pastelltönen entfernen. Sie pudern hier und rücken dort zurecht, bis Leonie mir schließlich feierlich das DKNY-Kleid (knallpink, knalleng und knallsexy) über den Kopf zieht, Manuel mir abschließend durch eine Haarsträhne fegt und Leonie den letzten Tupfen Lipgloss aufträgt.

Dreißig Minuten später ist ein Wunder passiert, und aus dem Spiegel lächelt mich mein Filmstar-Ich an, von dem ich immer schon ahnte, dass es existiert, das ich aber nie kennenlernen durfte. Ich sehe fantastisch aus! Allerdings keine Sekunde zu früh, denn just in dem Moment klingelt es. Ein letzter Schluck Prosecco (viel mehr ist eh nicht mehr drin), und ich verlasse die Wohnung. Natürlich nicht, ohne ein letztes Mal in die Hand zu hauchen und zur Sicherheit noch drei Tic Tacs einzuwerfen. Jetzt dürfte eigentlich nichts mehr schiefgehen!

Als ich dann tatsächlich mit pochendem Herzen die Treppen nach unten eile, fühle ich mich wie eine Prinzessin auf dem Weg zu ihrem Prinzen. Oder zumindest wie Carrie Bradshaw auf dem Weg zu Mister Big. Ein bisschen ist es dann auch so, denn Tom holt mich nicht mit einem gewöhnlichen Taxi, sondern mit einer schwarzen Limousine inklusive bemütztem Fahrer ab! Es ist wirklich unglaublich, noch viel fantastischer als in der Serie, denn Tom sieht tausend Mal besser aus als Chris Noth. Als wahrer Gentleman haucht er mir zur Begrüßung einen zarten Kuss auf die Wange und öffnet mir die Limousinentür (natürlich wartet er *vor* dem Wagen; bei Marcel dagegen konnte ich schon von Glück reden, wenn er erst dann Gas gab, nachdem ich die Autotür geschlossen hatte, und vor lauter Ungeduld nicht schon vorher).

Erst habe ich ein bisschen Angst wegen der Knoblauchfahne, aber Tom zuckt bei der Begrüßung nicht zurück, insofern scheine ich ganz gut zu riechen – was bei den Unmengen an Parfüm, die ich zuvor aufgesprüht habe, kein Wunder ist. Im Auto strahlt Tom mich jedenfalls an und sagt tatsächlich wortwörtlich: »Anna, du siehst wunderschön aus!« Daraufhin laufe ich erst mal knallrot an und erwidere, dass er ebenfalls toll aussehe, was er in seinem sexy Anzug ohne Frage tut. Ich verspreche ihm sicherheitshalber auch direkt, dass ich nicht vorhätte, heute Abend etwas mit Balsamico zu konsumieren, weswegen er bis auf Weiteres keine Angst um sein Hemd haben müsse. Ich meine das durchaus ernst, doch ich glaube, er nimmt es eher als Scherz auf, denn er lacht kopfschüttelnd.

Von irgendwoher zaubert er eine Flasche Champagner und zwei Gläser her und meint, dass wir erst mal auf den kommenden Abend anstoßen sollten und dass ich nicht nervös sein müsse wegen des Teppichs und so. Woraufhin ich natürlich unglaublich nervös werde.

»Weißt du, da Rihanna und Ryan dabei sind, wird sich für uns sowieso keiner richtig interessieren!«, erzählt Tom mit einem aufmunternden Lächeln.

Rihanna??? Ryan??? Etwa *die* Rihanna und Ryan Reynolds??? Ich fühle, wie auf einen Schlag alle Farbe aus meinem Gesicht weicht. »Wie, die sind auch da???«, krächze ich zur Sicherheit noch mal und kippe vor lauter Schock meinen Champagner auf Ex weg.

»Na klar sind diejenigen, die im Film die Hauptrollen spielen, auch da! Vanessa steht sogar extra am roten Teppich und macht ein Interview mit den beiden«, lächelt Tom mich an und füllt mein Glas auf.

Vanessa ist auch da? Das wird ja immer schlimmer! Ich versuche mir meine Panik nicht ansehen zu lassen und nehme noch einen großen Schluck Champagner. Und danach gleich noch einen.

Zehn Minuten und drei Gläser später fühle ich mich wesentlich entspannter und lausche Tom, der irgendetwas von unserer großen Liveshow erzählt und davon, wie er irgendwelche Einspieler aufbauen möchte. Richtig konzentrieren kann ich mich darauf aber nicht, denn ich bin viel zu sehr damit beschäftigt, die Farbe seiner Augen zu analysieren. Sie sind so grün, dass sie fast schon unwirklich scheinen. Ähnlich wie das Wasser eines Gebirgsflusses an Tagen, an denen die Sonne scheint. Nur noch viel schöner und tiefer und überhaupt perfekt… Grüne Augen sind ja sehr selten, glaube ich. Ich philosophiere eine Weile vor mich hin, bis mich Tom mit dem Satz »Anna? Wir sind da!« aus meinen Gedanken holt. Prompt meldet sich meine so erfolgreich champagnerverblubberte Panik zurück.

Als ich mit Toms Hilfe (er hält mir heldenhaft die Hand hin) aus der Limousine aussteige, bin ich allerdings erst mal mehr verwirrt als panisch. »Das ist ja der Hintereingang!«, stelle ich entrüstet fest.

Ich dachte, Tom würde mich über den roten Teppich führen, wieso lässt er uns dann zum Hintereingang kutschieren? Bin ich ihm etwa peinlich? Schämt er sich, mit einer ganz normalen Redakteurin (laut meinem Arbeitsvertrag bin ich tatsächlich eine, auch wenn ich davon keine Ahnung habe) auf eine Filmpremiere zu gehen? Oder hat er etwa doch meine Knoblauchfahne gerochen und will mir nur die Peinlichkeit ersparen, auf dem roten Teppich ausgelacht zu werden? Bei dem Verdacht halte ich mir erst mal erschrocken die Hand vor den Mund.

»Der rote Teppich ist im Mathäser fast immer hinten«, erklärt Tom mir daraufhin.

Im selben Moment biegen wir um die Ecke, und ich sehe eine Unmenge an Menschen, die an Ständen anstehen, und einen langen Zelttunnel, der bis zum Eingang des Kinos führt. Parallel nehme ich jetzt auch die Schreie, das Klatschen und den Jubel wahr und bekomme sofort zittrige Knie.

Oh Gott, vor mir befindet sich ein echter roter Teppich einer echten Filmpremiere mit echten Stars und echten Fotografen! Die ganze Welt, na gut, ganz Deutschland wird heute und morgen in den Zeitungen auf *diesen* Teppich schauen! Und ich werde gleich darüber laufen, und zwar mit Deutschlands bestaussehendem Fernsehmoderator. Jenem bestaussehenden Fernsehmoderator, der soeben meine Hand loslässt und irgendeinen wichtig aussehenden Mann begrüßt, der sich mir als Toms Manager vorstellt und ihm zwei Karten sowie irgendwelche Ausweise in die Hand drückt. Links neben mir setzt nun wieder eine Schreitirade ein, weil irgendein Weltstar den Teppich entlangschreitet.

Mir wird vor Aufregung ganz schlecht. Doch nicht nur das! Ich spüre, wie sich der Champagner in meinem Magen auf unheimliche Art und Weise mit den vier Litern fettarmer Milch, den achtundsiebzig Pfefferminzdragees und dem aus Versehen verschluckten Mundwasser verbindet. Während mein Magen wie wild rumort, beginne ich eine leichte aufsteigende Knoblauchfahne zu schmecken. Oh-oh!!! Mir dämmert, was gleich passieren wird. Ich werde aufstoßen müssen!!! Wie schrecklich, ich stehe hier mit Tom und seinem Manager neben einem starbesetzten Teppich und muss aufstoßen!!! Und ich kann es nicht aufhalten.

Panisch öffne ich meine Handtasche, tue so, als ob ich etwas suchen müsse, und drehe mich kurz von den beiden weg. Im allerletzten Moment – puh! Denn im nächsten haben sich die Gase ihren Weg nach oben gekämpft, und ich muss tatsächlich aufstoßen. Glücklicherweise ist es kein lauter Rülpser, sondern klingt eher nach einem langen Lufthauch, aber dafür riecht es bestialisch nach einer Mischung aus vergorener Milch, Alkohol und Knoblauch. Ich versuche die Giftgaswolke unauffällig von uns weg zu pusten und mache lauter kleinere Stoßatmungen wie bei einer sehr leisen Geburt. Gerade als ich meine, das Schlimmste wäre nun wie weggeblasen (haha), höre ich direkt vor mir ein angewidertes »Uäh!«, und ein Mann im Anzug dreht sich zu mir um.

»Was stinkt denn hier so!?«, fragt er und schaut mich ärgerlich an. Es ist Til Schweiger.

»Das … habe ich mich auch gerade gefragt«, stottere ich und drehe mich mit knallrotem Kopf schnellstens wieder um.

Tom und sein Manager haben glücklicherweise nichts mitbekommen, denn Tom legt in diesem Moment eine Hand um meine dank der Stretchhose bezaubernd schlanke Taille.

»Wollen wir los, Anna?«, fragt er mich und lächelt.

Ob er immer noch so lächeln würde, wenn er wüsste, dass ich gerade Til Schweiger angerülpst habe?

Waaaahhhh!!!! Wie absolut schrecklich ist das denn?

Oh Gott, ich habe Til Schweiger angerülpst, wie furchtbar! Ich finde Til Schweiger toll! Til Schweiger ist *berühmt*! Und erfolgreich. Und Familienvater. Ich fühle mich hundeelend, aber schon kurz darauf mindestens genauso erleichtert, dass Tom mich endlich wegführt und ich diese mehr als peinliche Szene inklusive der Milch-Champagner-Knoblauchwolke wenigstens räumlich hinter mir lassen kann. Vor lauter Til-Schweiger-Scham bekomme ich gar nicht richtig mit, wie wir den roten Teppich betreten. Bis uns auf einmal wildfremde Menschen anschreien. Vielmehr schreien sie in erster Linie Tom an.

»HIERher, Tom!!! Schau zu MIR!!!« – »NEIN, HIERher, Tom, HIER, in der MITTE!!!« – »Nein, TOM, LINKS!!! Schau nach LINKS!!!!« – »Quatsch, TOM, rechts, schau nach RECHTS, JETZT!!!!« – »Lächle, Tom, LÄCHLE mal!!!« – »SEXY, TOM, schau mal SEXY!!!« – »LACHEN, Tom, LACH mal! Aber nach RECHTS!!!!« – »Und jetzt mal ALLEIN, ohne die TUSSI, Tom, ja?«

Es ist wie im Krieg. Oder zumindest so, wie ich mir Krieg vorstelle. Nach den ersten drei Metern bleiben wir stehen, und Tom dreht sich zu den Kameras, lächelt mal hierhin, mal dorthin, drückt meine Hand und schiebt mich einen Meter weiter zu den nächsten brüllenden Fotografen. Die schreien sich die Seele aus dem Leib. Wüsste ich nicht, dass wir uns auf einem roten Teppich befinden, würde ich eher davon ausgehen, dass man uns hier beschimpfen und anschließend erschießen, nicht aber fotografieren will. Untereinander befinden sich die Fotografen anscheinend tatsächlich im Krieg, denn sie schreien sich vor allem gegenseitig an und hauen sich auch schon mal die Kameras auf die Köpfe oder die Ellenbogen in die Rippen. So ähnlich habe ich mir früher im Geschichtsunterricht die Bananenausgabe in der DDR vorgestellt, nur vielleicht ein bisschen menschlicher.

Als die »Jetzt-mal-ohne-die-Tussi«-Rufe immer mehr und lauter werden, lasse ich Toms Hand los und versuche zur Seite zu gehen, doch er schnappt sie sich wieder und zieht mich zu sich heran.

»Das ist Anna Abendrot! Die neue Starreporterin bei *Flash!* und meine wichtigste Mitarbeiterin für die Münchner Fashion Week!«, ruft er der Meute zu.

Daraufhin bricht die Hölle erst richtig los:

»Seid Ihr ein PAAR?« – »WIE heißt sie???« – »Abendrot?« – »Wie SCHREIBT man das?« – »ANNA, HIERher!!!« – »ANNA, LÄCHELN!!!« – »ANNA, steh mal nur auf einem BEIN, bitte!!« – »Ist das nicht die mit den Nudeln und dem Löffel?«

Die letzte Bemerkung interessiert mich.

»Haben Sie das Interview gesehen?«, frage ich den kleinen Fotografen ganz vorn, der mich nach dem Löffel und den Nudeln gefragt hat.

Doch er kann nicht antworten, denn sobald wir uns in seine Richtung wenden, stürmen die anderen Fotografen so schnell dorthin, dass er erst eine Kamera auf den Kopf bekommt und danach direkt überrannt wird.

»Ist ihm was passiert?«, ich schlage die Hände vor den Mund.

»LÄCHELN, ANNA!!!«

Tom beruhigt mich und flüstert mir ins Ohr, dass das alles ganz normal sei.

»Ist das die Reporterin, die mit MARCO TOSSI gesprochen hat?« – »Das Löffel-Interview???«

Langsam kommen die Karatefotografen auf den Trichter, aber ich bin mir nicht sicher, ob ich das überhaupt will.

»Ja, das ist Anna, unsere neue Starreporterin. Und jetzt entschuldigen Sie uns, Gentlemen, auf uns wartet ein großartiger Film!«, ruft Tom mit einem charmanten Lächeln und wendet sich zum Gehen.

Da ich aus dem Augenwinkel sehe, dass Til Schweiger mit seiner neuen Flamme gerade den Teppich betritt, zögere ich nicht lange, sondern hake mich bei Tom ein und mache, dass ich wegkomme. Ich höre gerade noch, wie Til die Fotografen fragt, ob sie wissen, wer die blonde Frau eben gewesen sei, und ziehe Tom rasch weiter.

Nachdem ich dieser Katastrophe gerade so entronnen bin, stolpere ich prompt in die nächste. Tom steuert nämlich direkt auf die mit einem Kamerateam bestückte und zwischen hundert anderen Journalisten halb zerquetschte Vanessa zu. Als sie mich neben ihm erblickt, verengen sich ihre Augen zu Schlitzen, und tausend imaginäre Giftpfeile durchstoßen mein DKNY-Kleid. Unwillkürlich greife ich mir an Brust und Bauch, um zu überprüfen, ob das Kleid noch ganz ist oder ob es nun Löcher hat (Leonie würde mich umbringen!), aber wider Erwarten verfügt Vampirellas Lieblingsgehilfin nicht über Super-Hexen-Kräfte, und das Kleid sieht immer noch fabelhaft aus.

Immerhin fasst Vanessa sich erstaunlich schnell und begrüßt Tom strahlend und mit Bussi-Bussi, damit auch jeder der Umstehenden sofort erkennt, dass sie nicht irgendeine Reporterin ist, sondern jene, die Tom Vanderscheid mit Küsschen begrüßen darf. Dass er ihre Bussis nicht gerade überschwänglich erwidert, scheint sie nicht weiter zu stören. Zumindest tut sie so.

»Anna kennst du ja«, meint Tom und macht es ihr somit unmöglich, mich weiter zu ignorieren.

Daraufhin bekomme ich auch meine Bussis (wahrscheinlich gefriert in diesem Moment die Hölle), und Vanessa strahlt mich genauso glücklich an wie zuvor Tom. »Hast du Knoblauch gegessen, Anna?«

Grrr… Schlagartig taut die Hölle wieder auf, und ich krame hektisch nach meinen Tic Tacs. Verflucht sei Manuel! Aber Tom überhört das Ganze geflissentlich, erkundigt sich stattdessen, welche Promis Vanessa schon vors Mikro bekommen hat (Ryan Reynolds ist ihr entwischt, HAHA!!!), und gibt ihr ein kurzes Interview zum Film. Danach machen wir noch vor ein paar Radiomikros und bei einigen Lokalsendern halt, bis es schließlich ab ins Kino geht.

Oben angekommen empfängt uns eine Bar, die mit hunderten gefüllten Sektgläsern dekoriert ist. Voller Euphorie darüber, dass ich den Teppich und Vanessa überlebt habe, stürme ich direkt los, um Tom und mir zwei Drinks zu holen. Glücklicherweise komme ich sofort dran und ergattere zwei der ersten Gläser.

Mit erhobenen Händen kehre ich triumphierend zu Tom zurück, und nun fängt endlich der entspannte Teil des Abends an. Wir trinken unseren Sekt und reden über alles Mögliche: über unsere Mütter (beide hochgradig gestört), unsere Lieblingsfilme (worüber redet man bei Filmpremieren denn sonst?) und unsere Lieblingsurlaubsziele (er Italien, ich überall dort, wo es warm ist und man shoppen kann, also auch Italien). Als Tom nach einiger Zeit noch mal an die Bar geht, um uns kostenlosen Sektnachschub zu besorgen, kommt er nicht nur mit zwei frischen Gläsern, sondern auch in platinblonder Begleitung zurück.

Die Dame stellt sich mir nicht vor, sondern redet einfach weiter wie eine batteriebetriebene Sprechpuppe auf Tom ein. Sie erzählt ihm irgendeinen Münchner-Promi-Insiderklatsch, den ich nicht verstehe. Also konzentriere ich mich lieber darauf, sie zu mustern. Eine Konkurrenz ist Blondie zumindest nicht, auch wenn sie ständig Toms Arm und seine Brust betatscht, als ob sie seine Angetraute oder Freundin wäre. Ihre geschätzten fünfzig Jahre und die zwanzig Kilo Übergewicht, die sie mit sich herumschleppt, machen allzu deutlich, dass sie keins von beidem ist, sondern nur eine Frau mit einem miesen Friseur, die ihre besten Jahre ganz offensichtlich hinter sich hat und das nicht wahrhaben will. Unter anderem gut zu erkennen an dem viel zu engen blauen Schlauchkleid, zu dem sie die gleichen Glitzerpumps von Jimmy Choo trägt wie Leonie, nur geschätzte vier Nummern größer. Bei diesem modischen Extremfall kann nicht mal mehr Spandex weiterhelfen, denke ich mir und fahre mit einem leisen Lächeln über meinen immer noch fabelhaft flachen Bauch, der sich inzwischen sogar erstaunlich gasfrei anfühlt. Was rausmusste, musste wohl einfach raus, schießt es mir durch den Kopf, auch wenn ich den Gedanken selbst eklig finde. Der arme Til Schweiger …

Mittlerweile hat Blondie tatsächlich eine klitzekleine Redepause machen müssen, um Luft zu holen (wie das in dem viel zu engen Schlauchkleid überhaupt möglich ist, fasziniert mich ja schon fast wieder), und Tom nutzt die Unterbrechung, um mich vorzustellen.

»Miranda, das ist Anna, unsere neue Starreporterin bei *Flash!* und meine wichtigste Unterstützung für die Fashion Week, auf der sie übrigens selbst laufen wird. Anna, das ist Miranda, die Inhaberin der Künstleragentur Starstyle, die unter anderem Ryan Reynolds in Deutschland vertritt. Wir freuen uns übrigens schon sehr auf den Film!«

Aha, Künstlermanagement, damit ist mir auch klar, warum Tom bei meiner Vorstellung so dick aufträgt. Wahrscheinlich sind für Miss Moppel-Miranda alle Frauen, die nicht wenigstens schon mal dem Stand der Supermodels angehörten, Untermenschen. So ist es anscheinend tatsächlich.

»Oh, trägt man dieses Jahr Zwergenlook?«, trällert die über die Unterbrechung ihres Monologs sichtlich verärgerte

Miranda, lacht gellend über ihren eigenen Scherz und fährt gleich fort: »Ach, Tom-Baby, ich bin sowieso im Stress wie immer. Ich muss dringend weiter, viel Spaß beim Film dir und BUS-SI!«, flötet sie und verschwindet auf ihren Jimmy-Choo-Quadratlatschen.

»Tja, jetzt hast du auch unsere liebe Miranda kennengelernt – zauberhaft wie immer!«, lacht Tom und reicht mir mein volles Sektglas.

Eine Bekanntschaft, die meinetwegen nicht vertieft werden muss, aber den Kommentar spare ich mir lieber. Stattdessen reden Tom und ich weiter über Gott und die Welt, und als wir schließlich beim vierten Gratis-Sekt angekommen sind, werden wir höflich aufgefordert, uns langsam in den Kinosaal zu begeben. Am liebsten hätte ich gänzlich auf den doofen Film verzichtet und wäre für immer und ewig hier mit Tom stehen geblieben (vor allem weil die ganze Schickeria sich längst verzogen hat und es langsam herrlich ruhig wird). Aber als die Platzanweiser langsam nervös werden, geleitet mich Tom, indem er mir elegant den Arm um die Taille legt, in den Saal. Allerdings befürchte ich, er will bloß auf Nummer sicher gehen, dass ich nicht die dunklen Treppen hinunterpurzele, denn nach dem ganzen Sektgenuss bin ich zwar noch nicht so voll wie Nemo nach einer Nacht im Weinfass, aber ganz nüchtern bin ich auch nicht mehr.

Deswegen bin ich ziemlich froh, als wir auf den wunderbar weichen Sitzen Platz nehmen dürfen und liebenswürdige Menschen mit lustigen Hüten auf dem Kopf uns Popcorn servieren, das ich freudig entgegennehme und sofort anfange zu futtern, auch wenn die liebenswürdigen Menschen nach meinem Kicheranfall (»Sooooo lustige Hüüüte!«) nicht mehr ganz so liebenswürdig sind. Tom jedenfalls ist umso liebenswürdiger und hilft mir sogar mit ausgeklügelten Atemübungen, meinen durch den Kicheranfall ausgelösten Schluckauf zu bekämpfen – leider ohne nennenswerten Erfolg.

Dann geht das Licht aus, und ein Typ im Anzug und mit Mikrofon beginnt auf einer Bühne vor der Kinoleinwand etwas über den Film zu erzählen.

»Gleich kommen die Hauptdarsteller und der Regisseur«, flüstert mir Tom zu, was ich mit einem begeisterten »Hicks!« kommentiere.

Das Ganze ist wirklich aufregend, denn wir sitzen in der zweiten Reihe und sind somit hautnah dran an den Stars.

»*Ladies and gentlemen*, hier sind sie, live und in Farbe … Wir sind sehr stolz, Ihnen heute drei fantastische Größen des Filmgeschäfts präsentieren zu dürfen, Miss Rihanna, Mister Ryan Reynolds und Mister Steven Spielberg!«, verkündet nun irgendein Big Boss des Filmverleihs.

Es folgen ein gigantischer Trommelwirbel sowie etliche Lichtblitze, und kurz darauf marschieren die drei Genannten unter ohrenbetäubendem Applaus tatsächlich auf die Bühne. Als sich der Beifall (ich bringe meine Begeisterung sowohl durch Händeklatschen als auch durch ein melodisches Hicksen zum Ausdruck) zehn Minuten später gelegt hat und die Fotografen nur noch hundert und nicht mehr tausend Mal pro Minute auf den Auslöser drücken, ergreift der Anzugträger mit dem Mikrofon wieder das Wort.

»Ryan, willkommen in München. Ich fange mal mit dir an. Mir ist zu Ohren gekommen, dass dieser Dreh etwas ganz Besonderes für dich war. Kannst du uns kurz erzählen, wieso?«

Gespannte Stille im Publikum. Alle warten auf eine Antwort des Weltstars, jeder will ihn natürlich unbedingt live und so laut wie möglich reden hören. Es ist so was von spannend.

»*Well*«, setzt Ryan an. Sein schwarzes Hemd steht ihm wirklich gut. Gerade will er erzählen, warum der Dreh für ihn ein ganz besonderer war, da unterbricht ihn ein laut durch den Saal hallendes Geräusch.

»HICKS!!!!!!!!«

Der Stargast stockt und schaut – komplett aus dem Konzept gebracht – verwundert in Richtung des Publikums.

Oh. mein. Gott. Erschrocken halte ich mir beide Hände vor den Mund und krümme mich in meinem Sessel zusammen. Der Saal beginnt zu wispern, und alle drehen sich suchend zu der Lärmquelle um.

Oh nein! Wieso passiert so was immer nur MIR????????????????

Ich laufe knallrot an und wage es nicht, zu Tom hinüberzublicken, der sich jetzt wahrscheinlich am liebsten drei Reihen nach hinten setzen würde.

»*Well*«, nachdem keine weitere Störung zu hören ist, beginnt Ryan Reynolds von Neuem. Er betont, wie besonders die einzigartige Zusammenarbeit mit Rihanna für ihn war, doch besonders weit kommt er mit seiner Rede auch diesmal nicht.

»HICKS!! HICKS!!!«

Ich kann es selbst kaum glauben, aber es passiert tatsächlich! Ich habe Ryan Reynolds soeben zum zweiten Mal das Wort weggehickst!!! Um mich herum wird nun mehr als nur getuschelt, einige Gäste zeigen sogar mit dem Finger auf mich, und Ryan wirft sichtlich genervte Blicke in meine Richtung. Ich weiß nicht, was ich tun soll. Ich kann fühlen, wie Tom beruhigend seine Hand auf meine legt, aber das macht alles nur noch schlimmer. Inzwischen kommen die Hickser in immer kürzeren Abständen, und je mehr ich mich bemühe, sie zu unterdrücken, desto lauter werden sie. Mir bleibt nur eine Wahl.

»Entschuldige mich, ich habe noch eine Verabredung!«, rufe ich Tom hektisch zu, entziehe ihm meine Hand und springe wie von der Tarantel gestochen von meinem Sitz auf. Ich greife nach meiner Tasche und trampele über unzählige Füße durch die Reihe nach draußen.

Hektisch trippele ich im Treppenhaus die Stufen hoch. Als ich gerade die Befürchtung habe, ich könnte überreagiert haben, höre ich hinter mir jemanden sagen: »Sieh einer an, die Rülpserin!«

Es ist Til Schweiger, der schräg hinter mir gesessen hat. Kein Wunder, dass er mich erkannt hat, denn ich stolpere im hellsten Scheinwerferlicht die Treppen hoch. Ziemlich deutlich vernehme ich nun lautes Gelächter, und sofort treten mir vor lauter Peinlichkeit Tränen in die Augen. Als ich endlich die rettende Tür erreicht habe und durch das Foyer stürme, höre ich hinter mir meinen Namen.

»Anna! Anna, jetzt warte doch mal! So schlimm war das gar nicht!«

Tom rennt mir hinterher, aber er soll auf keinen Fall sehen, dass ich wie ein hysterisches Schulkind weine. Der Abend war auch so schon peinlich genug. Also renne ich nach draußen, springe wie im Film in ein wartendes Taxi und rufe dem Fahrer meine Adresse zu, der sofort losbraust. Als ich mich umdrehe, sehe ich Tom auf der Straße stehen, und am liebsten würde ich kehrtmachen, ihm alles erklären und mich entschuldigen. Aber das ist alles einfach *zu* peinlich. Das Schlimmste ist, dass ich beim Hinauseilen aus dem Kinosaal bei den Kamerateams Vanessa entdeckt habe, die mir hinterherschaute. Das Lächeln auf ihren Lippen macht mir mehr als alles andere klar, was nun auf mich zukommen wird.

Als ich zu Hause durch die Tür laufe, kommt jedoch erst

mal etwas anderes auf mich zu. In der Küche sitzt eine heulende Leonie mit einer Flasche Tequila Gold. Der Yachtverkäufer hat sich wenig überraschend als Mistkerl entpuppt, genauer gesagt als ein Mistkerl mit Ehefrau, deren beste Freundin Stammgast im Acetaia ist, weshalb das romantische Date noch vor dem zweiten Zwischengang beendet war. Als ich Leonie meine Premierenerlebnisse erzähle, vergisst sie den Yachttypen aber ganz schnell und kann kaum glauben, was sie da hört.

»Ach, meine Süße, das war wahrscheinlich alles nur halb so schlimm. Morgen redet da kein Mensch mehr drüber!«, versucht sie mich zu trösten. Weil sie selbst nicht glaubt, was sie da sagt, schenkt sie uns noch einen Tequila ein, den wir beide sofort hinunterstürzen. Die Zitrone und das Salz werden wir einfach morgen essen.

Nachdem die Flasche gefühlte zehn Minuten später leer ist, kriechen wir erschöpft und volltrunken ins Bett und versuchen alles zu vergessen. Zumindest döse ich recht schnell ein und sinke in einen traumlosen Schlaf.

»Viva la noche!!!! Viva la fiesta!!! Viva l'amor!!! Viva l'amor!!!!!!«

WAAAAHHHH!!!

Panik!!!! Ruckartig richte ich mich in meinem Bett auf und schaue mich nach der Lärmquelle um. Im selben Moment durchzuckt mich ein heftiger Schmerzblitz, der sich in meinem Kopf festsetzt, und mein Magen beginnt sich zu drehen. Vorsichtig lasse ich mich zurück auf das Kissen gleiten und schließe wieder die Augen. Die wummernde Lärmquelle ist Manuels CD-Anlage, die er für sein allmorgendliches Bauch-Beine-Po-Workout aufdreht. Also kein Angriff von geschmacksirritierten Aliens mit Laserwaffen, das ist schon mal gut.

Vorsichtig öffne ich ein Auge und linse auf den Wecker: 11.54 Uhr. Das ist so weit auch kein Drama. Aber mein Kopf fühlt sich an, als hätten dort über Nacht zehn Elefanten Fußball gespielt. Und zwar mit Stollenschuhen! Vorsichtig beginne ich mir die Schläfen zu massieren und steche mich prompt an etwas Spitzem, das in meinem Haar steckt. Eine Haarnadel! Von denen haben Leonie und Manuel gestern so einige in meiner Frisur versenkt. Behutsam taste ich weiter und finde in meinen haarsprayverklebten Haarbüscheln noch mehrere Nadeln. Nachdem ich mir die fünfte aus den Strähnen gezogen habe, beginne ich mich langsam zu fragen, weshalb die Nadeln eigentlich noch in meinen Haaren sind. Habe ich die gestern nicht beim Abschminken im Bad rausgenommen? Oooh, sogleich schwant mir Böses.

Todesmutig und in Erduldung des schlimmsten Kopfschmerzes, den ich je hatte, werfe ich die Bettdecke zur Seite und krabbele langsam von der Matratze. Erst im Stehen realisiere ich, dass ich immer noch mein, also Leonies pinkfarbenes DKNY-Kleid trage, und nach einem Blick in den Spiegel habe ich die Gewissheit, dass meine Haare sich nicht nur anfühlen wie ein zerzaustes Vogelnest, sondern auch so aussehen. Die gute Nachricht ist, dass mein Gesicht hervorragend dazu passt. Ich sehe aus wie eine Vogelscheuche aus dem Vorgarten der Adams Family!

Dann kommt unglücklicherweise auch noch scheibchenhaft die Erinnerung zurück: Tom, die Limousine, Til Schweiger, mein Rülpser, der rote Teppich, Ryan Reynolds, das Kino, mein Schluckauf, die Flucht … Oh Gott.

Wimmernd lasse ich mich aufs Bett zurückfallen. Nachdem ich zehn Minuten lang an die Decke gestarrt und versucht habe, mir vorzustellen, wie es wäre, wenn ich Will Smith wäre und so ein Blitzdings wie die Men in Black hätte und bei allen Beteiligten gestern einfach die Erinnerung auslöschen könnte, gebe ich auf und beschließe, mich der Realität zu stellen. Oder zumindest erst mal meinen Mitbewohnern.

Ich rappele mich auf, werfe meinen chinesischen Morgenmantel (ein Schnäppchen von H&M, könnte optisch aber auch von einem asiatischen Seidenmarkt stammen!) über mein Kleid und schleppe mich in die Küche. Dort sitzt wie gestern schon Leonie, diesmal allerdings mit einer großen Wasserflasche und einer Familienpackung Aspirin statt einer Flasche Tequila. Wir schauen uns nur stumm an, dann reicht mir Leonie wortlos eine Aspirin und die Flasche. Nachdem ich einen halben Liter Wasser in mich hineingepumpt habe, fühle ich mich wenigstens körperlich ein bisschen besser. Außerdem kann ich klarer denken.

»Ich habe gestern alles kaputtgemacht! Die zarten Anfänge mit Tom, meine Karriere, alles! Der Mann kann mich niemals im Leben mehr ernst nehmen, ach was, der kann mir nicht mal mehr in die Augen schauen!!!!«, bricht es aus mir hervor.

»Das ist totaler Quatsch!«, antwortet Leonie und stützt den Kopf mit schmerzverzerrtem Gesicht auf beide Hände. »Wahrscheinlich fand er deinen Schluckauf sogar richtig süß! Immerhin konntest du gar nichts dafür. Außerdem ist er dir sogar hinterhergerannt!«

»Und ich bin wortlos abgehauen!«, antworte ich zerknirscht und würde mich am liebsten ohrfeigen. Da mein Kopf aber auch so schon höllisch wehtut, erspare ich mir diese Form der Selbstbestrafung, der Schmerz ist sowieso da.

»Ruf ihn einfach nachher an, erkläre ihm alles und entschuldige dich. Du wirst sehen, dann wird alles gut! Ihr seid schließlich erwachsene Menschen«, beruhigt Leonie mich, und ich entspanne mich tatsächlich ein wenig.

Vielleicht hat sie ja recht? Was ist schon groß passiert? Ich hatte ein wenig Schluckauf, das kann ja wohl jedem mal passieren. Gut, da war auch noch die Sache mit Til Schweiger, aber das weiß eigentlich keiner … Vielleicht sollte ich Tom wirklich nachher anrufen, mich bei ihm für die Einladung bedanken und mich für mein plötzliches Verschwinden entschuldigen. Das wäre sicherlich das Vernünftigste und Erwachsenste.

Ich fange gerade an, das Ganze sogar positiv zu sehen – immerhin ist der Auftritt auf dem Teppich super gelaufen –, da stürmt Manuel wie eine spanische Granate in Lycra-Shorts in die Küche.

»Ich war gerade unten beim Bäcker und – OH MEIN GOTT, ANNA – du bist in der Zeitung!!!!!«

Fassungslos starre ich ihn an und spüre, wie mein Herzschlag sich automatisch beschleunigt.

»Sieht sie gut aus?«, fragt Leonie und angelt sich den *Münchner Blitz* aus Manuels Arm. Begeistert schlägt sie die Zeitung auf, findet auf Anhieb die richtige Seite, fängt an zu lesen und lässt das Blatt nach wenigen Sekunden fallen, als ob sie sich gerade die Hand verbrannt hätte.

»W … was ist los?«, frage ich sie alarmiert und ahne nicht nur Böses, sondern das Schlimmste.

»Nichts, rein gar nichts, bist gar nicht drin. Manuel hat sich getäuscht … Da steht überhaupt nichts über dich«, stottert Leonie und versucht die Zeitung unauffällig hinter ihrem Rücken zu verstecken.

Nun will ich es erst recht wissen und schnappe mir den *Blitz*. Im nächsten Moment bricht die Hölle über mich herein.

Das Schluckauf-Desaster!

Tom Vanderscheids neueste Eroberung lässt Filmpremiere platzen

Der beliebte Moderator hat in der Vergangenheit schon mit einigen auffälligen Begleiterinnen von sich reden gemacht, aber seine aktuelle Freundin Anna Abendrot schoss gestern Abend in München auf der Premiere von *Love and less* den Vogel endgültig ab!

Nachdem sie auf dem roten Teppich noch an Vanderscheids Seite strahlte und sich im Blitzlicht der Fotografen sonnte, wurde die Blondine im Saal zur Furie! Abendrot betrank sich offenbar so heftig, dass sie im Kinosaal laut grölend und von einem heftigen Schluckauf geschüttelt den Auftritt von Rihanna, Ryan Reynolds und dem großartigen Regisseur Steven Spielberg ruinierte. Sie hickste so laut, dass Reynolds nicht zu Wort kam, woraufhin es im Saal fast zu Massenausschreitungen kam. Anschließend rannte die Frau, die als Reporterin für das Magazin *Flash!* arbeitet, laut schreiend aus dem Saal und zerriss sich dabei laut Aussage eines Zeugen ihr Kleid.

Wie der *Münchner Blitz* exklusiv erfuhr, hatte die vierundzwanzigjährige Anna bereits zuvor einen Star angegriffen. »Ich stand ganz normal vor der Premiere mit ein paar Kollegen herum und unterhielt mich, als ich plötzlich diesen unglaublichen Gestank wahrnahm! Ich kann es nicht beschwören, aber ich glaube, die Dame hat mich angerülpst! Hübsch sah sie allerdings aus«, offenbarte uns nach der Katastrophenpremiere ein verwirrter Til Schweiger, der immer noch sichtlich mitgenommen ist.

Tom Vanderscheid, der seiner Freundin nach ihrem Fehltritt hinterhereilte, sagte uns auf Anfrage, dass Anna eine wunderbar erfrischende Frau sei und alles halb so schlimm war. Eine Beziehung wollte er aber nicht bestätigen. Wir finden: Tom, lass die Hände von dieser Frau oder sie beim nächsten Mal am besten gleich ganz zu Hause, sonst kommen bald keine Weltstars mehr nach München!

»Hast du echt mein DKNY-Kleid zerrissen?«, ist das Erste, was Leonie mich panisch fragt, nachdem wir alle drei gemeinsam den Horrorartikel gelesen haben.

Als ich nicht antworte, sondern nur fassungslos auf die Zeitung starre, hebt sie hektisch meinen Morgenmantel an, um darunterzuschauen. Ich kann immer noch nur wortlos den Kopf schütteln, sprechen geht nicht.

»Was willst du eigentlich? Til Schweiger findet, dass du hübsch bist, das ist doch super!«, trällert Manuel und kann sich ein Grinsen nicht verkneifen.

Ich blicke ihn nur mit stummem Entsetzen an, während Leonie einmal um mich herumscharwenzelt, um den Zustand ihres Kleides zu begutachten. Nachdem sie sich vergewissert hat, dass es nicht zerrissen ist, stellt sie sich vor mich hin, blickt mir in die Augen und atmet tief aus.

»Anna, das ist nur ein doofes, kleines Klatschblatt. Die haben nichts Besseres zu vermelden und saugen sich deshalb solche angeblichen Skandale aus den Fingern. Morgen interessiert das *niemanden* mehr! Nichts ist so alt wie die Zeitung von gestern!«, versichert sie mir.

»Na ja, wir würden schon einen Beitrag darüber drehen, wenn es nicht Anna wäre. *Flash!* ist voll von solchen Geschichten«, wirft Manuel in Gedanken versunken ein und urplötzlich verkrampfe ich noch mehr.

»Aber es *ist* Anna und deswegen gibt es keinen Beitrag! Niemand wird irgendwas drehen und eine Geschichte daraus machen«, zischt Leonie und wirft Manuel einen Blick zu, der töten könnte.

»Oh mein Gott, aber da waren tausend Kameras gestern«, erinnere ich mich.

Wie von der Tarantel gestochen renne ich rüber ins Wohnzimmer und schalte den Fernseher ein. Vor meinen Augen fängt es an zu flimmern. Tom ist auf dem Bildschirm zu sehen! Er steht vor dem Kino, und draußen ist es dunkel. Das muss gestern Nacht nach meinem Abgang gedreht worden sein!

»Oh-oh«, ertönt es hinter mir, Leonie und Manuel sind mir ins Wohnzimmer gefolgt.

Schnell gebe ich ein lautes »Pscht« von mir, denn ich will hören, was Tom sagt.

»... war eine tolle Einlage. Jetzt mal im Ernst, im Endeffekt langweilen wir uns bei diesen Premieren doch alle zu Tode! Jedes Jahr die gleichen perfekt geschminkten Stars und die gleichen langweiligen Gäste, sogar das Popcorn schmeckt jedes Mal gleich ranzig. Da ist es begrüßenswert, wenn jemand frischen Wind in die Sache bringt. Genau das hat Anna heute getan! Ich muss sagen, das war die spannendste Filmpremiere, auf der ich je war, und das werden die anderen Gäste sicher ähnlich sehen. Insofern hat Anna den Abend gerettet, das war ein toller Auftritt!«

Wir stehen alle drei mit offenem Mund vor dem Fernseher und können kaum glauben, was wir da hören.

»Mann, muss der in dich verschossen sein!«, kommentiert Manuel das Interview.

Just in dem Moment verschwindet Tom vom Bildschirm, und stattdessen erscheine ich, wie ich neben ihm auf dem roten Teppich posiere. Ich muss zugeben, dass ich toll aussehe.

»Das Kleid war jeden einzelnen Cent wert, das sage ich dir!«, flüstert Leonie und streicht mir über den Rücken.

Ich fange langsam an, mich zu entspannen. Das Schmierblatt mag ja versuchen, einen Skandal daraus zu machen, aber im Fernsehen komme ich bisher nicht schlecht weg! Und wer liest heutzutage noch Zeitung? Also außer uns. Doch gerade als ich mich so richtig sicher fühle, verschwinden die zauberhaften Teppichbilder, und die schadenfreudige Fratze von Miranda erscheint.

»Ich habe von Anfang an gefühlt, dass mit dem Mädel irgendetwas nicht stimmt. Schon allein, wie sie …«

Mit klopfendem Herzen beuge ich mich vor, um besser hören zu können, was die Hexe von sich gibt, da wird der Bildschirm plötzlich schwarz. Leonie hat sich die Fernbedienung geschnappt und den Fernseher ausgeschaltet.

»Jetzt wird sie zerrissen! Im bundesweiten Fernsehen!«, flüstert Manuel und wird bleich.

»Ach, Quatsch!«, antwortet Leonie. »Keiner hört auf diese alte Schachtel, wichtig ist, was Tom gesagt hat, und das war ja wohl klasse!«, entscheidet meine fabelhafte beste Freundin und schiebt mich aus dem Wohnzimmer. »Jetzt legst du dich noch mal ein paar Stunden hin, schläfst drüber. Danach besorgen wir dir ein paar von deinen geliebten Pommes als Katernahrung, und anschließend formulieren wir eine SMS an Tom. Das bekommen wir alles wieder hin, meine Süße«, redet sie auf mich ein und schiebt mich unbeirrt in Richtung meines Zimmers, was ich mir gerne gefallen lasse.

Schlafen klingt erst mal gut, denn das ist gerade alles ein bisschen zu viel für mich. Das mit der SMS klingt zudem richtig vernünftig. Vielleicht ist ja doch noch nicht *alles* verloren. Mein Herzschlag entspannt sich, und ich spüre, wie mich die Müdigkeit übermannt. Jetzt erst mal schlafen, und dann wird alles gut, denke ich mir.

»Anna?«, ruft Manuel mich da aus dem Wohnzimmer.

»Ja?« Müde drehe ich mich noch mal zu ihm um.

»Anna, hast du wirklich Til Schweiger angerülpst?«

Wortlos wende ich mich ab. Ich muss wirklich dringend schlafen.

Das Après-Teppich-Leben

Shoppingbeutetagebuch:

Neue Schuhe: 3 *Paar (aber keine Designerschuhe und außerdem im Schlussverkauf)*

Minikleid (wenn ich weiter ohne Papiertüte auf dem Kopf in dieser Stadt überleben will, muss ich wenigstens toll aussehen!): 1

Weiße Schokopralinen mit Karamell- und Krokantfüllung (hey, ich habe einiges zu verkraften, außerdem hat wenigstens das mit der Bauch-weg-Hose bestens funktioniert): 13

Okay, der Weltuntergang könnte tatsächlich noch einmal verschoben worden sein. Momentan fühle ich mich wie eine Schiffbrüchige, die zwar überlebt, jedoch noch keine Ahnung hat, auf welcher Insel sie gestrandet ist. Dort draußen könnten paradiesische Zustände und Hibiskusblütenwälder, aber auch menschenfressende Horden auf mich warten. Immerhin stehen schon mal keine Paparazzi vor der Tür.

Das weiß ich deswegen, weil ich mich gestern rausgewagt habe, um mit Leonie shoppen zu gehen. Nachdem ich noch ein paar Stunden geschlafen und danach fast genauso lange geduscht hatte, fühlte ich mich wieder annähernd wie ein Mensch. Da Leonie meinte, die beste Ablenkung ever sei ein bisschen Kreditkartentraining (wir machen zwar nicht besonders viel Sport, unsere MasterCards dagegen schon), zogen wir anschließend direkt los. Und das war wirklich eine gute Idee! Wider Erwarten kam der Verkehr auf der Straße nicht zum Erliegen, als ich vor die Tür trat, und die Menschen blieben auch weder stehen noch zeigten sie mit dem Finger auf mich und fingen an zu schreien.

Nur einmal musterte mich eine Verkäuferin bei Zara recht kritisch, doch als sie »Sind Sie nicht die von gestern auf der Filmpremiere?« fragte, zog Leonie mich nur wortlos, aber energisch weiter. Bei einer ersten Shoppingpause im Vapiano in den fünf Höfen, wo wir unsere katergeschwächten Mägen mit Pizza und Pannacotta verwöhnten (damit sich die Pommes nicht so alleine fühlen), hatten wir den Vorfall schon wieder vergessen. Eigentlich war alles ganz entspannt. Also beschlossen wir, endlich die überfällige SMS an Tom zu formulieren. Was gar nicht mal so einfach war.

»Lieber Tom, es tut mir leid, dass ich gestern Abend ein echter Vollpfosten war. Normalerweise verströme ich weniger Gase, und Schluckauf habe ich auch eher selten. Daran ist nur der doofe Manuel schuld, der hat nämlich Knoblauch ins Ratatouille getan, und so hat das ganze Elend angefangen. Eigentlich bin ich nämlich ganz bezaubernd und damenhaft, und ich hoffe, dass du mich trotzdem eines Tages heiraten wirst.«

Na gut, das war noch nicht ganz der ideale Text, sondern nur ein erster Versuch. Zwei Portionen Pannacotta später waren wir schon auf einem besseren Weg, und nachdem wir noch eine Mascarponecreme nachgelegt hatten, betrachtete ich zufrieden die perfekte Kurznachricht auf meinem Handybildschirm.

»Lieber Tom. Es tut mir sehr leid, dass ich dich gestern einfach habe stehen lassen. Bitte verzeih mir diesen doofen

Abend. Ich würde dir bei einem Spaziergang gerne alles in Ruhe erklären. Wenn du morgen Zeit hast, würde ich mich freuen, dich um 14.00 Uhr am Monopteros im Englischen Garten zu treffen. Ich renne auch nicht wieder weg, versprochen! Deine Anna.«

»Los, raus damit!«, befahl Leonie und kratzte mit ihrem Löffel den letzten Rest aus dem Glas.

Also atmete ich einmal tief durch und drückte dann auf »senden«. Das Wunderbare daran war: Nicht mal zwanzig Minuten später, wir suchten gerade nach der perfekten Duftkerze in einem asiatischen Accessoire-Geschäft, piepste mein Handy.

»Ich freue mich *sehr, dass du dich meldest! Morgen im Englischen Garten klingt gut. Ich werde da sein! LG Tom.«*

»Ahhh!!!«, Leonie, die mir über die Schulter gelinst hatte, schnappte sich sofort mein Handy und tanzte damit wie wild im Kreis herum. »Er liebt dich, er liebt dich, ich sag's dir doch!!!«, schrie sie und wedelte aufgeregt mit meinem Handy durch die Luft.

Ich befürchtete, dass es ihr wahrscheinlich gleich aus den manikürten Fingern rutschen und auf dem Boden in tausend Stücke zerschellen würde, aber ich war zu glücklich und zu erleichtert, um mir groß Gedanken darüber zu machen. Gemeinsam hüpften wir im Kreis herum und tanzten wie zwei durchgeknallte Waldelfen. Nachdem wir uns endlich wieder beruhigt hatten, bemerkte ich, dass der halbe Laden uns anstarrte. Als die ersten »Ist-das-nicht-die-von-der-Filmpremiere«-Rufe laut wurden, waren wir jedoch längst im nächsten Geschäft.

Heute, einen Tag später, bin ich nicht mehr ganz so euphorisch, sondern ziemlich nervös. Tom ist ein sehr höflicher Mensch. Was, wenn er gestern per SMS nur nett sein wollte und mir nachher am Monopteros die Meinung geigt?

Er war zwar im Fernsehinterview ganz gelassen, aber vielleicht wollte er auch einfach nur nicht zugeben, dass er eine Irre mit auf eine Filmpremiere genommen hat … Kurz gesagt: Ich habe richtig Angst vor dem Treffen.

Manuel ist so lieb und fährt mich zum Englischen Garten. Allerdings tut das meiner Nervosität keinen Abbruch – im Gegenteil! Dank der nur spärlich vorhandenen Fahrkünste meines Mitbewohners komme ich schweißgebadet an. Manuel steuert seinen kleinen Fiat Cinquecento derart rasant über rote Ampeln und durch Einbahnstraßen (natürlich falsch herum), dass ich das Tom-Dilemma kurzzeitig vergesse und nur noch um mein Leben bete. Umso erleichterter bin ich, als Manuel mich unversehrt auf dem Parkplatz vor dem Biergarten aussteigen lässt.

Während ich im Sonnenschein am Chinesischen Turm vorbeilaufe, die ganzen glücklichen Pärchen im Biergarten sehe und die fröhliche Blasmusik höre, wird es mir jedoch ganz anders. Der chinesische Turm verwandelt sich bei gutem Wetter in eine Art bayerisches Mini-Disneyland. Dann sieht es hier genauso aus, wie sich die Menschen in Kentucky oder Texas Bayern vorstellen, inklusive Dirndl-Madln, Riesenbrezn und Maßkrügen, so weit das Auge blickt. Alle haben sie hier Spaß in ihrer bunten Bayernwelt, nur ich bin nicht zum Feiern da, sondern um jenen Mann zu treffen, den ich vor zwei Tagen bis aufs Mark blamiert habe und in den ich heillos verknallt bin.

Das bin ich nämlich. Erst seit ich zum ersten Mal dachte, alles mit Tom versaut zu haben (was ich vielleicht tatsächlich habe), weiß ich, dass ich ihn wirklich gernhabe. Nie im Leben hätte ich gedacht, dass ich nach dem Marcel-Drama jemals wieder einen Mann toll finden könnte. Aber anscheinend will es das Schicksal anders. Hätte ich Marcel (diesen Mistkerl!) nicht mit der BWL-Studentin erwischt, wäre ich nie nach München gekommen und hätte auch nie Tom kennengelernt. Und ich hätte nie Til Schweiger angerülpst. Aber gut, das ist sekundär. Wichtig ist, was Tom gleich sagt, und davor zittern mir die Knie.

Als ich die Stufen zum Monopteros hinauflaufe, schlägt mir das Herz wieder bis zum Hals. Das Bauwerk sieht aus wie ein kleiner offener griechischer Tempel und liegt sehr majestätisch oberhalb des riesigen Parkgeländes. Insofern ist es der perfekte Ort für ein (hoffentlich) romantisches Treffen. Allerdings feiert dort heute eine Gruppe ziemlich angetrunkener Mädels in pinkfarbenen Bommel-T-Shirts einen Junggesellinnenabschied, und ein paar langhaarige Öko-Studenten trommeln ekstatisch irgendeinen afrikanischen Rhythmus auf so Bongo-Dingern.

Aber all das bekomme ich nur am Rande mit, denn als ich oben eintreffe, sehe ich, dass Tom schon da ist. Er steht mit dem Rücken zu mir und blickt auf die Liegewiese des Parks. Ich sehe auch, dass er eine gut (und damit meine ich eng) sitzende verwaschene Jeans und ein weißes Hemd trägt. Anscheinend ist er ebenfalls aufgeregt, zumindest wippt er die ganze Zeit mit dem Fuß. Langsam gehe ich auf ihn zu und berühre ihn mit der rechten Hand am Rücken. »Tom«, sage ich sanft und stelle mich neben ihn.

Er lächelt und sieht einfach nur fantastisch aus! Ich hoffe, dass ich in meinem neuen, superkurzen Sommerkleid (der Shoppingtrip gestern war erfolgreich) auch seinem Blick standhalte. Immerhin wirkt er nicht verärgert. Mir wird klar, dass es nun an mir ist, etwas zu sagen. Ich habe nur Angst, dass es das Falsche ist. Und dass ich keinen Ton herausbekomme. Ich weiß, es klingt so elendig klischeehaft, aber Toms Anwesenheit raubt mir buchstäblich den Atem. Ich kann zwar mein eigenes Herz schlagen (ach was, wummern) hören, aber meine eigenen Worte nicht.

»Tom, ich weiß«, fange ich an, »ich bin eine totale Idiotin! Du nimmst mich zu einer so tollen Veranstaltung mit, und ich führe mich auf wie ein Vollpfosten. Es tut mir so leid, dass ich abgehauen bin. Mir war das alles so peinlich, und du warst so toll und … Eigentlich bin ich gar nicht so! Ehrlich! Na gut, manchmal vielleicht ein bisschen … Aber nicht *so*, verstehst du? Ich habe bei dir irgendwie das Gefühl, dass ich alles falsch mache. Dabei will ich das gar nicht, ich habe nur …«

Weiter komme ich nicht, denn Tom unterbricht mich auf die perfekteste Art und Weise, auf die frau vom Mann ihrer Träume unterbrochen werden kann: Er verschließt mir den Mund mit einem Kuss. Erst weiß ich gar nicht, was gerade passiert, aber als er mich sanft an sich zieht und ich seine weichen Lippen auch nach zehn weiteren Sekunden spüre, bin ich sicher, dass ich nicht halluziniere. Dafür fühlt sich der Kuss viel zu echt an. Fantastisch echt!

Ich habe ganz entsetzliche erste Küsse hinter mir, aber dieser hier ist einfach nur perfekt. Wir stoßen nicht mit den Nasen aneinander oder treten uns gegenseitig auf die Füße. Es fühlt sich vielmehr an, als hätte jeder von uns schon ewig darauf gewartet, den anderen zu küssen. Das erste Mal seit langem versinke ich in einem Kuss und fühle mich genau richtig dort, wo ich bin. Alles, was vorher war, ist plötzlich total egal. Wir beide stehen bloß da, küssen uns und verschmelzen miteinander. So muss es in Märchen sein, wenn der Prinz seine Prinzessin küsst und alles gut wird. Nur dass es in Märchen keine betrunkenen Jungesellinnen gibt, die den Kuss grölend beklatschen. Aber das bekomme ich sowieso erst nach einer kleinen Ewigkeit mit, als wir uns wieder etwas voneinander lösen (ganz lassen wir uns natürlich nicht los). Die Mädels kreischen, die Jungs trommeln, und wir grinsen einander einfach nur an. Glücklich. Und so gar nicht mehr fremd.

Als wir händchenhaltend die Stufen in den Park hinablaufen, singen die Mädels hinter uns laut »Love, oh Love!« von Lena Meyer-Landrut, und zwar so schlecht, dass Tom und ich in Lachen ausbrechen und schnell das Weite suchen. Wir spazieren durch den Englischen Garten, schlendern über Brücken und am japanischen Teehaus vorbei und haben doch nur Augen füreinander.

Ich erzähle ihm alles. Warum ich so nervös war, weshalb ich den ganzen Schampus heruntergestürzt habe wie eine Irre und wie viel Milch ich prophylaktisch in mich hineingeschüttet habe. Na gut, Til Schweiger lasse ich weg und das Bauch-weg-Höschen auch, aber sonst erzähle ich ihm wirklich alles! Und das ist mit einem Mal auch ganz einfach. Tom ist nicht mehr der große Moderator, und ich bin nicht die chaotische Redakteurin, wir sind einfach zwei Menschen, die Hand in Hand durch den Park laufen. Und sich auf der Brücke küssen. Und auf dem Weg. Und auf der Wiese. Und unter dem großen Baum …

Meine Nervosität ist wie weggeblasen. Zumindest die negative. Stattdessen laufe ich wie auf Wolken und fühle, dass es Tom genauso geht.

»Wie machen wir das jetzt?«, frage ich ihn.

»Was meinst du?«, fragt er und küsst meine Nasenspitze.

»Na, das mit uns? Morgen in der Redaktion? Können wir so noch zusammenarbeiten, oder musst du mich von der Fashion Week abziehen?«, hake ich nach und hoffe, dass er es nicht tut.

»Wieso denn? Meinst du, wir sind jetzt kein gutes Team mehr?«, antwortet er schmunzelnd.

»Ich nicht, aber Verena …«, zweifle ich vorsichtig.

»Verena will eine tolle Sendung. Alles andere kann ihr egal sein, und das ist es ihr in der Regel auch. Mach dir mal keine Gedanken, Prinzessin«, beruhigt er mich.

»Prinzessin?«, frage ich und schaue ihn mit großen Augen an.

»Na ja«, Tom wirkt ein wenig verlegen, »als du gestern weggerannt bist und ich hinter dir her, da musste ich an das Märchen denken, in dem die Prinzessin ihren Schuh verliert.«

»Du meinst Cinderella?!«, unterbreche ich ihn.

»Ja genau, so bin ich mir vorgekommen. Nur dass du mir keinen Schuh, dafür aber eine Meute an Kamerateams hinterlassen hast!«, scherzt er, und ich sage lieber nichts dazu. »Aber wenn dir Prinzessin nicht recht ist, nenne ich dich natürlich nicht so«, fährt Tom fort.

»Nein«, sage ich und lächele, »Prinzessin ist gut.«

Und dann küssen wir uns wieder.

Stunden später schließe ich die Wohnungstür auf und werde von zwei überdimensional großen und mindestens genauso neugierigen Augenpaaren empfangen. Ich kann nicht anders, ich muss bis über beide Ohren grinsen.

Leonie versteht sofort. »Oh mein Gott!!!! Ihr habt euch geküsst, stimmt's???«, schreit sie und boxt Manuel in die Seite.

Ich kann wieder nicht anders und nicke wortlos, aber strahlend.

»Was hat er zu dem Abend gesagt? Und dazu, dass du abgehauen bist?«, fragt Manuel etwas skeptisch nach.

»Er hat gesagt«, beginne ich und lege eine dramaturgische Pause ein, »dass ich ihn an Cinderella erinnert habe, und er hat mich Prinzessin genannt!«, stoße ich fast atemlos hervor.

»Ein Mann, vor dem du sturzbetrunken und mit Schluckauf wegrennst, vergleicht dich mit Cinderella? Ihr Heteros habt doch echt einen Knall!«, kommentiert Manuel, muss aber grinsen.

Den Rest seines Gezeters kann ich nicht verstehen, da es in Leonies Jubelgebrüll untergeht. Was sie genau von sich gibt, verstehe ich auch nicht, aber die Worte »Märchen«, »endlich« und »Schluss mit den Fröschen« höre ich raus.

»Und, wie küsst er?«, fragt Manuel, nachdem sich Leonies Gekreische etwas gelegt hat.

»Fantastisch!«, antworte ich, »aber mehr sage ich dazu nicht, das bringt nämlich Unglück!«

Unter dem lautstarken Protest der beiden kämpfe ich mir den Weg in mein Schlafzimmer frei, schiebe meine entrüsteten Mitbewohner aus dem Zimmer, schließe die Tür und lege mich aufs Bett. Und dann mache ich die Augen zu und konzentriere mich so lange auf die Schmetterlinge in meinem Bauch, bis ich das Gefühl habe, gleich platzen zu müssen.

Bavaria Beauty

Shoppingbeutetagebuch:

Cola light (essen muss ich nichts, ich lebe ab sofort von Luft und Liebe): 15

Ansonsten: nichts (bin zu verliebt zum Shoppen)

»Hallo, Schätzchen, ich dachte schon, du wärst tot!«

Oh Gott, das ist meine Mutter! Eben stand ich noch friedlich in unserer Küche und habe meinen Morgen-Cappuccino getrunken und jetzt das! Ich verfluche mich selbst, weil ich so unvorsichtig war und, ohne vorher aufs Display zu schauen, an mein Handy gegangen bin. Aber es ist einfach noch zu früh am Morgen, um klar denken zu können.

Nachdem ich mich gestern in mein Zimmer zurückgezogen hatte, träumte ich noch eine Weile glücklich vor mich hin, und als Tom auch noch eine Gute-Nacht-SMS schickte (ich wusste gar nicht, dass Männer so etwas können), war ich so happy, dass ich im siebten Himmel bis zum Morgen durchgeschlafen habe. Natürlich nicht, ohne ihm vorher auch noch eine Gute-Nacht-SMS zu schicken, versteht sich. Na ja, jedenfalls habe ich so fabelhaft tief geschlafen, dass ich verschlafen habe und erst wach geworden bin, als Manuel wie ein Irrer gegen meine Zimmertür bollerte und »Aufstehen, Cinderella, die böse Vampirella wartet schon!«

flötete. Nachdem ich mich in Windeseile geduscht, geschminkt und angezogen hatte und danach schnell meinen morgendlichen Koffeinschub inhalierte, war ich zu gestresst, um nachzudenken, und bin arglos an mein Handy gegangen. Dafür werde ich nun bestraft.

»Rate mal, mit wem ich eben gesprochen habe!«, fordert meine Mutter mich auf und fährt wie immer fort, ohne auf eine Antwort von mir zu warten. »Mit deinem zauberhaften Exverlobten, dem du übrigens das Herz gebrochen hast!«

Bei dem Satz muss ich nach Luft schnappen. »Ich??? Er hat sich von dieser Schlampe einen blasen lassen!!!«, brülle ich entrüstet ins Telefon. Ich weiß nicht, warum, aber meine Mutter lässt ab und zu eine leicht vulgäre Seite in mir zum Vorschein treten.

»Sprich nicht wie ein Straßenkind, Kind!«, herrscht sie mich daraufhin an.

»Er hat mich betrogen, während ich mein Hochzeitskleid anprobiert habe!!!«, versuche ich ihr die Sachlage möglichst ohne Fäkalausdrücke zu erklären.

»Ach, Kindchen, das darfst du alles nicht so eng sehen. Dein Vater war auch kein Kind von Traurigkeit, das kannst du mir glauben. Trotzdem bin ich bei ihm geblieben! Dabei ist er nicht mal Anwalt. Marcel dagegen ist Anwalt, noch dazu ein sehr guter und vor allem ein gut aussehender. Da darfst du nicht erwarten, dass ihm eine einzige Frau genügt. Aber *heiraten* will er nur dich! Na ja, zumindest wollte er das. Jetzt …«

Wenn meine Mutter einen Satz beginnt und ihn nicht zu Ende führt, hat das meistens einen Grund. »WAS ist jetzt?«, frage ich daher ungehalten.

»Na ja, jetzt hat er sich mit einer anderen verlobt! Du kannst dir gar nicht vorstellen, wie hämisch sich die anderen Frauen beim Rosenzüchtertreffen mir gegenüber benommen haben. Anscheinend kennt meine Bekannte Anja die Mutter seiner neuen Freundin ganz gut. Sie studiert wohl auch in Augsburg. Irgendwas mit Zahlen, ich glaube …«

»BWL?«, frage ich und spüre, wie mir schlecht wird.

»Ja, genau das war's! Also wirklich, Anna, die Chance hast du vertan! So einen Mann findest du nie wieder. War ja klar, dass *der* nicht lange allein bleibt«, philosophiert meine Mutter fleißig weiter vor sich hin.

»Er heiratet die Schlampe, mit der er mich betrogen hat??!«, frage ich noch mal nach, aber natürlich weiß ich, dass es genau so ist. Ich spüre, wie ich schneeweiß werde, und halte mich am Küchentresen fest.

In dem Moment kommt Leonie herein. Meinen letzten Satz hat sie anscheinend mitgehört. »Deine Mutter?«, fragt sie mich.

Ich nicke nur wortlos.

Ohne zu überlegen, schnappt sie sich den Hörer und flötet: »Hallo, Frau Abendrot, es tut mir sehr leid, aber Anna muss sofort los. Sie hat eine Anprobe für ein neues Kleid, weil sie auf einer Modenschau laufen soll. Verstehen Sie? Grüße an den Mann und auf Wiederhöhören!«, singsangt sie und drückt energisch den roten Knopf auf meinem Handy. Dann schaut sie mich an, nimmt mich fest in den Arm, damit ich das Ganze erst mal kurz sacken lassen kann.

»Wie viel Arschloch kann bitte schön in einem einzelnen Mann stecken?«, frage ich sie.

»Ich weiß es nicht. Dein Anwalts-Ex ist in dieser Disziplin jedenfalls Weltmeister. Aber letztlich kann es dir egal sein, du musst dich damit nicht mehr rumschlagen. Nun komm, Tom wartet!«, antwortet sie und schultert ihre Tasche.

»Ja, lass uns gehen!«, bekräftige ich und merke, wie meine Übelkeit beim Gedanken an die Redaktion und Tom schon abnimmt und ich fast ein Lächeln zustande bekomme.

Trotzdem scheine ich in der Redaktion immer noch leicht schockiert auszusehen. Nach der Morgenkonferenz blinkt eine E-Mail von Tom auf meinem Bildschirm auf.

>>

Gesendet: Mittwoch, 12. Juni um 10.08 Uhr
Von: »Tom« <tom@flash.de>
An: »Anna« <anna@flash.de>
Betreff: Prinzessinnenpost

Guten Morgen Prinzessin,
alles okay bei dir?
Ich fand den Tag gestern wunderschön.
Tom

>>

Gesendet: Mittwoch, 12. Juni um 10.15 Uhr
Von: »Anna« <anna@flash.de>
An: »Tom« <tom@flash.de>
Betreff: Re: Prinzessinnenpost

Hey,
das fand ich auch. Wieso fragst du?
Anna

>>

Gesendet: Mittwoch, 12. Juni um 10.16 Uhr
Von: »Tom« <tom@flash.de>
An: »Anna« <anna@flash.de>
Betreff: Re: Re: Prinzessinnenpost

Weil du aussiehst wie ein verschrecktes Reh, das am Waldrand einen Jäger mit einer Kalaschnikow gesichtet hat.

Ich muss lachen und beschließe, ehrlich zu sein. Meine Geschichte kennt Tom sowieso schon.

Gesendet: Mittwoch, 12. Juni um 10.19 Uhr
Von: »Anna« <anna@flash.de>
An: »Tom« <tom@flash.de>
Betreff: Re: Re: Re: Prinzessinnenpost

So ähnlich! Meine Mutter hat mir eben am Telefon vorgehalten, dass ich den Mann verstoßen habe, der mich am Tag vor meiner Hochzeit betrogen hat. Außerdem hat sie mir brühwarm mitgeteilt, dass er die besagte Dame demnächst heiraten wird.

Jetzt pocht mir das Herz. Wie wird er darauf reagieren? Nicht dass er denkt, ich hänge noch an Marcel. Gerade will ich eine neue E-Mail schreiben und ihm sagen, dass mir das ganz und gar nichts ausmacht, da ploppt erneut das E-Mail-Fenster auf.

Gesendet: Mittwoch, 12. Juni um 10.23 Uhr
Von: »Tom« <tom@flash.de>
An: »Anna« <anna@flash.de>
Betreff: Re: Re: Re: Re: Prinzessinnenpost

Das klingt, als ob deine Mutter eine ganz zauberhafte Person wäre!

Im Ernst, das tut mir sehr leid. Ich kann mir sehr gut vorstellen, wie schwer das für dich ist.

Tom

Gesendet: Mittwoch, 12. Juni um 10.25 Uhr
Von: »Anna« <anna@flash.de>
An: »Tom« <tom@flash.de>
Betreff: Re: Re: Re: Re: Re: Prinzessinnenpost

Ja, ich glaube, sie würde sich sehr gut mit Verena verstehen! :-)

Danke und ja, es ist nicht so leicht. Aber es tut auch gut, denn es bestätigt mich darin, dass ich die richtige Entscheidung getroffen habe. Ich bin so froh, dass das alles hinter mir liegt. Und seit gestern bin ich sogar noch froher …

Gesendet: Mittwoch, 12. Juni um 10.26 Uhr
Von: »Tom« <tom@flash.de>
An: »Anna« <anna@flash.de>
Betreff: Re: Re: Re: Re: Re: Re: Prinzessinnenpost

Möchtest du heute Abend mit mir essen gehen?

»Jaaaaahhh!«, möchte ich am liebsten herausschreien, stattdessen schreibe ich es ihm wohl lieber. Schließlich muss nicht gleich jeder in der Redaktion mitbekommen, dass Tom und ich zusammen ausgehen. Wobei, wenn Verena und Vanessa es spitzbekämen, fände ich das gar nicht so schlecht.

»Was grinst du denn so vor dich hin?«, reißt mich eine vertraute Stimme aus meinen Gedanken. Leonie steht hinter mir und schielt auf meinen Computer. »Ah, verstehe«, flüstert sie mir verschwörerisch zu und verschwindet flugs an ihren eigenen Schreibtisch.

Ich nutze sofort die Gelegenheit und schreibe Tom zurück, dass ich natürlich sehr gerne mit ihm essen gehen möchte. Das werden wir am Abend dann auch tun, und zwar ganz romantisch und gemütlich bei seinem Lieblingsitaliener (glücklicherweise nicht das Acetaia, nach Leonies Katastrophenabend wäre das kein gutes Omen). Wenn ich nur daran denke, fängt mein Bauch schon an zu kribbeln wie wild! Gleich haben wir außerdem ein Meeting zusammen. Professionell, wie ich bin, werde ich mir natürlich nicht anmerken lassen, dass Tom und ich nicht mehr nur Kollegen sind. Stattdessen werde ich mich ganz förmlich verhalten, ihn nicht mit Blicken anschmachten, sondern ihn förmlich »Herr Vanderscheid« nennen. Ach, nein, wir duzen uns ja alle. Das wäre vielleicht etwas zu viel des Guten. Aber professionell werde ich sein. Und konzentriert. Jawohl!

Ganz so gut klappt das mit dem Konzentriert-Sein dann leider doch nicht, denn Tom sieht heute so was von gut aus, dass ich ihn immer wieder heimlich anstarren *muss*! Aber ich glaube, es bemerkt niemand. Außer vielleicht einmal, als ich den Faden verloren habe und Tom mich fragt, an welchen Orten wir eventuell die Live-Aufzeichnung machen wollen. Die Locations, die ich (mit Leonies und Manuels tatkräftiger Unterstützung) selbst vorgeschlagen habe, werden Tom und ich morgen mit einem Kamerateam besichtigen und erste Probeaufnahmen machen. Wegen des Lichts und so. Ich hoffe nur, ich blamiere mich nicht, denn ehrlich gesagt kenne ich sie gar nicht alle. Aber auf meine Mitbewohner ist bei so was eigentlich Verlass. Immerhin schaut mich im Meeting niemand an, als wäre ich ein durchgeknalltes Streifenhörnchen und wollte sie alle veräppeln. So abwegig scheinen meine Vorschläge demnach nicht zu sein. Unauffällig atme ich erleichtert aus. Seit ich in diesem Job arbeite, bin ich auf alles gefasst …

Als wir am nächsten Nachmittag die Locations besichtigen, stellt sich heraus, dass meine Befürchtungen umsonst waren. Leonie und Manuel haben sich mit ihrer Auswahl fast selbst übertroffen. Tom und ich waren bereits in einem historischen Jugendstil-Schwimmbad (für die Bademodenkollektionen), in der alten Börse, im Haus der Kunst und stehen gerade vor der riesigen Bavaria, die über der Theresienwiese thront. Hinter ihr befindet sich die noch viel riesigere Ruhmeshalle, in der mehrere Catwalks aufgebaut werden sollen.

Als ich Manuel erzählt habe, dass ich auf der Suche nach Locations für unsere Livesendung sei, hat er mir sofort die Ruhmeshalle vorgeschlagen. Er liebt nämlich die Achtziger-Jahre-Serie *Kir Royal*, und in einer Folge findet eine exklusive Glamourveranstaltung an diesem Ort statt. Nachdem mir Manuel die Folge vorgespielt hatte, war ich genauso begeistert wie er und notierte die Bavaria samt der Halle ganz oben auf meiner Liste. Seitdem hoffe ich insgeheim, dass Tom und die anderen sich für diese Location entscheiden, denn das wäre wirklich die absolute Krönung für unsere Sendung!

Das Ganze hat nur einen Nachteil: Da große Teile der Halle offen sind, dürfte es während der Munich Fashion Week nicht regnen. Aber das spreche ich vorerst lieber nicht an, sondern beobachte nur, wie die anderen zwischen den majestätischen Säulen umherlaufen und sich alles genau anschauen. Es ist der perfekte Tag für die Besichtigung. Die Sonne scheint, der Himmel ist strahlend blau, und die Frühlingsluft riecht nach Krokussen. Die Ruhmeshalle sieht aus wie ein riesiger griechischer Palast und strahlt im Sonnenlicht noch viel mehr als sonst. Im Inneren sind zahlreiche Büsten von geehrten Persönlichkeiten aufgestellt, die dem Ganzen einen majestätischen Charme verleihen.

Mich schlägt diese Pracht, die einerseits so opulent und zugleich sehr schlicht ist, dermaßen in ihren Bann, dass ich mir nicht vorstellen kann, dass es Tom da anders gehen sollte. Als ich mich nach ihm umschaue, sehe ich, wie er vor einer der Säulen verharrt und sich langsam um die eigene Achse dreht. Man kann ihm deutlich anmerken, wie er die Umgebung auf sich wirken lässt, und als er mich entdeckt und anstrahlt, weiß ich sofort, dass es ihm tatsächlich genauso geht wie mir. Schnell laufe ich zu ihm hinüber.

»Toll, oder?«, flüstere ich.

»Es ist der Wahnsinn!«, antwortet er. »Auf die Idee wäre ich nie gekommen. Wie bist du nur darauf gekommen?«, fragt er mich und dreht sich noch mal staunend um die eigene Achse.

»Manuel liebt *Kir Royal*!«, antworte ich wahrheitsgemäß.

»Verstehe«, sagt Tom und lächelt mich mit seinem Achttausend-Herzschläge-pro-Sekunde-Traumlächeln an.

»Es gibt nur ein Problem!«, fährt er fort und hört leider auf zu lächeln. »Was machen wir, wenn es regnet?«

Leider lässt sich Tom von dem Sonnenschein heute nicht blenden. Aber egal, auf die Frage war ich vorbereitet und noch viel besser: Ich habe ausnahmsweise mal einen Plan! »Das wäre überhaupt nicht schlimm. Wir stellen einfach ganz viele schicke Zelte auf! Wie im alten Rom oder im orientalischen Stil – da kann man unglaublich tolle Dinge kreieren! Es gibt sehr luxuriöse Zelte, die richtig was hermachen. Jeder Designer könnte sich seine eigene kleine Zelt-Welt erschaffen, in unterschiedlichen Looks, passend zur jeweiligen Kreation. Modenschauen finden sowieso fast immer in Zelten statt, weißt du?«, argumentiere ich und hoffe, dass er meine Idee genauso toll findet wie ich selbst.

Dass mein Fachwissen aus der Planungsphase meiner Hochzeit stammt, erzähle ich lieber nicht. Wieso auch? Im Gegensatz zu meiner Hochzeit wird diese Fashionshow nämlich tatsächlich stattfinden. Das hoffe ich zumindest sehr.

»Stell es dir einfach vor wie bei der Wies'n, nur mit kleineren, schickeren Zelten, den größten Designern der Welt und ohne Bierleichen!«, versuche ich ihn weiter zu überzeugen.

»Mhm. Das könnte tatsächlich funktionieren«, überlegt Tom laut und fängt in Gedanken versunken an, die Halle und die darunter liegende Wiese mit seinem BlackBerry zu fotografieren.

Ich glaube, ich habe ihn überzeugt. Oder zumindest neugierig gemacht.

»Tom!«, ruft da der Kameramann und stürzt samt Regisseur und Programmmanager herbei. »Das sieht alles super aus, auch das mit dem Licht dürften wir hinbekommen. Ich habe schon sechs Stellen gesehen, die tolle Bilder ergeben würden. Dort könnten wir überall drehen. Also bildtechnisch ist es hier Eins A!«, keucht der leicht übergewichtige Kameramensch.

Ich beginne siegesgewiss zu strahlen. Es sieht ziemlich gut aus für meine Lieblings-Location!

»Stopp mal!«, meldet sich der Programmmanager mit wichtiger Miene zu Wort. »Das ist ja alles super und schön. Wir können keine Livesendung halb im Freien machen! Ich kann das Ganze unmöglich canceln, nur weil es regnet! Das kostet den Sender mal locker ein paar hunderttausend Euro, wenn nicht mehr! Vergesst es!«, fährt er fort.

Schlagartig kann ich den Typen nicht mehr leiden. Aber wie immer springt Tom zu meiner Rettung ein.

»Dafür hat Anna längst eine Lösung parat«, fällt er dem Miesepeter ins Wort. »Die meisten Fashion Shows finden sowieso in Zelten statt. Wir werden eine riesige Designer-Zeltstadt aufbauen. Unter uns ist die Theresienwiese, wie viele Zelte da draufpassen, muss ich dir als Oktoberfestgänger wohl kaum erklären. Das heißt, dort unten entsteht die Fashion-Week-Zeltstadt, und hier oben finden die Live-Aufzeichnungen und die großen Highlight-Shows statt. Die Münchner Fashion Week unter den Augen der Bavaria – wenn das mal kein Erfolg wird! Was meinst du?«, fragt er nun den Manager und zwinkert mir heimlich zu.

Der Anzugträger überlegt kurz, lässt den Blick über die Theresienwiese schweifen und beginnt sich zu entspannen. »Das könnte klappen«, antwortet er, und ich kann ihn sofort wieder etwas besser leiden. »Natürlich muss ich erst noch mit dem Vorstand und den Veranstaltern sprechen«, setzt er hinterher und runzelt die Stirn. »Das ist verdammt kurzfristig alles. Mal schauen. Entweder sie lieben es und setzen alle Hebel in Bewegung, oder sie hassen es. Das weiß man vorher nie«, seufzt er, verabschiedet sich und läuft zu seinem wartenden Wagen.

»Jetzt heißt es Daumen drücken!«, erklärt mir Tom, als wir kurz darauf allein sind.

»Das tue ich längst!«, strahle ich ihn an und freue mich.

»Anna, das hast du wirklich gut gemacht!«, flüstert er daraufhin, nimmt kurz meine Hand und küsst sie.

Daraufhin rutscht mir das Herz gut vierzig Zentimeter nach unten, und als der Kameramann Tom zu sich ruft, weil er für eine Bildeinstellung Probe stehen soll, blicke ich ihm verträumt nach. Dann drehe ich mich um, sehe unter uns die Theresienwiese und weiß in mir drin schon ganz genau, wie alles aussehen wird. Fabelhaft! Und Tom und ich werden mittendrin sein. In diesem Moment freue ich mich so sehr auf die Fashion Week und die Zukunft mit Tom, dass mir fast die Luft wegbleibt.

Es ist noch nicht allzu lange her, da dachte ich, mein Leben sei gelaufen, und nun stehe ich hier an einem fantastischen Ort in einer fantastischen Stadt, habe einen fantastischen Job, plane ein fantastisches Event und habe einen fantastischen Freund. Das heißt, ist Tom überhaupt mein Freund? Na gut, wir haben uns geküsst, aber bedeutet das schon, dass wir auch zusammen sind? Immerhin hat er mich eben noch mal geküsst, zwar nur auf die Hand, aber immerhin. Und wir gehen heute Abend essen! Vielleicht sollte ich ihn einfach fragen?

Genau davon rät mir Leonie zwar später am Tag in meinem Zimmer dringend ab (O-Ton: »Wenn du einen Mann vor dem ersten Sex fragst, ob ihr ein Paar seid, denkt er entweder, du bist eine mormonische Spießerin, und schießt dich schneller ab, als du das Wort ›Beziehung‹ auch nur buchstabieren kannst, oder er sagt nein und versucht trotzdem, dich flachzulegen, um seinen Ehrgeiz zu befriedigen!«). Aber ganz ehrlich, Tom ist da anders, denke ich. Ein Mann, der nach einem derartigen Katastrophenabend wie der Filmpremiere noch zu mir hält, kann kein Mistkerl sein. Immerhin habe ich Til Schweiger angerülpst und die Premiere mit meinem Schluckauf gecrasht, und er lobt mich danach in jedem TV-Interview über den grünen Klee? Das kann nur Liebe sein, wie Manuel richtig festgestellt hat. Okay, von Til Schweiger weiß Tom nach wie vor nichts. Aber das mit dem Schluckauf reicht auch schon.

Jedenfalls schlage ich mir Leonies Stimme ganz schnell wieder aus dem Kopf, als ich abends mit Tom bei seinem Lieblingsitaliener sitze. Es ist total gemütlich hier. Auf den Tischen liegen rot-weiß-karierte Tischdecken, ein Bilderbuchitaliener mit Schnurrbart hat Tom mit lautem Singsang begrüßt, und vor uns stehen frische Oliven, ofenwarmes Brot und Prosecco vom Fass. Ich fühle mich sofort heimisch hier und bin froh, dass ich ausnahmsweise mal nicht auf meine Mitbewohner gehört habe. Momentan trage ich nämlich kein hautenges Cocktailkleid, sondern ein wesentlich bequemeres graues Print-Shirt über Lederleggings und bequemen schwarzen Stiefeln. Das sieht genauso sexy aus und lässt zu, dass ich statt einem Minisalat eine große Pizza verdrücken kann.

Seit meiner Schluckauf-Misere habe ich von Lebensmittelexperimenten genug und mir vorgenommen, bei Dates mit Tom künftig das zu essen, was ich möchte. Wenn er meine bisherigen Fauxpas so lässig hingenommen hat, wird er mich bestimmt nicht abservieren, nur weil ich eine Pizza esse. Im Gegenteil! Als ich dem Vorzeige-Italiener meine Bestellung in den Block diktiere, lächelt Tom und gratuliert mir dazu, zielsicher die beste Pizza auf der Karte ausgesucht zu haben. Zur Vorspeise teilen wir uns ein Carpaccio mit Trüffeln, und ich erfahre endlich, wie Tom zum Fernsehen gekommen ist.

Eigentlich hat er Politikwissenschaft studiert und wollte Nachrichtenjournalist werden, doch dann machte er ein Praktikum bei KNL, stand für ein paar Beiträge vor der Kamera und fiel durch sein Talent auf. Das hörte irgendein Programmboss. Zufällig sollte *Flash!* gerade als neues Magazin eingeführt werden, und als der ursprünglich dafür vorgesehene Moderator absprang, casteten sie Tom für die Sendung. Das war vor acht Jahren, und seitdem ist er nicht nur das Gesicht von *Flash!*, sondern auch einer der beliebtesten Fernsehmoderatoren Deutschlands.

»Ich dachte immer, solche Geschichten seien urbane Fernsehmärchen«, erzähle ich ihm und breche mir noch ein Stück von dem frischen Brot ab.

»Das sind sie eigentlich auch«, antwortet er. »Aber bei mir ist das Unmögliche irgendwie geschehen, und seitdem hören Generationen von Praktikanten diese Geschichte und hoffen darauf, dass sie groß und berühmt werden, wenn sie einen neuen Gemüsehäcksler vor der Kamera testen.«

»Oder Handyhöschen«, ergänze ich lachend und muss an die neue Praktikantin bei *Flash!* denken, die Sebastian letzte Woche dazu überredet hat, Tangas mit Einschubtaschen für Vibrationshandys zu testen. Leonie und ich haben versucht, ihr das auszureden, aber sie wollte nicht auf uns hören. Ob sie Toms Geschichte im Hinterkopf hatte?

»Jedenfalls war ich anfangs gar nicht so glücklich darüber«, unterbricht Tom meine Gedanken.

»Wieso das denn?«, frage ich ihn und wundere mich. Wahrscheinlich würde jeder zweite Medienmann in Toms Alter für einen solchen Job töten.

»Na ja, ich wollte immer ernsthaften Journalismus machen. Nichts gegen Handyhöschen, versteh mich bitte nicht falsch«, sagt er mit spöttischem Unterton, »aber Politikwissenschaft war für mich kein Alibistudium, sondern echte Leidenschaft. Für einen Job bei den *Tagesthemen* würde ich jederzeit kündigen. Nur gibt es in dieser Branche leider eine Regel: einmal Boulevard, immer Boulevard. Aus der Nummer komme ich nicht mehr heraus. Das war mir damals einfach nicht klar, sonst hätte ich diesen Job niemals angenommen.«

»Ist es denn so schlimm? Bist du unglücklich?«, frage ich ihn erschrocken, denn bisher hat er eher den gegenteiligen Eindruck auf mich gemacht.

»Nein, ich bin nicht unglücklich«, antwortet er schmunzelnd. »Aber weißt du, selbst wenn der Bundespräsident zurücktritt und ganz Deutschland aufgeregt darüber debattiert, kündige ich abends in der Sendung trotzdem nur Beiträge darüber an, welcher Selbstbräuner am besten ist und wie man Streifen beim Eincremen vermeidet. Da kommt man sich ab und zu schon etwas dämlich vor, wie du dir vorstellen kannst. Insgesamt bin ich nicht unglücklich, nur manchmal etwas unterfordert. Es gibt sicherlich schlimmere

Schicksale!«, winkt Tom ab und ruft den Kellner, um eine Flasche Rotwein zum Hauptgang zu bestellen.

Ich sage nichts und denke mir meinen Teil. Da ich erst seit ein paar Wochen in der Redaktion bin, ist für mich alles noch aufregend und toll. Aber ich habe Jura auch nicht aus Leidenschaft studiert, sondern weil es der Herzenswunsch meiner Mutter war und ich sowieso keinen blassen Schimmer hatte, was ich nach dem Abi machen wollte. Wie sich später herausstellte, war es gar nicht der Herzenswunsch, aus mir eine Staranwältin zu machen, der meine Mutter leitete, sondern eher die Hoffnung, dass ich recht schnell einen recht reichen Mann kennenlernen würde. Was ich blöderweise auch noch getan habe. Was dabei herausgekommen ist, hat man ja gesehen.

»Weißt du was?«, reißt Tom mich aus meinen Gedanken.

Fragend blicke ich ihm über die Rotweingläser hinweg in die Augen. »Solche Projekte wie die Fashion-Week-Show zu planen – und das auch noch mit dir – entschädigt für alles. Als Nachrichtenmoderator hätte ich die Möglichkeit, so was auf die Beine zu stellen, sicher niemals. Insofern ist alles so gekommen, wie es kommen sollte. Aber jetzt genug von der Arbeit – lass uns den Abend genießen, das haben wir uns verdient!« Und genau das tun wir dann auch.

Mmmmhh …

Shoppingbeutetagebuch:

Nudefarbene Highheels (wenn man schon auf Wolken geht, darf man dabei ruhig auch gut aussehen): 1 Paar

Absolut fabelhaft sitzende Jeans (ich musste das Hochgefühl gleich ausnutzen und den sonst absolut ätzenden Jeanskauf in dieser Hochstimmung austricksen): 3 Paar

Okay. Man möge mich dafür verurteilen, aber … JAAAAAA! Ich bin nach dem Essen gestern noch mit Tom nach Hause gegangen. Dabei war ich nicht mal betrunken. Zwar hatte ich Leonie am Nachmittag hoch und heilig versichert, dass ich das *auf gar keinen Fall* tun würde, aber meine beste Freundin kennt mich besser. Deshalb hat sie mich nach Feierabend auch noch schnell mit zu Wax and the City geschleift, um mir einen radikalen Kahlschlag in Sachen Körperbehaarung verpassen zu lassen.

Während ich auf diesem Behandlungstisch lag, hasste ich Leonie dafür, denn derartige Schmerzen musste ich noch nie zuvor aushalten. Außer vielleicht damals mit acht Jahren, als ich meinen Zeigefinger in der geschlossenen Wohnzimmertür vergessen hatte. Aber die Erinnerung an diesen Schmerz (zweifacher Bruch und Kapselriss) ist zu sehr verblasst. Was ich von dem Waxing-Schmerz nicht gerade behaupten kann. Allerdings muss ich sagen, dass ich in der Nacht (als ich nicht auf einem Behandlungstisch, sondern auf einem wesentlich bequemeren Untergrund lag) absolut keinen Hass mehr auf Leonie hatte, sondern meine geniale Freundin für ihre mindestens ebenso genialen Tipps über alles liebte. Mehr sage ich dazu nicht. Außer vielleicht, dass Tom das vermutlich genauso sehen würde und… na ja… einfach… MMMMMHHHMMM.

Genug geschwärmt. Der Morgen nach der grandiosen Nacht war nämlich gleich ziemlich anstrengend. Glücklicherweise bin ich vor Tom aufgewacht und konnte mich (ohne ihn aufzuwecken) ins Bad schleichen, um mein wirres Haarchaos (es war wirklich keine ruhige Nacht…) zu bändigen und mit Toms Mundwasser zu spülen. Klugerweise habe ich in meiner Handtasche auch immer ein paar Parfümproben einstecken. Zwar roch das Zeugs, das ich mir diesmal hinter die Ohren sprühte, nicht ganz so fabelhaft wie erhofft (eher so ein bisschen nach Oma-Parfüm), aber ich schätze, man kann morgens auch schlimmer müffeln. Nachdem ich dann auch noch ein bisschen Rouge aufgelegt hatte, schnell auf Toilette war und mir die schlimmsten schwarzen Schatten unter den Augen weggewischt hatte, huschte ich zurück ins Schlafzimmer und kroch zu Tom unter die Decke.

So richtig hatte ich seine Wohnung gestern Nacht nicht mehr ins Visier nehmen können, aber als ich mich vom warmen Bett aus umblickte, war ich positiv überrascht. Der Fußboden im Schlafzimmer war mit einem warmen Holzparkett ausgelegt – was ich als notorische Home-Barfußgängerin kalten Fliesen ja grundsätzlich vorziehe. Außerdem waren fast alle Möbel weiß, und durch die offene Wohnzimmertür konnte ich einen Kamin erspähen! Nachdem ich gestern noch davon ausgegangen war, dass mein persönliches Highlight der direkt in die Wohnung führende Aufzug sei, musste ich dies jetzt revidieren. Ein Kamin??? Das war wirklich der Oberknaller.

Im Geiste sah ich uns beide splitterfasernackt auf Kunstfellen (ich bin Mitglied bei Peta) räkeln und gemeinsam ins Feuer blicken. So was fand ich immer schon toll. Als Kind habe ich sogar so gerne an unserem Kamin gezündelt, dass mein Papa ihn irgendwann absperrte, wenn ich allein zu Hause war, weil er Angst hatte, dass ich das ganze Haus abfackelte. Dabei habe ich nur ein einziges Mal den Wohnzimmerteppich leicht versengt. Na gut, zweimal. Aber einmal war gar nicht ich schuld, sondern meine Cousine Bianca. Aber das ist eine andere Geschichte. Und wenn ich mich nackt mit Tom vorm Kamin räkele, ist Bianca ja eh nicht dabei.

»Piep! Piep! Piep! PIEEEEEP!« Ein unglaublich abstoßendes Geräusch riss mich mal wieder aus meinen Tag- oder vielmehr Morgengedanken. Toms aufdringlicher Wecker schlug Alarm.

»Guten Morgen, Prinzessin!«, begrüßte er (also Tom, nicht der Wecker) mich zärtlich und gab mir einen Kuss auf den Mund.

Tom macht sich über so profane Dinge wie Mundgeruch anscheinend keine Sorgen. Aber bei ihm stört es mich auch nicht. Er könnte morgens aus dem Mund muffeln, wie er will, für mich ist er einfach der Traummann schlechthin. Mundgeruch hin oder her. Das merkte ich an jenem Morgen auch daran, dass mein Herz Luftsprünge machte, sobald Tom mich ansah. Ich hoffte inständig, dass es ihm genauso gehen würde (der Morgen nach der ersten gemeinsamen Nacht ist bekanntlich etwas heikel), aber so, *wie* er mich ansah, war dies ganz offensichtlich der Fall. Als er den Kopf mit einem leisen morgenmüden Seufzer zwischen meinem Hals und meiner Schulter vergrub, spürte ich sofort, wie von dort aus ein starkes Kribbeln meinen ganzen Körper eroberte.

»Mhm, du riechst ja schon so … frisch!«, bemerkte mein Geliebter erstaunt. »Aber ich mag es noch lieber, wenn du nur nach dir riechst«, flüsterte er weiter und begann meinen Hals mit kleinen Küssen zu bedecken.

»Äh … ja … mhm …« Etwas richtig Sinnvolles entgegnen konnte ich während dieser Behandlung nicht.

»Weißt du, was ich jetzt gerne hätte?«, fragte er mich. Ich antwortete nicht, atmete nur mittlerweile recht schnell. »Dass heute Samstag wäre und wir nicht in die Redaktion müssten, sondern den ganzen Tag hierbleiben könnten«, flüsterte er weiter.

Ich sagte nichts. Dazu war ich nicht mehr im Stande. Genau genommen sagte ich eine ganze Weile nichts. Zumindest nichts, das man als vollständiges deutsches Wort hätte einordnen können.

Weil wir später auch noch zusammen duschten, waren wir für die Morgenkonferenz zwangsläufig etwas spät dran, weshalb ich von Toms Auto aus Leonie anrief, um sie zu bitten, mir mein Schminktäschchen und ein paar frische Sachen mitzubringen. Dies würde eben ein Auf-der-Bürotoilette-Anziehtag werden. Aber die fabelhafte Nacht mit Tom war das allemal wert. Während der Fahrt hielten wir uns an den Händen und ließen erst los, als im Aufzug Torben zustieg. Der grinste trotzdem. Doch bei dem netten CvD war das kein fieses Grinsen, eher ein wissendes. Ich war gottfroh, dass Sebastian oder – noch schlimmer – Verena nicht mit in den Aufzug gestiegen war. Allerdings war das auch gar nicht nötig, denn anscheinend hatte die kleine Hexe uns bereits in der Tiefgarage ausfindig gemacht, wie ich noch erfahren sollte …

Anfangs bezog ich das Getuschel, das die Redaktion bei

meinem Eintreten erfüllte, gar nicht auf Tom und mich. Bei *Flash!* gibt es jeden Tag mindestens ein neues Tuscheltherma, insofern sind Gruppen von kichernden Redakteuren und Redakteurinnen, die mit geduckten Köpfen zusammenstehen, nichts Ungewöhnliches. Als sich aber von hinten Leonie an mich heranschlich und mich samt Schminktäschchen auf die Toilette verfrachtete, eröffnete sie mir zwischen Händetrockner und Waschbecken (Bidets gibt es hier bekanntlich nicht) die schlimmen Neuigkeiten.

»Ich habe gerade eine Rundmail bekommen, die dich nicht sehr erfreuen dürfte, meine Süße«, erzählte sie mir zerknirscht. »Was denn für eine Rundmail?«, fragte ich leicht panisch.

Anstatt zu antworten, reichte sie mir ihren BlackBerry. Wortlos nahm ich ihn in die Hand und las die aufgerufene Email mit gerunzelter Stirn.

>>

Gesendet: Freitag, 14. Juni um 09.26 Uhr
Von: »Vanessa« <vanessa@flash.de>
An: Verteiler »Redaktion Gossip intern«
Betreff: News of the day!!!

Stellt euch vor, DIE News des Tages: Die Neue und Tom poppen miteinander!

Vielleicht sollten wir uns auch mal an die Moderatoren ranmachen, dann betreuen wir demnächst alle nur noch Großprojekte. LOL!

Ich wurde derart wütend, dass ich das unsägliche Stück Papier zusammenknüllte und vor lauter Zorn am liebsten mit dem Fuß aufgestampft hätte. Das habe ich mir allerdings leider mit sechs Jahren abgewöhnt.

»Woher …?«, fragend schaute ich Leonie an.

»Anscheinend hat sie heute Morgen in der Tiefgarage gesehen, dass ihr mit einem Auto gekommen seid. Zumindest erzählt sie so was in der Art überall herum.« Leonie klang genauso wütend, wie ich mich fühlte. »Lass es dir nicht zu nahe gehen. Das hier ist eine Boulevardredaktion. Die Menschen werden dafür bezahlt, aus allem und jedem große Geschichten zu spinnen und aus jeder Kleinigkeit einen Skandal zu machen. Ganz ehrlich, wie dumm Vanessa ist, siehst du allein schon daran, dass sie mich nicht aus dem Verteiler genommen hat! Wie blöd kann ein Mensch denn sein? Außerdem hätten Vanessa und so gut wie jede andere Redakteurin sowie ein paar der Redakteure selbst gerne was mit Tom am Start. Dass ihr euch tatsächlich verliebt habt oder dass du für die Jahrhundertquote verantwortlich bist, interessiert da keinen. Das sind Hyänen, Maus, also lass dich nicht zerfleischen, sondern ignorier sie einfach! Morgen haben sie ein neues interessanteres Opfer gefunden«, tröstete sie mich.

Wirklich glauben konnte ich ihr das jedoch nicht. Um mich und Tom von Platz eins der Gerüchteküche zu verdrängen, müsste schon George Clooney seinen Stylisten heiraten oder Angela Merkel eine Model-Castingshow gewinnen. Beides Dinge, die so schnell nicht passieren werden. Insofern sah ich schwarz für die nächsten Arbeitstage.

In der Tat fraßen mich die anderen beim Gang zurück zu meinem Platz mit Blicken geradezu auf. Leonie hatte den Vergleich mit den Hyänen ganz treffend gewählt. Ich wartete nur darauf, dass die Oberhyäne Vanessa sich zähnefletschend auf mich stürzen und »Du nimmst uns unseren Moderator nicht weg, DU nicht!!!« kreischen würde. Aber das tat sie natürlich nicht, denn außer blöden Blicken und auffälligem Getuschel, sobald ich vorbeilief, ließ sich mir gegenüber niemand etwas anmerken. Als Tom später quer durch die Redaktion in Vampirellas, äh Verenas Büro zu einer Besprechung lief, beugten sich alle konzentriert über ihre Bildschirme oder grüßten scheinheilig, als ob nichts wäre.

Das Schlimme ist: Ich könnte nicht mal sagen, ob ich anders reagiert hätte, wenn das neueste Gerücht nicht mich betroffen hätte. Ich weiß noch, wie meine Augsburger Clique und ich damals gelästert haben, als eine Kommilitonin mit unserem Strafrechtsprofessor in der Bibliothek erwischt wurde! Plötzlich war uns allen klar, weshalb sie immer so gute Noten gehabt hatte. Dass sie vielleicht einfach viel gelernt und sich ohne Hintergedanken in den Prof verliebt hatte – auf die Idee kam natürlich keiner von uns. Aber das hat sich mit dem heutigen Tage geändert! Nie, nie wieder werde ich über andere Leute vorschnell urteilen und schon gar nicht schlecht über sie reden! Das habe ich als Lehre aus diesem heutigen Morgen wirklich mitgenommen.

Deswegen weise ich Manuel auch sofort zurecht, als er in der Kantine (wir haben uns in der hintersten Ecke verschanzt, um wenigstens für eine halbe Stunde und eine Portion Spaghetti all'arrabiata unsere Ruhe vor den Hyänen zu haben) von seinem neuesten Coup als rasender Promireporter erzählt und dabei über eine bekannte Schauspielerin herzieht.

»Aber ich sage dir, Lena Lovejoy hat ihren Chauffeur verprügelt, ganz sicher! Es gibt x Zeugen!«, verteidigt Manuel seine Exklusiv-Info.

»Ach, Zeugen – pah! Menschen sind käuflich und erzählen, was sie wollen, Hauptsache jemand hört ihnen zu. Wir sollten nicht so vorschnell urteilen, vielleicht hat Lena gar nichts gemacht, und der Chauffeur wollte nur mal ein Interview geben?«, entgegne ich.

»Nichts gemacht? Dass ich nicht lache! Sie ist vor dem P 1, mitten auf der Prinzregentenstraße ausgestiegen, hat die

Fahrertür aufgerissen und mit einer Flasche Veuve Cliquot auf den Mann eingeprügelt! Das alles gibt es dank meiner genialen Wenigkeit in Bewegtmaterial, das wir im Übrigen heute exklusiv senden! Wenn mir der Beitrag mal nicht den Pulitzerpreis einbringt«, freut sich Manuel, während Leonie und ich uns nur kopfschüttelnd anschauen.

»Warum hat sie ihren Chauffeur denn verprügelt?«, wage ich einen letzten Vorstoß. »Vielleicht hat er sie ja sexuell belästigt oder so?«

»Er sie sexuell belästigt?«, Manuel stößt ein gekünsteltes Lachen aus. »Eher umgekehrt! Sie hat einen Tobsuchtsanfall bekommen, weil er sich geweigert hat, während der Fahrt mit ihr mit Champagner darauf anzustoßen, dass sie zur *sexiest woman alive* gekürt worden ist. Was sie im Übrigen gar nicht wurde. Aber das wusste der Chauffeur nicht mal, er wollte bloß seinen Führerschein nicht wegen Alkohols am Steuer verlieren. Jetzt hat er ein Schädelhirntrauma und einen Kieferbruch. Leider wollte er mir kein Exklusivinterview geben, das wäre natürlich die Krönung gewesen«, schließt Manuel traurig ab.

»Du hast doch einen Vollknall!«, werfe ich ihm an den Kopf, während Leonie glucksend ihren Pudding mampft.

»Sieh es doch mal so, Süße«, fällt sie ein und fuchtelt dabei mit ihrem Löffel herum, »immerhin hast du deinen Mann nur flachgelegt und nicht krankenhausreif geschlagen. Es könnte alles viel schlimmer sein!«, trällert sie fröhlich.

Woraufhin ich mich ohne jeden weiteren Kommentar vom Tisch erhebe und zurück zu meinem Schreibtisch pilgere. Diese Puddingplauderei können die beiden mal schön ohne mich weiterführen, außerdem will ich Tom in seinem Büro abpassen, während die anderen noch alle beim Essen sind.

Ich sehe schon von weitem, dass ich Glück habe und Tom

in seinem Glaskasten-Moderatorenbüro sitzt. »Hey«, begrüße ich ihn und bleibe unschlüssig in der Tür stehen.

»Anna!«, ruft er, steht von seinem Arbeitsplatz auf und kommt strahlend auf mich zu. Bevor er mir einen Kuss gibt, wirft er einen schnellen Blick über meine Schulter, um zu überprüfen, ob uns jemand sehen könnte.

»Das kannst du dir sparen«, kläre ich ihn auf, »die liebe Vanessa hat uns heute Morgen in der Tiefgarage gesehen und bereits eine Rundmail geschrieben, dass wir zwei … na ja … eben zusammen …«, stottere ich herum.

»Ich weiß schon!«, beschwichtigt mich Tom. »Ich bekomme die ganze Zeit Glückwunsch-Mails von männlichen Kollegen. Tut mir leid, wir hätten besser aufpassen müssen. Andererseits … ich bereue die letzte Nacht nicht, und wenn die anderen nun wissen, dass wir uns mögen, dann wissen sie es eben. Ich habe kein Problem damit! Du etwa?«, fragt er mich mit großen Augen.

»Ich? Nein, ich habe so gesehen … also ich habe auch kein Problem damit«, stottere ich, während es in meinem Kopf rotiert.

Heißt das, dass er fest mit mir zusammen sein will? Ganz offiziell? Heißt es das???

»Das ist doch schön«, stellt Tom fast ein bisschen erleichtert fest, wie mir scheint. »Ich habe noch zwanzig Minuten Zeit bis zum nächsten Termin und du auch, wir sind nämlich im selben Meeting. Was dagegen, wenn ich meine Freundin auf einen Kaffee einlade?«, fragt er mich.

»Nein, ganz bestimmt nicht!«, antworte ich mit einem breiten Grinsen und beginne im Geiste auf und ab zu hüpfen.

Er hat mich »seine Freundin« genannt!!!! Seine Freu-heundin!!!

»Na, dann komm! Geben wir der Redaktion neuen Gesprächsstoff!«, schmunzelt Tom (anscheinend sieht man mir mein geistiges Rumgehüpfe doch an) und nimmt meine Hand.

Und dann trinken wir den schönsten Kaffee meines Lebens, bevor ich abends zur Feier des Tages noch mit Leonie zum Shoppen gehe (oder vielmehr hüpfe) und danach für meine Mitbewohner Hühnchencurry koche, das fast gar nicht zu scharf wird. Heute war zwar nicht in jeder einzelnen Minute ein perfekter Tag, aber einzelne Minuten davon waren schon ziemlich nahe dran …

Drama Baby!

Shoppingbeutetagebuch:

Zauberhafte Designer-Flatter-Abendkleider (eigentlich zählen die gar nicht, weil ich sie nicht bezahlen musste, denn sie sind alle für die Fashion Week): 4

Clutch, mit Perlen bestickt (mir ist aufgefallen, dass ich keine Abendtaschen habe, die zu den zauberhaften Designer-Flatter-Abendkleidern passen): 1

Schwindelerregend hohe Highheels, die die zauberhaften Flatterabendkleider noch dramatischer aussehen lassen: 2 *Paar (Schuhe hat frau ja bekanntlich sowieso nie genug)*

Juhu! Heute habe ich Anprobe für die Show, bei der ich als Reporterin mitlaufen werde. Das heißt, ich darf den ganzen Tag Kleider anprobieren, damit herumstolzieren und das dann auch noch Arbeit nennen. Zumindest stelle ich es mir so vor. Als ich den Fitting Room betrete, bin ich mir da allerdings nicht mehr so sicher. Gefühlte zweihundert Frauen laufen kreischend umher, wedeln mit Klamotten und streiten sich darum, wer welches Kleid tragen darf. Dazwischen wuseln wichtige Menschen mit Headsets, intellektuellen Brillen und Kurzhaarschnitten herum und fauchen die kreischenden Damen an.

»Anna!«, höre ich plötzlich meinen Namen, und während ich mich noch fasziniert dem Chaos widme, kommt mein Kameramann Sven auf mich zugelaufen. »Krasse Sache, oder?«, sagt er.

»Ja, was für ein Chaos, ich blicke gar nicht mehr durch!«, antworte ich und bin erleichtert, dass nicht nur ich mich so verloren fühle.

»Ach, das meine ich gar nicht, ist eher 'ne kleine Show hier. Aber ich hab noch nie so viele Minimodels auf einem Haufen gesehen! Die sind ja alle mindestens zwanzig Zentimeter zu klein für den Laufsteg, da fällst du nicht mal unangenehm auf!«, feixt er und boxt mir verschwörerisch in die Rippen. Allerdings einen Tick zu fest.

»Das ist ja auch die Linie, die speziell für kleinere Frauen entwickelt wurde. *Baronesse petite!* So was haben heutzutage ganz viele Marken im Programm«, erkläre ich ihm schnell und reibe mir unauffällig die Rippen. Das mit dem unangenehm auffallen fand ich nicht so nett von ihm. Vor allem das Detail, dass ich ausnahmsweise mal *nicht* unangenehm auffalle.

»Ich finde kleine Frauen sowieso viel besser!«, sagt Sven daraufhin in versöhnlichem Ton. »Ist einfacher fürs Bild!«, setzt er überflüssigerweise hinzu.

Daraufhin wende ich mich ab und versuche endlich einen Ansprechpartner zu finden, der mir meine Kleider zeigen kann. »Ähm, entschuldigen Sie, ich bin Anna Abendrot. Können Sie mir bitte weiterhelfen, ich suche meine Kleider …«, spreche ich höflich eine Frau mit Irokesenschnitt und neongrünen Wimpern an, die gerade an mir vorbeieilt.

»Sehe ich aus wie die Auskunft, Kleine? Frag Marküs!«, schnauzt sie mich an und rennt weiter.

Empört drehe ich mich zu Sven um und flüstere ihm zu: »In was für einem Irrenhaus sind wir bitte gelandet?«

Doch statt wie erwartet in seine verschwörerisch zwinkernden Augen zu blicken, starre ich mitten in das Objektiv. Der Fiesling hat bereits angefangen zu drehen, ohne mir etwas zu sagen, und natürlich hat er meine erste gelungene Begegnung mit der Fashion-Welt gleich digital festgehalten. Na super. Ich beschließe, die Kamera samt Kameramann zu ignorieren und mich zu diesem ominösen Markùs (ob das Ù wohl eine Lebenseinstellung ausdrücken soll?) durchzufragen, in der Hoffnung, dass er ein bisschen netter ist als das Wimperntierchen eben.

»Bleib einfach professionell und ruhig, Anna, dann kann nichts passieren!«, rede ich mir selbst gut zu, auch wenn ich weiß, dass mir das meistens sowieso nicht gelingt.

In den nächsten Minuten spreche ich einen platinblonden Hünen im orangefarbenen Maßanzug, einen offensichtlich südländischen Adonis mit Schmalzlocke und einen unrasierten Beinahe-noch-Teenager in Latzhosen an, die mich mehr oder weniger unfreundlich anschnauzen, ich solle mich gefälligst an Markùs wenden. Bis auf den Südländer, der offensichtlich kein Wort von dem versteht, was ich sage. Als ich meine Frage jedoch auf Englisch wiederholen kann, ist er längst weitergehetzt. Die Leute aus der Modebranche scheinen alle ein Problem mit ihrem Zeitmanagement zu haben.

Nachdem ich mich bis zum hinteren Ende des riesigen Raumes durchgekämpft habe, erblicke ich endlich einen Mann, der die Arme voller Kleider hat und diese gestenreich an diverse Models verteilt.

»Das muss Markùs sein!«, rufe ich aufgeregt und eile auf ihn zu.

Sven mit der Kamera im Anschlag rennt hinter mir her. Als der Mann, von dem ich vermute, dass er der sagenhafte Markùs ist, alle Kleider verteilt hat, tippe ich ihm vorsichtig auf die Schulter.

»Was?!« Sichtlich genervt dreht er sich um. Dann erblickt er die Kamera hinter mir. »Mein Engel! Welch lichtes Wesen erfassen meine trüben Augen! Welch eine Freude, dich zu sehen!«, kreischt er begeistert und drückt mich an seine behaarte Brust, die ich dank seines tief ausgeschnittenen Muskelshirts auch gleich an meiner Wange spüren darf.

»Ähm, hi! Ich bin Anna Abendrot von *Flash!*«, stelle ich mich vor, nachdem er mich aus seinen Pranken entlassen hat.

Markϋs sieht aus wie einer der Klitschko-Brüder, nur mit Make-up, einem Ken-Gesicht und geschätzten dreißig Silberketten um den Hals. Und einer eindeutig nicht heterosexuellen Ausstrahlung.

»Anna, natürlich! Wie geht es dir, du Ode an die Schönheit!«, begrüßt er mich erneut, ohne die Kamera aus dem Blick zu lassen.

»Ja … ähm … gut, danke!«, erwidere ich und versuche zu meinem eigentlichen Ansinnen vorzustoßen. »Ich suche nur meine Kleider. Ich soll doch bei der Show mitlaufen.«

»Ah, natürlich, mein Engel. Ich habe dir etwas unglaublich Fantastisches ausgesucht. Warte einen Moment, ich hole alles!«, kreischt er begeistert und mit einer für einen solch großen Mann erstaunlich hohen Stimme.

Hinter der Kamera höre ich Sven glucksen und sehe, wie sich der Kameraassistent hinter ihm kurz die Kopfhörer abnimmt und mit schmerzverzerrtem Gesicht an seinem Ohr entlangtastet. Der Arme ist für den Ton zuständig, den er mittels Kopfhörer überprüfen muss und dank Markϋs' Begeisterungsgeschrei vermutlich für zwei Stunden arbeitsuntauglich. Ehe ich ihn fragen kann, ob er wenigstens eine gute Arbeitsausfallversicherung hat, taucht Markϋs wieder auf, und schlagartig bin ich abgelenkt. Er hat nämlich tatsächlich einige fantastische Kleider auf seinem Arm, und zwar ganze zehn Stück! Tolle, lange Flatterkleider, die ich sonst nie tragen kann, weil ich zu klein für lange Abendkleider bin und ständig Angst haben muss, dass ich mich mit den Schuhen in dem Stoff verheddere oder aussehe, als wäre ich ein Vorschulkind und hätte im Kleiderschrank meiner Mutter gewühlt. Aber diese hier sind extra für kleinere Frauen geschneidert und insofern nicht ganz so riesig wie die normalen.

»Die sind wirklich fantastisch!«, rufe ich wahrheitsgemäß aus und strahle wie ein Kaninchen, das in einer Salatbar badet.

»Fabelhaft! Vier davon suchen wir dir für die Show aus! Schlüpf doch gleich mal bitte in das hier rein!«, stimmt Markūs in meinen Begeisterungsschrei ein und hält mir ein türkisfarbenes Flatterkleid mit pinkfarbenen Sprenkeln vor die Nase.

Das lasse ich mir nicht zweimal sagen und schnappe ihm den Bügel aus der Hand. »Alles klar!«, rufe ich voller Motivation aus. »Und wo ist die Umkleidekabine?«, füge ich hinzu und blicke ihn fragend an.

»Hier, mon chérie, hier. Der ganze Raum ist eine einzige große Umkleide, wenn du so willst. Wir haben alle nichts voreinander zu verstecken, nicht wahr? Wir sind schließlich unter uns«, entgegnet er mit einem schelmischen Zwinkern.

»Na ja, also ich …« Unschlüssig trete ich auf der Stelle und deute unauffällig mit dem Daumen hinter mir auf die Kamera. »Nicht ganz unter uns, wenn du verstehst«, flüstere ich.

»Ah, *bella mia*, kein Thema. Ich mache dir den Sichtschutz!«, entgegnet er und kichert, während ich ihn zweifelnd anschaue.

Markūs ist zwar breit, aber so breit? Doch wie aus dem Nichts zaubert er einen schwarzen Vorhang hervor, den er wie ein improvisiertes Zelt um mich herumhält.

»Alles fabelhaft, nicht wahr, Darling?!«, ruft er immer

noch begeistert und unter vielen Blicken in Richtung Kamera.

Ich beginne mich zu fragen in welcher Sprache ihm noch Kosenamen für mich einfallen mögen. »Wirklich alles *safe?*«, vergewissere ich mich beim Kameramann, und als ein leicht ironisch angehauchtes »Ich sehe nur dein bezauberndes Köpfchen, *bella*!« zurückkommt, seufze ich noch einmal tief und mache mich daran, in das erste Kleid zu schlüpfen. Was tut man nicht alles für kostenlose Designerkleider …

Allerdings bereue ich diesen Schritt auch zwei Stunden später nicht. Wir haben vier tatsächlich fabelhafte Kleider für mich herausgesucht, und das mit dem schwarzen Vorhang hat erstaunlich gut geklappt. Jetzt muss ich gerade einen Probelauf machen. Zwar nicht auf einem richtigen Catwalk, sondern nur zwischen den Kleiderstangen entlang, aber das klappt schon mal wunderbar. Zuerst führe ich das türkis-pinkfarbene Flatterkleid vor, danach zwei Kleider in anderen Farben, aber ähnlichem Stil. Ganz zum Schluss zeige ich dann das Highlight der Show! Das Kleid besteht aus einer Korsage, die mit lauter kleinen Kristallen besetzt ist und meine Brüste genau so nach oben drückt, dass sie groß und sexy, aber nicht gequetscht aussehen, was die meisten Kleider eher nicht können. Ab der Taille geht die Korsage in einen wallenden Rock aus weißem Tüll über und verleiht dem Ganzen einen leichten Ballerina-Look! Ich sehe aus wie eine Mischung aus Prinzessin, Primaballerina und Rockstar! Mit dem passenden Schmuck, Make-up und der Frisur, die mir am großen Tag verpasst werden soll, wird das Outfit sicher noch fabelhafter!

Ich bin hin und weg von so viel Fabelhaftigkeit, und als ich Markús bei diesem Gedanken laut quietschend um den Hals falle (und dabei leider dem armen Kameraassistenten den Gnadenstoß fürs Trommelfell verpasse), habe ich die Kamera, die voll auf mich zoomt, schon ganz vergessen. Die Munich Fashion Week ist das Tollste, was mir je passiert ist (von Tom abgesehen), schießt es mir gerade mal wieder durch den Kopf, da sehe ich aus dem Augenwinkel einen Mann, der mir irgendwie bekannt vorkommt, auf mich zulaufen. Langsam lasse ich Markús los und drehe mich in Richtung des Mannes. Ich kenne ihn irgendwoher! Ich bin mir sicher.

»Alex!«, kreischt Markús plötzlich los und winkt ihm.

Da fällt es mir wie Schuppen von den Augen. Das ist Alex, der Exfreund von Manuel! Weiter komme ich mit dem Denken nicht, da flötet Mode-Markús auch schon los: »Anna-Engel, das ist Alex, haha, unser zauberhafter PR-Mensch, der die Show betreut! Alex, komm her und begrüße mein bezauberndes Starmodel Anna Abendrot!«

Während Bling-Bling-Markús uns vorstellt und Alex zarte Küsse auf die Wangen haucht, blinzelt mir dieser verschwörerisch zu.

»Dein Starmodel kenne ich bereits, aber ich freue mich natürlich sehr, dich wiederzusehen, Anna!«, schmunzelt er und gibt mir die Hand.

Mir fällt wieder einmal auf, wie sympathisch ich ihn finde. Deswegen versuche ich auch schnell, diesen Model-Quatsch richtigzustellen. »Eher Starreporterin als Starmodel, würde ich mal sagen. Wobei ihr das ›Star‹ auch ganz streichen könnt, wenn es nach mir geht«, erkläre ich ihm ehrlich.

»Du siehst zumindest aus wie ein echter Star!«, erwidert der Ex meines Mitbewohners und wirft bewundernde Blicke auf mein Kleid.

»Das ist in *dem* Kleid auch nicht schwer!«, meine ich ehrlich und mustere mein Gegenüber unauffällig.

Alex trägt wieder einen schlichten, aber bestimmt schweineteuren dunklen Anzug und ein Hemd ohne Krawatte. Er könnte eins zu eins einer Hugo-Boss-Werbung entsprungen sein, und ich verstehe, dass Manuel sich in ihn verliebt hat. Dass er ihn betrogen hat allerdings nicht. Nachdem sich Bling-Bling-Markűs zum nächsten Model und mein Kamerateam zum nächsten Dreh verabschiedet haben, stehen Alex und ich uns unschlüssig gegenüber. Ich würde gern etwas wegen Manuel sagen, da ich weiß, wie sehr er noch immer an seinem Ex hängt, aber ich möchte meinem Mitbewohner nicht in den Rücken fallen. Alex scheint es ähnlich zu gehen. Schließlich erlöst er uns aus dieser peinlichen Situation und spricht als Erster.

»Soso, du läufst also bei der Baronesse-Petite-Show mit? Das ist toll! Wird eine super Show, ich muss es wissen!«, fängt er mit überzeugender Miene an, und ich nicke schüchtern. Dann kommt er endlich zur Sache. »Meinst du, dass … ähm«, er räuspert sich. »Ach, was soll's! Kommt Manuel auch?«, fragt er mich dann direkt und blickt mich hoffnungsvoll an.

»Ich werde dafür sorgen, dass er da sein wird. Das verspreche ich dir!«, antworte ich ihm und meine es auch so. Als Alex daraufhin erleichtert ausatmet und mich dankbar ansieht, bin ich ganz aufgeregt. Wenn da mal keine Versöhnung in der Luft liegt!

»Dann fahre ich mal wieder in den Sender«, beende ich unser Gespräch, weil ich tatsächlich dringend zurückmuss. Einerseits um zu arbeiten, andererseits um Manuel ganz schnell von meiner Begegnung zu erzählen. Der wird Augen oder vielmehr Ohren machen!

»Alles klar, hat mich sehr gefreut, dich zu sehen, Anna! Und …« Er zwinkert mir verschwörerisch zu. »… Ich freue mich schon sehr auf die Show!«, beendet er den Satz und geht in seinem schicken Anzug davon.

Was ich, nachdem ich das Prinzessinnenkleid wieder gegen mein Alltagsoutfit getauscht habe, ebenfalls tue. Na gut, ich gehe nicht davon. Ich wetze. Denn ich kann es kaum erwarten, Manuel die guten News zu überbringen!

Deswegen renne ich im Sender auch sofort wie eine Verrückte in die Kantine, wo ich Leonie und Manuel vermute. Da ich die ganze Zeit ein irres Grinsen im Gesicht habe, schauen mich die mir entgegenkommenden Leute leicht skeptisch, vereinzelt sogar richtig misstrauisch an, aber das ist mir egal. Endlich kann ich auch mal was für meinen Mitbewohner tun, nicht nur umgekehrt. Manuel ist stets mit Tipps und Taten zur Stelle, wenn es um mein aberwitziges Liebesleben geht, nun möchte ich auch mal für ihn da sein. Und natürlich für Leonie, aber das scheint mir im Moment deutlich schwieriger zu sein, denn leider ist kein heterosexueller Alex in Sicht. Also fange ich mit Manuel an, denn der hat es verdient. Na gut, von der Knoblauchaktion einmal abgesehen, aber ich bin zum Glück nicht nachtragend.

Aufgeregt suche ich die Kantine nach meinen Mitbewohnern ab, was zur Stoßzeit gar nicht so einfach ist. Jeder Tisch ist belegt, und von Manuels schwarzem Lockenkopf ist keine Spur zu sehen. Dafür entdecke ich Leonie an einem Tisch recht weit hinten. Sofort stürme ich auf sie zu und winke ihr, doch sie bemerkt mich gar nicht. Anscheinend ist sie in das Gespräch mit ihrem Gegenüber gänzlich vertieft. In diesem Moment lacht sie laut auf und streicht sich eine Haarsträhne hinters Ohr. Wenn ich es nicht besser wüsste, würde ich sagen, dass Leonie gerade flirtet. Aber mit wem? Neugierig beäuge ich ihren Gesprächspartner. Es ist Torben, der besagte CvD! Aha. Aha, aha, aha. Das ist ja hochinteressant. Und das Schönste ist: Als ich an dem Tisch der beiden ankomme und ein fröhliches »Hallo!« in die Runde werfe, schrecken sie wie ertappt hoch und schauen mich schockiert und mit großen Augen an.

»Ach, du bist's.« Leonie fängt sich als Erste wieder.

»Mhm, ich bin zurück, und ich habe gute News. Wegen Manuel. Aber ich will Euch nicht stören …«, werfe ich ein und schaue Leonie fragend tief in die Augen.

»Du störst doch nicht, Anna! Wir besprechen gerade Leonies neue Wochenserie über die angesagtesten Clubs in Ibiza nächsten Monat!«, erklärt Torben und blickt mich freundlich an.

»Ja, alles easy!«, wirft Leonie schnell ein und fügt noch hinzu, dass Manuel gerade in Berlin drehe und erst in ein paar Tagen wieder zurückkomme.

Mist, das hatte ich völlig vergessen! Außerdem habe ich den Eindruck, dass ich die beiden trotz ihrer gegenteiligen Versicherungen *eindeutig* störe. Leonies betont gleichmütiges Gesicht und ihr auffällig unauffälliges Geblinzel in meine Richtung verstärken diesen Eindruck nachhaltig. Einfach so abhauen, nachdem ich Leonie ganz offensichtlich so dringend gesucht habe, das sähe jedoch komisch aus. »Na ja, ich habe jedenfalls einen Mordshunger! Ich hole mir erst mal was zu essen. Soll ich euch noch was mitbringen?«, frage ich, und als sie beide wortlos den Kopf schütteln, trolle ich mich in Richtung Essensausgabe.

Während ich mir Salat auf den Teller häufe, kann ich mich des Eindrucks nicht erwehren, dass ich meine Freundin und den CvD eben bei etwas anderem als einer einfachen MAZ-Besprechung gestört habe. Deswegen beschließe ich an der Kasse auch, nicht zu ihnen zurückzugehen, sondern mein Essen mit an meinen Schreibtisch zu nehmen.

Gerade als ich mit dem Tablett auf den Ausgang zusteuere, ruft jemand meinen Namen. Die Stimme kommt mir sehr bekannt vor. Und sie ist sehr sexy. Ich drehe mich um und sehe Tom an einem der Tische sitzen! Sofort macht mein Herz einen Satz und das Tablett unglücklicherweise auch, weshalb ich nun eine Balsamicospur hinter mir herziehe. Ich tue einfach so, als würde ich das tropfende Tablett nicht bemerken, und laufe strahlend auf Tom zu. Nicht ohne mir vorzunehmen, meinen Salat künftig nicht mehr in italienischem Essig zu ertränken, egal wie lecker er auch schmecken mag.

»Hey!« Mit Herzklopfen setze ich mich zu Tom an den Tisch, der zu meiner Überraschung allein ist.

»Hey!« Seine leuchtenden Augen verraten, dass er sich wohl auch ziemlich freut mich zu sehen, und er drückt mir kurz die Hand. Glücklicherweise jene, die vom Balsamico verschont wurde.

»Was machst du denn hier ganz allein?«, frage ich ihn und wische mir unauffällig die andere Hand an der Tischdecke ab.

»Ach, ehrlich gesagt bin ich geflüchtet«, gesteht er. »Ich hatte den ganzen Morgen ätzende Meetings und brauchte einfach mal meine Ruhe. Aber mit dir zu essen ist viel besser, als Ruhe zu haben«, fügt er schnell hinzu.

»Das freut mich!«, antworte ich ehrlich und beginne ihm von der Anprobe zu erzählen. Schließlich muss er das quasi von Berufs wegen wissen. Und ihm von dem tollen Kleid zu berichten, kann grundsätzlich nicht schaden, finde ich. Immerhin soll ich der Höhepunkt der Show werden, dabei war das redaktionell gar nicht von vornherein abgesprochen.

»Also war der Termin ein voller Erfolg! Doch ehrlich gesagt habe ich bei dir auch nichts anderes erwartet«, resümiert Tom, nachdem ich zu Ende erzählt habe. »Noch ehrlicher gesagt habe ich Sven eben auf dem Gang getroffen, und er hat mir erzählt, dass ihr super Material gedreht habt!«, setzt er hinzu.

Beim Gedanken an meinen holprigen Start vorhin gefällt mir diese Aussage nicht wirklich gut, denn das klingt mal wieder eher nach Tubby Tollpatsch (Leonies Spitzname für mich, wenn wir drei Gläser zu viel getrunken haben) als nach glamouröser Laufstegprinzessin, aber gut, wir werden sehen.

»Mach dir keine Sorgen, das wird ein super Beitrag!«, ermutigt mich Tom, der entweder Gedanken lesen kann oder die aufblitzende Panik in meinen Augen bemerkt hat. »Deine ganz spezielle Art, das Authentische an dir, das ist deine große Stärke, dafür lieben dich die Zusch…« Er hält mitten im Wort inne und schaut an mir vorbei nach hinten.

Ein dumpfer Knall hat uns unterbrochen. Mit einem Mal wird es ziemlich laut in der Kantine. Also noch lauter, als es sowieso schon ist. Neugierig blicke ich mich um und kann gerade noch sehen, wie zwei Männer Vanessa aufhelfen, die anscheinend samt ihrem Tablett hingefallen ist. Fluchend zupft sie sich ein paar Spaghetti aus den Haaren und fasst sich mit angewidertem Gesicht an ihren Hintern. Er ist voller Balsamico. Schnell drehe ich mich wieder um und grinse in mich hinein. Ups.

»Ähm… ja… wie dem auch sei, dafür lieben dich jedenfalls die Zuschauer. Genau dafür«, führt Tom seinen Satz zu Ende und schaut wissend auf meinen Salatteller.

Ich ignoriere seinen Blick und spieße eine Cocktailtomate mit meiner Gabel auf. Kommentieren will ich den kleinen Unfall lieber nicht, schließlich will ich mein Glück nicht überstrapazieren. Aber mein Mitleid mit Vanessa der Schrecklichen hält sich zugegebenermaßen in Grenzen. Außerdem hat sie sich nicht wehgetan, denke ich und schaue Tom mit unschuldigen Augen und vollem Mund an. Just in dem Moment klingelt mein Handy. Die Melodie von *Sex and the City* ertönt in ohrenbetäubender Lautstärke, und während ich mich panisch frage, wann um Himmels willen ich mein Handy derart laut gestellt habe, krame ich hektisch in meiner Handtasche. Als ich das Telefon endlich gefunden habe, ist mir der Klingelton derart peinlich, dass ich wieder einmal den Fehler begehe, nicht auf das Display zu schauen, sondern direkt rangehe.

»Mhmaaah?«, nuschele ich in den Hörer, da mein Mund noch voller Cocktailtomate ist.

Tom betrachtet mich interessiert.

»Kind, ich bin's, deine Mutter!«

Vor Schreck verschlucke ich mich an der Tomate und muss fürchterlich husten. Hilfsbereit klopft mir Tom auf den Rücken, natürlich nicht ohne seinen Blick von mir zu nehmen. Nachdem ich mich endlich beruhigt habe und wieder normal Luft bekomme, höre ich meine Mutter sagen:

»Kind, was ist denn los? Du klingst ja schlimmer als deine Großmutter! Hast du wieder angefangen zu rauchen oder hast du gar Lepra?«, gellt mir ihre metallische Stimme ins Ohr.

Ich unterdrücke den Impuls, ihr zu erklären, dass der letzte Leprakranke in München wahrscheinlich vor ein paar hundert Jahren gestorben ist – sofern es hier überhaupt jemals welche gegeben hat. Und musste man bei Lepra husten? Schnell schüttele ich den Gedanken ab und antworte so gefasst, wie es mir unter Toms Blick möglich ist (ohne seine Anwesenheit würde ich vermutlich schon seit fünfundvierzig Sekunden lautstark ins Telefon brüllen).

»Nein, es ist alles gut, Mama. Was gibt es denn? Ich bin arbeiten, weißt du?«, antworte ich, die Ruhe selbst.

»Arbeiten, pah! Ich dachte, du bist jetzt beim Fernsehen?!«, kommt postwendend die Antwort meiner bezaubernden Mutter. »Ich wollte nur sichergehen, dass du den Geburtstag deiner Oma nicht vergisst. Sie wird am Wochenende achtzig, wie du dich vielleicht dunkel erinnern kannst, und natürlich gehen wir alle davon aus, dass du bei der Feier dabei sein wirst.«

Nein! Ich zucke merklich zusammen. Natürlich habe ich den Termin vergessen. Aber meine Mutter ist noch nicht fertig.

»Da du das mit der Hochzeit nicht hinbekommen hast, gehe ich davon aus, dass du allein kommen wirst. Das wird nicht schön für mich, dich der Verwandtschaft als fast dreißigjährigen Single vorstellen zu müssen, weißt du!«, bellt sie hörbar beleidigt.

»Ich bin noch nicht dreißig und Single übrigens auch nicht mehr!«, antworte ich spontan und unbedacht.

Wenn ich mir Toms voller Aufmerksamkeit bisher nur zu neunundneunzig Prozent sicher sein durfte, dann habe ich sie jetzt mindestens zu dreihundert Prozent. Sofort bereue ich meine Aussage. Was soll er denn jetzt von mir denken? Dass ich vor meiner Mutter mit ihm angebe, obwohl wir gerade erst so halbwegs richtig zusammengekommen sind? Zu meiner Überraschung lächelt mich Tom aber weiterhin wortlos an und scheint sich an dem Satz kein bisschen zu stören, sondern eher zu freuen. Und meine Mutter habe ich sogar für ein paar Sekunden – was in ihrer Telefonwelt eine Ewigkeit darstellt – aus dem Konzept gebracht. So lange schweigt sie nämlich ausnahmsweise mal.

»Oh, du hast … also … na, so was! Hoffentlich einen Anwalt, nehme ich doch mal an. Na gut, dann bring deinen neuen Freund eben mit. Immer noch besser, als wenn du allein kommen musst, oder?«, reagiert sie nun doch schlagfertig auf die Neuigkeit.

»Nein, Mutter, ich werde ihn ganz sicher nicht mitbringen!!!! Ich komme gerne allein, und nun lass uns das Thema bitte abschließen. Ich muss arbeiten«, entgegne ich ihr nun nicht mehr ganz so ruhig, denn innerlich koche ich bereits. Dass Tom dieses peinliche Gespräch mit anhören muss, macht das Ganze nicht wirklich besser.

»Wohin soll ich denn nicht mitkommen?«, schaltet er sich zu allem Übel laut hörbar ein.

»Ist dein Freund etwa gerade bei dir? Ich dachte, du arbeitest? Bist du in der Rechtsabteilung? Er ist doch hoffentlich Anwalt, oder? Gib ihn mir mal!«, schreit meine Mutter augenblicklich unter vor Aufregung einsetzender Schnappatmung in den Hörer. Ich kann mir lebhaft vorstellen, wie sie zu Hause vor lauter Erregung im Garten auf und ab trippelt und nervös die Blätter von ihren geliebten Teerosen zupft.

»Auf den achtzigsten Geburtstag meiner Oma dieses Wochenende. Natürlich musst du *nicht* mit. Meine Mutter hat da etwas falsch verstanden«, erkläre ich Tom flüsternd und lege dabei meine Hand aufs Handy, damit meine Mutter nicht mithören kann. Was mir allerdings nicht gelingt, da ich aus dem BlackBerry ein enttäuschtes Schnauben vernehme.

»Aber ich würde sehr gerne mitkommen und deine Familie kennenlernen«, erwidert Tom daraufhin und findet meinen durch seine Antwort ausgelösten Gesichtsausdruck anscheinend sehr amüsant. Seinen Augen nach muss ich ähnlich panisch ausschauen wie ein durchgegangenes Fohlen. Genauso fühle ich mich auch, vor allem als ich ein Triumphgeschrei aus dem Hörer wahrnehme.

»Seid bitte gegen ein Uhr da und zieh dir was Anständiges an!«, kann ich gerade noch hören, da ertönt auch schon das Besetztzeichen.

»Sag mal, spinnst du?«, frage ich Tom ehrlich schockiert. »Jetzt denkt sie, dass du wirklich mitkommst. Das ist nicht lustig. Wenn du meine Mutter kennen würdest, wüsstest du das!«.

»Ich werde sie ja bald kennenlernen, dann kann ich das besser beurteilen«, antwortet er und gibt mir mitten in der Kantine vor allen Leuten einen Kuss auf die Stirn!

Ich bin baff. Erstens weil er mich in aller Öffentlichkeit küsst und zweitens weil er tatsächlich mitkommen will. Letzteres werde ich zu verhindern wissen.

»Ähm, weißt du, das ist echt lieb von dir und so … Aber ehrlich gesagt, das geht mir alles zu schnell. Wir kennen uns ja noch nicht so lange und dich dann gleich meinen Eltern vorstellen, also das ist vielleicht etwas überstürzt, oder?«, versuche ich ihm zu erklären.

»Erzähl mir nichts! Von wegen überstürzt! Du hast bloß Angst, dass ich schreiend davonrenne, wenn ich deiner Mutter begegne, gib's zu! Nur keine Angst, das werde ich nicht, egal wie schlimm sie ist, versprochen!«

Wieso muss Tom immer so perfekte Sachen sagen? Trotzdem hat er keine Chance. Ich würde eher sterben, als ihn mit zu meiner Familie zu nehmen. Und zwar egal ob heute, nächstes Wochenende oder in sechs Monaten.

»Das sagst du so einfach. Trotzdem fürchte ich, das ist eine blöde Idee. Ich bin sehr froh, dass wir … zusammen sind, und ich genieße die Zeit mit dir sehr. Ich bin sogar richtig glücklich mit dir, weißt du? Und das mag ich nicht riskieren. Denn glaube mir, fünf Stunden bei meinen Eltern und du hast alles vergessen, was du gerade gesagt hast, und suchst schreiend das Weite. Also lass uns diese blöde Idee bitte ganz schnell vergessen und von was anderem reden, ja? Hast du denn schon die Modelle von den Designerzelten bekommen?«, versuche ich das leidige Thema zu beenden und ihn abzulenken.

Tom lächelt nur und nimmt meine Hand. Diesmal die mit den Balsamicoresten. »Glaub mir, Anna, ich werde nicht abhauen. Nach allem, was du mir von deiner Familie und deiner Vorgeschichte erzählt hast, kannst du einen Freund an dem Wochenende mehr als gut gebrauchen. Wenn du möchtest, komme ich auch einfach so mit, als *ein* Freund und nicht als dein fester Freund, obwohl ich das viel lieber tun würde. Anna, ich bin verliebt in dich, und das werde ich auch nach diesem Wochenende noch sein. Wahrscheinlich sogar heftiger als jetzt! Hör auf, dir Sorgen zu machen, und lass mich für dich da sein! Das möchte ich nämlich. Und zwar seit ich dich das erste Mal auf der Männertoilette gesehen habe. Gib mir die Gelegenheit dazu«, bittet mich Tom.

Ich sitze mit offenem Mund da und fühle, wie sich meine Augen mit Tränen füllen. So etwas hat noch nie ein Mann zu mir gesagt, nicht mal Marcel. Okay, schon gar nicht Marcel. Fassungslos schaue ich in Toms dunkle Augen und spüre, dass ich gleich in Tränen ausbrechen werde. Und das mitten in der Kantine.

»Außerdem«, fährt Tom fort, »kann dieses Wochenende doch auch nicht viel schlimmer als die Filmpremiere werden, oder?«, fragt er mich augenzwinkernd, womit ich ihm auch wieder recht geben muss. Und dabei kennt er ja noch nicht mal die volle Wahrheit.

»Immerhin hast du Til Schweiger angerülpst, und ich finde dich immer noch sexy. Oder vielleicht gerade deswegen?«, fügt er grinsend hinzu.

Meine Gesichtszüge versteifen sich augenblicklich, und die Tränen ziehen sich in ihre Kanäle zurück. Stattdessen schießt mir die Schamesröte ins Gesicht, und mein Herz fängt vor Schreck an wie wild zu klopfen. »Woher …?« Weiter traue ich mich nicht zu fragen.

»Wir spielen manchmal zusammen Fußball. Du hast jedenfalls einen bleibenden Eindruck bei ihm hinterlassen!«, erklärt Tom nicht ohne leise Ironie und schaut mich gleich darauf wieder ernst an. »Lass mich am Wochenende mitkommen. Ich werde für dich da sein, versprochen.«

Total überrumpelt nicke ich nur und muss erst mal schlucken. Das ist jetzt alles ein bisschen viel. »Wenn du glaubst, meine Mutter sei ähnlich einfach zu knacken wie Til Schweiger, hast du dich aber getäuscht«, schiebe ich noch schnell hinterher und beschließe, das alles erst mal sacken zu lassen. Vor allem, dass Tom die ganze Zeit Bescheid gewusst hat.

»Na, dann komm, gehen wir zurück in die Redaktion!«, ruft er aufmunternd und steht auf. »Magst du vielleicht auch einen Schokoriegel für den Weg?«, fragt er und zwinkert mir zu.

Dieser Mann ist einfach unglaublich.

Die Reifeprüfung

Shoppingbeutetagebuch:

Jacky-O-Kostüme im Chanel-Stil von Zara (brauche an diesem Wochenende ganz viel innere Stärke, so wie Jackie früher): 1

Flachmann mit hochprozentiger Schnapsfüllung: 0 *(War aber ganz kurz davor, mir für Notfälle einen zuzulegen. Nur die Angst, Tom könnte mich nicht nur für eine Rülpserin mit Familien-Psycho-Show, sondern auch für eine Alkoholikerin halten, hat mich davon abgehalten.)*

Ich kann immer noch nicht fassen, wie unglaublich Tom ist, als ich am Wochenende neben ihm in seinem schwarzen Geländewagen sitze, während wir auf der Autobahn in Richtung meiner Heimat, einem kleinen Kaff im Schwarzwald, brettern. Ich bin zwar nach wie vor davon überzeugt, dass es ein Fehler ist, ihn so früh (oder vielmehr überhaupt) meinen Eltern vorzustellen – nicht auszudenken, was meine Mutter in den nächsten Stunden alles Furchtbares tun wird –, aber er war nicht davon abzubringen, mitzufahren. Da Leonie das Ganze aus mir unerklärlichen Gründen ebenfalls für eine gute Idee hält (O-Ton: »Millionen von Frauen träumen davon, dass ihr Freund ihre Familie kennenlernen will, also stell dich nicht so an! Außerdem ist das der beste

Test, den eine junge Beziehung bestehen kann. Wenn ihr das schafft, dann schafft ihr alles!«), habe ich mich nun doch nicht klammheimlich aus dem Staub gemacht (das war der andere Plan). Stattdessen bin ich zu Tom ins Auto gestiegen, um mit ihm zum Geburtstag meiner Oma zu fahren. Schluck.

Die Zweifel allerdings bleiben. Außerdem habe ich den Verdacht, dass Leonie nur deswegen so begeistert mit mir über das Thema diskutiert hat, damit ich sie nicht nach ihrem Mittagessen mit Torben frage. In der Hinsicht war sie nämlich erstaunlich wortkarg, was überhaupt nicht zu Leonie passt. Allerdings hat sie mir geraten, ähnlich wortkarg gegenüber Manuel zu sein, zumindest in Bezug auf seinen Ex.

»Wenn er erfährt, dass Alex auch da ist, macht er vor der Modenschau so ein Theater, dass er am Schluss vor lauter Nervosität gar nicht hingeht«, erläuterte sie mir. »Lass uns einfach Stillschweigen bewahren und abwarten, was passiert. Das ist bei Manuel immer das Beste!«, schlug sie vor, und da Leonie Manuel wesentlich länger kennt als ich, vertraue ich ihr in dem Punkt voll und ganz.

»Die nächste Ausfahrt, oder?«

Huch! Toms Stimme lässt mich aufschrecken. Sind wir etwa gleich da?

WAAAAHHHHH!!!

Wir sind gleich da. Am liebsten würde ich jetzt einen auf Actionheldin machen und mich aus dem fahrenden Auto werfen, aber dann würde ich mein neues Kostüm ruinieren, und das bringe ich dann doch nicht übers Herz. Also beschränke ich mich aufs Nicken und versuche mich mit meditativer Atmung selbst zu beruhigen. Auch so eine Sache, die bei mir noch nie geklappt hat.

»Wird schon«, sagt Tom und legt mir die Hand aufs Knie, was mich allerdings nicht wirklich ruhiger macht.

Ich glaube nicht, dass Tom weiß, was ihn gleich erwartet. Wie ich meine Mutter kenne, wird sie die ganze Zeit Anspielungen auf meinen ach so tollen Exverlobten machen und Tom in beiläufigen, kleinen Bemerkungen die ganze Zeit beleidigen. Gott, wie sehr ich es bereue, mich auf diesen gemeinsamen Besuch eingelassen zu haben!

Das ist der letzte Gedanke, der mir durch den Kopf schießt, bevor wir das Haus meiner Eltern erreichen. Zu allem Unglück findet Tom auch noch einen Parkplatz direkt vor der Tür. Also kein Aufschub mehr. Wie auf Kommando stürmt meine Mutter, sobald Tom den Schlüssel abgezogen hat, durch das Gartentürchen. Ich bin in einer Doppelhaushälfte aufgewachsen, die im typischen Schwarzwaldstil in Weiß und Dunkelbraun gehalten ist. Auf der anderen Seite wohnen die besten Freunde meiner Eltern, deren Grundstück allerdings knappe zwei Quadratmeter kleiner ist als unseres, wie meine Mutter nie müde wird zu betonen. Diese zwei Quadratmeter (und noch einige mehr) hat meine Mutter mit zugegebenermaßen wunderschönen Rosen in allen erdenklichen Arten und Farben bepflanzt. An einer dieser Heckenrosen entlang stürmt sie nun auf uns zu. Widerstrebend steige ich aus. Gegen die Neugier dieser Frau habe ich sowieso keine Chance.

»Hallo, Mama! Das ist Tom«, begrüße ich sie und harre der Dinge, die da kommen.

Nach einem prüfenden Blick auf mein Kostüm, an dem sie ausnahmsweise mal nichts zu meckern findet, wandern ihre Augen zu Tom. Der steckt in einem sehr edlen Anzug und streckt meiner Mutter galant die Hand entgegen. Die sie aber nicht ergreift.

Ich habe schon die schlimmsten Befürchtungen, zum Beispiel, dass sie gleich einen Satz wie »Das sehe ich doch auf den ersten Blick, dass dieser Mann kein Anwalt ist!« vom

Stapel lässt und anschließend auf dem Absatz kehrtmacht und zurück ins Haus dampft. Aber als ich ängstlich zu ihr herüberschiele, sehe ich, dass meine Mutter mitnichten ein derartiger Kommentar auf der Zunge liegt. Vielmehr liegt ihr gerade nicht viel mehr als eine Menge Luft auf der Zunge, denn sie steht mit offenem Mund da und starrt Tom an.

»Aber Sie sind doch … Sie sind doch …« Weiter kommt sie nicht.

»Tom Vanderscheid mein Name. Es ist mir eine Ehre, Sie kennenzulernen, Frau Abendrot! Ich habe von Ihrer Tochter schon so viel Gutes über Sie gehört«, lügt er charmant und zaubert einen Blumenstrauß hinter seinem Rücken hervor.

Pinkfarbene Rosen, die Lieblingsblumen meiner Mutter. Ich kann beobachten, wie alle Farbe aus ihrem Gesicht weicht, und habe nun ernsthaft Angst, dass meine Mutter gleich ohnmächtig wird oder einen Herzinfarkt bekommt. Oder beides.

Ehe ich sie stützen kann, hat sie sich auch schon wieder gefangen, setzt ein Strahlen auf, das ich das letzte Mal an ihr gesehen habe, als ich die Zulassungsbescheinigung für das Jurastudium bekommen habe, und flötet galant: »Aber Herr Vanderscheid! Welche eine Ehre Sie kennenzulernen! Annas Oma wird begeistert sein! Wir wussten ja gar nicht, welch hohen Besuch wir heute bekommen werden! Und die Blumen … Also das wäre doch wirklich nicht nötig gewesen! Wie die duften …« Schwärmerisch riecht sie an dem Strauß und bittet Tom mit ähnlich blumigen Worten ins Haus.

Als er sich umdreht und durch das Gartentürchen vorangeht, dreht sie sich kurz zu mir um und zischt mir vorwurfsvoll zu: »Warum hast du mir das denn nicht gesagt? Dann hätte ich mein Laura-Ashley-Kostüm angezogen und noch schnell zwei Kilo abgenommen. Damit konnte ja keiner rechnen!«

»Du hast mich nicht gefragt!«, erwidere ich verwundert und verstehe die Welt nicht mehr. Kopfschüttelnd gehe ich an ihr vorbei zur Haustür. War das gerade wirklich meine Mutter?

Als sie mir in den Rücken pikst und mich auffordert, nicht so rumzutrödeln, bin ich mir wieder sicher. Ja, sie ist es tatsächlich. Und anscheinend findet sie Fernsehen doch nicht so blöd, wie sie immer behauptet.

Noch absurder wird die Situation, als wir das Wohnzimmer betreten, in dem sich bereits eine ganze Horde an Verwandten versammelt hat. Ich kenne es schon aus München, dass andere Menschen Tom anstarren oder ihn ab und zu ansprechen und um ein Autogramm bitten, aber was hier abgeht, ist dazu kein Vergleich! Meine Mutter hat sich, kurz bevor wir die Tür erreicht haben, an uns vorbeigedrängt und kündigt uns nun mit vor Aufregung bebender Stimme an.

»Hier ist sie endlich, meine entzückende Tochter Anna! Ratet mal, wen sie mitgebracht hat. Ihren neuen Freund!« An dieser Stelle klingt sie auf einmal betont gleichgültig, und ich kann es mir nicht verkneifen, die Augen zu verdrehen. »Vielleicht kennt der eine oder andere von euch ihn ja bereits. Es ist… Tom… Vanderscheid!«, verkündet sie und imitiert dabei ziemlich missglückt Dieter Thomas Heck.

Es ist grausam, und ich schäme mich zu Tode. Vor allem da meine Verwandten zum Großteil genauso reagieren, wie meine Mutter es sich wohl erhofft hat, und anfangen zu applaudieren. Während ich fast vor Scham im Boden versinke, reagiert Tom ganz souverän, hebt beschwichtigend die Hände und begrüßt die Anwesenden so selbstverständlich, als würden sie ihn nicht gerade anstarren wie ein pinkfarbenes Pferd vom Mars. Diese Moderations-Coachings von KNL müssen echt verdammt gut sein. Dass Tom nicht mal in dieser Situation die Fassung verliert, ist ein Wunder. Ich an seiner Stelle hätte auf dem Absatz kehrtgemacht und wäre aus dem Haus gerannt. Aber ich habe ihn ja gewarnt…

»Sie sind doch der Starmoderator von KNL! Und der Freund von dieser Sängerin!«, kreischt da eine mir unglücklicherweise sehr vertraute Stimme.

Ich erkenne nur ein in Blumenstoff verpacktes, kleines Persönchen, das sich samt Ellenbogen durch die Verwandtenmenge auf uns zukämpft und mit wippenden grauen Dauerwellenlöckchen stehen bleibt. Meine Oma ist da.

»Ich *war* mal mit dieser Sängerin zusammen, aber das ist lange her«, korrigiert Tom schmunzelnd und drückt meine Hand.

Welche Sängerin bitte???

»Das ist aber schade«, bedauert meine unmögliche Oma die Trennung. »So ein nettes Mädchen. Ich habe Sie mal in der *Bunten* gesehen. Sie waren wirklich ein schönes Paar!«

Ich könnte sie erwürgen, wenn ich sie nicht so lieb hätte und wüsste, dass sie es nicht so meint, wie sie es sagt.

»Wissen Sie, ich habe noch ein viel netteres Mädchen gefunden!«, antwortet Tom und zieht mich an sich.

Endlich fällt bei meiner Oma der Groschen. »Oh ja, natürlich! So war das nicht… Ich meinte nur wegen der schönen Bilder.« Sie kommt merklich ins Stutzen. »Aber Anna, mein Engel, wie schön, dass du da bist, und wie gut du aussiehst!«, rettet sie sich und nimmt mich – oder vielmehr meinen Bauch – in den Arm.

Höher kommt meine Oma nicht, sie ist nämlich tatsächlich *noch* kleiner als ich. Lächelnd beuge ich mich zu ihr herunter und drücke sie ebenfalls. Es ist schön, meine Oma zu sehen, auch wenn sie manchmal etwas zu direkt ist. Aber Klatsch ist eben ihr Leben. Ohne die *Bunte*, *Gala* und Co. könnte sie nicht überleben. Dass ein Prominenter aus diesen Zeitschriften live vor ihr im heimischen Wohnzimmer steht, muss für sie ungefähr so aufregend sein wie für Neil Armstrong seinerzeit die Mondlandung. Und dass sich ein Starmoderator für ihre eigene Enkelin interessiert, ungefähr so verwirrend wie die Funktionsweise eines Raketentriebwerks. Ich kann es ihr nicht verübeln. Mich haben die Ereignisse in meinem Leben ja selbst überrumpelt, und ich bin keine achtzig Jahre alt.

So aufregend die Ankunft von Tom und mir für meine Familie auch sein mag, für eine Sache bin ich sehr dankbar: Niemand erwähnt Marcel und die ins Wasser gefallene Hochzeit. Auch als wir zwei Stunden später im Lieblingsrestaurant (gute badische Küche mit viel Soße, Spätzle und Rotkraut) meiner Oma sitzen, hat keiner meinen Exverlobten auch nur mit einem Wort erwähnt. Doch natürlich ist auf meine Mutter Verlass. Als wir beim Nachtisch (Unmengen von Schwarzwälder Kirschtorte und guter deutscher Filterkaffee) angekommen sind, bin ich relativ entspannt. Tom hält den Kreuzverhören meiner Verwandten, die ganz wild darauf sind, einen exklusiven Eindruck in die Fernsehwelt zu bekommen, gut stand und unterhält die ganze Mannschaft mit witzigen Anekdoten aus der Redaktion. Alle sind hingerissen von ihm, und meine Oma kann kaum die Augen von ihm lassen.

»Wissen Sie, Tom«, beginnt meine Mutter und unterbricht ihn plötzlich mitten im Satz. »Wir sind wirklich froh, dass Sie und Anna sich kennengelernt haben. Vor einiger Zeit dachten wir nämlich, dass wir Anna, was Männer angeht, gänzlich abschreiben können«, erzählt sie in vertraulichem Tonfall, und einige meiner Verwandten nicken wissend.

»Mama, bitte!«, zische ich und würde am liebsten im Boden versinken, denn ich kann mir gut vorstellen, was gleich kommt: Wie konnte die böse Anna nur den tollen

Staranwalt derart verschrecken? Wenn sie allen Ernstes vor Tom ihr Loblied auf Marcel anstimmt, werde ich mir auf der Stelle eine neue Mutter suchen. Und einen neuen Vater gleich mit. Denn wie immer hängt mein Papa fasziniert an den Lippen seiner Frau und kommentiert ihr unmögliches Verhalten mit keinem Wort. Das tut er nie.

Wenn es sich nicht um meine Eltern handeln würde, würde ich behaupten, dass die beiden ein echtes Abhängigkeitsverhältnis haben. Meine Mama redet, mein Papa verdient das Geld und hört ihr ansonsten zu. Das macht ihn anscheinend sehr glücklich. Eigentlich führen die beiden die perfekte Beziehung, und das seit gut dreißig Jahren. Aber das gibt meiner Mutter noch lange nicht das Recht, meine neue Beziehung gleich wieder im Keim zu ersticken und hier von meinem Exverlobten zu schwärmen! Warnend funkele ich sie an. Nur leider bemerkt meine Mama das überhaupt nicht.

»Jetzt mal im Vertrauen«, legt sie los. »Wie Sie vielleicht wissen, war Anna bis vor kurzem noch mit einem jungen Anwalt verlobt.«

WAAAAHHHH!!!!

Ich könnte sie umbringen! Stattdessen schaufele ich mir aus Verzweiflung so viel Schwarzwälder Kirschtorte wie nur möglich in den Mund. Das bewahrt mich immerhin davor, aufzustehen und sie anzuschreien, dass sie die Klappe halten soll.

»Jedenfalls ist es zum Glück nicht zu der Hochzeit gekommen, denn mal unter uns, ich hab's ja schon immer gewusst. Er war einfach nicht der Richtige für unsere Anna! Ein ziemlich protziger Typ und seine Mutter erst! Ganz schlimme Leute. Umso glücklicher bin ich, dass unsere Anna Sie kennengelernt hat. Sie machen mir einen viel besseren Eindruck, Tom!«, verkündet meine Mutter mit einem Strahlen.

Mir bleibt schier die Kirschsahne im Hals stecken. Ich bekomme keine Luft mehr und muss anfangen zu husten. Was zum Teufel ist hier los? Welches außerirdische Wesen vom Planeten der Erkenntnis hat von meiner Mutter Besitz ergriffen??? Weitere Gedanken kann ich mir zu diesem Thema leider nicht machen, da der akute Sauerstoffmangel in meinem Gehirn dies verhindert. Ich werde ersticken. An einem Stück Schwarzwälder Kirschtorte. Am achtzigsten Geburtstag meiner klatschsüchtigen und erschreckend fitten Oma. Plötzlich klopft mir jemand auf den Rücken, und ich spüre, wie sich die Kirschsahne mit einem Ruck lockert und in meinen Magen weiterwandert, um sich dort in Kalorien umzuwandeln und sich anschließend auf meinen Hüften niederzulassen. Wieder einmal hat Tom mich gerettet.

Doch anstatt mich bei ihm zu bedanken, starre ich meine Mutter an und frage sie ungläubig: »Was hast du da gerade gesagt?!«

»Aber Liebling, das wussten wir doch alle irgendwie. Nur wollte keiner von uns dir wehtun. Schließlich warst du so verliebt. Blind vor Liebe...«, seufzt sie weiter, und die Verräter um sie herum nicken schon wieder. »Aber das Kapitel ist zum Glück endgültig abgeschlossen!«, kräht sie betont fröhlich. »Wer mag noch ein Stück Torte? Sie, Tom?« Obwohl er ihre Frage verneint, legt sie noch ein extragroßes Stück auf den Teller. »Für dich lieber keins mehr, mein Schatz. Sahnetorte setzt ja so unglaublich schnell an, nicht wahr?«, flötet meine Mutter mir zu und schaufelt parallel noch zwei Stücke auf den Teller meines nicht gerade leichtgewichtigen Vaters.

Grrrrr. Ich könnte sie manchmal... Allerdings mag ich sowieso nicht noch mehr Torte, und nachdem ich fast daran erstickt wäre, ist mein Bedürfnis nach dem Sahnezeugs gestillt. Also sage ich nichts und lächele nur zuckersüß. Nicht ohne das unterdrückte Grinsen von Tom neben mir zu bemerken. Doch der wird schnell abgelenkt.

»Wie genau funktioniert das jetzt mit diesem Moderieren? Müssen Sie Ihre Texte auswendig lernen oder haben Sie einen Knopf im Ohr und bekommen alles vorgesprochen?«, fragt meine Oma und beugt sich so interessiert vor, dass ihre Perlenkette in das Tortenstück auf ihrem Teller hängt.

Tom blickt sie freundlich an und fängt an, meiner Oma zu erklären, was ein Teleprompter ist. Anderthalb Stunden später hat sie es annähernd verstanden. Wie gesagt, ich kann Tom nur bewundern. Vor allem da er auch die Nacht bei meinen Eltern verbringen wird.

Selbstverständlich hat meine Mutter uns ein gemeinsames Bett im Gästezimmer hergerichtet (mein Kinderzimmer hat sie schon kurz nach meinem Auszug in ein Fernseh-Rosenzucht-Bibliotheks-Bügelzimmer umgewandelt) und verabschiedet uns mit einem neckischen »Wir haben dicke Wände, also habt eine schöne Naahaacht!«. Bevor ich ihr ein Kissen nachwerfen kann, hat sie den Kopf allerdings schon aus der Zimmertür gezogen. Natürlich bringen wir eine keusche und ruhige Nacht hinter uns, denn die Angst, dass meine Mutter heimlich Kameras installiert hat und meine Oma die Bilder dann an ein Klatschmagazin verhökern könnte, ist zu groß. Stattdessen lassen wir kichernd den Tag Revue passieren und schlafen Arm in Arm ein. Das Frühstück im Kreise meiner Eltern und meiner Oma (die natürlich noch mal aus ihrer Einliegerwohnung hochgeschlurft kommt, um ja nichts zu verpassen) bringen wir auch gut hinter uns und dürfen danach guten Gewissens die Biege machen. Selbstverständlich bringt meine Mama uns noch zu Toms Auto und verabschiedet ihn theatralisch und für alle Nachbarn gut sichtbar mit Küsschen und einer großen Umarmung.

»Fahren Sie vorsichtig, Tom VANDERSCHEID!«, schreit

sie ihm beim Einsteigen noch nach, und ich kann sehen, wie sich die Gardinen der Nachbarhäuser wie auf Befehl zur Seite bewegen. Dann bin ich dran. Meine Mutter herzt und drückt mich und flüstert mir ins Ohr, wie stolz sie auf mich und meine Männerwahl sei. »Du bist eben doch meine Tochter!«, stellt sie anerkennend fest, und während ich verwirrt frage, ob das etwa je zur Debatte stand, schiebt sie mich ins Auto und begibt sich in Winkposition am Bürgersteig. Selbstverständlich gut von allen Seiten einsehbar.

Kopfschüttelnd schnalle ich mich an und bin gleichermaßen peinlich berührt und erleichtert darüber, dass ich, dass wir alles gut überstanden haben.

»Los geht's!«, sagt Tom, startet den Motor und legt den ersten Gang ein. Bevor meine Mutter ein Stofftaschentuch hervorkramen kann, um uns damit hinterherzuwinken, sind wir schon um die erste Ecke gedüst. »Anna Abendrot«, sagt Tom und schaut mich an. »Mir ist an diesem Wochenende so einiges klargeworden«, stellt er grinsend fest. »Aber vor allem eines: Selbst wenn du die schrecklichste Familie der Welt hättest – und ich sage nicht, dass dem so ist –, fände ich dich noch genauso bezaubernd wie bei unserem ersten Kuss. Apropos Kuss: dass ich mir eine Menge davon verdient habe, und zwar heute Abend bei mir vorm Kamin, das ist ja wohl selbstverständlich, oder?«, fragt er und fährt auf die Autobahnauffahrt.

»Tom Vanderscheid, du bist ein wahnsinniger Mann«, ist alles, was ich sagen kann. Dann zeige ich ihm, wie selbstverständlich seine Belohnung ist.

Es wird eine recht schlittrige Fahrt zurück nach München. Aber auch eine sehr schöne …

Das so gut wie perfekte Dinner

Shoppingbeutetagebuch:

Rinderfilet, Hähnchenbrustfilet, kleine, scharfe französische Würstchen und andere Köstlichkeiten: eine Menge (ca. im Wert einer neuen Handtasche)

Pinkfarbene Platzdeckchen mit passenden Servietten und marokkanischen Serviettenringen: 6

Handbemalte, bunte orientalische Wein- und Sektgläser: 10 *(a bisserl Schwund gibt's ja bekanntlich immer)*

Von dem fantastischen Sonntagabend oder vielmehr der darauffolgenden Nacht mit Tom habe ich dann auch die ganze Woche gezehrt. Denn obwohl wir beide am selben Projekt arbeiten, haben wir uns kaum gesehen, sondern uns auf die einzelnen Meetings aufgeteilt, um sie alle wahrnehmen zu können. Um ehrlich zu sein, musste ich deshalb auch ein paar Entscheidungen allein treffen, bei denen ich mir gar nicht sicher war, worum es genau ging. Aber nachdem niemand laut geschrien hat oder vor Entsetzen aufgesprungen ist, als ich beschlossen habe, dass Toms Moderatorenpult auf der Munich Fashion Week lilafarben sein wird (im gleichen Farbton wie das Logo der Veranstaltung), nehme ich mal an, dass die Idee nicht ganz so grauenhaft war.

Jedenfalls habe ich Tom ziemlich vermisst, weswegen ich

umso begeisterter von dem Vorschlag bin, den Leonie mir eben gemacht hat. Wir haben es uns vorm Fernseher auf der Couch in unserem Wohnzimmer bequem gemacht und genießen den Feierabend mit einer riesigen Schachtel Schaumzuckermäuse. Die anstrengende Woche liegt endlich fast hinter uns, und während Tom mal wieder irgendeinen superwichtigen Abendtermin absolviert, kann ich die Zeit mit Leonie genießen.

»Lass uns morgen Abend eine Soiree geben«, ist es eben aus ihr herausgeplatzt, während auf dem Bildschirm Brigdet Jones zum geschätzt hundertachtunddreißigsten Mal an ihrer blauen Suppe verzweifelt.

Mir ist zwar nicht ganz klar, weshalb Leonie ausgerechnet bei dieser desaströsen Szene Lust darauf bekommt, die Gastgeberin zu spielen, aber die Idee an sich finde ich toll! Ich liebe es, Gäste zu haben, und in meinem alten Leben in Augsburg habe ich mindestens zweimal im Monat die gesamte Junganwaltschaft der Stadt mit Delikatessen und kreativen Tischdekos verwöhnt.

»Dazu laden wir Tom ein und ein paar andere Kollegen, zum Beispiel …«

»… Torben?«, ergänze ich grinsend.

»Zum Beispiel«, antwortet Leonie und schaut angestrengt auf den Bildschirm, um davon abzulenken, dass sie rot anläuft.

»Finde ich gut«, entgegne ich und beschließe, sie nicht weiter damit zu necken, denn wenn Leonie dermaßen schüchtern reagiert, dann steckt etwas dahinter, das ihr wirklich wichtig ist. Wenn es so weit ist, wird sie es mir mit Sicherheit erzählen.

»Wir könnten Sushi machen!«, sinniert Leonie.

Ich verziehe das Gesicht. »Ich esse keinen rohen Fisch!«, erkläre ich und strecke die Zunge raus. »Lieber Tafelspitz oder so was in der Art!«, schlage ich vor, woraufhin Leonie das Gesicht verzieht.

»Isst man den nicht mit Meerrettich? Ist doch total eklig!«, ruft sie.

»Was isst man mit Meerrettich?«, fragt jemand aus dem Flur, und Sekunden später steht Manuel im Zimmer.

Kreischend stürzen Leonie und ich uns auf ihn und umarmen ihn. Mittlerweile habe ich Manuel richtig lieb gewonnen und ihn vermisst, als er so lange auf Dreh in Berlin war.

»Tafelspitz!«, antworte ich nach dem ersten Drücker und küsse ihn auf die Wange.

»Wir veranstalten morgen nämlich eine Soiree«, kräht Leonie fröhlich.

»Eine Soiree! Das klingt fantastisch! Ich könnte ein köstliches Ratatouille zubereiten! Das wäre doch überaus passend!«, schlägt Manuel vor.

Ich brülle seinen Vorschlag sofort mit einem lauten »Neeeiiin!« nieder. Die Folgen seines knoblauchverseuchten Ratatouilles habe ich noch nicht vergessen.

»Wie wäre es mit einem heißen Stein?«, wirft Leonie ein.

»Klingt nicht so, als ob das sonderlich gut für die Zähne wäre. Ist ein Stein nicht ein bisschen hart zu kauen, Liebes?«, gibt Manuel zu bedenken.

»Man grillt Fleisch und Gemüse auf dem Stein, du Dummerchen«, erklärt Leonie. »Meine Mutter hat mir mal einen zu Weihnachten geschenkt, der müsste noch irgendwo im Keller rumfahren«, überlegt sie.

»Das klingt toll!«, begeistere ich mich. »Und wir können nichts falsch machen! Jeder grillt sein Fleisch, und wenn es zu zäh wird, ist er selbst schuld – perfekt!«

»Also ich finde Ratatouille zwar besser, aber meinetwegen können wir auch dieses Steinzeitdings machen«, schmollt Manuel.

»Ratatouille gibt's nächstes Mal wieder!«, tröstet ihn Leonie und kreuzt die Finger hinter dem Rücken so, dass nur ich es sehen kann. Dann wirft sie einen Blick auf die Uhr. »Viertel vor sieben. Die Geschäfte haben noch auf! Lasst uns schnell das Nötigste besorgen, dann wird es morgen nicht so stressig!«, schlägt sie vor.

Wie auf Kommando stürmen Manuel und ich in Richtung Flur und schlüpfen in unsere Jacken. Spontan-Shoppen! Dazu muss uns niemand lange bitten, egal ob es um Schuhe oder Rindfleisch geht. Wobei das Rindfleisch im Übrigen nicht wesentlich günstiger ist als ein neues Paar Schuhe.

Als wir eine gute Stunde später an der Kasse stehen, fallen uns beim Anblick der digitalen Anzeige fast die Augen aus dem Kopf. Was unter anderem daran liegen könnte, dass wir in der Dekoabteilung des Edelkaufhauses (Manuel konnte es nicht verantworten, dass wir in einem schnurznormalen Supermarkt einkaufen) fast unsere komplette Küchenausstattung neu erworben haben: Gläser (sie sehen echt fantastisch aus!), Deckchen, Stoffservietten, Serviettenringe, Kerzenständer, Kerzen, pinkfarbene Muschelornamente und einen Brotkorb. Die führen aber auch wirklich entzückende Sachen hier, wie meine Mutter es formulieren würde. Damit nicht genug, denn die Lebensmittelabteilung haben wir ebenfalls geplündert: mehrere Sorten Fleisch, vier verschiedene Brotsorten, sechs leckere Dips von dem dicken Koch aus der Fernsehwerbung, unzählige Gemüsesorten und Salate, Kräuter- und (dank Manuel) Knoblauchbutter, zehn Jahre alten Balsamico und Trüffelöl, zwölf Flaschen extratrockenen französischen Crémant, vier Flaschen Rotwein (für die Männer), marokkanische Gewürzpasten, sieben reife Avocados (für Guacamole) und diverse Gewürzmischungen sowie mehrere Packungen Crème fraîche und

Quark, aus denen wir morgen verschiedene selbstgemachte Dips kreieren wollen.

Da wir noch nicht genau wissen, wie viele Gäste wir einladen werden, kaufen wir lieber etwas mehr ein. Unsere WG-Kasse haben wir jedenfalls erst mal geplündert – für die nächsten drei Monate. Aber das kommt davon, wenn man sich nicht beherrschen kann und dann auch noch mit zwei ausgewachsenen Shoppingsüchtigen die Feinkostabteilung entert. Aber dafür hat es einen Heidenspaß gemacht!

Zu Hause angekommen räumen Manuel und ich die unzähligen Tüten in der Küche aus und füllen den Kühlschrank und sämtliche freie Ablageflächen in der Küche so gut aus, dass nirgendwo mehr auch nur ein freier Zentimeter ist. Währenddessen schickt Leonie per E-Mail Einladungen an unsere Gäste. Nachdem wir alles erledigt haben, können wir den tollen neuen Accessoires nicht widerstehen und beschließen, den Wohnzimmertisch gleich einzudecken.

»Dann haben wir morgen Abend mehr Zeit für die Dips«, stellt Leonie fest, während wir gemeinsam unseren alten Holztisch in eine moderne orientalische Märchenspeisetafel verwandeln. Nur die zusammengewürfelten Stühle stören das perfekte Gesamtbild, aber immerhin macht diese Kombination das Bild einzigartig. Wir sind so begeistert von unserem Werk, dass wir gleich die erste Flasche Crémant köpfen und auf unser Talent als begnadete Tischdekorateure anstoßen.

»Auf einen fabelhaften Abend morgen mit fabelhaften Gastgebern und fabelhaften Gästen!«, übernehme ich den Trinkspruch und zwinkere Leonie zu. Zwei ganz besonders fabelhafte Gäste hat sie ganz sicher eingeladen.

»Und auf den heißesten Stein des Universums!«, fügt Manuel hinzu, woraufhin wir ihm laut Beifall klatschen.

Dass der heiße Stein von Leonies Mama als Prunkstück

mitten auf dem Tisch thront, haben wir allein Manuel zu verdanken, der sich fluchend durch das völlig überfüllte Kellerabteil gearbeitet und den Karton mit dem Stein in der hintersten Ecke unter einer alter Skiausrüstung gefunden hat. Das feiern wir nun gebührend, bis wir irgendwann zwischen Mitternacht und zwei Uhr morgens erschöpft in unsere Betten fallen und sofort einschlafen.

Dafür bin ich am nächsten Tag sehr dankbar. Vor allem darüber, dass wir Manuels Euphorie (»Auf uns, auf das Leben und auf die schönsten Serviettenringe, die die Welt jemals gesehen hat!«) nicht nachgegeben und somit *keine* zweite und dritte Flasche Crémant geöffnet haben, sondern den heutigen Tag ohne Kater und Kopfschmerzen verbringen dürfen.

Nachdem ich Tom tagsüber wieder kaum zu Gesicht bekommen habe, weil er auf einem Außentermin war, während ich an den Meetings zu unserer Fashion-Week-Sendung im Sender teilgenommen habe (heute glücklicherweise nicht allzu viele), freue ich mich ganz besonders auf den Abend. Und er auch, das hat er mir zumindest per SMS geschrieben. Außerdem werden wir zum allerersten Mal einen Abend unter Leuten (außerhalb meiner Familie) ganz offiziell als Paar verbringen. Ich dachte, dass ich so ein Essen mit Freunden und einem Partner an meiner Seite nach dem ganzen Hochzeitsdrama nicht so bald wieder erleben würde. Dass es nun doch so ist, lässt meinen Bauch den ganzen Tag schon wie verrückt kribbeln.

Während ich nach Feierabend mit den anderen die Dips in unserer Küche vorbereite, bin ich so aufgeregt, dass ich am liebsten auf und ab hüpfen würde. Aber da ich gerade mit einem Messer Avocados zerteile, wäre das für meine Finger vermutlich nicht allzu gesund. Trotzdem freue ich mich, denn in nicht mal einer Stunde wird es klingeln, und mein Tom wird vor der Tür stehen! Doch wir werden insgesamt eine tolle Truppe sein:

Manuel
Leonie
Ich
Tom (seufz…)
Torben

Lisa (eine sehr nette Redakteurin von *Flash!*, mit der Manuel und Leonie schon öfter um die Häuser gezogen sind und mit der wir mittags ab und zu essen gehen)

Sara (Leonies kleine Schwester, die Stewardess und deswegen fast immer unterwegs ist, heute aber ausnahmsweise einen freien Abend hat)

Samuel (ein guter Freund von Manuel, den ich noch nicht kenne, aber der laut Manuel und Leonie sehr unterhaltsam sein soll, was auch immer das bedeuten mag)

»Samuel ist quasi der älteste Freund, den ich in München habe. Als ich damals aus Spanien hierhergekommen bin, kannte ich niemanden in der Stadt! Eines Abends habe ich Samuel in einer Bar im Glockenbachviertel kennengelernt, und er hat mich mit zu sich nach Hause genommen. Der Sex war furchtbar, aber seitdem sind wir die besten Freunde! Ein wahres schwules Märchen, wenn man so will!«, philosophiert Manuel vor sich hin, während er Unmengen von thailändischen Chilis schneidet.

Skeptisch schiele ich zu ihm rüber. Nicht wegen seiner merkwürdigen Auffassung von Märchengeschichten, sondern eher wegen der Chilis. »Meinst du nicht, dass das ein bisschen viele Chilis sind? Die sind nämlich sauscharf«, merke ich vorsichtig an. Sobald es ums Kochen geht, ist Manuel überaus sensibel, vor allem wenn man seine Kochkünste anzweifelt.

»Ich weiß schon, was ich tue, ich zaubere meine thailändische Wunder-Salsa schließlich nicht zum ersten Mal! Und die Chilis sind nie so scharf wie beschrieben. Wir Europäer übertreiben da immer mit den Warnhinweisen, weiß doch jeder«, entgegnet er schniefend.

»Genau! Deswegen tränen auch deine Augen wie verrückt, und deine Nase läuft rot an!«, entgegnet Leonie prustend, die gerade frisch gepressten Limettensaft über meine Avocados gibt.

»Ich bin erkältet! Außerdem sollt ihr nicht über meine Salsa urteilen, bevor ihr sie probiert habt! Alex zum Beispiel hat sie geliebt! Ich musste sie fast jede Woche für ihn zubereiten«, verteidigt Manuel sich, während ihm die Tränen aus den Augen laufen.

Was ich zu achtzig Prozent auf die Chilis und zu zwanzig Prozent auf die Erwähnung von Alex' Namen schiebe.

»Wieso laden wir Alex nicht noch spontan ein? Dann isst wenigstens *irgendjemand* das Zeug heute Abend!«, schlägt Leonie vor und zwinkert mir zu.

»Das ist doch eine tolle Idee!«, falle ich sofort begeistert ein und bin gespannt auf Manuels Reaktion.

Doch der gibt nur ein abfälliges und übertrieben tuntiges »Pah!« von sich, ehe er ein letztes Mal in seiner Chili-Salsa rührt. Dann bindet er sich seine pinkfarbene Küchenschürze mit dem Aufdruck »*Princess is cooking*« ab, pfeffert sie in die Ecke und verschwindet im Bad. Wahrscheinlich zu fünfzig Prozent, um sich die Chili-Säure abzuwaschen, und zu fünfzig Prozent, um mit Leonie und mir nicht mehr über das Thema reden zu müssen. Männer sind so was von stur. Sogar die schwulen. Leonie scheint das Gleiche durch den Kopf zu gehen, denn sie zieht lautstark Luft durch die Zähne und schaut mich zweifelnd an.

»War das jetzt doof von mir zu fragen?«, flüstert sie.

»Einen Versuch war's wert!«, meine ich und zucke mit den Schultern.

»Manuel liebt Alex, und Alex liebt Manuel. Das weiß doch jeder. Wie stur kann man denn sein? Man könnte gerade meinen, Alex hätte ihn betrogen und nicht umgekehrt«, seufzt meine beste Freundin, während sie irgendwelche exotisch aussehenden Gewürzpasten miteinander verrührt.

»Spätestens auf der Fashion Week werden die beiden sich begegnen, und dann wird es ihnen bestimmt wie Schuppen von den Augen fallen. Sie werden sich umarmen, küssen ...«

»... und glücklich leben bis zum Ende ihrer Tage«, vervollständigt Leonie meinen Satz spöttisch und trägt die ersten Schüsselchen an mir vorbei ins Wohnzimmer.

»Genau!«, erwidere ich schmunzelnd und meine es nur halb ernst. Seit ich Tom kennengelernt habe, glaube ich wieder an Märchen. Und wenn Manuel und Alex noch einmal zusammenfinden würden, dann wäre das ein *echtes* schwules Märchen.

Während Leonie und ich weitere Schälchen auf dem fantastisch aussehenden Tisch drapieren, bleibt Manuel im Bad. Wir können Wasserrauschen hören. Er tut so, als ob er duscht, wobei wir uns beide ziemlich sicher sind, dass er es nicht tut, da er bereits heute Morgen das Badezimmer eine volle Stunde in Beschlag genommen hat. Aber wir wollen ihm die Zeit geben, um sich von den Chilis und der Erinnerung an seinen Exfreund zu erholen, und tragen die letzten Sachen ins Wohnzimmer. Als ich nach fünfmal Hin-und-Her-Laufen in die Küche komme, steht nur noch Manuels Thai-Salsa da.

»Was sollen wir damit machen? Wegschütten?«, frage ich Leonie und zeige auf den giftig aussehenden Brei.

»Um Himmels willen, bloß nicht! Erstens würdest du damit das gute Münchner Grundwasser vergiften, und zweitens würde das Manuel den Abend heute endgültig versauen! Stell es einfach unauffällig zwischen die anderen Schüsselchen. So giftig, wie das Zeug aussieht, rührt es eh niemand außer Manuel an!«, entscheidet Leonie.

Ich gebe ihr recht und finde tatsächlich einen Platz zwischen den verschiedenen Brotkörben und der Schüssel mit dem Grillgemüse, wo ich die Gift-Salsa ganz gut verstecken kann. Um auf Nummer sicher zu gehen, drapiere ich die Serviette in dem einen Brotkorb so, dass sie das Schüsselchen von fast allen Seiten gut verdeckt. Nur von Manuels Platz aus ist es gut sichtbar. Perfekt!

Nach getaner Arbeit sausen Leonie und ich schnell in unsere Zimmer und werfen uns in Schale. Natürlich stylen wir uns nicht overdressed, aber durchaus ein bisschen aufwendiger als im Büro. Unsere Outfits sollen symbolisieren, dass wir grandiose Köchinnen und Gastgeberinnen sind, die stundenlang in der Küche schwitzen und parallel dazu superfrisch und sexy aussehen können! Leonie trägt eine knallenge Jeans mit einem sexy (und passend zur Tischdeko leicht marokkanisch angehauchten) Oberteil, und ich habe mich in ein korallfarbenes, eng anliegendes, aber nicht ausgeschnittenes Sixties-Kleid geworfen, zu dem ich zur Auflockerung nicht allzu hohe cognacfarbene Sommerstiefel trage. Dazu kombinieren wir beide auffälligen Messingschmuck von Mango und ein dezentes Abend-Make-up. Wir liegen so was von gut im Zeitplan, es ist der Wahnsinn!

»Lass uns ruhig schon mal auf diesen mit Sicherheit überaus gelungenen Abend anstoßen!«, flötet Leonie und nimmt aus dem riesigen, mit Eiswasser gefüllten Champagnerkühler (den hat Manuel zum Spottpreis bei eBay ersteigert, dabei sieht er aus, als hätte er Hunderte von Euro gekostet) eine Flasche Crémant, die sie mit einem lauten »Plopp!« öffnet. Wie auf Kommando wird in diesem Moment die Badezimmertür aufgerissen, und Manuel stürmt strahlend ins Wohnzimmer.

Er ist mit seinem schwarzen, halb offenen Leinenhemd, dem passenden Lederarmband von Dolce & Gabbana und den sorgfältig frisierten Haaren mindestens ebenso aufwendig gestylt wie wir und duftet nach irgendeinem neuen Designerparfüm mit unverkennbar orientalischer Note. Entweder er hat seine Sachen heute Morgen schon im Bad deponiert, oder er ist, während Leonie und ich in unseren Zimmern waren, klammheimlich in seines geschlichen, um sich umzuziehen, und dann wieder zurück ins Bad gehuscht. Manuel ist wirklich ein Phänomen. So steht er jetzt auch vor uns, lachend und als ob er kein Wässerchen trüben könnte, und schnappt sich eines von den Champagnergläsern, das er Leonie auffordernd hinhält.

»Ja, lasst uns anstoßen, meine *chicas*, auf dass es ein unvergesslicher Abend werde!«, ruft er enthusiastisch und schickt uns vorm Anstoßen Luftbussis zu.

Wir spielen mit und stoßen alle drei miteinander an. Hauptsache, Manuel geht es wieder besser. So ist er eben, erst himmelhochjauchzend und im nächsten Moment zu Tode betrübt. Bei seinen Stimmungsschwankungen käme vermutlich so manch Hochschwangere nicht mit. Aber dafür lieben wir ihn. Bevor ich ihm das noch mal sagen kann, schrillt auch schon die Türglocke, und der erste Gast begehrt Einlass. Es ist – seufz – Tom, der einfach nur grandios aussieht! Er trägt ein schwarzes Polohemd und dunkle Jeans, riecht wie immer so gut, dass ich auf der Stelle dahinschmelzen könnte, und begrüßt mich mit einem strahlenden Blick, der nichts anderes als eine visuelle Liebeserklärung ist und aussagt, dass sein Herz bei meinem Anblick genauso springt wie meins bei seinem (das klingt jetzt vielleicht blöd, aber wenn Sie den Blick gesehen hätten, wüssten Sie, was ich meine). Dann küsst er mich auf den Mund und flüstert mir noch schnell ins Ohr, dass er mich so sehr vermisst hat. Bevor ich kurz davor bin, ein Fall für ein fünfköpfiges Wiederbelebungs-Team zu werden, begrüßt er meine Mitbewohner zwar nicht ganz so euphorisch wie mich, aber genauso herzlich und bedankt sich mit ernst gemeinter Freude für die Einladung. Leonie drückt er außerdem noch eine Flasche Champagner in die Hand, die wir natürlich gleich köpfen. Muss der Crémant eben noch kurz warten.

Ich bin total happy und werde nur kurz aus meiner Trance gerissen, da es abermals an der Tür klingelt. Als ich sehe, wer kurz darauf im Türrahmen steht, freue ich mich sogar noch mehr. Leonies Schwester ist da! Ich habe sie ewig nicht mehr gesehen und bin schon sehr gespannt auf ihre verrückten Flug-Storys, die sie immer zum Besten gibt. Außerdem hat sie eine große Chanel-Tüte dabei, die bis oben hin mit Mini-Schampusflaschen gefüllt ist.

»Mit freundlichem Gruß von der Airline!«, ruft sie fröhlich und fängt im selben Moment an zu kreischen, als sie mich entdeckt. Wir haben uns wirklich ewig nicht gesehen und fallen uns umso glücklicher in die Arme.

»Wird deine arme, alte Schwester vielleicht auch noch mal begrüßt?!«, wirft Leonie mit gespielter Empörung ein, und die beiden wiederholen kreischend das Umarmungsritual, das Sara und ich dreißig Sekunden zuvor abgehalten haben.

»Hier herrscht ja eine Stimmung!«, ertönt plötzlich eine mir unbekannte Männerstimme aus dem Hausflur, und Manuel kreischt noch einen Tick höher als wir Mädels eben und begrüßt seinen Lieblingskumpel. Nachdem er Samuel reihum vorgestellt hat, also zumindest Tom und mir, und alle sich gegenseitig ausführlich begrüßt haben, pilgern wir geschlossen ins Wohnzimmer, um dort in Ruhe alle gemeinsam anzustoßen. Aber daraus wird erst mal nichts, denn sobald wir uns alle aufgestellt haben (ich natürlich neben Tom), klingelt es erneut.

Leonie läuft knallrot an und stürmt wortlos in Richtung Wohnungstür. Sara grinst mich vielsagend an. Aha, sie weiß also auch Bescheid, dass es da einen gewissen Torben gibt. Dann muss es Leonie ziemlich ernst sein. Ich grinse zurück und greife nach Toms Hand, um sie zu drücken. Er strahlt mich an. Zwar hat er vermutlich keine Ahnung, warum ich seine Hand drücke, ist aber einfach glücklich, mich bei sich zu haben. Mir geht es genauso.

Als kurz darauf Leonie mit Torben und Lisa im Wohnzimmer erscheint, kann ich sehen, dass es zwei weiteren Menschen ganz genauso geht. Torbens Augen strahlen, und Leonie kann sich von ihrem Dauergrinsen nicht mehr befreien. Schade, dass wir Alex nicht doch angerufen haben, schießt es mir durch den Kopf. Bei den ganzen Love-Vibrations hier im Raum hätten die beiden gar nicht anders gekonnt, als wieder zusammenzufinden! Aber gut, aufgehoben ist nicht aufgeschoben, und jetzt will ich einfach nur diesen grandiosen Abend genießen. Mit Schwung proste ich Leonie zu, die gerade eine Vase für die Blumen holt, die Torben mitgebracht hat. Sie wirft einen Blick auf Tom, dann auf mich, dann auf ihre Blumen und grinst breit. Ich weiß genau, dass Leonie und ich in diesem Moment dasselbe denken …

Läuft!

Es läuft wirklich. Dreieinhalb Stunden später sitzen wir immer noch alle um den Tisch und grillen fleißig Rinderfiletstücke, Champignons und tausend andere Köstlichkeiten. Die Stimmung ist ausgelassen, der Crémant fließt in Strömen (sämtliche Champagnermitbringsel sind bereits vernichtet), und Tom ist noch immer an meiner Seite. Wie gesagt, es läuft.

Manuel erzählt gerade von seinem Dreh in Berlin, bei dem er eine berühmte Burlesque-Stripperin während ihrer Deutschlandauftritte in der Hauptstadt begleitet hat. Das Problem an der Sache war nur, dass besagte Stripperin ziemlich auf unseren guten Manuel abgefahren ist, was einerseits dazu geführt hat, dass sie bei den Dreharbeiten äußerst aufgeschlossen war, andererseits jedoch zu einigen unangenehmen Szenen geführt hat.

»Wir haben also dieses Interview mit ihr gemacht, und zwar – auf ihren Wunsch hin – während sie in der Badewanne saß. Sie war mit Schaum bedeckt, aber ganz offensichtlich nackt. Ich hatte nichts dagegen, meistens ist so was ja gut für die Quote«, führt er aus, woraufhin Torben als sein CvD zustimmend nickt.

»Es soll Männer geben, die stehen auf so was. Also Brüste und so. Jedenfalls sitzen wir gerade beim Interview, und ich kann sagen, es war ein sehr gutes Interview!«, beschwört uns Manuel und schaut zu Torben rüber, der abermals nickt und weiterkaut.

»Ich glaube, Kate von Kreusewitz hat noch nie so offen in einem Interview über sich gesprochen, oder wusstet Ihr etwa, dass Sie nicht nur Brust-, sondern auch Po-Implantate hat?«

Diesmal nickt niemand. Außer Samuel, aber der hört Manuel gar nicht richtig zu, sondern überprüft gerade, ob sein Putenfiletstück durch ist. Seinem zufriedenen Nicken nach zu urteilen ist es das.

»Na ja, wie auch immer. Jedenfalls hatten wir ein grandioses Interview, und als das Team zusammenpackt und sich verabschiedet, sitzt Frau von Kreusewitz immer noch in der Wanne und erzählt mir von ihrer Kindheit, die alles andere als spannend war, nebenbei gesagt. Ich versuche sie höflich abzuwürgen, denn ich war noch mit diesem total heißen Typen verabredet, den ich im Fitnessbereich des Hotels kennengelernt hatte, eine echte Sahneschnitte, kann ich euch sagen, als sie mich plötzlich fragte, ob ich zu ihr in die Wanne steigen will. Mittlerweile war kaum noch Schaum da, und ich konnte ziemlich alles sehen, was ich nicht gerade prickelnd fand, wie ihr euch denken könnt. Als ich ihr dann sagte, dass ich noch verabredet sei und gehen müsse, fing sie auf einmal an zu kichern wie eine Verrückte und spritzte mich mit ihrem Badewasser voll. Das ziemlich ordinär nach Yasmin gestunken hat, wie ich sagen muss. Also ehrlich! Yasminduft, so tuntig bin ja nicht mal ich! Jedenfalls hat mich das ziemlich sauer gemacht, denn jetzt musste ich vor meinem Date noch mal ins Hotel und mich umziehen. Mit diesem Gestank konnte ich ja schlecht unter die Leute gehen!«, ereifert sich Manuel weiter.

»Sooo schlecht riecht Yasmin nun auch wieder nicht«, gibt Sara kurz zu bedenken und schenkt allen Crémant nach.

»Aber doch nicht an einem Mann!«, entgegnet Manuel erbost und in einem Tonfall, der ungefähr so männlich klingt wie ein ganzer Yasminbusch. »Wie auch immer«, fährt er fort und nimmt einen großen Schluck aus seinem frisch aufgefüllten Glas, »jedenfalls hat sie sich total aufgeführt und einfach nicht aufgehört, bis ich ihr gesagt habe, dass ich schwul bin.«

Den letzten Satz hat Samuel anscheinend wieder gehört, denn plötzlich fängt er an zu klatschen. »Es ist nie zu spät für ein Outing, Alter!«, ruft er und zwinkert Tom verschwörerisch zu, der daraufhin leicht verwirrt meine Hand nimmt.

»Nun«, setzt Manuel erneut an, räuspert sich theatralisch und ist langsam sichtlich genervt von den vielen Unterbrechungen. Schließlich ist es seine Show und damit seine Pointe, also hören wir weiter interessiert zu.

»Das hat sie allerdings überhaupt nicht interessiert!!!«,

brüllt Manuel erbost und blickt auffordernd in die Runde. Anscheinend wartet er nun doch auf eine Reaktion von uns.

»Nein!«, rufen Leonie und ich gleichzeitig aus, während die Jungs, Sara und Lisa in tiefer Erschütterung den Kopf schütteln.

»Do-hoch! Stellt euch das nur mal vor! Und wisst ihr, was sie dann gemacht hat?«, fragt er und schaut uns wieder erwartungsvoll an.

Keiner von uns weiß es.

»Sie ist so, wie sie war – splitternackt, klitschnass und seifig –, aufgestanden und hat mir an den Schritt gepackt!!!«, ruft Manuel, und seine Stimme überschlägt sich fast.

Sara und Lisa können nicht mehr und brechen in schallendes Gelächter aus. Leonie und ich nehmen uns aus Respekt vor unserem Mitbewohner (und weil wir wissen, wie sehr sich Manuel vor Silikonbrüsten ekelt – man könnte es fast schon eine Phobie nennen) zurück und grinsen nur. Auch wenn uns das bei Manuels entsetztem Gesicht schwerfällt. Torben lässt sich indessen vom Essen nicht abhalten, und ich habe den leisen Verdacht, dass er es gar nicht so genau wissen will. Samuel dagegen schaut ähnlich entrüstet drein wie Manuel und murmelt etwas von »sexueller Diskriminierung«. Tom zeigt Mitgefühl und sagt zu Manuel, dass das bestimmt sehr schlimm für ihn gewesen sein müsse. Ich meine zwar eine leichte Ironie in seinen Worten zu erkennen, die er aber so gut verbirgt, dass Manuel sie nicht bemerkt und ihn dankbar anlächelt.

»Ja, dabei war das noch nicht mal das Schlimmste! Nachdem sie gemerkt hat, dass mein Varita mágica wirklich nicht hart war, meinte sie, ich sei nicht schwul, sondern impotent!«, kreischt der gute Manuel entsetzt in die Runde, woraufhin niemand von uns mehr Contenance bewahren kann und wir alle in hysterisches Lachen ausbrechen.

Manuels Entrüstung ist einfach zu herrlich! Erst reagiert er etwas sauer auf unseren kollektiven Ausbruch, aber dann merkt er, dass er uns mit seiner Geschichte alle gut unterhalten hat, und stimmt stolz in unser Gelächter ein. Wir lachen bestimmt zehn Minuten lang, bis wir uns wieder einigermaßen fangen können, der Alkohol tut sein Übriges, und die Stimmung ist auf dem Höhepunkt. Als ich langsam wieder Luft bekomme und mir die Tränen aus den Augen gewischt habe, stehe ich auf und hole eine neue Flasche Crémant aus dem Kühlschrank. Bis ich an den Tisch zurückkomme, haben sich auch die anderen wieder beruhigt. Mit Ausnahme von Torben, der sich immer noch wegschmeißt. Allerdings klingt das Ganze bei genauerem Hinhören schon ziemlich hysterisch. Und er ist knallrot angelaufen. Auch die anderen betrachten ihn nun leicht verwirrt. Eigentlich klingt es auch gar nicht so, als ob er lacht, sondern vielmehr nach einem Husten oder … Röcheln.

»Alles okay mit dir, Torben?«, fragt Leonie ihn leicht panisch.

Immer noch röchelnd schüttelt er den Kopf und deutet mit dem Finger auf irgendetwas auf dem Tisch.

»Brauchst du ein Glas Wasser?«, frage ich ihn und will ihm eins reichen, doch er schüttelt weiter den Kopf und zeigt abermals auf den Tisch.

»Einen Schluck Crémant?«, fragt Manuel ratlos und zuckt mit den Schultern.

Sara, die Stewardess, ist inzwischen aufgesprungen und hinter Torben getreten, bereit irgendeinen tollen Lebensretterzaubertrick anzuwenden, falls er sich nicht beruhigen kann.

»Ich glaube, er meint die Schale da drüben!«, sagt Tom, der inzwischen auch aufgestanden ist und neben Torben steht.

Sämtliche Augen folgen Toms Finger und landen bei einem kleinen Schälchen, das mit einem giftig aussehenden Inhalt gefüllt ist. Oh nein! Leonie und ich blicken uns in die Augen. Torben hat Manuels Chili-Salsa gegessen!

»Milch!«, schreit Leonie und rennt in die Küche. Zehn Sekunden später steht sie wieder vor uns. »Wir haben keine Milch!«, kreischt sie und gerät zusehends in Panik.

»Brot!«, rufe ich, allerdings weiß ich nicht, ob Torben in seinem aktuellen Zustand überhaupt in der Lage ist, feste Nahrung zu konsumieren.

Doch nach meinem Ausruf streckt er auffordernd die Hände aus, und Tom reicht ihm schnell ein großes Stück Ciabatta, das sich Torben in kleinen Stückchen zwischen seinen Anfällen in den Mund schiebt. Langsam wird das Röcheln leiser, und Torbens Gesichtsfarbe nähert sich wieder einem hautähnlichen Ton. Wir anderen sitzen alle still da und beobachten ihn mit angehaltenem Atem. Leonie betrachtet mit sorgenvollen Augen abwechselnd ihn und Manuel, allerdings mit weniger sorgenvollem, sondern eher mit mordlustigem Blick. Manuel wendet sich verschämt ab und murmelt etwas von Schärfegraden, die bisher immer ganz anders waren.

»Ihr könnt wieder anfangen zu sprechen, ich sterbe heute nicht«, krächzt nach einer Weile bemüht unbekümmert ein totenblasser Torben. Ihm stehen Schweißperlen auf der Stirn, und seine Hände zittern. Dann sackt er zusammen.

»Kreislaufzusammenbruch«, diagnostiziert Sara recht nüchtern und bittet die Männer, ihr dabei zu helfen, Torben in eine möglichst bequeme, flache Lage zu bringen.

Weil mein Zimmer am nächsten liegt, tragen sie ihn kurzerhand in mein Bett, wo Leonie ihm die Schuhe auszieht und Sara seine Füße mithilfe eines Stapels Modezeitschriften hochlegt. Nachdem die Stewardess ihm den Puls gemessen hat und wir nach langer Diskussion zu dem Schluss kommen, dass Torben vorerst keinen Notarzt braucht, sondern in liegender Position unter der Aufsicht von Sara und ihrer mehr als besorgten Schwester gut aufgehoben ist, beginnen Tom und ich den Tisch abzuräumen. Manuel ist sichtlich peinlich berührt und schüttet seine Feuer-Salsa mit zugekniffenen Augen und zusammengedrückten Nasenflügeln ins Klo. Leise verabschieden Lisa und Samuel sich und wünschen Torben, der inzwischen wieder bei Bewusstsein ist, noch gute Besserung. Dafür dass der Abend so grandios angefangen hat, endet er ziemlich abrupt und leise.

»Sieht so aus, als ob dein Bett heute Nacht schon besetzt wäre«, flüstert mir Tom leise ins Ohr.

»Tja, stimmt«, entgegne ich und bemerke zum ersten Mal den einzig positiven Aspekt dieses Dramas. »Bei mir schlafen kann ich wohl nicht«, überlege ich laut und muss lächeln, als Tom mich von hinten in die Arme nimmt und mir ins andere Ohr haucht: »Dann musst du wohl mit zu mir kommen …«

»Warte kurz«, hauche ich zurück und schleiche auf leisen Sohlen in mein Zimmer.

Da sitzen Sara und Leonie bei Torben auf meinem Bett und lachen schon wieder leise zusammen über irgendwas. Leonie hält Torbens Hand. Schnell packe ich ein paar Sachen zusammen, verabschiede mich von den dreien und schaue noch kurz bei Manuel in der Küche vorbei. Der bietet mit schlechtem Gewissen an, das Chaos allein zu beseitigen. Natürlich schlage ich dieses großzügige Angebot nicht aus (ein bisschen Strafe muss sein) und verlasse Hand in Hand mit Tom unsere Wohnung.

Bei ihm angekommen machen wir es uns vor dem Kamin bequem. Draußen ist es zwar nicht sonderlich kalt, aber da wir ohnehin eher spärlich bis gar nicht bekleidet sind und es so schön romantisch ist, entfacht Tom ein Feuer. Im Kamin und anderorts. So wird es dann doch noch eine sehr lange Nacht…

Am nächsten Morgen oder besser gesagt am nächsten Mittag fahren wir als Erstes in der WG vorbei, da wir wissen wollen, wie es Torben geht. Als ich die Tür aufschließe, hören wir nichts. In der ganzen Wohnung herrscht Stille. Manuels Zimmertür steht weit offen, er scheint ausgeflogen zu sein. Langsam gehen wir zu meinem Zimmer, und ich öffne vorsichtig die Tür. Auf meinem Bett liegen Leonie und Torben. Beide vollständig angezogen und mit einem selig lächelnden Schlafgesicht, ihr Kopf auf seiner Brust, sein Arm um ihre Schultern geschlungen. Auf Zehenspitzen schleichen Tom und ich uns wieder aus dem Zimmer und stellen den beiden eine Tüte mit Frühstücksbrötchen, die wir unterwegs gekauft haben, auf den Küchentisch. Die Küche blitzt und glänzt, Manuel hat ganze Arbeit geleistet. Da Sara gestern Abend offenbar noch nach Hause gefahren ist, nehmen wir an, dass es Torben besser geht. Alles scheint also gut zu sein im Hause Sanchez-Wagnrat-Abendrot.

Tom und ich verlassen die Wohnung ebenso leise und unauffällig, wie wir sie betreten haben, und fahren in seinem Auto in Richtung Altstadt. Wir wollen uns heute einen richtig schönen Tag machen und beginnen auf dem Viktualienmarkt. Erst einmal stärken wir uns mit Leberkässemmeln (nach der Nacht sterben wir beide trotz Frühstück immer noch vor Hunger) und schlendern dann gemeinsam zwischen den Ständen entlang, um für das Abendessen einzukaufen. Wir wollen heute seine Küche einweihen und kochen. Die hat er bisher nämlich noch nie benutzt.

Es ist ein herrlicher Frühsommertag in München. Die Sonne scheint, es ist warm, aber nicht zu heiß, und auf dem Viktualienmarkt tummeln sich mehr ausländische Touristen als Einheimische, weshalb Tom etwas weniger oft erkannt wird als üblich und wir fast unsere Ruhe haben. Es ist herrlich! Wir kaufen uns beide riesige Becher mit frisch gepresstem Orangensaft und durchstöbern die bunten Gemüse- und Obststände. Tom kauft alles, was er irgendwie interessant oder ich schön finde, und so kommt es, dass wir schon bald einige Obst- und auch Gemüsesorten in unseren Einkaufstaschen haben, die ich noch nie in meinem Leben gesehen, geschweige denn gegessen habe. Aber was soll's, dafür gibt es ja Google, und um die Chilis machen wir sowieso einen weiten Bogen. Nicht aber um die Käsestände. Nachdem Tom uns von spanischem Manchego (was Manuel wohl gerade macht?) über den italienischen Pecorino, Schweizer Trüffel- und Bayerischen Biobergkäse so ziemlich jedes erdenkliche köstliche Milchkäseprodukt hat einpacken lassen, ziehen wir weiter zu den Blumenständen, wo ich für jedes Zimmer in Toms Wohnung einen anderen Strauß aussuchen darf. Tom ist total begeistert, dass seine Wohnung jetzt einen weiblichen Touch bekommt, und als wir auf dem Nachhauseweg bei einem Drogeriemarkt haltmachen, kauft er mir eine Zahnbürste. In Rosa. Ich schwebe wie auf Wolken.

Nachdem wir sämtliche Tüten in seine Wohnung verfrachtet haben (was dank des Privataufzugs zugegebenermaßen nicht besonders schwierig war), machen wir uns daran, die Einkäufe in seiner jungfräulichen Küche zu verstauen. Allerdings müssen wir noch mal los, weil Tom meine eigentlich scherzhaft gemeinte Frage, ob er wenigstens Pfeffer, Salz und ein paar Gewürze dahabe, ernsthaft mit »Nein« beantwortet hat (was mich kurzzeitig von allen Wolken runtergeholt hat). Wir fahren also schnell bei einem Supermarkt vorbei, und ich stelle eine Grundausstattung zusammen. Was Tom anscheinend mehr imponiert als mein Jahrhundertquoteninterview mit Marco Tossi. Jetzt sieht die Küche dank Basilikumpflanzen, italienischen Olivenöl- und Balsamicoflaschen und Knoblauchzöpfen langsam wie eine echte Profiküche aus. Teuer genug war sie bestimmt.

»Hast du Lust, vorm Kochen ein Bad zu nehmen?«, fragt Tom mich, während ich gerade versuche, seinen Hightech-Kühlschrank so einzustellen, dass er das Gemüsefach nicht auf Nordpoltemperaturen runterkühlt, was mir aber nicht so recht gelingen will.

Blöde Frage. »Klar!«, antworte ich und kann schon wieder dieses gewisse Funkeln in seinen Augen erkennen, das wahrscheinlich auch gerade bei mir zu sehen ist.

»Geh du doch schon mal ins Bad und lass Wasser ein, dann programmiere ich den Kühlschrank ein. Wenigstens das mit der Technik ist ja wohl Männersache!«, erklärt er in gespielter Verzweiflung, und nach einem letzten langen Kuss, der mehr verspricht, gehe ich in Toms fantastisches Bad, in dessen Mitte eine riesige runde Badewanne thront.

Allerdings ist die Wanne – Mist! – mit diversen Knöpfen ausgestattet. Von wegen Technik ist Männersache! In Toms Wohnung *kann* man diesem ganzen blöden Schnickschnack überhaupt nicht entgehen! Aber ich versuche mich zu konzentrieren, und nach einigen Versuchen gelingt es mir tatsächlich, warmes Wasser in die Monsterwanne fließen zu lassen. Jetzt brauchen wir nur noch Badeschaum, denn ohne Schaum macht Baden keinen Spaß! Wobei … mit Tom könnte es sogar auch so Spaß machen, aber mit Schaum wäre es natürlich noch besser. Da in dem futuristisch anmutenden Bad nicht wie bei uns in der WG dutzende halb leere Flaschen mit Badezusätzen und Duschgelen auf dem Badewannenrand herumstehen, mache ich mich daran, sämtliche gut versteckten Schränke zu durchsuchen. Nachdem ich den zweiten Schrank geöffnet habe (was gar nicht so einfach war, da dieser weder Knöpfe noch Leisten hat, sondern nur durch leichten Druck auf die glatten Ecken aufspringt), werde ich endlich fündig.

Zwar riecht der amerikanische Badezusatz, den ich in der Hand halte, nach Eukalyptus und ist ganz offensichtlich zur Linderung bei Erkältungen gedacht, aber besser als gar nichts! Da ich Angst habe, dass dieses medizinische Zeug nicht besonders gut schäumt, schütte ich vorsichtshalber den gesamten Rest, der noch in der Flasche ist, in die Wanne. Und da die Packung fast noch voll war, ist das eine ganze Menge. Das mit dem Schaum dürfte also klappen.

Voller Vorfreude ziehe ich mich aus, verstecke meine Klamotten brav hinter der Schneckendusche (schließlich mag ich die Ordnung hier nicht stören) und hüpfe in die mittlerweile schon fast halb volle Wanne. Interessiert betrachte ich die Bedienungsleiste am Rand und finde recht schnell den Knopf, den ich suche. Darauf sind viele nach oben steigende Wasserlinien zu sehen, und wenn mich nicht alles täuscht, ist dieser Knopf für die Whirlpool-Funktion und somit für die perfekte Schaumbildung zuständig. Begeistert drücke ich ihn und freue mich, als das Wasser unter mir kurz darauf in Bewegung gerät. Innerhalb von Sekunden hat sich die Wanne in einen blubbernden Whirlpool verwandelt und produziert Schaumberge, von denen ich nicht mal zu träumen gewagt hätte!

Genießerisch lehne ich mich zurück und schließe die Augen. Es fühlt sich perfekt an! Der Eukalyptusduft, den ich schon als Kind geliebt habe, das warme, blubbernde Wasser (das im Übrigen recht anregend ist) und der zarte, mich fast schon streichelnde Schaum, der immer höher und höher steigt. Und höher. So hoch, dass ich ihn auf einmal in den Augen habe und mich aufsetzen muss, um nicht darunter begraben zu werden. Das blöde Zeug brennt ganz schön. Just in dem Moment höre ich Toms Stimme.

»Was zum Teufel ist denn hier passiert? Anna? Bist du irgendwo da drin?«, ruft er.

Ich möchte antworten, doch als ich den Mund öffne, strömen sofort Schaummassen hinein, und ich muss husten. Hilfesuchend wedele ich mit den Armen und verliere durch die Bewegung sofort den Halt auf dem nassen Wannenboden, woraufhin mein Hintern nach vorn rutscht und ich mit dem Kopf unter Wasser tauche. Dabei ist gar nicht mehr allzu viel Wasser in der Wanne, sondern fast nur noch Schaum. Als ich langsam Angst bekomme, an den Eukalyptusblasen zu ersticken, packt mich ein muskulöser Arm und zieht mich nach oben.

»Hab dich!«, sagt Tom, und parallel nehme ich wahr, dass das Blubbern um mich herum aufhört.

Anscheinend hat Tom diese Monstermaschine doch ganz gut im Griff. Zumindest besser als ich.

»Komm her, mein Schatz!«, Tom zieht mich endgültig aus der Wanne und zu sich heran.

Sofort ist sein dunkles T-Shirt über und über mit Schaum bedeckt. Blinzelnd blicke ich mich um. Der halbe Badezimmerboden ist voll mit Schaum. Oh-oh.

»Ich wollte uns ein Schaumbad einlassen«, erkläre ich. »Und da ich keinen Badezusatz gefunden habe, habe ich dieses amerikanische Erkältungsbad benutzt. Das dahinten«, ich zeige auf die Stelle, an der ich die Flasche vermute. Erkennen kann man nichts mehr. Alles ist unter einer dichten Schaumdecke verschwunden. »Und weil Erkältungsbäder nie so gut schäumen, habe ich ein bisschen mehr reingekippt.«

»Nun, das ist dir gelungen«, stellt Tom fest und schaut sich demonstrativ in seinem Bad um.

»Tut mir leid«, wispere ich zerknirscht und schäme mich. Muss denn bei mir alles in eine Katastrophe ausarten? Vor allem dann, wenn Tom in der Nähe ist?

»Das muss es gar nicht«, erwidert dieser sanft. »Ich finde, dass dieser Schaum an dir unglaublich sexy aussieht!«, flüstert er und streicht mir sanft am Hals entlang nach unten, so dass meine linke Brust zum Vorschein kommt, die er daraufhin sanft küsst.

Ich stöhne leicht auf und vergesse schlagartig sämtliche negative Gedanken zu dem Schaum-Chaos.

»Sollen wir ihn trotzdem gemeinsam abduschen?«, fragt Tom.

Statt einer Antwort öffne ich seinen Gürtel, ziehe ihn zu mir heran und beginne ihm das T-Shirt hochzuziehen. Irgendwie schaffe ich es auch noch, ihn gleichzeitig zu küssen, und während er aufstöhnt, bewegen wir uns beide vorsichtig über den Schaumteppich zur Dusche hinüber. Als wir dort ankommen, ist Tom ebenfalls nackt und voller Schaum. Jetzt müssen wir beide duschen. Wie ungeschickt von mir.

»Weißt du eigentlich, dass du ganz anders bist als die anderen Frauen?«, fragt er mich, während er den Duschstrahl so ausrichtet, dass meine Brüste endgültig schaumfrei sind.

»Anders als die in deiner Fernsehwelt sicherlich«, antworte ich. Wesentlich tollpatschiger zumindest. Aber das sage ich nicht, sondern denke es nur, während ich die Beine um Toms nackten Körper schlinge und ihn mit einem sanften Biss in die Lippe auffordere, mich wieder zu küssen.

Die nächsten anderthalb Stunden bin ich alles Mögliche. Außer tollpatschig.

Meetings, Mode, Muffensausen

Shoppingbeutetagebuch:

Zitronengelbes Businesskleid, das für Seriosität, Kreativität und einen guten Hintern gleichermaßen steht und somit perfekt ist für die Fashion Week: 1

passende Schuhe: 0 *(das Budget war überschritten, aber glücklicherweise habe ich ja noch ein oder zwei Paar Schuhe im Schrank)*

Am Montagmorgen bin ich immer noch ein wenig geplättet von unserem Wahninnswochenende. Es war unglaublich. Tom und ich sind uns so nahe gekommen wie nie zuvor. Und ich meine jetzt nicht körperlich. Gut, das natürlich auch. Wir waren sogar so ausgezehrt, dass wir den ganzen Käse vom Viktualienmarkt aufgegessen haben. Davor, dazwischen und danach haben wir stundenlang gekuschelt, geredet, gelacht und – auch wenn es nach Klischee klingt – uns in die Augen geschaut. Es war »Sooouuu schön!«, wie Linda de Mol, die Heldin meiner Kindheit es ausdrücken würde.

Heute haben Tom und ich etliche Meetings zusammen, wobei ich es nach diesen zwei wundervollen Tagen gar nicht so leicht finde, von dem Glückliches-verliebtes-Pärchen- in den Professionelle-Kollegen-die-im-Interesse-des-Senders-handeln-Modus zu schalten. Aber da gleich bei unserem ersten Meeting Verena anwesend ist, schaffe ich es dann doch irgendwie. In Gegenwart dieser Frau kann man einfach nicht verträumt und glücklich sein. Man ist automatisch immer auf der Hut, und ihr eiskalter Blick in meine Richtung sagt mir, dass das auch gut so ist.

Immerhin handelt es sich um kein normales Meeting. Wir sitzen nicht in einem Konferenzraum und lassen uns von irgendwelchen PowerPoint-Präsentationen berieseln, sondern befinden uns im Fundus des Senders. Dies ist der Ort, an dem alle jemals von den Moderatoren getragenen Kleider, Schuhe und Accessoires lagern. Man fühlt sich ein bisschen wie in einer überdimensionierten Boutique, nur ein bisschen schmuddeliger. Normalerweise hängen Toms aktuelle Fernsehklamotten in seiner Garderobe, aber da heute die potenziellen Outfits für die Moderationen zur Fashion Week präsentiert werden, sind wir in diesem Raum.

Jeder Vertreter der Designerhäuser möchte, dass der wichtigste Moderator des Events einen Anzug aus seinem Hause trägt, und somit ist der Andrang riesig. Doch alles, was sie uns bisher präsentiert haben, ist meiner Meinung nach recht fragwürdig. Kein Zweifel, sie haben alle hervorragend geschnittene Designeranzüge aus den teuersten und bestverarbeiteten Stoffen dabei. Trotzdem sehen die Dinger alle ganz fürchterlich aus: Blazer, die über und über mit neonbunten Hawaiiblumen bedruckt sind, Stoffhosen mit Bundfalte in Quietschgiftgrün und – der Höhepunkt des Grauens – ein komplett lilafarbener Anzug mit leichtem Schlag. Bitte verstehen Sie mich nicht falsch, nichts gegen Lila! Aber es gibt sehr viele verschiedene Lilatöne, und dieser wirkt eher wie ein verkapptes Pink, das sich heimlich in Senfgelb gewälzt hat. Komplettiert wird diese Scheußlichkeit aus feinstem Leinen von einem Hemd in Knallorange, das ich persönlich nicht mal einem Baumarktmitarbeiter zugemutet hätte.

Sprachlos vor Entsetzen starre ich das Ungetüm der Antifarben an und überlege mir, ob der vor Nervosität auf und ab hüpfende Stylist bloß ein bisschen die Stimmung auflockern will und uns alle herzlich verkohlt. Dieser modische Totalausfall kann nie im Leben von einem der bekanntesten Modelabels der Welt stammen (genau das hat er eben behauptet).

»Das ist das Prunkstück unserer neuesten Männerkollektion«, näselt ein Männchen, dessen Anwesenheit ich vor lauter Ungläubigkeit bisher nicht wahrgenommen habe.

Das Männchen trägt einen ähnlich geschmacklosen Anzug wie jener, der vor uns hängt (pistaziengrün mit orangefarbenen und schwarzen Sprenkeln), und scheint nicht zu scherzen, sondern den lilafarbenen Albtraum tatsächlich als das Vorzeigeobjekt der aktuellen Kollektion seines ach so geschmackvollen Modehauses zu betrachten. Ich gebe ein entsetztes Stöhnen von mir, was das Männchen dummerweise als Begeisterung wertet, weshalb es mich freundlich anlächelt.

»Also, ich denke, das erste Outfit haben wir gefunden, oder, Tom?«, fragt Vanessa zuckersüß und lächelt das Männchen an. Mich ignoriert sie logischerweise.

Tom sagt nichts.

»Super, damit ist es beschlossene Sache. Das Prunkstück Ihrer Kollektion wird unser Moderator zur Eröffnung tragen!«, stellt Vampirella fest, und ich kann sehen, wie sie innerlich einen Punkt auf ihrer To-do-Liste abhakt.

Wahrscheinlich hat sie genug zu tun und würde Tom in jedes angepriesene Outfit stecken, Hauptsache sie kommt möglichst schnell wieder hier raus. Tom sagt immer noch nichts. Der Stylist und das Männchen grinsen sich an und hängen das lilafarbene Katastrophenszenario an den bis dato leeren Ständer der ausgewählten Anzüge. Jetzt reicht's!

Auch wenn Vampirella mich dafür killen wird, ich kann nicht zulassen, dass Tom die wichtigste Sendung seiner bisherigen Karriere ausstaffiert wie ein Volltrottel eröffnet.

»Tom«, sage ich sachlich, aber laut und deutlich, und kann sehen, wie Verena beim Klang meiner Stimme herumfährt und mich wie eine afrikanische Sumpfviper kurz vorm Angriff fixiert. »Als deine Assistentin habe ich eine Bitte an dich. Versprich mir, dass du niemals vor der Kamera so einen Anzug anziehen wirst!«, fordere ich und schaue ihm fest in die Augen. »Und auch hinter der Kamera nicht«, setze ich leise hinzu.

Stille. Das Männchen und der Stylist schauen mich an, als hätte ich ihnen gerade erzählt, dass der Weihnachtsmann ein pädophiler Transvestit sei, der ausschließlich Armani trägt. Oder so ähnlich.

»Das hatte ich auch nicht vor«, erwidert Tom endlich und durchschneidet die Stille.

Das Männchen und der Stylist blicken ihn daraufhin mit noch entsetzteren Gesichtern an. Toms Augen blitzen schelmisch. Gott sei Dank. Er findet den Vorschlag genauso absurd wie ich.

»Verena«, mit ernstem Gesicht dreht er sich zur Vampirella um. »Das kann nicht dein Ernst sein, oder? Wo sind die anderen, die echten Outfits?«, fragt er, woraufhin sie puterrot anläuft.

»Na ja, wir haben in der Tat noch etwas konservativere Modelle, oder?«, presst sie hervor und dreht sich mit zusammengekniffenen Augen in Richtung des Stylisten.

Der symbolisiert daraufhin mit einem Griff ans Herz, dass wir ihn in seiner tiefsten Stylistenehre beleidigt haben, dackelt aber brav ab und schiebt zwei Minuten später einen Wagen in den Raum, an dem etliche Anzugmodelle hängen, die nicht aussehen, als wären sie von Außerirdischen mit

Geschmacksverirrung kreiert worden. Erleichtert atme ich auf und meine zu sehen, wie Tom das Gleiche tut. Wir haben mit der Show wirklich noch genug zu tun, und zwar auch ohne eigene Modedesaster.

Abends sitzen Leonie, Manuel und ich zusammen im Wohnzimmer und lassen den Tag Revue passieren. Sprich, ich erzähle ihnen in allen Einzelheiten von unserem Mode-Meeting, und sie lachen sich kaputt.

»Lila-Orange? Wirklich?!!!!«, kreischt Leonie und kringelt sich fast auf dem Teppich.

»Der Anzug war lila, das Hemd orange. Knallorange!«, bestätige ich und muss nun auch kichern.

Nur Manuel stimmt nicht in unser kollektives Gelächter ein, sondern faselt etwas von kreativer Freiheit.

»Ach, sei still! Nur weil du mal was mit dem Stylisten hattest!«, kreischt Leonie und kugelt sich weiter.

»Na und? Seitdem bekomme ich in acht Herrenboutiquen in München Freundschaftsrabatt. Also nur kein Neid, Mädels!«, erwidert er hoheitsvoll und schenkt uns Sangria Cava nach.

Manuel hat es sich zum Ziel gesetzt, seine *chicas*, wie er betonte, zu verwöhnen. Also sitzen wir alle auf dem Wohnzimmerteppich, schlemmen Tapas und genießen Manuels frisch gemachte Sangria aus Cava und Früchten. Es ist ein perfekter WG-Abend, wie er im Buche steht! Wahrscheinlich ist er auch erst einmal der letzte seiner Art, denn die Munich Fashion Week und damit auch unsere große Sendung rücken immer näher, und Tom und ich stehen langsam ganz schön unter Druck. Uns bleiben nur noch ein paar Tage, um die letzten Vorbereitungen zu treffen, und wenige sind das nicht… Toms Outfit-Frage ist zwar inzwischen geklärt (es war noch ein schönes Stück Arbeit, Vampirella und ihre Stylisten-Zombies davon zu überzeugen, dass Tom ein Moderator und keine Schaufensterpuppe ist), allerdings müssen die Moderationstexte, Interviewpartner und der ganze Ablauf noch koordiniert werden. Unter anderem von mir.

Offen gesagt habe ich von so was nicht die geringste Ahnung, was ich mir jedoch nicht anmerken lasse. Deswegen sterbe ich jeden Tag tausend Tode, etwa wenn mich wie heute Morgen jemand anruft und fragt, ob wir »Karl vor Diane interviewen sollen oder umgekehrt«. Ich hatte keine Ahnung, von wem die Rede war, hab aber mal Diane vor Karl gesetzt. »Ladies first«, lautet die Devise, oder? Als mir später jemand erklärt hat, dass Karl Lagerfeld und Diane von Fürstenberg gemeint sind, bin ich fast umgefallen. Aber gut, die Reihenfolge hätte ich sowieso nicht verändert. Insofern ist es vielleicht manchmal gar nicht so schlimm, wenn man nicht genau weiß, *was* man gerade entscheidet.

»Was grübelst du denn schon wieder vor dich hin? Und kneif die Augen nicht so zusammen, das gibt hässliche Falten!«, holt Manuel mich in seiner gewohnt charmanten Art aus meinen Gedanken.

»Mir ist ein bisschen mulmig wegen der nächsten Tage«, antworte ich wahrheitsgemäß und blicke zu Leonie hinüber.

Bisher haben meine beste Freundin und Manuel mich aus allen brenzligen Situationen gerettet, aber bei der Fashion Week wird keiner der beiden hinter den Kulissen anwesend sein, und das jagt mir ziemliche Angst ein. Zwar sind sie natürlich als meine Freunde vor Ort, aber nicht als Redakteure, die mir helfen könnten, wenn es brenzlig wird. Und bei mir wird es in der Regel früher oder später immer mal brenzlig.

»Ihr seid doch mein Anti-Blamier-Airbag«, wispere ich leise.

»Oh Süße! Den brauchst du diesmal gar nicht!«, antwortet Leonie sehr lieb, wenn auch nicht wahrheitsgemäß, und beugt sich zu mir, um mich in den Arm zu nehmen. Manuel schweigt dezent, was Leonie mit einem bösen Blick in seine Richtung quittiert. »Außerdem hast du ja noch Tom!«, fährt sie fort, mich zu trösten.

»Aber der moderiert und hat genug zu tun. Außerdem will ich mich ja gerade vor *ihm* nicht blamieren!«, erkläre ich quengelig und bin mir in diesem Moment ganz sicher, dass eine riesengroße Katastrophe auf mich zurollt.

»Bisher hat ihn das ziemlich angemacht, wenn du dich vor ihm blamiert hast!«, versucht Manuel nun doch, mir auf seine Art Mut zu machen.

»Das stimmt, Süße!«, pflichtet Leonie ihm bei.

Ich muss zugeben, dass Tom mich wirklich noch nie aufgrund meiner Schusseligkeit verurteilt hat. Ob er das bei der wichtigsten Livesendung seiner bisherigen Karriere auch so sehen wird, wage ich allerdings zu bezweifeln.

»Außerdem gibt es für jede Situation die angemessene Reaktion, Darling! Wenn du mal nicht weiter weißt, klimperst du kokett mit den Wimpern, lächelst leicht ironisch und rufst einfach ›MAZ ab!!!‹. Das ergibt zwar in den meisten Situationen keinen Sinn, aber das haben bisher alle großen Fernsehmänner gesagt und kann deshalb niemals unwissend oder doof rüberkommen, verstehst du?«, erklärt mir Manuel und wedelt dabei so ausladend mit der Hand, dass ein großer Schluck Sangria Cava auf dem Wohnzimmerteppich landet.

Natürlich verstehe ich nicht, trotzdem nicke ich brav und beschließe, das Thema zu wechseln. Es wird schon alles so kommen, wie es kommen soll. Jetzt will ich einfach nur den Abend genießen und mit meinen Freunden ein bisschen Spaß haben. Der Rest wird sich schon finden. Wie immer.

Hammam und High Fashion

Shoppingbeutetagebuch:

Packung homöopathischer Notfallbonbons aus der Apotheke: 1 *(Zur Sicherheit gleich die Familienpackung und für den absoluten Notfall auch die Tropfen für Hunde, die sind bestimmt stärker dosiert)*

Golden-Bronzer-Schimmer-Bodyspray: 1 *Flasche (ein Fehler, habe angefangen mir das Zeug auf die Beine zu sprühen, woraufhin es sofort so schlimm gestunken hat, dass Tom mich drei Stunden später noch gefragt hat, ob ich einen Chemieunfall hatte)*

So. Die Ruhe vor dem Sturm. Heute ist Sonntag, morgen ist die letzte Generalprobe und am Dienstag ist dann der große Tag: Auftakt der Fashion Week und unserer Livesendung. Bereits vormittags findet die Petite-Modenschau statt, bei der ich mitlaufe (und Manuel auf seinen Ex Alex treffen wird, was er aber noch nicht weiß – keine Ahnung, wovor ich mehr Angst habe), und ab dem frühen Nachmittag beginnen dann gleich die großen Shows, deren Stargäste neben vielen anderen Promis Diane von Fürstenberg und Karl Lagerfeld sind Til Schweiger wird ebenfalls kommen, aber daran denke ich jetzt lieber noch nicht. Toms Fußballkumpel. Mhmmmmmm.

»Alles okay, Anna?«

Gut, dass Tom meine Gedanken nicht lesen kann.

»Ist der Schaum dir auch nicht zu heiß?«, fragt er mich, ganz der liebevoll fürsorgliche Mann, bei dessen halb nacktem Anblick ich auch ohne Schubkarrenladungen voll heißen Seifenschaums sofort dahinschmelzen könnte.

Damit wir uns vor der großen Show noch mal richtig entspannen können, hat Tom mich ins Spa eingeladen. Der Mann ist echt zu fantastisch, um real (oder, Manuels Ansicht nach, hetero) zu sein. Aber er ist es, und er lächelt mich an, während er neben mir auf dem warmen Steinboden liegt und sich den Seifenschaum in den Rücken einmassieren lässt. Ich lächele zurück.

»Der Schaum ist perfekt! Alles ist perfekt!«, seufze ich und genieße meine Massage.

Wir haben eine Partner-Hammam-Deluxe-Behandlung gebucht und werden beide parallel von zwei sehr beflissenen Spa-Mitarbeitern durchgeknetet. Leise Musik dudelt im Hintergrund, und es duftet nach Kardamom. Wobei ich eigentlich keine Ahnung habe, wie genau Kardamom duftet, aber so stelle ich es mir vor. Jedenfalls riecht es sehr orientalisch. Und sehr entspannend. Sogar so entspannend, dass ich ein wenig wegnicke. Ich wache erst auf, als Tom mir vorsichtig über die Wange streichelt. Als ich die Augen aufschlage, blicke ich in seine. Es ist ein sehr romantischer Moment. Allerdings glaube ich, dass ich beim Schlafen ein wenig gesabbert habe, was die Romantik leicht mindert. Obwohl, das könnte ich natürlich auch auf einen übrig gebliebenen Schaumrest schieben. Muss ich aber gar nicht, denn Tom schlägt vor, ohne mich auf irgendwelche versehentlich ausgetretenen Körperflüssigkeiten hinzuweisen, etwas an der Spa-Bar zu trinken.

Begeistert stimme ich seinem Vorschlag zu. Ich liebe nämlich diese tollen, ultragesunden Fruchtcocktails, die einen angeblich nur durchs Trinken schlanker, straffer und jünger machen! Genau zwei solche flüssige Wundermittel lassen Tom und ich uns auf der Dachterrasse des Spa-Bereichs servieren und genießen Hand in Hand, gut verpackt in flauschige, strahlend weiße Bademäntel und mit Strohhalmen im Mund, den Blick über München. Zumindest *versuche* ich den Blick zu genießen, denn seit wir aus dem halbdunklen Hammam-Paralleluniversum in die Sonne getreten sind, ist mir nur allzu bewusst, was für ein Tag morgen ist.

»Schon nervös?«, zwinkert Tom mir zu, als ich laut hörbar den Rest meines Wundercocktails schlürfe.

Verblüfft blicke ich mein leeres Glas an. Ich muss das Zeug fast inhaliert haben.

»Du?«, stelle ich Tom die Gegenfrage und bemerke aus dem Augenwinkel sein ebenfalls leeres Glas. Völlig relaxt scheint er trotz der Hammam-Massage auch nicht zu sein.

»Und wie«, antwortet er ehrlich und lässt den Blick nachdenklich über die Dächer schweifen. »Entweder ich blamiere mich morgen ganz fürchterlich, weil etwas schiefgeht, oder ich bekomme die große Chance zu zeigen, was ich kann, nämlich mehr als nur Daily Formate und das Nachmittagsprogramm. Warten wir es ab«, grinst er.

Ich bete innerlich, dass alles morgen gut gehen wird. Ich würde es mir so sehr für Tom wünschen! Er ist ein toller Moderator, und ich weiß, dass er das bei der Show aller Welt beweisen wird. Genau das sage ich ihm auch, woraufhin er mich in die Arme nimmt, den Kopf in meinen Haaren vergräbt und mir so leise, dass nur ich es hören kann, »Hoffentlich behältst du recht« ins Ohr flüstert.

»Klar tue ich das«, flüstere ich zurück. »Du wirst übermorgen einen der besten Tage deines Lebens haben, das spüre ich!«, fahre ich fort und meine es auch so.

»Schläfst du heute Nacht bei mir … bitte?«, fragt Tom, lässt mich dabei los und schaut mich mit Dackelaugen an.

»Mit großem Vergnügen!«, antworte ich und küsse ihn auf den Mund.

Dann fahren wir los, um meine Sachen zu holen.

Am nächsten Morgen habe ich den Eindruck, dass Tom schon viel ruhiger geworden ist. Nach dem Hammam waren wir beide so erschöpft, dass wir direkt eingeschlafen sind und daher richtig fit und ausgeschlafen in den neuen Tag starten. Gemeinsam fahren wir zur Ruhmeshalle, und als wir ankommen, bin ich von dem Anblick, der sich mir bietet, erst mal richtig geflasht. Ich war ein paar Tage lang nicht hier, und was sich in der Zwischenzeit getan hat, ist der Wahnsinn!

Auf der Theresienwiese ist Fashion-Alarm angesagt! Unzählige Zelte in den verschiedensten Farben und Formen stehen nebeneinander. Manche ganz klassisch weiß, andere knallbunt mit Markenlogo und eines sogar im Burberry-Muster! Es sieht aus, als ob Chanel, Prada und Co. gemeinsam zelten wären, nur das Lagerfeuer fehlt. Dann fällt mein Blick auf die Ruhmeshalle, die bereits in einen riesigen Catwalk verwandelt worden ist. Scheinwerfer, lilafarbene Aufstellwände, Bänder und Teppiche haben das alte Gemäuer zu einer wahren Modekulisse gemacht, und überall reden aufgeregte Menschen mit iPads und Headsets herum. Bedauerlicherweise ist einer von diesen Menschen Vampirella, aber da sie gerade einen armen Kameramann zusammenfaltet, haben wir Glück, denn sie hebt nur kurz die Hand, um Tom zu begrüßen, und faucht dann weiter ihr bemitleidenswertes Opfer an. So haben Tom und ich die Gelegenheit, die Atmosphäre erst einmal in Ruhe auf uns wirken zu lassen.

»Das ist der Wahnsinn!«, stellt Tom fest und lässt den Blick über die Traumkulisse schweifen. »Und es war ganz allein deine Idee!«, setzt er hinten nach.

»Ja«, sage ich völlig überwältigt und kann es selbst kaum glauben.

Alles sieht genauso aus, wie ich es mir vorgestellt habe! Allein der Blick von der Ruhmeshalle über die Designerzeltstadt ist atemberaubend! An den Rändern oberhalb der Wiese stehen sogar Menschentrauben, und die Leute schießen Fotos. Ich kann es ihnen nicht verdenken.

»Ich habe ein richtig gutes Gefühl für morgen! Das alles ist perfekt. Das Wetter soll perfekt werden, die Kulisse ist perfekt, du bist perfekt, und ich werde es morgen hoffentlich auch sein!« Tom strahlt Zuversicht aus, und das macht mir unheimlich viel Mut.

»Gut, dann lass uns die Sache anpacken!«, fordert er mich auf und drückt noch einmal meine Hand, bevor er in Richtung des Moderationspults geht.

Nun ist er ganz der professionelle Moderator und in seinem Element. Ich bin verdammt stolz auf ihn, auch wenn die nächsten Stunden sehr anstrengend werden. Wir gehen die morgige Show mit dem gesamten Team durch, jede Lichteinstellung, jede Musik, jede Moderationsposition wird genauestens geplant und in einem minutiösen Protokoll festgehalten. Tom und ich nehmen uns jede einzelne seiner Moderationen vor, schreiben einen Teil um und verändern ein letztes Mal die Reihenfolge. Ich habe tatsächlich das Gefühl, dass ich ihm eine Hilfe bin. Manche meiner Formulierungen gefallen ihm sogar so gut, dass er seine eigenen streicht und durch meine Vorschläge ersetzt. Es ist ein tolles Gefühl, Tom zu zeigen, dass ich nicht nur die verplante, süße Chaosfrau bin, die er so oft erlebt hat, sondern ihn auch ernsthaft unterstützen kann. Und das tue ich gerne, denn ich will unbedingt, dass Tom morgen einen perfekten Auftritt hat!

Natürlich bin ich auch wegen meines Auftritts nervös. Bei der Generalprobe für die Modenschau läuft zwar alles glatt, doch ich habe ja auch noch keine ultrahohen Highheels an und werde nicht live im Fernsehen übertragen. Aber sich verrückt zu machen bringt jetzt auch nichts, rede ich mir ein. Außerdem ist mein Part morgen im Vergleich zu dem von Tom mehr als überschaubar. Gut, ich muss zwar diese Modenschau laufen und auch ein bisschen was für den Fernsehbeitrag (Wie ist es als Durchschnittsfrau, eine Modenschau zu laufen?) drehen, aber danach bin ich nur noch hinter den Kulissen für die Show und Tom zuständig. Kein Vergleich zu der Leistung, die er bringen muss. Eine Livesendung von der Munich Fashion Week gab es noch nie! Die Munich Fashion Week gab es noch nie!!!

Entsprechend nervös sind alle, vor allem die Vampirella, die heute noch furchteinflößender ist als sonst. Aber da ich eng mit Tom zusammenarbeite, bekomme ich das volle Ausmaß ihrer Schrecklichkeit nicht zu spüren, denn zu ihm ist sie wie immer zuckersüß. Nur einmal, als ich mir gerade im Toilettenwagen die Hände wasche, kommt sie herein und fixiert mich mit ihrem bösen Blick. Doch bevor sie etwas sagen kann, mache ich mich aus dem Staub und entgehe dem verbalen Giftangriff gerade noch rechtzeitig.

Als Tom und ich spätabends den Set verlassen, sind wir beide geläutert, und ich bin heilfroh, dass ich meine Sachen schon gestern aus der WG geholt habe. Denn natürlich verbringe ich auch diese Nacht bei Tom. Bis jetzt hat das mit dem gegenseitigen Mutmachen ganz gut funktioniert, und ich hoffe sehr, dass wir es auch in den letzten Stunden vor der Show schaffen werden. Im Auto rufe ich noch schnell Leonie an und gebe ihr letzte Instruktionen wegen morgen. Natürlich werden sie und Manuel meinen Walk aus der ersten Reihe verfolgen. Und Manuel auch um Alex wiederzusehen, auch wenn er das immer noch nicht ahnt.

Ein letztes Mal besprechen meine beste Freundin und ich

alle Einzelheiten (Manuel wird genau gegenüber von Alex sitzen!), dann wünscht Leonie uns ganz viel Glück, eine ruhige Nacht und schmettert mir diverse Kampfsprüche ins Ohr, die alle mit »TSCHAKKKAAA!!!« enden. Als ich auflege, lacht Tom laut auf und meint, dass jetzt nichts mehr schiefgehen könne. Ich gestatte mir sogar, einen Moment lang daran zu glauben.

Als wir zwei Stunden später im Bett liegen und ich versuche einzuschlafen, bin ich allerdings nicht mehr so positiv gestimmt. Mir schwirren allerlei Katastrophenszenarien durch den Kopf, und ich bin so nervös, dass ich mit offenen Augen daliege und an die Decke starre. Am liebsten würde ich mich wild hin und her werfen, wie ich es immer tue, wenn ich nicht einschlafen kann, weil mein Kopf zu voll ist, aber ich möchte Tom nicht wecken. Er atmet schon seit zwanzig Minuten ganz ruhig und hat anscheinend weniger Probleme mit dem Einschlafen als ich. Das ist das Wichtigste, beruhige ich mich, schließlich muss er morgen fit wie ein Turnschuh sein und nicht ich.

Zwei Sekunden später räuspert er sich neben mir. »Anna?«

Okay. Entweder spricht Tom im Schlaf, oder er ist doch nicht so entspannt, wie er wirkt.

»Ja?«, flüstere ich zurück.

»Kannst du auch nicht schlafen?«

»Nein, aber ich dachte, du schläfst.«

»Ich dachte, *du* schläfst.«

»Offensichtlich schläft keiner von uns«, stelle ich immer noch flüsternd fest, und automatisch müssen wir beide anfangen zu kichern.

»Mir ist total warm«, ächze ich, nun nicht mehr flüsternd. »Diese Decke und das Shirt, alles viel zu heiß!«, sage ich, wobei ich lieber nicht erwähne, dass mich vor allem meine Nervosität schwitzen lässt.

Stattdessen setze ich mich auf, ziehe mir das Schlafshirt über den Kopf und pfeffere es ans Bettende. Im Sitzen spüre ich einen kühlen Luftzug, der durch das halb offene Fenster ins Zimmer kommt, und die frische Luft auf meiner Haut tut unglaublich gut. Als ich leise aufseufze, setzt sich Tom ebenfalls auf und tut es mir gleich. Sein Shirt landet direkt neben meinem. Im Halbdunkel kann ich die Silhouette seiner Oberarme erkennen. Immer noch sehr muskulöse Oberarme… Mein Blick wandert weiter zu seiner ebenso wohlgeformten Brustpartie, dem harten Bauch und dem Rest, der noch von der Decke verdeckt wird. Vorsichtig fahre ich mit einer Hand von Toms Schulter über sein Schlüsselbein, weiter nach unten in Richtung seines Bauchnabels. Sofort bekommt er trotz der Hitze Gänsehaut. Als ich auf der Höhe seines Herzens bin, kann ich es schlagen fühlen. Es pocht sehr schnell. Und Tom atmet nun sehr schnell. Ich allerdings auch.

Bevor ich mit der Hand an der Bettdecke angekommen bin, zieht Tom mich energisch an sich heran. Sofort presse ich mich an ihn, und wir küssen uns wie zwei Ertrinkende. Unsere Nervosität verwandelt sich in Sekundenschnelle in Verlangen, und wir fühlen uns so intensiv, wie ich es noch nie erlebt habe. In diesem Moment gibt keine Fashion Show, keine Moderationen und keine Livesendung mehr, sondern nur uns.

Eine halbe Stunde später sind wir beide so erschöpft, dass wir endlich einschlafen können und bis zum Klingeln des Weckers nicht mehr aufwachen. Wobei ich ehrlich gesagt nicht mal beim Klingeln aufwache. Als ich das erste Mal blinzele, ist es im Zimmer bereits hell und aus dem Bad ertönen Duschgeräusche. Tom ist also schon wach. Schlagartig bin ich es auch, als mir bewusst wird, welcher Tag heute ist.

MUNICH FASHION WEEK!!!

Livesendung, ich muss auf den Catwalk, und Tom hat heute den wichtigsten Tag seiner Karriere. Aber gut, ich werde jetzt aufstehen, duschen, mich anziehen und ganz ruhig bleiben. Geschminkt werde ich sowieso vor Ort von einem Stylisten, also ist alles ganz entspannt, kein Grund zur Panik! Tatsächlich sitze ich eine Dreiviertelstunde später im Auto neben Tom, total relaxt und entspannt. Ich kann es kaum glauben, aber ich bin die Ruhe selbst. Austariert und in mir ruhend wie Buddha selbst, es ist ein absolutes Wun…

»WAAAAAHHH!«

Oh Gott. Alles in Ordnung. Tom hat mir nur eine Hand aufs Knie gelegt, und ich bin … leicht erschrocken. Okay, vielleicht bin ich doch nicht *ganz* so entspannt wie Buddha. Aber Tom auch nicht. Nachdem ich eben losgebrüllt habe wie eine Irre, hat er nämlich sofort mitgebrüllt und hätte fast das Steuer herumgerissen. Er konnte sich gerade noch zusammenreißen, sonst wären wir jetzt vermutlich die Kühlergrill-Garnitur des Lkws, der uns gerade entgegenkam! Und das an so einem Tag.

Ich bin wirklich heilfroh, dass Tom sich besser im Griff hat als ich. Vor allem wäre ich schuld gewesen, wenn er, anstatt seinen Durchbruch als Starmoderator zu feiern, mehr oder weniger dekorativ in der Notaufnahme gelandet wäre. Das fängt ja wirklich gut an!

Als wir vor Ort ankommen und aus dem Auto steigen, haben wir beide immer noch zittrige Knie. Zu allem Übel müssen wir uns gleich trennen und in unterschiedliche Richtungen laufen. Er geht direkt an den TV-Set zur ersten Besprechung, ich wackele nach hinten in den Modelbereich zur Maske.

Das Schöne in der Maske heute Morgen ist, fast keines der Models ist viel größer als ich! Gut, in der Show wird nur Mode für kleinere Frauen gezeigt, trotzdem fühlt es sich gut an, nicht der »Zwerg vom Fernsehen« zu sein. Schon beim Schminken begleitet mich ein Kameramann für den späteren Beitrag, und während mir jemand die Nase pudert, hält die Kamera meine O-Töne fest. Dass ich Angst habe hinzufallen, dass ich es toll finde, nicht die Kleinste zu sein, und so weiter und so fort.

In Gedanken bin ich allerdings mehr bei Tom und der Show. Kurz nach der Modenschau hier wird die Livesendung beginnen (die Show mit uns »kleinen Frauen« wird natürlich nicht in der echten Sendung übertragen. Eine Frechheit, wenn man mich fragt, doch im Grunde bin ich froh, denn live im Fernsehen stolpern ist auch kein Spaß …), und ich will unbedingt dabei sein und Tom vorher noch Glück wünschen!

Umso froher bin ich, als ich mit der Maske fertig bin. Nachdem ich in den Spiegel geschaut habe, bin ich sprachlos. Die Stunden des Stillsitzens haben sich gelohnt! Weg sind sie, die schlaflosen Nächte und Augenschatten, ich sehe aus wie nach drei Wochen Urlaub! Bevor ich jedoch den Make-up-Artist fragen kann, wie er das angestellt hat, schiebt mich jemand weiter in Richtung der Kleider. Als ich den Kleiderwagen mit meinen Outfits sehe (wie im Film klebt sogar ein Foto von mir dran!), wird mir klar, dass ich mich schleunigst auf die Modenschau konzentrieren sollte. Die dauert nämlich alles in allem nur knapp zwanzig Minuten, und in dieser kurzen Zeit soll ich vier Kleider vorführen! Keine Ahnung, wie das funktionieren soll …

Aber Mode-Markiis, der plötzlich hüftschwingend neben den Kleiderschlangen auftaucht, versichert mir in seiner gewohnt charmanten Art (»Da kriegen wir dich schon irgendwie schnell raus und schnell wieder rein, Schätzchen!«), das sei alles kein Problem, sie hätten das schließlich schon »abermillionen Male« gemacht. Er hat leicht reden, denn bei der Generalprobe am Nachmittag laufen wir zwar alle in Highheels, aber nicht in unterschiedlichen Outfits. Trotzdem bin ich überfordert und stolpere bei der Probe zielsicher über meine eigenen Füße. Was den Kameramann am Bühnenrand sehr freut, der ungeniert draufhält und meine Nervosität nicht nur unwesentlich steigert.

Ganz ehrlich, den Catwalk mal in echt zu sehen ist auch nicht gerade die Beruhigungsspritze, die ich dringend benötige. Er kommt mir riesig lang vor, ist spiegelglatt (oh-oh!) und weiß und kann bei Bedarf lila beleuchtet werden. An den Längsseiten des Laufstegs sind Reihen voller Stühle mit weißen Hussen aufgestellt – bestimmt genug Sitzgelegenheiten für vierhundert Leute. Allein bei dem Anblick wird mir schlecht …

Deswegen verziehe ich mich erst mal in eine Ecke hinter meine Kleiderstange und atme ein paarmal tief durch. Ich bin zwar mittlerweile nicht mehr der totale Medienneuling, und inzwischen bekomme ich sogar das mit dem jugendschutzfreundlichen Umziehen in Kameranähe hin, aber vor echten Zuschauern über einen Laufsteg zu laufen, das ist dann doch ein anderes Kaliber. Deswegen platze ich auch fast vor Nervosität, als es schließlich kurz vor knapp ist und die Show jeden Moment losgehen soll. Immerhin scheine ich nicht die Einzige zu sein, die so nervös ist.

»Cool bleiben, *bella*, jetzt geht's gleich los!«, näselt mir Markus von hinten ins Ohr und sieht selbst alles andere als cool aus.

Vielmehr tänzelt er von einem Bein aufs andere und linst immer wieder in Richtung des Vorhangs zum Catwalk. Beim Gedanken an die Menschenmenge da draußen fällt mir nebenbei siedend heiß ein, dass unsere Überraschung, nämlich Alex, sicher schon draußen auf den Zuschauerrängen sitzt. Manuel und Leonie müssten auch längst da sein! Aber da ich keine Schmerzensschreie oder spanischen Flüche hören kann, bin ich erst mal beruhigt und gehe davon aus, dass alles gut ist und nach Plan läuft. Sowohl für Alex und Manuel als auch für mich.

Mein erstes Kleid (das Flatterkleid in Pink und Türkis) sitzt jedenfalls ziemlich perfekt, und auch in meinen eigens gekauften Mega-Absatz-Schuhen bewege ich mich erstaunlich sicher. Bisher bin ich darin jedenfalls noch nicht ausgerutscht, was ich als positives Zeichen werte. Insofern: alles in allem keine schlechte Startposition. Doch dann – WAAAAAAHHHH! – geht alles ganz schnell!

Als ich hinter der Bühne stehe und die ersten Takte der Laufstegmusik höre, pocht mein Herz wie verrückt! Ich bin gleich die zweite, die rausmuss, und als Vanessa Paradis die ersten Takte von »Be my Baby« haucht, betritt Model Nummer eins vor mir den Laufsteg. Ich versuche noch einen Blick von der Bühne und vor allem von den Zuschauern draußen zu erhaschen, da bekomme ich schon zusammen mit dem Kommando »Und jetzt du, Anna! Raus mit dir!« einen Schubs von hinten und stehe im nächsten Moment auf dem hell angestrahlten Catwalk und werde von den tausend Schweinwerfern geblendet.

Doppel-WAAAAAHHHH!!!!

Nach einer Schrecksekunde, in der ich wie Bambi mit großen Augen die Kulisse um mich herum anstarre, reiße ich mich zusammen. Irgendwie schaffe ich es, mein mit Leonie x-mal erprobtes Showlächeln aufzusetzen, und marschiere einfach los. Es muss ein Wunder sein, aber irgendwie läuft es wirklich gut! Die Musik ist toll, der Takt passt zu meinen Schritten, ich rutsche nicht aus, sondern habe sicheren Halt unter den Highheels, die Menschen klatschen und jubeln und plötzlich – fühle ich mich super! Es ist fast ein kleines bisschen magisch. Anna Abendrot, der Tollpatsch vom

Dienst, läuft als Model auf einem Catwalk und sieht dabei *nicht* aus wie Schlumpfine auf Highheels, sondern hat sogar Spaß dabei!

Als ich an Manuel und Leonie vorbeischwebe, sehe ich, wie sie mir beide zujubeln, Manuel mit knallroten Wangen und strahlend. Schnell schaue ich unauffällig auf die andere Seite zu Alex und sehe, wie auch er strahlt und mir zuzwinkert. Dann schauen sich Manuel und Alex an, und ihre Blicke sagen mehr als tausend Worte. Ha! HAHAHAHAHA!!! Der Plan funktioniert! Mit einem breiten Lächeln laufe ich weiter und lege – an meinen Maßstäben gemessen – den perfekten ersten Walk hin! Zumindest fühlt es sich so an.

Als ich den Vorhang wieder erreicht habe, werfe ich hinter der Bühne sofort die Arme nach oben und möchte am liebsten schreien und zugleich vor Freude trampeln! Ich hab's geschafft! Olé, olé! Ich bin nicht hingefallen, ausgerutscht oder gestolpert, und den Weg habe ich auch gefunden!!! Aber anstatt auszurasten und mich zu drücken, klopft mir Mode-Marküs nur einmal schnell auf die Schulter, nuschelt beiläufig etwas von »Well done, honey!« und zerrt mich weiter zu meiner Kleiderstange.

Dann passiert etwas, das ich kaum beschreiben kann. Am ehesten kann man es wohl als Umzieh-Tornado bezeichnen. Gefühlte achttausend Hände zerren am mir herum, zupfen hier, pudern dort und streifen mir in Sekundenschnelle ein Kleid ab und ein neues über – und zack! – schubst mich wieder jemand nach vorn, besprüht mich noch mal mit Haarspray, pudert mich ab und schickt mich auf den Catwalk. Alles begleitet vom Kamerateam. Ich komme mir vor wie ein in Tüll gekleidetes Fließbandprodukt!

Im nächsten Moment stehe ich wieder im Rampenlicht, strahlende Menschen und Vanessa Paradis in Überlautstärke. Aber irgendwie fühlt sich das sogar gut an! Hinter der Bühne ein Fließbandprodukt, auf dem Catwalk ein Star! Na ja, oder zumindest so ähnlich… Jedenfalls ist meine Schrecksekunde diesmal noch kürzer, und ich flaniere (rutschfrei!) ein zweites Mal über den Laufsteg. Mein Seitenblick zu Manuel, Leonie und Alex verrät mir, dass sie immer noch entspannt und fröhlich zu sein scheinen. Alex und Manuel flirten sogar ziemlich heftig, wenn mich nicht alles täuscht! Anderthalb Minuten später ist alles vorbei, und zurück hinter den Kulissen, weiß ich inzwischen schon, was mich erwartet, und bin dementsprechend vorbereitet. Einmal helfe ich sogar mit, als mir jemand das Kleid über den Kopf zieht, und hebe automatisch die Arme. Ich komme mir vor wie ein erfahrenes Profimodel! Selbst das Kamerateam bemerke ich nicht mehr. Genauso routiniert verläuft der dritte Walk. Diesmal brauche ich keine Scheinwerfer-Bambi-Schreckstarr-Sekunde mehr, sondern schwebe wie die Schiffer in ihren besten Zeiten professionell elegant über die glatte Bahn. Nur eben geschätzte zwanzig Zentimeter kleiner.

Ich bin schon wieder in Hochstimmung und erwarte nach meinem dreifachen(!) stolperfreien Auftritt, endlich ein bisschen gelobt zu werden. Doch nichts da! Nach diesem Walk bricht erst mal die ganz, ganz große Hektik aus. Alle anderen Models sind zwar gleich durch, aber – schluck – es fehlt noch der Höhepunkt der Show! Also ich, oder besser gesagt mein Swarovski-Corsagenkleid mit dem fabelhaften Tüllrock! Beim Gedanken daran werde ich wie auf Kommando unglaublich nervös. Wäre das nicht typisch Anna Abendrot? Wieso sollte ich auch die ersten drei Durchgänge verpatzen, wenn ich die Chance habe, das ganz große Finale zu verpatzen? Es würde mir so unglaublich ähnlich sehen, genau das zu tun…

Während wieder mehrere Menschen an mir herumzupfen, spüre ich, wie mein Herz immer schneller klopft. Die Hairstylistin stellt gerade irgendwas Gigantisches mit meinen Haaren an, in meinem Gesicht wird noch mal drauflosgepinselt, gepudert und geglosst (wahrscheinlich sehe ich inzwischen aus wie ein japanisches Manga-Monster) und – zack, zack! – stehe ich wieder vor dem Vorhang. Ich sehe mich noch schnell im Spiegel an und bin ziemlich geflasht. Das Kleid ist wirklich wie für mich gemacht, die Haare sind perfekt und ich sehe aus wie eine lässige New Yorker Märchenprinzessin, die mal eben vorbeigekommen ist, um die Welt zu retten. Oder so ähnlich. Jedenfalls sehe ich dank dieses grandiosen Kleides und der bestimmt sehr gut bezahlten Topstylisten wirklich – ich muss es sagen – fabelhaft aus (und glücklicherweise überhaupt nicht nach Manga-Monster).

Durch mein eigenes, fast unwirkliches Spiegelbild zumindest etwas beruhigt stehe ich nun da und warte auf meinen letzten Auftritt. Den ich – bitte, bitte, bitte!!! – nicht verpatzen werde!

Draußen ist die Musik jetzt aus, das Licht ist dunkel, und ich kann die Menschen flüstern hören. Alle fragen sich wohl, was als Nächstes passieren wird, und sind gespannt auf das große Finale. Ich übrigens auch …

Dann höre ich ohne Vorankündigung ein Zischen und kann durch den Vorhang weiße Feuerwerk-Fontänen erkennen, die links und rechts neben dem Laufsteg in tausend Lichterglitzerfunken brennen. Bilder von brennendem Tüll geistern sofort vor meinem inneren Auge herum. Doch schon – glücklicherweise genau in der Sekunde, in der das Feuerwerk erlöscht – ertönen noch einmal die ersten Takte von »Be my Baby«, das Licht geht an und im Rücken fühle ich den altbekannten Schubs. Ich atme ein letztes Mal tief durch und trete nach vorn. Abermals passiert etwas Merkwürdiges oder besser etwas Magisches, denn ich kann gar nicht anders, ich *muss* strahlen!

Die Zuschauer sind mittlerweile alle von ihren weißen Stühlen aufgestanden und klatschen. Leonie und Manuel kreischen und pfeifen wie bei einem Popkonzert, und der Catwalk bebt richtig. Zumindest kommt es mir so vor.

Derart beflügelt laufe ich ein letztes Mal den mir mittlerweile altbekannten Weg entlang und genieße jede einzelne Sekunde. Und dann, als ich fast am Ende des Laufstegs angekommen bin, sehe ich das Schönste: Ganz hinten steht Tom – bereits fertig gestylt und angezogen – und schaut mir zu. Seine Augen leuchten, und als er mir zuzwinkert, wäre ich vor lauter Herzhüpfen doch noch fast gestolpert. Der Mann ist einfach zu traumhaft, um wahr zu sein! Aber im letzten Moment kann ich mich halten. Anstatt zu fallen, strahle ich ihn an, und jeder einzelne Blick von mir bestätigt das, was ich in seinen Augen erkennen kann. Ja, ich liebe ihn. Und er liebt mich. Wenn das zwei Menschen jemals nur durch Blicke zum Ausdruck bringen konnten, dann wir gerade eben, hier auf diesem Catwalk auf der Munich Fashion Week. Inmitten dieser oberflächlichen Fernseh-Modewelt haben wir beide etwas Echtes gefunden. Mir wird klar, dass ich diesen Moment niemals vergessen werde.

Deswegen kann ich auch nicht anders: Als ich auf dem Rückweg zum Vorhang bin, muss ich mich noch mal umdrehen und eine Extrarunde laufen! Meine Augen suchen nach Tom, doch der ist längst verschwunden. Kein Wunder, in einer guten halben Stunde beginnt die Sendung, schießt es mir durch den Kopf. Als ich auf dem (endgültigen) Rückweg noch einmal an Manuel und Leonie vorbeikomme, sehe ich, wie Manuel irgendwelche Handzeichen in Richtung Alex macht, der mit einem breiten Lächeln und einem Nicken antwortet. Anscheinend funktioniert das mit dem Ein-Blicksagt-mehr-als-tausend-Worte-Prinzip nicht nur bei Tom und mir. Alex und Manuel, 2.0. Es sieht ganz so aus, als ob das Traumpaar endlich zurück wäre! Rundum glücklich und erleichtert laufe ich die letzten Meter und verschwinde nach einer finalen Drehung unter frenetischem Applaus hinter dem Vorhang.

Doch zum Durchatmen komme ich nicht, denn dort erwartet mich genau die Stimmung, die ich nach dem ersten Walk so vermisst habe! Kreischend nimmt mich Mode-Markùs in Empfang und feiert mich frenetisch. Die ersten Models stürzen sich auf bereitgestellte pinkfarbene Cupcakes, und die Stylisten schlürfen Champagner. Einerseits würde ich gerne meiner Hochstimmung nachgeben und mit ihnen feiern, aber nachdem ich Tom gesehen habe und weiß, dass es jeden Moment losgeht, will ich noch dringender rüber an den Set zu ihm!

»Kannst du mir bitte helfen? Ich muss so schnell wie möglich aus dem Kleid raus und in meine normalen Klamotten!«, bitte ich deswegen Mode-Markùs, der gerade einen halben Meter von mir entfernt eine Mini-Schampus-Flasche mit einem pinkfarbenen Strohhalm aussaugt.

Lachend winkt er ab. »Aus dem Kleid willst du raus? Nichts da, Darling! Das darfst du schön anlassen, heute den ganzen Abend tragen und Werbung für uns machen!«, klärt er mich auf.

Da ich weder gegen das Kleid noch gegen den gesparten Zeitaufwand etwas habe, umarme ich ihn nur kurz und stürmisch und rase los in Richtung *Flash!*-Studio. Auf halbem Weg holt mich mein Kamerateam ein, und ich muss hektisch meine O-Töne, wie toll alles war und wie ich mich als »gewöhnliche Frau« (Frechheit!) auf dem Catwalk gefühlt habe, von mir geben. Tja, das hätte ich alter Fernsehprofi glatt vergessen … Aber das liegt daran, dass ich nur noch zu Tom will, um ihm Glück zu wünschen und ihn zu unterstützen. Es ist unsere Sendung, und gleich geht sie los! Ich kann es kaum fassen.

Während des kurzen Interviews schiele ich immer wieder nervös auf mein Handgelenk (obwohl ich gar keine Uhr trage) und hüpfe von einem Bein auf das andere. Als endlich der letzte O-Ton im Kasten ist, spurte ich los und erreiche eine Minute später den *Flash!*-Set mit dem tollen Moderatorenpult. Fertig ausgeleuchtet sieht das Ganze wirklich richtig toll aus. Vor allem weil Tom am Pult steht und die letzten Anweisungen mit dem Regisseur bespricht. Sofort schlägt mein Herz ein paar Takte schneller. Da ich sowieso schon außer Atem bin, ist das im Moment nicht gerade sehr förderlich.

Als Tom mich entdeckt, kommt er sofort auf mich zugelaufen und nimmt mich in die Arme.

»Du hast wahnsinnig toll ausgesehen!«, flüstert er mir ins Ohr.

Ich spüre, dass er gerade selbst unglaublich nervös ist und – wie mir sofort auffällt – trotz des obligatorischen Fernseh-Make-ups ziemlich blass aussieht. Sogar extrem blass, um genau zu sein.

»Sag mal, hast du seit heute Morgen eigentlich irgendetwas gegessen?«, frage ich ihn und zucke zusammen, als ich seine Hand berühre und sie eiskalt ist.

»Keine Zeit!«, erwidert Tom mit zusammengepressten Lippen und sieht aus, als ob er gleich umkippen würde.

»So kannst du unmöglich auf Sendung gehen! Ich organisiere dir schnell was!«, bestimme ich und drücke ihm noch schnell einen Kuss auf die Lippen, bevor ich davonstürme.

Dunkel erinnere ich mich daran, eben an einem Cateringstand vorbeigelaufen zu sein. Der ist zwar nicht wirklich weit weg, aber da die Sendung gleich losgeht, muss ich mich ziemlich beeilen. Im Eiltempo hetze ich also zurück, und glücklicherweise hat mich meine Wahrnehmung nicht getäuscht, denn nach zwei Minuten erreiche ich den kleinen Cateringstand. In großen Silberschüsseln dampfen Eintöpfe und Ähnliches vor sich hin, und daneben verteilt eine gelangweilt aussehende Frau Pommes und Currywürste auf unzählige Teller. Vor sämtlichen Ausgabestationen haben sich riesige Schlangen gebildet. Laut seufze ich auf, das schaffe ich nie! Außerdem kann Tom unmittelbar vor einer Livesendung keinen Eintopf essen! Welche unangenehmen Auswirkungen falsches Essen vor wichtigen Events haben kann, weiß ich selbst nur zu gut… Als ich den Blick weiterwandern lasse, entdecke ich neben den großen Stationen noch einen kleinen Cateringwagen, eine Art improvisierte Coffeebar, in deren Auslage neben Pappbechern und Kuchenstücken belegte Sandwiches liegen.

Das ist die Rettung! Schnell suche ich ein besonders lecker aussehendes Walnuss-Ciabatta belegt mit frischen Tomaten und Mozzarella für Tom aus und flitze zurück. Wenn ihm das keine Energie gibt, dann weiß ich es auch nicht! An seinem erleichterten Blick, als ich ihm das Sandwich reiche, sehe ich, wie hungrig Tom gewesen sein muss. Hastig schlingt er das Ciabatta hinunter, während der Regisseur parallel dazu noch mal alle Schritte mit Tom und dem gesamten Team durchgeht. Leise stelle ich mich dazu und höre mit.

»Okay, die von Fürstenberg steckt noch am JFK Airport in New York fest. Wir müssen also spontan umstellen, das heißt, wir ziehen das Interview mit Karl vor und schauen danach, dass wir jemand anderen vor die Kamera holen. Jill und Daniel sind gerade dran. Die weiteren Infos bekommst du während der Sendung, okay?«, erklärt Mehmet, der Regisseur, und blickt Tom fragend an.

Der nickt. Anders antworten kann er gerade sowieso

nicht, da er einen ziemlich heftigen Hustenanfall hat. Anscheinend hat er sich beim schnellen Essen verschluckt. Vorsichtig klopfe ich ihm auf den Rücken. Auch Mehmet wartet kurz ab, bis Tom sich einigermaßen beruhigt hat, dann fährt er fort.

»Das klingt jetzt nach einer ziemlich großen Umstellung, ist es aber gar nicht. Designer ist Designer, die Fragen ändern wir auch nicht groß. Bis auf diese Abwandlung läuft alles nach Plan, also kein Grund zur Panik. Licht stimmt, die Technik macht erstaunlich wenig Probleme und …«

Ein erneuter Hustenanfall von Tom unterbricht Mehmet. Alle aus dem Team schauen zu dem mittlerweile ziemlich rot angelaufenen Moderator herüber, und besorgt klopfe ich ihm erneut auf den Rücken, diesmal etwas heftiger. Langsam bekomme ich ein mulmiges Gefühl. Das klingt gar nicht gut! Inzwischen hört sich Toms Husten eher nach einem verzweifelten Röcheln an.

»Jetzt bring ihm doch mal jemand ein Wasser!«, mischt sich die bisher erstaunlich zurückhaltende Vampirella ein. Auch ihre Stimme verrät leise aufkeimende Panik. »Und pudert ihn noch mal ab! In zehn Minuten beginnt die Sendung, da kann mein Moderator im Gesicht nicht aussehen wie ein zu lange gekochter Hummer, Herrgott noch mal!«, kreischt sie noch panischer.

Eilig kommen zwei Stylistinnen mit Puderquasten angelaufen, doch abpudern können sie Tom nicht. Der röchelt inzwischen noch lauter und zerrt wie verrückt an seinem Hemdkragen. Er sieht im Gesicht tatsächlich ein wenig aus wie ein gekochter Hummer. Schnell eile ich an seine Seite und öffne den Krawattenknoten und die obersten Hemdknöpfe. Mit hochrotem Kopf und hervorgetretenen Augen starrt Tom mich an. Nun bekomme ich richtig Panik, denn Tom sieht aus, als würde er gleich ersticken!

»Hilfe!!! Wir brauchen einen Arzt!«, schreie ich schrill und helfe Tom, damit er sich ganz vorsichtig auf den Boden setzen kann. Irgendwie erinnert mich die Situation an unser großes Essen, als es Torben plötzlich so schlecht ging. Aber das kann unmöglich sein. Wie sollte Manuels megascharfe Chili-Salsa auf ein Ciabatta vom Cateringstand der Fashion Week kommen?

»Nüsche????????«, presst Tom von unten zwischen zwei Röchelanfällen hervor, und ich sehe ihn hilflos an. Okay, er will mich irgendetwas fragen, aber ich verstehe nicht, *was*! Hilfe!!!

Um ihm begreiflich zu machen, dass ich ihn nicht verstanden habe, ziehe ich demonstrativ die Schultern hoch und fixiere seine mittlerweile blau angelaufenen Lippen. Was will er mir sagen? Doch erst als Tom nach einer besonders schweren Attacke kurz ein wenig Luft bekommt, kann er noch einmal fragen.

»Waren ... im Sandwisch ... Nüsche?????????«, krächzt er hervor und fängt sofort wieder an zu röcheln.

»Ja, Walnüsse! Die geben viel Energie«, antworte ich, und in Sekundenschnelle schwant mir Böses. Was für Torben Manuels Chilis waren, sind für Tom doch nicht etwa ... Walnüsse??? Oh Gott. »Du bist doch nicht etwa allergisch gegen Walnüsse?«, frage ich ihn panisch, und der entsetzte Blick, mit dem er mich anschaut, ist Antwort genug.

Aus Toms Augen spricht mittlerweile Todesangst, und sein Gesicht ist völlig verzerrt. Alles schwillt an wie bei einem Kugelfisch, und das Röcheln wird immer leiser.

»Wir brauchen einen Arzt, verdammt noch mal!!!!«, kreische ich los und kann nicht mehr aufhören. »Arzt!!! Arzt!!!! Wir brauchen einen ARZT!!!! Wir brauchen einen Notarzt!!!! HILFEEEEEE!!!!!!!!!« Ich werde immer panischer. Tom kann doch nicht hier vor meinen Augen ersticken!!!

Gerade als ich ernsthaft befürchte, dass kein Arzt rechtzeitig da sein wird, und verzweifelt versuche, mich an Lisas Notgriff zu erinnern (der mir natürlich nicht mal entfernt einfallen will), werden wir erlöst. Während ich gerade Toms Kopf mit der Hand stütze, damit er wenigstens noch ein bisschen Luft bekommt (zwar kein Stewardessen-Zaubergriff, aber mehr habe ich leider nicht drauf), sagt jemand hinter mir energisch »Platz da«, und ich spüre, wie mich irgendjemand entschlossen zur Seite schiebt. Erst will ich mich wehren, denn ich lasse Tom auf keinen Fall allein, doch dann sehe ich, dass es ein Rettungssanitäter ist. Ihm mache ich natürlich gerne Platz. Ich bin so erleichtert, dass endlich Profis da sind, die Tom helfen können!

Innerhalb von Sekunden ist er umringt von einer Mannschaft in orange-weißen Anzügen und bekommt irgendwelche Sachen gespritzt. Ich stehe nur wie versteinert da und kann nicht fassen, was gerade passiert.

Habe ich Tom wirklich gerade fast umgebracht??? Ein paar Minuten vor der wichtigsten Livesendung seiner Karriere? Hätte ich das verhindern können? Hat er mir jemals von seiner Nussallergie erzählt? Habe ich es etwa vergessen??? Hektisch krame ich in meinem Gedächtnis nach einer derartigen Info, aber ich kann mich beim besten Willen nicht erinnern, dass er mir jemals von einer solchen Allergie erzählt hat. Trotzdem – wie konnte das alles nur passieren? Vor ein paar Minuten war doch noch alles bestens, und nun liegt Tom auf einer Bahre und wird von Notärzten versorgt. Oh mein Gott! Was habe ich da nur wieder angestellt???

»Ins Krankenhaus? Ich glaube, Sie sind verrückt! Er moderiert hier gleich eine Livesendung!«, holt mich Vampirellas entrüstete Stimme zurück in die Realität.

Ins Krankenhaus? Schnell stelle ich mich zu den beiden und bekomme mit, wie der Notarzt beruhigend auf Verena einredet und ihr höflich, aber unerbittlich klarmacht, dass Tom sofort in die Klinik muss.

»… schweres Asthma und dramatische Schwellungen … Lebensbedrohlich … irgendein Auslöser …«

Ich kann hören, was der Arzt sagt, aber zu mir dringen nur einzelne Brocken durch.

»Auslöser? Was für ein Auslöser denn???«, kreischt die Vampirella.

»Das wissen wir leider noch nicht«, antwortet der Notarzt wahrheitsgemäß.

»Ein Walnuss-Ciabatta«, flüstere ich.

»Was???«, Vampirellas vor Zorn sprühender Blick durchbohrt mich.

»Danke, das ist eine wichtige Information!« Jetzt schaut der Arzt mich an. Allerdings nicht blutrünstig wie meine Chefin, sondern sehr freundlich.

Anscheinend freut er sich wirklich über die Information. Was ja wohl ein gutes Zeichen ist. Vielleicht spritzen sie Tom jetzt irgendein Walnuss-Gegenmittel, und innerhalb von zwei Minuten ist er wieder fit.

»Bitte, bitte, lass es so sein«, bete ich.

»Welcher gehirnamputierte Vollidiot hat ihm das gegeben?« Vampirellas Augen sprühen Funken und fixieren mich weiterhin.

»Ich wusste nicht, dass …«, flüstere ich und spüre, wie sich meine Augen mit Tränen füllen.

»DU!!!!!!!!!! Das hätte ich mir ja denken können, du wandelndes Unglück, du!«, schreit sie mich an und mustert mich von unten bis oben, als ob ich ein ekliges Insekt wäre.

»Dann wollen wir den Patienten mal ins Krankenhaus bringen. Machen Sie sich keine Sorgen, er ist außer Lebensgefahr, alles wird gut!«, fällt der Arzt ein und bedenkt mich mit einem freundlichen Seitenblick. »Alles wird gut!«, wiederholt er noch einmal und gibt dann das Zeichen zum Abmarsch.

Also kein Zwei-Minuten-Wundermittel. Stattdessen heben die Sanitäter Toms Bahre hoch, und der Tross setzt sich in Bewegung. Automatisch laufe ich hinter ihnen her. Ich will auf keinen Fall von Toms Seite weichen! Hektisch bahne ich mir meinen Weg. Überall stehen Teammitglieder mit betroffenen Gesichtern herum. Aber ich nehme sie gar nicht richtig wahr, ich will nur bei Tom bleiben. Er muss wissen, dass ich da bin und wie leid es mir tut. Doch gerade als ich das Ende des Sets erreicht habe, bleibe ich mit meinem Kleid irgendwo hängen und muss notgedrungen innehalten. Als ich mich umdrehe und mich losmachen will, sehe ich, dass ich gar nicht hängen geblieben bin. Die Vampirella hält mich an meinem Rock fest!

»Du bleibst hier, Madam! Ich glaube, ich spinne! Du hast meinen Moderator gekillt, also besorgst du mir einen neuen, und zwar auf der Stelle!!! Du hast genau«, schnell schaut sie auf ihre Uhr, »zehn Minuten dafür! Dann beginnt die Livesendung, und glaube mir, KNL wird deinetwegen sicher nicht schwarz senden!!!«, schreit sie mich an, und um ihren Mund herum bildet sich ein klein wenig Schaum.

»Aber ich muss zu Tom. Ich muss ins Krankenhaus! Und hier ist kein anderer Moderator! Was soll ich denn bitte schön tun?«, frage ich sie, und da die Antwort selbsterklärend ist (ich *kann* nichts tun), wende ich mich wieder um und will den Sanitätern weiter folgen.

»Hiergeblieben!«, kreischt es hinter mir, und ich höre das Geräusch von reißendem Stoff.

Fassungslos drehe ich mich um. Verena steht dort, immer noch vor Wut sprühend, ein Stück von meinem Tüllkleid in der Hand.

»Dann moderierst *du* eben! Alles ist besser, als schwarz

zu senden!«, schreit sie, und in Sekundenschnelle kommt Ruhe an den Set.

Alle Teammitarbeiter, die eben noch wild durcheinander geschnattert haben, sind nun still, und sämtliche Blicke ruhen auf mir und der Vampirella. Ich kann nicht anders. Ich muss hysterisch auflachen. Jetzt ist sie endgültig übergeschnappt!

»Hör auf zu lachen und reiß dich zusammen!«, blafft sie mich an. Dann klatscht sie zweimal in die Hände. »Ton! Maske! Macht sofort Anna fertig! Sie ist unsere neue Moderatorin. Ihr habt neun Minuten, dann gehen wir auf Sendung. Gott steh uns bei!«, schreit Verena. »Und näht ihr das hier wieder an, ich kann ihren Hintern sehen!«, setzt sie hinzu und drückt der nächstbesten Stylistin das abgerissene Tüllstück in die Hand. Sofort fangen alle an zu wuseln, und jemand beginnt damit, mich zu verkabeln.

WAAAAAAAAHHH!!!

Ja, sind denn hier alle verrückt geworden??? Energisch schüttele ich alle Hände ab und laufe Verena hinterher, die schon auf dem Weg zum Regisseur ist.

»Nein! Das mache ich nicht! Ich werde jetzt zu Tom fahren und sonst gar nichts! Er braucht mich! Und eine Moderatorin bin ich auch nicht!«, entgegne ich mit fester Stimme. »Such dir eine echte!«, werfe ich noch hinterher und will mich abwenden.

Da dreht sich Verena wie ein feuerspeiender Drache zu mir um, läuft wutschäumend auf mich zu und baut sich ganz dicht vor mir auf. Offenbar muss sie sich extrem zusammenreißen, um mir keine zu kleben. Jedenfalls atmet, nein schnauft sie zweimal und setzt dann an. »Wenn du Tom wirklich helfen willst, dann moderierst du! Das war seine Idee, seine Sendung, und wenn wir jetzt schwarz senden, ist das die größte Blamage, die der Sender je erlebt hat! Möglicherweise oder sogar höchstwahrscheinlich wird es mit dir als Moderatorin zwar nicht viel besser, aber es ist die einzige Chance, die wir haben! Wenn du Tom, mich und das gesamte Team hier«, sie macht eine ausladende Bewegung mit der Hand, »nicht enttäuschen und blamieren willst, dann reißt du dich jetzt gefälligst zusammen, lächelst nett und versuchst dein Bestes zu geben. So wie wir es hier alle tun. Verstanden?«, stellt sie mit eiskaltem Ton fest, der keine Widerrede duldet.

Ich kann nicht mal mehr zornig schlucken, da ist sie auch schon weg. Vorsichtig linse ich nach links und rechts. Überall zerknirschte Gesichter, die mich fragend anblicken. Bin ich jetzt der Buhmann? Wenn ich nein sage, stirbt die komplette Sendung, und das ganze Team ist im Arsch??? Pardon, das ist nur die Panik, die aus mir spricht! Aber das ist so was von unfair!!! Andererseits bin ich irgendwie schuld, dass es so ist, denn hätte ich Tom nicht das Sandwich gegeben… Oh Gott! In was bin ich da bloß wieder reingeraten?

»Das wird schon alles!«, flüstert mir im nächsten Moment eine der Stylistinnen ins Ohr und wischt mit einem Make-up-Schwamm alle Spuren weg, die die Tränen unter meinen Augen hinterlassen haben.

»Gott sei Dank haben die dich für die Show vorhin schon geschminkt!«, murmelt sie vor sich hin. »Und das Kleid ist auch perfekt! Du wirst toll aussehen. Da hört sowieso keiner mehr auf das, was du sagst.«

»Das Wichtigste beim Fernsehen ist ohnehin die Optik. Deswegen wird auch alles gut gehen. Mach dir keine Sorgen!«, spricht mir eine zweite Stylistin Mut zu und wuschelt mir durch die Haare.

Ich kann nichts erwidern. Ich kann nicht mal mehr klar denken. Anscheinend hat das Team kollektiv beschlossen, dass ich den Karren schon irgendwie aus dem Dreck ziehen werde. Doch in meinem Kopf geistern tausend Fragen herum. Wie konnte das alles nur passieren? Warum ist Tom nicht bei mir, sondern auf dem Weg ins Krankenhaus? Und was zum Teufel tue ich hier??? Antworten darauf hahe ich keine, aber ich hätte auch gar nicht die Zeit, um mir selbst zu antworten, denn schon werde ich weitergeschoben. Ich weiß gar nicht, wie mir geschieht, plötzlich stehe ich hinter dem Moderationspult auf Toms Platz, und das Scheinwerferlicht blendet mich. Hinter dem lila Moderationspult, das ich für Tom ausgesucht habe…

»Okay, Anna, das ist sozusagen eine Glückssituation im Unglück!«, reißt mich Mehmet aus meinen Gedanken.

Sehen kann ich ihn nicht, nur hören. Das Licht ist einfach zu grell. Wie macht Tom das hier nur? Ich komme mir vor, als würde ich ohne Sonnenbrille in der Sahara nach unbekannten Flugobjekten Ausschau halten.

»Anna!«

WAAAAAAAHHHHH! Mehmet schon wieder.

»Anna, du bist mit Tom jede einzelne Moderation tausendmal durchgegangen. Du kennst sie alle! Das ist toll. Gemeinsam bekommen wir das hin, da bin ich mir sicher. Und Tom wäre stolz auf dich!«, fügt der Regisseur hinzu.

Ich muss schlucken. Irgendwie fühlt sich das alles furchtbar falsch an. Ich will ins Krankenhaus, zu Tom. Ich will nicht hier stehen und seine Show moderieren…

»Noch eins dreißig, dann sind wir drauf!«, höre ich jemanden sagen, und schnell werde ich noch einmal abgepudert.

»Anna!!! Lächle gefälligst!!!!!!«, zischt es direkt in meinem Ohr, und vor lauter Schreck mache ich einen Satz zur Seite. Irgendjemand muss mir einen Ohrstöpsel verpasst haben, und nun dringt Vampirellas Stimme direkt in mein Trommelfell vor! WAAAAAHHH! Was für eine Horrorvorstellung!

»In ein paar Sekunden sehen dich fast drei Millionen Menschen live auf dem Fernsehschirm! Also tu mir bitte den Gefallen und hör auf auszusehen wie ein angeschossenes Bambi auf Opium. Du bist eine strahlende Moderatorin, die Millionen von Haushalten mit Fashion und Glamour beglücken möchte, okay? Du weißt, ich mag dich nicht besonders, aber wenn ich der Meinung wäre, dass du das nicht kannst, hätte ich dich dort nicht hingestellt. Tom wollte dich sowieso für die Interviews vor der Kamera haben, also muss er dir irgendwas zutrauen. Und da ich Tom einiges zutraue, hoffe ich, dass er recht behalten wird. Also, enttäusche mich lieber nicht!«, schallt es in mein Ohr.

Während ich noch darüber nachdenke, dass diese Sätze gerade das Netteste waren, was die Vampirella je zu mir gesagt hat, sehe ich, wie eine der Regieassistentinnen die Hand hochhält und rückwärts die verbleibende Zeit abzählt.

Alles sieht tatsächlich danach aus, als ob ich da jetzt durch müsste. Entweder das, oder ich lasse Toms Sendung endgültig platzen. »Mach es für Tom und denk einfach an den Laufsteg vorhin!«, sagt mir eine innere Stimme. »Das hast du auch irgendwie geschafft.«

Im Endeffekt ist es fast das Gleiche. Nur dass ich nicht laufen, sondern reden muss. Und Reden kann ich eigentlich besser als Laufen. Ach, es wird schon irgendwie klappen. Nein, ich korrigiere. Es *muss* klappen! Die Regieassistentin zählt lauter. Ich schließe ein letztes Mal die Augen und stelle mir vor, Tom stünde neben mir und würde mir Kraft geben. Das hilft.

»Drei.«

Oder auch nicht. Ich will hier weeeheeeeeg!!!!

»Zwei.«

Was zum Teufel tue ich hier???

»Eins.«

Oh mein Gott!!! Ich *will* das nicht tun!

»Go!«

Scheiß drauf.

Ich atme ein, stelle mir vor, dass Tom neben mir steht und mich aufmunternd ansieht, und dann strahle ich einfach in die Kamera.

»Einen wunderschönen guten Abend und herzlich willkommen zu dem Event des Jahres, der Munich Fashion Week! Heute werden Sie Deutschlands schönste Landeshauptstadt einmal so kennenlernen, wie Sie sie noch nie erlebt haben! Dort, wo sich sonst Millionen von besoffenen Preißn und verstrahlten Australiern in maschinell gefertigte Billig-Lederhosen hüllen, regiert heute die Fashion! Glamour, Glitzer, Gucci und Co. – so lautet das Motto der ersten Munich Fashion Week. Seien Sie live dabei, wenn Dior auf Dirndl und Chanel auf Schafkopf trifft! Mein Name ist Anna Abendrot. Das ist kein Witz, und ich freue mich sehr, Sie heute durch die exklusive Livesendung *Flash!* – die Fashion Week! führen zu dürfen. MAZ ab!«

Kaum habe ich Luft geholt, kommt auch schon der erste Einspieler, und ich wage es, wieder zu atmen. Oh Gott. Ich lebe noch!

»Das ist aber nicht die Moderation, die du mit Tom geübt hast!«, zischt die Vampirella mir ins Ohr.

»Klappe!«, zische ich zurück und versuche mich ganz auf die Stylistin zu konzentrieren, die mich gerade wieder abpudert. Außerdem habe ich längst vergessen, was ich eben gesagt habe. Ich fühle mich wie in Trance. Der Schock wegen Toms Anfall sitzt tief, und dass ich mich plötzlich mitten in einer Livesendung befinde (die ich planloser Vollpfosten auch noch moderieren soll!!!), macht es nicht besser. Deswegen: Sorry, ich habe wirklich nicht die leiseste Ahnung, was ich da eben geplappert habe. Aber immerhin *habe* ich etwas gesagt, und das verbuche ich persönlich schon mal als Erfolg.

Und – oh Wunder – auch die nächsten Anmoderationen klappen einigermaßen. Okay, ich halte mich nicht zu einhundert Prozent an die Zeitvorgaben, aber ist das bei einer Livesendung nicht immer so? Nach der sechsten Anmod habe ich herausgefunden, dass ich spätestens dann zum Ende kommen sollte, wenn die Regieassistentin anfängt, mit hochrotem Kopf auf und ab zu hüpfen. Vorher, wenn sie nur winkt und Schneidebewegungen an ihrem Hals entlang macht, ist das eigentlich nur Show. Die lassen mich stets den angefangenen Satz noch zu Ende sprechen. Erst wenn sie anfängt zu hüpfen, gehen sie sofort in die Werbung, egal ob ich noch von meinem ersten Trip nach New York erzähle oder nicht. Wieder was gelernt.

So dumm stelle ich mich insgesamt gar nicht an. Tom fände mich bestimmt witzig. Gut, ich hätte die letzte Kreation von Diane von Fürstenberg vielleicht nicht als einen »überteuerten Haufen von Stofffetzen« bezeichnen sollen, aber das war witzig gemeint. Ich habe ihre Kollektion noch nie gesehen, das hat Manuel nur irgendwann mal gesagt, außerdem sitzt Diane noch immer am Flughafen in New York fest und bekommt überhaupt nicht mit, was ich sage. Kein Grund für Verena, mir derart ins Ohr zu schreien, dass sogar die Technik versagt! Aber umso besser! Nach Vampirellas letztem Wutanfall hat mein Inear komplett den Geist aufgegeben, und nun bin ich diese kreischende Stimme endlich los!

Gerade als ich anfange, mich halbwegs zu entspannen, steht wie aus dem Nichts Karl Lagerfeld neben mir! Ich erschrecke mich so sehr, dass ich unwillkürlich einen Satz nach hinten mache und beinahe über einen Scheinwerfer stolpere. Aber Karl hält mich mit einem erstaunlich kräftigen Händedruck fest und rettet mich so.

»Na, na, junge Dame! Wo wollen Sie denn hin? Wir wollten doch hier ein Interview führen? Apropos, wo ist denn Ihr bezaubernder Kollege?«

»Äh, krank«, stottere ich und merke, wie mir sofort die Tränen in die Augen schießen.

Tom!

Ich hoffe so sehr, dass es ihm mittlerweile besser geht. Der Gedanke daran, dass er in irgendeinem sterilen Krankenhauszimmer liegt, lässt mich nicht los. Sofort spüre ich, wie meine Unterlippe zu beben anfängt. Ich muss mich ganz dringend zusammenreißen! Gleich sind wir live mit Karl Lagerfeld auf Sendung, da darf ich auf gar keinen Fall losheulen wie ein hysterisches Comic-Häschen. Und später anfangen tun die nie, selbst wenn man weint oder noch nicht fertig ist und sich zum Beispiel noch Lipgloss von den Zähnen wischt. Das habe ich auch schon gelernt. Also versuche ich mich irgendwie einigermaßen zu beruhigen, denn die Regieassistentin hält schon wieder die Hand hoch und zählt.

Oh-oh! Es geht los.

»Hier sind wir wieder! Live und frisch von der Munich Fashion Week! Apropos, ganz frisch ist er nicht mehr… also… nicht frisch in der Modewelt, meine ich, nicht im Sinne von nicht mehr ganz frisch… Ähm. Wie auch immer. Neben mir steht live und exklusiv bei *Flash!* Karl Lagerfeld!«

»Eine sehr charmante Vorstellung. Danke!«, näselt Karl, und seine Sonnenbrille bebt leicht.

Ich hoffe vor Amüsement, nicht vor Empörung.

»Herr Lagerfeld, Sie sind quasi die graue Eminenz der Fashion-Welt. Zu Hause in Paris, geliebt in London, Berlin und New York. Was sagen Sie dazu, dass die Fashion Week erstmals in München stattfindet?«

»Nun ja, was soll ich dazu sagen? Ich bin ja grundsätzlich offen für Neues. Solange man mich mit dieser primitiven Lebenskultur, diesem Schweinsbraten und dem ganzen anderen Plastikzeug in Ruhe lässt, gehe ich damit d'accord. Wissen Sie, Chanel könnte überall Glamour verstreuen, selbst in einem Pferdestall.«

»Wo Sie gerade Pferdeställe erwähnen... Haben Sie nicht auch diese tolle Country-Kollektion designt? Wenn ich mich recht erinnere, war die Tochter von Prinzessin Caroline das Gesicht der Kampagne...«

»Sie meinen Charlotte Casiraghi! Nein, das war Gucci«, näselt Karl, und ich kann ihm deutlich ansehen, dass ich langsam ernsthaft in Ungnade falle.

»Oh. Na ja, so gut hat sie mir nun auch wieder nicht gefallen«, antworte ich schnell und durchforste mein Hirn nach irgendwelchen zuverlässigen Lagerfeld-Chanel-Infos, mit denen ich ihm schmeicheln kann. Ich habe das Gefühl, alle Infos aus den Vorbereitungsmeetings vergessen zu haben. Glücklicherweise werde ich dann doch fündig. Soweit ich mich erinnern kann, hat Manuel mehrfach von den besonderen Catwalks bei Chanel geschwärmt.

»Herr Lagerfeld, Ihre Shows sind mit Abstand die spektakulärsten und beeindruckendsten der ganzen Modewelt! Ich erinnere mich an riesige Eisfiguren, ein historisches Karussell voller Models und einen Auftritt von Dita von Teese. Planen Sie auch etwas ganz Spezielles für München?«

»Dita von Teese war bei Gaultier, meine Liebe«, presst Herr Lagerfeld hervor.

Autsch! Das läuft nicht gerade wie geschmiert... Vor lauter Angst, dass Karl gleich entrüstet den Set verlässt, möchte ich ihn am liebsten am Ärmel seines perfekt gestärkten Sakkos festhalten. Glücklicherweise macht er aber Anstalten, trotz meines erneuten Fauxpas weiterzusprechen. Was mich gelinde ausgedrückt erstaunt. Er scheint lockerer zu sein, als man gemeinhin so annimmt.

»Natürlich planen wir für München etwas Besonderes, auch wenn es sich dabei nicht um den Auftritt einer Stripperin handelt.«

Begeistert nicke ich und krame in meinem Gehirn nach der nächsten offiziellen Frage. Ich begebe mich garantiert nicht noch einmal aufs Glatteis und schlage Karl damit endgültig in die Flucht! Fragen zu München … da war doch was!

»Im Vorfeld gab es Gerüchte, dass Chanel anlässlich der Munich Fashion Week eine eigene Dirndl-Kollektion präsentieren wird. Stimmt das denn?«

»On ne sais jamais.«

Mist, das war keine gute Frage. Man muss Fragen immer offen formulieren, hat Tom mir mal erklärt, und beim Gedanken an ihn krampft sich mein Herz sofort wieder zusammen … Bitte, bitte lass es ihm besser gehen! Hoffentlich konnten sie ihm im Krankenhaus schnell helfen. Und hoffentlich hat er keine Schmerzen … Dieses dämliche Sandwich! Was habe ich da nur angestellt, ich …

»Ähäm, ähäm.«

WAAAAAAAAAHHHHH!

Mist! Ich bin in einer Livesendung, und Karl Lagerfeld steht neben mir! Und er räuspert sich sichtlich genervt. Reiß dich zusammen, Anna! Tom würde nicht wollen, dass du seine Sendung versaust: Also, stell ihm schnell die nächste Frage.

»Besitzen Sie eigentlich eine Lederhose, Herr Lagerfeld?«, ist das Einzige, was mir auf die Schnelle einfällt und irgendwie München-spezifisch ist.

»Nun, nicht solche, wie man sie hier üblicherweise trägt. Lederhosen an sich sind ja sehr en vogue. Eine Lederhose, von einer großen, schlanken Frau getragen, sieht einfach fantastisch aus! Wenn man die Figur dazu hat …«

Ha! Dazu fällt mir eine *echte* Lagerfeld-Story ein!

»Finden Sie mich eigentlich zu fett?«

»Nein. Ein bisschen klein vielleicht, aber fett direkt nicht.«

»Mist.«

»*Comment?*«

»Als Sie die Sängerin Adele als fett bezeichnet haben, gab es so viel öffentliche Kritik, dass Sie ihr zur Entschuldigung eine ganze Wagenladung Chanel-Handtaschen geschickt haben, sagt man. Dafür würde ich mich auch als fett bezeichnen lassen.«

»Sie sind aber nicht fett.«

»Manchmal trage ich sogar formende Bauch-weg-Unterwäsche. Hat mir meine beste Freundin empfohlen.«

»Ich finde Sie trotzdem nicht fett.«

»Ein kleines bisschen vielleicht?«

»*Non.* Aber wenn Sie sich so sehr eine Handtasche von Chanel wünschen, kann ich Ihnen natürlich gerne eine zukommen lassen.«

»WIRKLICH????? Oh, Herr Lagerfeld, jetzt bin ich aber gerührt … Meinen Sie, meine beste Freundin könnte vielleicht auch … also …«

Aufgeregtes Hüpfen hinter der Kamera.

»Ähm ja. Herr Lagerfeld, vielen Dank für dieses fantastische Interview. Es war mir eine Ehre, meine Adresse gebe ich Ihnen dann gleich …«

»Meinem Assistenten bitte.«

»Natürlich! Also, vielen Dank noch mal, und toll, dass Sie da waren!«

»Hat mich auch sehr … gefreut.«

»Und nun liebe Zuschauer … MAZ ab!«

Wow.

Zehn Minuten später fühle ich mich ganze drei Köpfe kleiner. Dabei weiß ich beim besten Willen nicht, was alle haben. Kurz nachdem Herr Lagerfeld das Set verlassen hat (und ich seinem Assistenten meine und Leonies Adresse zugesteckt habe), bricht die Hölle über mich herein. Verena kommt sogar persönlich zu mir, um mich eigenhändig einen Kopf kürzer zu machen. Dabei war das Interview doch gar nicht sooo schlecht! Was haben die denn von mir erwartet? Dass ich hier spontan den nächsten Deutschen Fernsehpreis abräume? Also ehrlich! Glücklicherweise rettet mich der Zeitplan vor weiteren Attacken, denn die nächste Moderation steht an, und so zieht die Vampirella ohne mein Blut an ihren Händen giftspritzend ab. In der darauf folgenden Pause kommt dafür freudestrahlend die Regieassistentin auf mich zu.

»Anna, stell dir vor, wir haben es tatsächlich noch geschafft, auf die Schnelle einen super Interviewpartner als Ersatz für Diane zu finden. Gleich kommt Til Schweiger! Ist das nicht total super?«, fragt sie mich und blickt mich beifallsheischend an.

Ich spüre regelrecht, wie alle Farbe aus meinem Gesicht weicht und ich kalkweiß anlaufe. »Äh, ich weiß nicht recht. So richtig reinpassen tut er nicht. Außerdem hatten wir doch schon einen Mann. Wäre eine Frau nicht besser?«, versuche ich die Katastrophe irgendwie zu verhindern.

Mein Gegenüber sieht daraufhin ziemlich beleidigt aus und erwidert, dass Schweiger ja wohl perfekt sei und ich die nächsten zwei Moderationen unbedingt ganz kurz halten müsse, damit wir ausreichend Zeit für das Interview mit ihm haben.

Natürlich erkenne ich das sofort als meine große Chance! Ich muss also nur die nächsten zwei Blocks so viel und lange reden, wie ich kann, und am besten so schnell, dass sie mich unmöglich unterbrechen können. Das müsste ich glatt hinbekommen.

Also rede ich auf Teufel komm raus drauflos und plappere mir die Seele aus dem Leib. Als ich in einer kurzen Verschnaufpause aus dem Augenwinkel neben der Regieassistentin Til Schweiger wahrnehme, bekomme ich einen neuerlichen Panikschub und rede umso schneller weiter. Gnadenlos nutzt der Regisseur meine nächste Atempause und lässt die letzte MAZ einspielen. Zack steht Herr Schweiger neben mir und grinst mich diabolisch an. So kommt es mir zumindest vor. Außenstehende würden es bestimmt als ein freundliches Lächeln bezeichnen, aber ich weiß, dass er weiß, wer ich bin, deswegen gehe ich mal davon aus, dass er mir gegenüber nicht besonders freundlich gestimmt sein wird.

Doch wider Erwarten bleibt die große Katastrophe aus. Herr Schweiger ist ganz der smarte Medienprofi, und sobald wir wieder auf Sendung sind, führen wir ein ganz normales Interview. Sogar ein ziemlich gutes Interview, möchte ich behaupten. Als mir nach der dritten beantworteten Frage langsam dämmert, dass Herr Schweiger sich weder an mir rächen noch mich in die Pfanne hauen will, fange ich mich an zu entspannen und kann einigermaßen witzig und spontan reagieren. Da Herr Schweiger und ich überraschenderweise einen guten Draht zueinander entwickeln, antwortet er sogar auf einige persönliche Fragen, die man ihm wohl sonst so nicht stellen darf. Irgendwann hält die Regieassistentin wieder die Finger hoch, und ich mache die Abmoderation. Herr Schweiger und ich lächeln so lange in die Kamera, bis das rote Licht erlöscht, und als dies endlich der Fall ist, bricht innerhalb von Sekunden die Hölle über uns herein. Menschen rennen auf mich zu und umarmen mich, andere applaudieren, und irgendwo knallt ein Champagnerkorken.

»Es war anders, als ich es mir vorgestellt habe, aber irgendwie habe ich das Gefühl, dass wir gerade Fernsehgeschichte geschrieben haben«, flüstert mir ein ziemlich nass geschwitzter Mehmet ins Ohr.

Hinter mir bekomme ich mit, wie Til Schweiger meinen Namen ausspricht, und irgendwo von rechts höre ich Highheels im Stakkatoschritt heraneilen. Das kann nur die Vampirella sein. Aber ich will mit keinem reden, ich will niemanden sehen, außer einen … Tom!

Sobald das rote Licht erloschen ist, hat sich ein einziger Gedanke in meinem Kopf festgesetzt: Ich muss zu ihm! Egal wie, nur so schnell wie möglich! Meine Pflicht habe ich erfüllt, die Sendung ist gerettet oder auch nicht. Ganz egal, ich will einfach nur noch meinen Freund sehen, bei ihm sein, für ihn da sein!

»Ich muss los!«, rufe ich Mehmet zu und starte durch, bevor mich irgendjemand ansprechen oder ein Stück aus meinem Kleid rausreißen kann.

Wie im Fieber renne ich durch die Massen, vorbei an Kleiderstangen, Cateringwagen und Lounge-Ecken, in denen Models und Männer mit Sonnenbrillen sitzen. Zwei dieser Männer schnellen hoch, als ich an ihnen vorbeihaste, und die einzige Stimme, die ich in diesem Chaos gerne hören würde, dringt an mein Ohr.

»Anna!«

Ich bleibe stehen und schaue mich suchend um. Das war Leonie! Nun erkenne ich auch die beiden Männer: Es sind Manuel und Alex, händchenhaltend. Aber das registriere ich nur nebenbei. An ihnen drängt sich Leonie vorbei und stürmt auf mich zu.

»Du warst großartig!!!!!!!!«, kreischt sie los und umarmt mich.

»Einfach nur der Wahnsinn!«, stimmt Manuel ihr zu.

»Aber wieso hast du moderiert und nicht Tom? Wo ist er?«, fragt Leonie.

Ich fange sofort an zu weinen. »Im Krankenhaus!«, schluchze ich. »Ich habe ihn fast umgebracht!«

»Was???«, schreien Leonie und Manuel wie aus einem Mund, während Alex gar nichts sagt, sondern mich nur ruhig anblickt.

»Ich habe ihm ein Walnuss-Ciabatta gebracht, und dann hat er keine Luft mehr bekommen«, schluchze ich und spüre, wie die Tränenbäche mein Gesicht in eine schwarze Streifenlandschaft verwandeln.

»In welches Krankenhaus haben sie ihn denn gebracht?«, meldet sich nun Alex zu Wort.

»Ich habe keine Ahnung!!!«, brülle ich und heule noch lauter.

»Das kriegen wir raus. Kommt mit, Leute, ich parke am Hinterausgang!«, übernimmt Alex die Führung.

Er zieht sein Handy hervor, um in Erfahrung zu bringen, wohin wir fahren müssen, während wir zum Auto eilen. Als wir einsteigen, legt er auf und startet den Motor.

»Nymphenburger Straße, Rotkreuzklinikum«, sagt Alex nur und gibt Gas.

Manuel neben ihm auf dem Beifahrersitz dreht sich mit einem seligen Lächeln zu Leonie und mir um, und beide wissen wir, was er denkt. Mit einem leisen Lächeln tätschelt Leonie ihm stumm den Arm, was so viel heißen soll wie »Ja, dein Alex ist ein richtig toller Typ und noch sexier als James Bond, aber jetzt müssen wir erst Tom finden, damit es Anna besser geht und sie nicht mehr im Ungewissen ist«. Manuel nickt, streicht mir kurz über die Wange, was bei mir einen neuerlichen Weinkrampf auslöst, und dreht sich wieder nach vorn. Wir verstehen uns eben blind. Deswegen nimmt mich Leonie jetzt auch in den Arm und wiegt mich wie ein Kleinkind.

Die Anspannung der letzten Stunden fällt von mir ab und macht der extremen Angst um Tom Platz. Und der Angst, was er sagen wird, wenn er mich sieht. Wird er mich hassen? Wird er mir verzeihen wie sonst auch, oder wird er mich hinauswerfen und nie wieder ein Wort mit mir reden wollen? Geschweige denn andere Dinge mit mir tun?

Ich heule und heule und heule und dann sind wir plötzlich da. Alex lässt uns direkt vorm Eingang des Krankenhauses aussteigen und sucht einen Parkplatz. Also übernimmt Leonie die Führung und erkundigt sich am Empfang nach Tom.

»Vanderscheid ist der Nachname!«, höre ich sie sagen.

Wie durch ein Wunder nennt die Dame am Empfang uns ohne Probleme die Station, auf der er liegt. Sofort düsen wir los.

»Aber die Besuchszeit ist vorbei!«, schreit die Dame uns noch hinterher, doch wir ignorieren sie geschlossen.

»Immerhin liegt er nicht auf der Intensivstation, das ist ein gutes Zeichen«, beruhigt mich Leonie, als wir im Aufzug sind.

»Ja«, schniefe ich und kann es kaum erwarten, dass wir oben ankommen. Als sich endlich die Türen öffnen und wir auf den Krankenhausflur stürmen, pocht mein Herz wie verrückt, und in meinen Ohren rauscht es.

»Da vorn muss es sein!«, ruft Manuel und läuft voraus.

Ich stürme hinterher. Gleich sind wir da! Gleich bin ich bei Tom, kann seine Hand halten, mich entschuldigen und ihm alles erzählen, was in der Zwischenzeit passiert ist. Niemand wird meine Erlebnisse so nachvollziehen können wie Tom.

»Stopp!«, brüllt plötzlich eine Stimme wie ein Reibeisen, die uns sofort innehalten lässt.

Unwillkürlich muss ich an Kriegsfilme und brüllende Generäle denken. Hoffentlich ist der Flur hier nicht mit Landminen versehen! Ähnlich dramatisch hat der Schrei eben auf jeden Fall geklungen. Verwirrt drehen wir uns um. Auf uns eilt eine schnaufende Krankenschwester zu, ungefähr drei Köpfe größer als ich und ähnlich kompakt gebaut wie ein Minivan.

»Was machen Sie hier, und zu wem wollen Sie?«, herrscht uns der Minivan in Schwesternuniform an, als er uns erreicht hat.

»Zu Tom Vanderscheid!«, antworte ich dem vermeintlichen General und bin immerhin wieder in der Lage, für mich selbst zu sprechen.

»Auf gar keinen Fall! Die Besuchszeit ist längst vorbei, und Herr Vanderscheid braucht Ruhe«, entgegnet G. I. Joe mir im knallharten Armeeton.

»Aber ich *muss* ihn sehen, ich bin seine Freundin. Ich war dabei, als er … den Zusammenbruch hatte. Wie geht es ihm?«, sprudelt es voller Verzweiflung aus mir heraus.

Kritisch beäugt die Kampfschwester mich. »Es geht ihm den Umständen entsprechend gut. Aber wenn Sie seine Freundin sind und angeblich dabei waren, wo waren Sie dann bei seiner Einlieferung? Es tut mir leid, Sie dürfen da nicht rein. Außerdem hat Herr Vanderscheid mich gebeten, niemanden zu ihm zu lassen. Und wenn ein Patient keinen Besuch möchte, dann bekommt er auch keinen«, entscheidet sie und verschränkt die muskelbepackten Arme vor der Brust.

»Das verstehe ich«, versuche ich es auf die verständnisvolle Tour. »Aber wissen Sie, ich bin seine Freundin, er würde mich sicherlich gerne sehen. Außerdem muss ich mich dringend bei ihm entschuldigen …«, fahre ich fort, und beim letzten Wort rutscht mir schon wieder die Stimme weg, und meine Augen füllen sich mit Tränen.

»Madl«, setzt die Krankenschwester nun etwas freundlicher an. »Es tut mir leid, aber er hat ausdrücklich gesagt, dass ich *niemanden* zu ihm lassen soll. Das schließt Sie leider ein«, beendet sie das Gespräch, tätschelt mir leicht den Arm und weist uns den Weg zurück zum Aufzug.

»An der kommen wir lebend nicht vorbei«, flüstert Leonie mir ins Ohr, während wir mit hängenden Köpfen zurücktrotten.

Mir laufen die Tränen übers Gesicht.

Wir kommen gerade vor dem Aufzug an, da gehen die Türen auf, und Alex kommt uns entgegen. Als er unsere Gesichter sieht, erstarrt er. »Was ist los? Ist er …?«, fragt er schockiert.

»Er will *niemanden* sehen. Auch Anna nicht. Oder erst recht Anna nicht«, erklärt ihm Manuel.

Sofort heule ich auf. So mitleidig, wie mich die Rambo-Krankenschwester zum Schluss angeschaut hat, scheint das zu stimmen. »Niemand« ist offenbar eine Art Codewort für »Anna«. Oh Gott! Ich dachte, er würde mich anschreien, aber dass er nicht mal meinen Anblick erträgt, damit hätte ich nicht gerechnet.

»Gib ihm Zeit«, meint Leonie und legt einen Arm um mich. »Das ist alles zu frisch. Morgen sieht die Welt schon wieder ganz anders aus.«

Wie gerne möchte ich ihr glauben, aber es fällt mir schwer. Das heute war ein bisschen heftiger als meine Schluckaufattacke neulich im Kino. Tom liegt im Krankenhaus und konnte die wichtigste Sendung seiner Karriere nicht moderieren. Und das alles nur meinetwegen. Kein Wunder, dass er mich nicht sehen will!

»Jetzt fahren wir erst mal alle zusammen nach Hause und trinken eine große, heiße Schokolade, ihr Süßen. Die hilft immer! Und vorher bekommt Anna noch eine große Portion Pommes!«, ruft Manuel aufmunternd.

Leonie und er führen mich zum Ausgang, während Alex losrennt, um das Auto zu holen. Sie sind alle wirklich fabelhaft, trotzdem fürchte ich, dass mir diesmal weder Pommes noch eine heiße Schokolade helfen werden. Es sieht alles danach aus, als hätte ich es echt versaut. Und diesmal richtig!

Das Drama nach dem Sturm

Shoppingbeutetagebuch:

Zu deprimiert zum Shoppen

Manchmal, wenn etwas wirklich Schlimmes passiert ist, wacht man morgens auf und ist sich des vorangegangenen Dramas gar nicht bewusst. Man schlägt völlig unbedarft die Augen auf, streckt sich lächelnd und freut sich auf den neuen Tag. Erst ein paar Augenblicke später setzt die Erinnerung ein und Hand in Hand mit ihr dann auch das Bewusstsein, dass dieser neue Tag keineswegs Anlass zur Freude geben wird. Doch wenigstens hatte man ein paar unschuldige, glückliche Momente kurz nach dem Aufwachen, in denen das Leben noch in Ordnung war …

Ja, so etwas gibt es. Aber mir wird dieses Glück natürlich nicht zuteil.

Ich schlage die Augen auf und weiß sofort, was passiert ist, denn selbst im Schlaf habe ich es nicht vergessen können. Ich habe die ganze Nacht geträumt, dass Tom an irgendwelche Schläuche angeschlossen in der Notaufnahme liegt. Währenddessen eile ich mit einem Kamerateam und einem Mikro in der Hand durch das Krankenhaus und kommentiere live seinen Gesundheitszustand, was wiederum auf einem Riesenbildschirm auf der Fashion Week übertragen wird, wo dürre Models in Krankenschwesternuniformen im

Kreis laufen, während Til Schweiger und Karl Lagerfeld sie anfeuern. Im Hintergrund schreit die Vampirella, dass wir mehr Blut brauchen, während Tom nur stumm und mit vorwurfsvollen Augen zu mir herüberschaut und mit den Lippen immer wieder das Wort »Warum?« formt. Kurz gesagt, ich hatte eine echt miese Nacht.

Anscheinend sehe ich auch genau danach aus. Zumindest sprechen die Mienen von Leonie, Manuel und Alex Bände, als ich die Küche betrete. Groß geredet haben wir am Abend zuvor nicht mehr. Auf die Pommes und die heiße Schokolade habe ich dankend verzichtet und bin direkt ins Bett gefallen, wo ich mir die Decke über den Kopf gezogen und krampfhaft versucht habe, alles zu verdrängen. Was fantastisch funktioniert hat, wie man sieht.

»Wie geht's dir, Süße?«, fragt mich Leonie vorsichtig, während Manuel mir mit einem unsicheren Lächeln eine Tasse dampfender spanischer Schokolade reicht.

»Geht so«, antworte ich nicht ganz wahrheitsgemäß, denn ich fühle mich furchtbar. Prompt verbrenne ich mir auch noch die Zunge an dem heißen Kakao. Es brennt höllisch, aber egal, ich habe es zweifelsohne verdient.

»Heute Morgen war schon jemand vom Sender da und hat deine Handtasche gebracht. Die hast du gestern in dem Chaos wohl vergessen«, klärt Leonie mich auf.

Alex greift hinter sich und zaubert meine geliebte Marc Jacobs hervor. Meine Handtasche! Wie konnte ich sie nur liegen lassen?! Schließlich ist mein Handy da drin!!! Mein Handy! Natürlich!!! Tom hat gestern bestimmt versucht, mich zu erreichen oder mir zu schreiben! Ich Trottel!!! Hastig greife ich nach meiner Tasche und wühle nach meinem BlackBerry. Ganz unten finde ich ihn und schaue auf das Display. Der blinkt wie verrückt! Ich habe Hunderte E-Mails und SMS bekommen. Schnell gehe ich die Liste durch und suche nach Toms Namen, doch den finde ich nicht. Stattdessen entdecke ich eine SMS von meiner Mutter.

»Schalte mal KNL ein! Du bist im Fernsehen!«

Oh Gott. Egal, ich habe wahrlich keine Zeit, mich über meine Mutter aufzuregen, ich muss Toms Nachricht finden! Doch so lange ich auch suche, ich entdecke sie nicht. Stattdessen sind da tausende Nachrichten von Freunden und Bekannten, die teilweise ähnlichen Schwachsinn schreiben wie meine Mutter. Und eine E-Mail von Vampirella von heute Morgen, in der sie mich auffordert, sie *sofort* anzurufen. Oh-oh! Ein Drama kommt bekanntlich selten allein. Aber die Schreckschraube ignoriere ich erst mal. Ich will mit Tom sprechen. Mit klopfendem Herzen klicke ich auf seine Nummer und höre, wie die Verbindung aufgebaut wird.

»Der gewünschte Gesprächsteilnehmer ist zurzeit nicht erreichbar.«

Mist. Enttäuscht nehme ich das Handy vom Ohr und lege auf. Er will mich wohl immer noch nicht sprechen.

»Er darf sein Mobiltelefon im Krankenhaus gar nicht angeschaltet haben, Anna«, fällt Alex mit sanftem Ton ein.

»Als ob sich *daran* irgendjemand halten würde!«, erwidert Manuel und macht eine wegwerfende Handbewegung.

»Schreib ihm eine SMS, Süße, die liest er, sobald er sein Handy anmacht! Er darf es im Krankenhaus wirklich nicht anlassen. Außerdem hat er vielleicht keinen Akku mehr«, rät mir Leonie.

Sofort fange ich an zu tippen: »Bitte ruf mich an. Es tut mir alles so leid. Wie geht es dir? Ich liebe dich! Es tut mir wirklich sehr leid… Bitte rufe mich an! Deine Anna«.

Gerade als ich auf »Senden« drücke, klingelt mein Telefon. Ich bin schon versucht, an Schicksal zu glauben, doch es erscheint nicht Toms Name, sondern Verenas. Verzweifelt blicke ich erst das Handy an und dann Leonie.

Sie linst auf den Bildschirm und verzieht das Gesicht. »Irgendwann musst du sowieso mit ihr sprechen. Besser jetzt gleich. Dann hast du die erste Baustelle hinter dir«, meint meine weise beste Freundin.

Obwohl ich ihren Rat am liebsten ignorieren möchte, weiß ich, dass sie recht hat. Ich hole noch mal tief Luft, dann drücke ich den grünen Knopf und halte mir den BlackBerry ans Ohr. »Jaaaa?«, melde ich mich vorsichtig.

»Anna!!!! Wohin bist du gestern Abend einfach so verschwunden??!! Ich wollte dich sprechen! Und nicht nur ich! Also, was du da wieder fabriziert hast… Ich kann es nicht glauben. Das war die schlechteste und unprofessionellste Sendung, die wir jemals ausgestrahlt haben! Unfassbar!!! Aber hast du schon die Quoten gesehen?«

»Nein«, piepse ich kleinlaut in den Hörer.

»Sie sind fantastisch!!!!«, kreischt mir die Vampirella ins Ohr.

»Sind sie das?«, frage ich ungläubig nach.

»Ja! Schau mal in die Zeitungen! Die sind voll davon!!!! Alle schreiben über uns! Du bist auf der Titelseite vom *Blitz*! Im Radio spielen sie Ausschnitte aus deinen Interviews! Es ist unglaublich!!!«, kreischt sie weiter und klingt dabei so euphorisch, dass ich das Gefühl habe, jeden Moment könnten die Eiskappen schmelzen.

»Nachher ist ein großes Sondermeeting anberaumt. Der Vorstand will dich sehen! Um drei im Sender. Und sei ja pünktlich!«

Den letzten Satz spricht sie mit ihrer üblichen Vampirella-Stimme aus, und ich bin mir jetzt erst sicher, dass das eben kein Telefonscherz war.

»Hat jemand von euch heute schon eine Zeitung zu Gesicht bekommen?«, frage ich tonlos in die Runde.

»Nein, aber ich wollte sowieso gerade Brötchen holen gehen. Da kann ich ein paar mitbringen. Bin gleich wieder da«, verabschiedet sich Alex und küsst Manuel zum Abschied auf den Mund.

Wäre ich nicht so deprimiert, müsste ich jetzt eigentlich einen Freudentanz aufführen. Wenigstens *irgendwas* ist gestern nicht komplett schiefgelaufen, denn dem Honigkuchenpferdlächeln von Manuel nach zu urteilen, hat die Versöhnungsaktion voll eingeschlagen.

»Was steht denn in den Zeitungen?«, fragt Leonie vorsichtig nach.

»Anscheinend ziemlich viel Gutes zu gestern Abend … Die Quoten waren wohl hervorragend. Selbst Vampirella hat … glücklich geklungen!«, sage ich und kann es selbst kaum fassen.

»Huh!!!«, machen Leonie und Manuel parallel und schlagen synchron die Hände vor den Mund.

Die Vorstellung behagt keinem von uns so wirklich.

»Glücklich?«, fragt Manuel ungläubig und blickt zu Leonie. »Dann muss die Quote gigantisch gewesen sein«, flüstert er und wird kreidebleich.

»Oh mein Gott, Anna! Du wirst ein Star!!!!«, jubelt Leonie, nachdem sie sich wieder gefangen hat, und fängt an auf der Stelle zu hüpfen.

»Ein Star! Ein Star! Ein Star!«, kreischt nun auch Manuel und hüpft im Takt.

»Nein, ich will kein Star werden! Ich will zu Tom«, entgegne ich und setze mich erst mal auf den Küchenstuhl.

Doch die beiden beachten mich gar nicht weiter, sondern tanzen Hand in Hand durch die Küche und singen weiter ihr »Anna-wird-ein-Star!«-Lied.

»Ich will kein Star werden!«, schreie ich und versuche Leonies Arm zu erwischen, um sie endlich vom Hüpfen abzuhalten.

»Dafür dürfte es zu spät sein!«, sagt jemand von der Tür, und Alex erscheint in der Küche, eine Bäckertüte und einen Stapel Zeitungen in der Hand.

Eine davon hält er hoch, es ist der Münchner *Blitz*. Über die komplette Seite ist ein (ziemlich gutes) Bild von mir von der gestrigen Modenschau abgedruckt, und in fetten Lettern steht:

»Bye bye, Tom Vanderscheid, Hello, Anna Abendrot! Alles zu Deutschlands neuestem Star am deutschen Fernsehhimmel! Das Exklusivinterview heute im Blitz*!!!*«

Ich kann fühlen, wie mein Blut auf einen Schlag gefriert. Das kann nicht sein!!! Ja, spinnen die denn alle???

»Ich muss Tom anrufen!«, murmele ich nur und schnappe mir mein Telefon.

Manuel und Leonie stehen mit offenen Mündern da und starren die Zeitung an.

Toms Handy ist natürlich immer noch aus. Was geht hier eigentlich vor??? Das kann alles nur ein verdammt unlustiger Traum sein!

»Oh Gott, oh Gott, oh Gott«, wispere ich und schlage den Kopf immer wieder gegen die Küchenwand. Ernsthaft – was passiert hier bloß? Dass die Sache derart eskaliert, hätte ich gestern niemals gedacht. Ich habe gestern sowieso nicht gedacht, sondern nur funktioniert. Dass ich mit meinem Einsatz einen solchen Wirbelsturm auslösen und meinen Freund verlieren würde, war mir jedenfalls nicht klar. Und den anderen anscheinend auch nicht.

Leonie erwacht am schnellsten aus ihrer Schockstarre und schnappt sich die Zeitung. »Sag mal, hast du denen echt ein Interview gegeben?«, fragt sie und blickt mich zweifelnd an.

»Natürlich nicht!«, antworte ich entrüstet.

»Gut, da steht nämlich drin, dass Tom seinen Zenit als

Moderator lange überschritten hat und du dich glücklich schätzt, dass du diese Chance bekommen hast!«, flüstert sie und verzieht dabei das Gesicht, als säße sie gerade auf einem Zahnarztstuhl.

»WAAAAS steht da drin????«, schreie ich und reiße ihr die Zeitung aus der Hand. Ich kann meinen Augen kaum trauen. Es steht da tatsächlich! Und noch so einiges andere! Und zwar in Interviewform! Es klingt, als hätte ich tatsächlich mit jemandem von denen gesprochen! Was ich ganz sicher *nicht* getan habe! Ich bin zwar verplant, aber so verplant nun auch wieder nicht.

»Es war der großartigste Abend meines Lebens, und ich bedanke mich bei allen Mitarbeitern für die tolle Show. Wir haben da zusammen wirklich etwas Tolles auf die Beine gestellt, und ich freue mich schon auf das nächste große Projekt mit diesem fantastischen Team!«, erzählt uns Anna Abendrot, und ihre großen blauen Augen leuchten, während sie spricht.«

Oh nein. Ich glaube, mir wird schlecht.

»Hier steht drin, dass du was mit diesem italienischen Fußballer hast und dass ihr auf der Aftershowparty wild geknutscht habt!«, stellt Alex nüchtern fest und reicht mir ein weiteres Boulevardblatt.

Ich schaue gar nicht hin. Stattdessen schlage ich die Hände vors Gesicht und versuche ruhig zu atmen. Wenn ich diese Zeitschriften nicht sehe, dann existieren sie auch nicht.

»Ich war im Krankenhaus bei Tom, der mich nicht sehen wollte, und nicht auf irgendeiner Aftershowparty«, flüstere ich.

»Das will aber niemand lesen«, flüstert Manuel leise zurück.

»Dafür schreiben alle, wie toll du warst und dass du *der* neue Fernsehstar bist!«, stellt Leonie kurz darauf fest.

Ich linse vorsichtig hinter meiner Hand hervor. »Steht da auch irgendwo was über Tom und was mit ihm war und dass er meine große Liebe ist?«, frage ich mit einem leichten Anflug von Hoffnung.

»Nein, so direkt nicht. Die meisten schreiben nur, dass er unter ungeklärten Umständen den Set verlassen hat«, antwortet Leonie und überfliegt weiter die Blätter.

»Nein, die hier schreiben, dass er gefeuert wurde, weil er Platz für dich machen sollte!«, ruft Manuel und schwenkt eine Tageszeitung.

Mir läuft es eiskalt den Rücken runter. Wenn Tom *das* liest, will er endgültig nichts mehr mit mir zu tun haben! Aber er liebt mich, und ich liebe *ihn*!, schießt es mir durch den Kopf. Dann wird mir klar: Tom wird mich hassen, denken, ich hätte ihn verraten, und wird mich verlassen. Ich bin erledigt.

»Ganz ruhig, Süße, Tom ist ein Profi. Ihm muss klar sein, dass du damit nichts zu tun hast. Er weiß, wie die Medien ticken und dass die Schreiberlinge nur Blödsinn zusammendichten«, errät Leonie meine Gedanken und versucht mich zu beruhigen.

»Aber es ist nicht nur Blödsinn!«, falle ich ein. »Ich *habe* seine Sendung moderiert, ich *bin* für ihn eingesprungen, ich *war* schuld daran, dass er ausgefallen ist. Nur hätte das alles *niemals* passieren dürfen!«, schreie ich.

Leonie schaut mich mit festem Blick an. »Du konntest nichts dafür. Es war ein Versehen. Und das *weiß* Tom auch.«

Ich würde ihr so gerne glauben. Schniefend wähle ich noch einmal Toms Nummer. Er ist immer noch nicht erreichbar. Da kommt mir ein Geistesblitz. »Kann mir mal jemand die Nummer vom Krankenhaus raussuchen?«, frage ich.

Wie durch Zauberhand liest mir Alex, nachdem er gefühlte zwanzig Sekunden auf seinem Telefon herumgetippt hat, die Nummer vor. Mit klopfendem Herzen wähle ich und bin froh, dass ich endlich ein Freizeichen höre. Doch als die Dame vom Krankenhausempfang mir mitteilt, dass Tom bereits am Morgen entlassen wurde, verfliegt meine Euphorie im Nu. Dann hätte er sich doch längst bei mir melden müssen?

»Sie haben ihn bereits entlassen!«, teile ich den anderen kurzangebunden mit und wähle direkt Toms Festnetznummer. Ich muss ihn irgendwo erreichen können! Aber auch hier geht nur der Anrufbeantworter dran. Ich hinterlasse eine Nachricht, entschuldige mich noch mal für alles und erkläre so lange, dass die Zeitungsberichte nicht stimmen und ich ihn liebe, bis der Anrufbeantworter genug hat und mich aus der Leitung wirft. Okay, per Telefon wird das wohl nichts.

»Ich muss sofort zu seiner Wohnung!«, verkünde ich deswegen und rase wie ein geölter Blitz aus der Küche.

»Ich fahre dich!«, schreit Leonie mir hinterher.

»Putz dir vorher die Zähne!«, kommt es von Manuel.

Im Eiltempo stürze ich ins Bad, mache mich frisch, ziehe mir etwas an und verlasse mit Leonie im Schlepptau die Wohnung. Doch als wir nach einer Formel-1-verdächtigen Zeit, die Sebastian Vettel die Tränen in die Augen treiben würde, Toms Wohnung erreichen, reagiert niemand auf mein Klingeln. Nach zehn Minuten ohne Lebenszeichen aus der Freisprechanlage und ohne ein Summen des Türöffners, greift Leonie sanft nach meinem Arm.

»Süße, wenn du weiterklingelst, denken irgendwann die Nachbarn, dass du Scientologin bist oder irgendwelche Kids den Klingelstreich ihres Lebens veranstalten. Lass uns gehen …«

»Aber er *muss* da sein! Wer geht denn bitte schön nicht

nach Hause, wenn er gerade aus dem Krankenhaus entlassen wurde?!«, sage ich und drücke noch mal auf das goldene Schild mit der Aufschrift *T. Vanderscheid*.

»Er vielleicht!«, entgegnet Leonie. »Oder aber er will …«, setzt sie noch mal an und verstummt dann kleinlaut.

»Oder aber er will *was*???«, frage ich und wende den Blick vom Klingelschild ab und hin zu Leonie.

»Vielleicht will er dich im Moment wirklich nicht sehen. Er kommt frisch aus dem Krankenhaus, ist fertig, realisiert wahrscheinlich jetzt erst, was passiert ist, und muss das alles erst mal verarbeiten. Gib ihm Zeit. Er hat deine Nachrichten bekommen, er weiß, dass du ihn liebst. Er wird sich melden«, versichert mir meine beste Freundin, und ich kann ihr ansehen, wie schwer es ihr fällt, so ehrlich zu sein.

Am liebsten würde ich »Nein, nein, nein!« brüllen und weiterklingeln, aber ganz tief in mir drin weiß ich, dass sie recht hat. Ich kann nicht mal sagen, wie ich an Toms Stelle reagiert hätte. Wahrscheinlich würde ich ihn schon sprechen wollen und mir seine Version der Geschichte anhören. Aber ich bin weder ein Mann noch hatte ich einen schweren allergischen Schock. Und ich habe auch nicht den größten Moment meiner Karriere wegen eines Ciabatta-Brötchens in der Notaufnahme einer Klinik statt vor der Kamera verbracht.

»Also gut«, seufze ich, »lass uns nach Hause fahren.«

»Das machen wir. Unterwegs spendiere ich dir noch eine extragroße Portion Pommes!«, antwortet Leonie erleichtert und hakt mich unter.

Gemeinsam laufen wir auf ihr Auto zu. Als wir es erreicht haben und ich die Hand ausstrecke, um die Autotür zu öffnen, stocke ich. Was, wenn er nur unter der Dusche war?

»Warte kurz!«, rufe ich Leonie über das Autodach hinweg zu und renne zurück zu Toms Tür. Aufgeregt klingele ich. Einmal. Zweimal. Dreimal. Nichts.

»Anna?«, höre ich Leonies Stimme von der Straße.

Mit hängenden Schultern laufe ich zurück zum Auto und steige ein. »Er hätte im Bad sein können«, erkläre ich leise.

»Ja, das hätte er«, sagt Leonie und drückt fest meine Hand.

Und dann muss ich wieder weinen.

Dreieinhalb Stunden später sitze ich mit dem Geschäftsführer von KNL, dem Vorstandsvorsitzenden, dem zuständigen Senior Vice President, dem Vice President und der Vampirella in einem Konferenzraum im obersten Stockwerk des Sendergebäudes. Dank meines persönlichen Beauty-Task-Force-Teams in Gestalt von Leonie und Manuel sehe ich aus wie das blühende Leben, obwohl ich mich wie ein Häufchen Elend fühle. Nicht mal meine Lieblingsnervennahrung in Form von frittierten Kartoffeln hat mich aufbauen können.

Das interessiert am Tisch allerdings natürlich niemanden. Stattdessen tun sie so, als wäre ich eine Art weiblicher TV-Superheld und werfen mit englischen Fachbegriffen um sich, von denen ich noch nie im Leben gehört habe. Mit begeistert aufgerissenen Augen hält der Geschäftsführer gerade einen Monolog, dem alle außer mir problemlos folgen können.

»Nicht nur, dass gestern der Audience Flow sensationell war! Nein, man konnte schon ab der ersten Minute sehen, dass wir den Strukturanteil männlich wie auch weiblich in der Kernziel- sowie in der gesamten Zielgruppe von vierzehn bis neunundvierzig nahezu verdreifacht haben! Die Tonalität des Storytellings hat in jeder Minute der Sendung perfekt gepasst. Anna hat die Emotionen und den USP unserer Show ideal verkörpert! Wenn wir das im Daily Format genauso hinbekommen, profitiert davon nicht nur die Prime Time, sondern auch davor die Access und später die Late

Prime! Win-Win sag ich da nur! Ich habe meiner Assistentin bereits aufgetragen, einen Development Request für das nächste Format Development Bonds zu erstellen und nach diesem grandiosen Erfolg natürlich auch ein Next Season Board!«

Ich nicke lächelnd und tue so, als ob ich eine genaue Ahnung davon hätte, was der Mann da von sich gibt.

»Authentizität!«, brüllt der Vice President vom anderen Ende des Tisches, und mein Kopf schnellt automatisch zu ihm herum. »Unsere Sendergesichter sind so authentisch wie ein Haufen Disney-Figuren auf Koks! Das will doch keiner mehr sehen, dieses ganze gebleachte Grinse-Theater! Aber das gestern, *das* war echt! Total authentisch! Wie eine Mischung aus Daniela Katzenberger und Angela Merkel, nur mit schöneren Haaren, Niveau und einhundert Prozent zielgruppenaffin! Richtig gut. Wirklich richtig gut«, setzt er nach und nickt bei jedem Wort so heftig, dass seine zu Igelstacheln gegelten Haare im Takt wippen.

»Na ja, nicht alle Sendergesichter sind so!«, werfe ich vorsichtig ein. »Tom Vanderscheid zum Beispiel …«

Weiter komme ich nicht, da Vampirella mir unter dem Tisch einen schmerzhaften Tritt gegen das Schienbein verpasst. Fragend funkele ich sie an und kassiere prompt einen ihrer Todesblicke.

»Da Sie das Thema anschneiden«, meldet sich der Geschäftsführer wieder zu Wort. »Wir bedauern die Kündigung von Herrn Vanderscheid außerordentlich. Aber da daran nichts mehr zu ändern ist und *Flash!* ein neues Gesicht braucht, möchten wir Ihnen die Moderation des Formats anbieten. Ab sofort. *Flash!* ist eines der renommiertesten Formate von KNL, und nach der gestrigen Sendung sind wir alle hier über die Maßen davon überzeugt, dass Sie diesem großartigen Format einen frischen, neuen und innovativen

Touch verleihen werden. Anna Abendrot und *Flash!* werden die deutsche Fernsehlandschaft aufmischen! Wir planen großartige Specials! Auf jeden Fall wollen wir live von der Fashion Week in New York senden, die Grammys abdecken und vielleicht – warum nicht? – auch mal eine Livesendung aus Abu Dhabi zur Formel 1 planen. Wir werden ganz neue Wege gehen, und es wird grandios werden!«

Fünf Augenpaare ruhen auf mir und starren mich erwartungsvoll an.

»Tom hat gekündigt???« Ich kann nicht glauben, was ich da eben gehört habe.

»Ja, Herr Vanderscheid wird, natürlich alles noch ganz inoffiziell, der neue *Tagesschau*-Sprecher. Ganz überraschend war das für uns natürlich nicht. Nur der Zeitplan ist etwas kurzfristig. Herr Vanderscheid möchte seinen gesundheitlichen ... Ausfall offenbar für eine Auszeit nutzen. Eigentlich war geplant, dass er *Flash!* noch einige Wochen weiter moderiert, doch wie sein Management uns heute Morgen mitgeteilt hat, steht er ab sofort nicht mehr zur Verfügung. Das ist zwar vertraglich gesehen nicht ganz astrein, aber da wir mit Ihnen«, er zwinkert mir verschwörerisch zu, »exzellenten Ersatz gefunden haben, wollen wir dieser kurzfristigen Entscheidung ausnahmsweise zustimmen.«

Für einen kurzen Moment bin ich sprachlos. Tom wird *Tagesschau*-Sprecher? Nicht überraschend? Das heißt, er hat es schon länger gewusst und vor mir geheim gehalten? Und ich soll ab sofort *Flash!* moderieren???? Was ist hier eigentlich los? Ich drehe mich zu Verena um. »Heißt das, ich soll künftig die Sendung moderieren? *Deine* Sendung?«, frage ich sie und ziehe die Augenbrauen hoch.

»Nun ja«, beginnt die bisher auffallend schweigsame und zurückhaltende Vampirella. »Die Quote gestern war wirklich sensationell.«

»Natürlich sind wir von Ihrem Talent hin und weg und überzeugt von Ihrer Personality!«, setzt der Vice President schnell hinzu und wirft der Vampirella einen finsteren Blick zu, woraufhin diese sofort in sich zusammensinkt.

»Aha«, ist alles, was ich dazu sagen kann. Das ist mir gerade alles ein bisschen zu viel.

»Kann ich eine Nacht drüber schlafen?«, versuche ich etwas Zeit zum Nachdenken zu gewinnen, woraufhin die Vampirella schon wieder zusammenzuckt.

»Natürlich«, beantwortet der Vice President meine Frage. »Es ist nur so…«, fährt er fort, und ich schaue ihn mit fragenden Augen an. Sätze, die so beginnen, enden in der Regel nie gut.

»Die erste Sendung, die Sie moderieren würden, wäre bereits morgen, und wir müssten heute die Pressemitteilung rausgeben. Das heißt, das mit der Bedenkzeit gestaltet sich ein klein wenig schwierig. Ganz unter uns, also so eine Chance… Ich habe noch nie jemanden erlebt, der da erst drüber schlafen musste«, fügt er an und zwinkert mir zu.

»Morgen die erste Sendung???«, keuche ich nun richtig schockiert.

Die Runde schweigt betreten. Bis auf den Vice President, der nickt.

»Was, wenn ich nein sage?«, frage ich und drehe die Beine schnell genug zur Seite, um dem Tritt der Vampirella auszuweichen.

»Vielleicht sollten wir an diesem Punkt über Ihr neues Gehalt sprechen«, meldet sich zum ersten Mal der Vorstandsvorsitzende zu Wort.

Als mir der Geschäftsführer kurz darauf ein Blatt Papier mit vielen Zahlen hinschiebt, wird mir klar, wie dringend der Sender eine neue Moderatorin oder vielmehr *mich* braucht.

»Tom hat wirklich gekündigt?«, frage ich noch mal und schaue die Vampirella an.

Sie nickt.

»Und sein Wechsel zu den Öffentlich-rechtlichen steht schon lange fest?«, bohre ich nach.

Sie nickt wieder.

Ich kann immer noch nicht glauben, dass Tom mich die ganze Zeit angelogen hat. Das erste Mal seit Stunden habe ich kein schlechtes Gewissen, sondern bin ziemlich sauer und verletzt. Mich ignoriert er wegen einer unglücklichen Brötchenauswahl völlig, will nicht mal mehr ein Wort mit mir sprechen, und dabei hat *er mich* die ganze letzte Zeit angelogen! Wie oft haben wir über die große Sendung und die Zukunft gesprochen, und dabei wusste er längst, dass er sowieso den Sender wechseln wird??? In was für einen Film bin ich denn da bitte schön reingeraten? Dann denke ich das erste Mal darüber nach, wie es wohl wäre, wenn ich mich beruflich ein klein wenig verändern würde. Immerhin könnte ich damit gleich zwei Fliegen mit einer Klappe schlagen. Einerseits eine neue Karriere starten und gleichzeitig dem heimlichen neuen *Tagesschau*-Sprecher jeden Tag zeigen, was er so alles verpasst …

»Ein, zwei Bedingungen hätte ich da schon noch«, setze ich an. Da ich mir der Aufmerksamkeit meiner Gesprächspartner sofort zu eintausend Prozent sicher sein kann, versuche ich wenigstens dieses eine Mal etwas richtig zu machen.

Als ich anstrengende vier Stunden später die Haustür aufschließe, stehen Leonie und Manuel wie Zinnsoldaten im Flur. Alex ist anscheinend inzwischen zu sich gefahren. Das wundert mich nicht, immerhin ist er der Einzige von uns mit einem seriösen Job. Meine beiden Mitbewohner dagegen platzen fast vor Neugierde und haben nichts anderes im Kopf, als endlich die Neuigkeiten aus mir herauszuquetschen.

»Uuund?« Manuel hält mein Schweigen nicht länger aus, und auch Leonie beißt sich vor Spannung auf die Lippe, die bereits weiß angelaufen ist.

»Tom wird der neue *Tagesschau*-Sprecher und verlässt den Sender«, verkünde ich.

»Waaaas???« Der Leonie-und-Manuel-Synchron-Chor funktioniert wie immer tadellos.

»Aaaaber ... wer moderiert dann *Flash!*?«, fragt Manuel.

»Ich«, antworte ich schulterzuckend und marschiere an den beiden sprachlosen Zinnsoldaten vorbei, um mir in der Küche eine Cola light aus dem Kühlschrank zu holen. Mit der Flasche in der Hand marschiere ich weiter ins Wohnzimmer und lasse mich erschöpft auf die Couch fallen.

Die beiden trippeln mir aufgeregt hinterher. Ich bin gespannt, wie sie auf die weiteren Neuigkeiten reagieren werden, die ich gleich zu verkünden habe. Obwohl, eigentlich weiß ich es jetzt schon. Sie werden ausflippen!

»Ist das dein Ernst???« Wie immer hat Leonie als Erste zur Sprache zurückgefunden.

»Jep«, antworte ich betont lässig.

»Ach so ... Und *du*, meine Süße, bist ab sofort Chefin vom Dienst und keine leitende Redakteurin mehr. Deine Beförderung stand laut Vampirella sowieso gerade an. Gratulation! Und *du*«, ich wende mich an Manuel, »ich hoffe, die Bezeichnung Chefreporter entspricht deinen Vorstellungen. Ach so ... zur Oscar-Verleihung darfst du künftig auch fliegen und nicht mehr Vanessa. Anweisung von ganz oben! Ich habe ein bisschen verhandelt da drüben im Sender«, verkünde ich in geschäftsmäßigem Ton.

Zwanzig Sekunden lang sagt keiner von uns ein Wort, dann fangen wir alle gleichzeitig an zu kreischen. Ich springe von der Couch auf, wir umarmen uns, kreischen weiter und hüpfen gemeinsam im Kreis. Ich bin überglücklich, dass ich auch mal etwas für Leonie und Manuel tun konnte. Normalerweise retten sie immer nur *mich*, und nun kann ich mich endlich mal revanchieren! Die beiden sind außer Rand und Band, und ich freue mich mit ihnen. Zehn Minuten später bekommt keiner von uns mehr Luft, und wir lassen uns schweißnass und mit beinahe explodierenden Herzen auf den Wohnzimmerboden fallen. Keuchend liegen wir auf dem Teppich und starren gedankenverloren auf die nicht unbedingt taufrisch gestrichene Decke. Am liebsten würde ich jetzt Tom anrufen und ihm die Neuigkeiten erzählen, doch im nächsten Moment wird mir klar, wie absurd das ist. Mit einem Schlag bin ich todmüde, und jegliche Euphorie ist verflogen.

»Hast du uns gerade nur verarscht?«, schreckt Manuel hoch und schaut mich zweifelnd an.

Auch Leonie blickt zu mir und legt die Stirn in Falten.

»Nein, ich kann es selbst nicht fassen«, antworte ich gähnend und schließe die Augen. »Morgen moderiere ich meine erste Sendung. Keine Ahnung, wie das gehen soll. Um halb neun muss ich jedenfalls im Sender sein«, murmele ich.

»Darauf müssen wir unbedingt anstoßen!«, bestimmt Manuel und steht auf, um eine Flasche aus der Küche zu holen.

»Ich bringe die Gläser«, höre ich Leonie sagen und spüre, wie sie neben mir aufsteht.

Ich bleibe mit geschlossenen Augen liegen. Das Ploppen des Korkens aus der Küche höre ich noch, dann schlafe ich ein.

Geflasht!

Shoppingbeutetagebuch:

Neue Kleider, Designeroutfits und bunte Knallfarben-Blazer: ca. 300 bis 500 *(gefühlt)*

Neue Schuhe in allen erdenklichen Farben, Formen und Höhen: ca. 800 *(gefühlt)*

Neue Lidschatten, Lippenstifte und Rougetiegelchen: ca. 1000 *(gefühlt)*

Wow! Falls es irgendwo einen Modehimmel gibt und man diesen nur mit Eintrittskarte betreten kann, dann weiß ich ab heute, wer im Besitz dieser Tickets ist: Fernsehmoderatorinnen!

Von nun an habe ich im Sender eine eigene Garderobe, in der ausschließlich Klamotten hängen, die für mich bestimmt sind. Darunter sind ganz zauberhafte Kleider, stylische Jeans, Miniröcke und Blazer, dazu unzählige Paar Schuhe – alle nagelneu und in meiner Größe. Keine Ahnung, wo die Mädels vom Stylingteam das alles so schnell hergezaubert haben, aber ich schätze, es war von Vorteil, dass gerade erst die Fashion Week hier stattgefunden hat.

Vor einem riesigen Schminkspiegel liegen sauber ausgebreitet unzählige Make-up-Produkte, die angeblich alle genau auf meinen Teint und meine Augenfarbe abgestimmt sind. Als ich mich in dem Stuhl vor dem Spiegel niederlasse, fühle ich mich wie eine richtige Prinzessin. Sofort bringt mir jemand eine Flasche Evian (natürlich ein Tipp von Manuel: Niemals vor einer Moderation Wasser mit Kohlensäure trinken oder, in seinen Worten: »Die einzige Moderatorin, die ungestraft im deutschen Fernsehen rülpsen darf, ist Anke Engelke, und die hat lange genug dafür gearbeitet, *chica*!«).

Bevor ich dazu komme, etwas zu trinken, trägt Louisa, eine blonde Stylistin, die geschätzte fünfunddreißig Kilo wiegt und nur unwesentlich größer als ein Hobbit ist, mir eine Gesichtspflege auf. Dabei erzählt sie mir den neuesten Klatsch von der Fashion Week, und ich muss sagen, ich liebe sie jetzt schon! Vor allem weil sie sich redlich bemüht, Gerüchte zu finden, ich denen weder ich noch Tom vorkommen, und davon gibt es momentan wahrlich nicht viele.

Beim Gedanken an Tom wird mir sofort wieder ganz flau im Magen. Meine Wut auf ihn ist über Nacht fast komplett verflogen, und ich bin einfach nur traurig, dass er nicht bei mir ist. Er fehlt mir. Das alles hier, der Sender, die Menschen, das haben wir die ganze Zeit zusammen erlebt. Das war unsere gemeinsame Welt. Dass er von jetzt auf gleich kein Teil dieser Welt mehr sein soll, will mir einfach nicht in den Kopf. Am liebsten würde ich ein Foto von den Schuhen und Klamotten machen, es ihm schicken und gemeinsam mit ihm Witze darüber reißen, wie crazy das alles ist. Doch gerade als ich so richtig schön in Selbstmitleid und Herzschmerz versinke, reißt mich eine männliche Stimme aus meinen Gedanken.

»Ist das dahinten in der Ecke die letzte Kiste, Louisa?«, fragt ein Mann in einem fernsehuntypischen Blaumann und steckt den Kopf zur Tür herein.

Louisa und ich schauen beide automatisch zu der Ecke, auf die er deutet.

»Ja, ist sie!«, antwortet Louisa und will sich wieder meiner Gesichtshaut widmen

Doch ich habe den Kopf immer noch in Richtung der Ecke gedreht, in der ein Karton wartet, auf dem nur ein einziges Wort geschrieben steht: *Tom.*

Da macht es klick bei mir. Das sind Toms Sachen. Das waren sie zumindest. Jemand hat sie zusammengeräumt, um für meinen Kram Platz zu machen.

WAAAAHHH!

Ich befinde mich in Toms alter Garderobe! Das ist nun wirklich absurd. Und fühlt sich obendrein richtig elend an. Mit glasigen Augen blicke ich dem letzten Karton, einem untrüglichen Beweis für Toms vergangene Anwesenheit, hinterher und muss unwillkürlich schlucken. Als der Mann die Tür hinter sich schließt, ist alles entsorgt, was hier drin je zu Tom gehört hat. Es fühlt sich verdammt danach an, als ob ich schuld daran wäre. Ich könnte auf der Stelle losheulen, und nur unter Aufbringung aller Selbstdisziplin, die ich irgendwo ganz tief in mir drin zusammenkratzen kann, gelingt es mir, das zu vermeiden.

Louisa bekommt trotzdem mit, dass dieser Karton mich ganz schön durcheinanderbringt. »Schon krass, das Ganze mit Tom, nicht?«, fragt sie mich vorsichtig.

Ich nicke nur stumm.

»Das kam alles so plötzlich! Innerhalb eines Tages, das habe ich noch nie erlebt. Gut, als er mir damals von der *Tagesschau* erzählt hat, fand ich es auch heftig, aber da war es ja noch lange hin bis zu seinem Wechsel. Das jetzt ist viel krasser!«, plappert sie drauflos und massiert dabei irgendein kühlendes Gel in meine Augenringe ein.

Ich nicke leicht. Bis ich förmlich hören kann, wie es in meinem Kopf noch mal leise Klick! macht. Als er ihr *damals* das mit der *Tagesschau* erzählt hat???

Einundzwanzig, zweiundzwanzig, dreiundzwanzig …

Ich brauche noch einen kurzen Moment, um die Information zu verarbeiten, dann reiße ich die Augen auf und packe Louisas Hand, damit sie mit dem Herummassieren aufhört.

»Er hat *dir* von der *Tagesschau* erzählt?«, frage ich sie und kann einen quietschenden Unterton in meiner Stimme nicht unterdrücken.

Erschrocken über meine heftige Reaktion schaut mich die kleine Make-up-Elfe mit großen Augen an und nickt. »Ja, natürlich. Klar war das alles top secret und so, aber in der Maske kriegt man so gut wie immer alles mit« erklärt sie, und als ich darauf nichts erwidere, fängt sie wieder an, konzentriert meine Augenpartie zu bearbeiten.

Kurz darauf referiert sie über die Vorzüge der Masken in den öffentlich-rechtlichen Studios und deren konservative Grundausrichtung, die sich allerdings negativ auf die Auswahl der Make-up-Produkte auswirkt. Ich sage immer noch nichts und tue so, als ob ich ihr zuhören würde. Innerlich koche ich vor Wut. Tom hat der Frau, die ihm die Nase abpudert, von seinem bevorstehenden Senderwechsel erzählt, aber nicht mir??? Der Frau seines Herzens, der Partnerin, die nachts auf seiner Brust eingeschlafen ist, der potenziellen Mutter seiner ungeborenen Kinder! Ausgerechnet mir hat er nichts davon erzählt??? Was geht in diesem Mann eigentlich noch so alles vor, wovon ich nichts weiß?

»Nicht so verkrampfen, bitte!«, piepst meine Make-up-Fee mich leicht angesäuert an.

Erst jetzt merke ich, dass ich vor lauter Tom-Frust die Stirn in Falten lege wie einer von diesen knitterigen, überzüchteten Hunden, denen ständig der Sabber aus der Schnauze läuft. Unwillkürlich fasse ich mir an den Mund. Gut, so sauer ich auch bin, sabbern tue ich vor lauter Zorn noch nicht.

»Lehn dich zurück und entspann dich, Anna. Du wirst sehen, du wirst nachher alles mit Bravour meistern! Kein Grund, nervös zu sein, wir sind alle bei dir!«, flötet sie und tätschelt mir aufmunternd die Wange, woraufhin ich mich gleich wieder wie ein Hund fühle.

Wenn Louisa wüsste, dass die bevorstehende Moderation gerade mein geringstes Problem ist. Wobei … Jetzt, da sie es angesprochen hat, und wenn ich so recht darüber nachdenke, werde ich mit einem Mal ziemlich nervös. Die Livesendung auf der Fashion Week war schließlich eine Ausnahmesituation. Ich wusste gar nicht recht, wie mir geschieht, habe nur reagiert, und ehrlich gesagt haben die meisten nicht viel von mir erwartet, sondern waren auf das Schlimmste gefasst. So betrachtet konnte ich nur gewinnen. Heute sieht die Sache schon ein wenig anders aus. Ich bin in einem Fernsehstudio, nichts ist improvisiert, sondern alles hochprofessionell, und außerdem werde ich dafür bezahlt, Moderatorin zu sein. Egal ob ich eine Ahnung davon habe oder nicht, ich *muss* gut sein.

Heute Morgen hatte ich schon mein erstes Moderations-Coaching. Ich weiß jetzt, wie ich *theoretisch* richtig stehe, mich am besten bewege und wie ich die Wörter korrekt betone. Wetten, dass ich das nachher sowieso wieder alles vergessen habe? Ach, was soll's, irgendwie wird es schon werden. Nach allem, was passiert ist, kann mich so schnell nichts mehr erschüttern. Zumindest hoffe ich das.

Als Louisa mit meinem Gesicht und meinen Haaren fertig ist und ich in den Spiegel blicke, fühle ich mich gleich viel besser. Vielleicht rede ich noch nicht wie eine supertolle Fernsehmoderatorin, aber immerhin sehe ich so aus! Mein Pinsel-Hobbit hat wirklich ganze Arbeit geleistet. In meinem ersten neuen TV-Outfit (superkurzes Minikleid in Royalblau und Schuhe, die so hoch und fantastisch sind, dass ich allein bei ihrem Anblick Herzklopfen bekomme) sehe ich dank professioneller Unterstützung, geschätzten sieben bis acht Schichten Make-up und dem schonungslosen Einsatz des Glätteisens tatsächlich aus, als gehörte ich hierher.

Bevor ich ins Studio muss, muss ich jedoch noch einen Abstecher in die Redaktion zur Moderationsbesprechung machen. Als ich in das Großraumbüro stöckele, ruhen innerhalb von Sekunden sämtliche Blicke auf mir, und alle Anwesenden strahlen mich an. Siebzig Prozent davon derart gequält und falsch, dass ich mich trotz der perfekten Maskierung sofort ganz klein und unwohl fühle. Ich will gar nicht erst wissen, was die hier hinter meinem Rücken so alles über mich reden! Als ich mich suchend nach einem echten Lächeln umdrehe, blicke ich in Vanessas zusammengekniffene, eiskalte Augen. Klar, dass sie sich nicht die Mühe macht, ein falsches Lächeln aufzusetzen. Wobei diese Ehrlichkeit sie fast schon wieder sympathisch macht. Fast.

»Na, is der Supastar in da house?!«, höre ich da eine gewohnt schleimige Stimme und kann gerade noch Sebastians Hand ausweichen, die er ganz offensichtlich ausgestreckt hat, um mir den Hintern zu tätscheln.

Ich ignoriere ihn so hoheitsvoll wie nur möglich, denn die unverhoffte Ausweichbewegung bringt mich in meinen Mörder-Highheels ganz schön ins Schwanken. Gerade als ich denke, dass ich jeden Moment sehr unsanft auf dem Boden aufknallen werde und schon das erste verhaltene Gekicher höre, legt sich ein starker Arm um mich und fängt mich auf. Tom!, schießt es mir im ersten Moment durch den Kopf, denn normalerweise ist er derjenige, der mich aus meinen Fettnäpfchen rausholt. Aber auch auf meinen zweiten Mann ist Verlass.

»*Chica*, du siehst aus wie ein Star! Ein bisschen JLO, ein

wenig Beyoncé und ganz viel Rihanna, nur viel heißer!«, flötet Manuel so laut, dass es alle hören können.

Ich bin ihm so was von dankbar! Mit meinen blonden Locken sehe ich zwar kein bisschen aus wie Jennifer Lopez, Beyoncé oder gar Rihanna, aber was soll's. Hauptsache, er hat mich gerettet und schafft es dank seines spanischen Mörderblicks, den er reihum schickt, dass die anderen mich nicht mehr anstarren wie einen bunten Hund auf Highheels.

»Komm mit, ich bringe dich zu deiner Besprechung«, flüstert mein heldenhafter Mitbewohner mir ins Ohr.

Dankbar lasse ich mich von ihm durch die Redaktion bugsieren. Unterwegs begegne ich noch Lisa, die mir lächelnd zuzwinkert, und diese Geste baut mich noch ein Stückchen mehr auf. Nicht *alle* hier hassen mich, das ist doch schon mal was!

»So, da wären wir!«, verkündet Manuel, als wir am anderen Ende des Raumes angekommen sind, und öffnet mir die Glastür zu einem der CvD-Büros.

Neugierig trete ich ein und linse nach meinem Ansprechpartner. Im Raum stehen zwei Schreibtische. Hinter einem schnellt ein Blondschopf hoch und … Leonie schaut mich grinsend an!

»Da bist du ja, Süße! Perfekt. Na, dann lass uns mal anfangen mit der Besprechung deiner ersten Moderationen. In meinem neuen Büro …«, Leonie lässt den Rest des Satzes in der Luft hängen und grinst mich an.

Hinter mir schließt Manuel schnell die Tür.

»Deine Moderationen … mein Büro«, wiederholt Leonie, und wir schauen uns mit einem noch breiteren Grinsen an und brechen parallel in Gekreische aus.

Ich kann immer noch nicht fassen, was hier alles gerade passiert. Vor nicht allzu langer Zeit dachte ich noch, ich würde bald ein Dasein als schmucke Anwaltsgattin und

Schmalspur-Juristin fristen, und auf einmal bin ich Fernsehmoderatorin? Und schon wieder unglücklich verliebt, schießt es mir im selben Moment durch den Kopf, doch ich versuche die Stimme ganz schnell auszublenden. Jetzt ist nicht der richtige Zeitpunkt, um zu trauern, stattdessen sollte ich mich mit meiner besten Freundin freuen, die gerade befördert worden ist. Leonie sieht so glücklich aus.

»WAAAAAAAAAAAAAAAAAAAAAHHHHHHHH!«, schreit sie laut, rennt um den Tisch herum, stürmt auf mich zu, greift nach meinen Armen, und kurz darauf hüpfen wir wie zwei verrückte Cheerleader auf Speed im Kreis.

»Du siehst fabelhaft aus!«, ruft Leonie begeistert und mustert mich eingehend, nachdem wir uns beruhigt haben.

Ich muss kurz daran denken, dass Louisa von meiner kleinen Hüpfattacke weniger begeistert sein dürfte, denn nun sitzen die Locken etwas wilder, als ursprünglich beabsichtigt, aber ich bin sicher, dass die begnadete Stylingfee das in weniger als zwei Minuten ausgebügelt haben wird.

»Na, dann Gratulation, Anna, auch noch mal von mir. Das war wirklich eine tolle Show am Wochenende«, ertönt es plötzlich vom zweiten Schreibtisch, den ich vorher gar nicht bemerkt habe.

Als mir klar wird, *wessen* Stimme das gerade war, bin ich erst mal platt. Leonie grinst bis über beide knallrot angelaufenen Ohren.

»Torben!«, rufe ich, »sorry, ich habe dich gar nicht gesehen, ich war ein wenig durch Leonie abgelenkt«, entschuldige ich mich und schäme mich sofort ein bisschen, weil ich ihn nicht bemerkt habe.

»Ist mir nicht entgangen«, entgegnet er mit einem verschmitzten Lächeln und drückt auf einen Knopf neben seinem Schreibtisch, woraufhin die Jalousien zur Redaktion wieder hochfahren.

Die hatte er während Leonies und meinem kleinen Freudenausbruch diskreterweise heruntergelassen, damit nicht jeder im Großraumbüro die neue Chefin vom Dienst und die neue Moderatorin von *Flash!* beim Abspasten beobachten kann. Guter Mann, muss ich schon sagen. So einen, schießt es mir – Zack! – wieder durch den Kopf, hattest du auch!!! Und jetzt ist er weg.

»Na, dann lass uns zur Abwechslung mal tatsächlich etwas arbeiten!«, fordert mich Leonie in dem Moment auf und lenkt mich damit glücklicherweise von meinem Liebeskummer ab.

Zum Trübsalblasen bleibt mir in den nächsten anderthalb Stunden ohnehin keine Zeit. Stattdessen raucht mir bald darauf der Kopf. Gemeinsam mit Leonie, Torben und ausnahmsweise auch Manuel gehen wir jeden einzelnen Moderationstext für alle Beiträge der Sendung durch und arbeiten sie um. Normalerweise schickt der Redakteur, der den jeweiligen Beitrag gedreht und geschnitten hat, auch einen Moderationsvorschlag an seinen CvD oder den Moderator. Dieser kann je nach Redakteur sehr gut oder weniger gut sein und wird natürlich noch an den Stil des Moderators angepasst.

In Zukunft werde ich das größtenteils allein machen und das Ergebnis nur kurz besprechen, aber heute bin ich sehr froh über die Hilfe. Zwar musste ich als Redakteurin ebenso wie als Assistentin von Tom bei der Fashion Week auch schon solche Texte formulieren, aber es ist doch noch mal etwas anderes, wenn man weiß, dass man den Text später selbst sprechen wird. Und dass einem dabei Millionen Menschen zuschauen... Einen richtigen Moderationsstil habe ich ja auch noch nicht. Es sei denn, man betrachtet chaotisch, spontan und planlos als eine Stilrichtung – und das tun wohl die wenigsten. Umso besser ist es, dass mit

Leonie und Manuel zwei gute Freunde von mir am Tisch sitzen, die mich kennen und mir dabei helfen können, herauszufinden, welche Art von Moderation am ehesten zu mir passt. Auch Torben hat einige gute Ideen, die, als wir sie ausprobieren, indem ich trocken moderiere und die Texte vorlese, richtig gut passen! Ich werde immer sicherer, und als ich später mit Leonie und Torben, die heute für die Sendung verantwortlich sind, nach unten ins Studio gehe, fühle ich mich fast gut. Von dem Kniezittern einmal abgesehen sogar richtig gut.

Unten wartet bereits Louisa mit einem mobilen Kosmetikköfferchen auf mich. Als sie meine Haare sieht, legt sie die Stirn in Falten und beginnt sofort an mir herumzuzupfen. Schuldbewusst lasse ich sie gewähren (auch wenn es ziemlich heftig ziept), während ich versuche, mich auf meine Moderationskarten zu konzentrieren und im Kopf noch mal alle Sätze durchzugehen. Weil heute mein erster Tag ist, darf ich erst mal eine Art Generalprobe machen, bevor die Sendung beginnt, die live (schluck!) gesendet wird. Ich glaube, das mit der Generalprobe sollte mich beruhigen und mir Sicherheit geben, aber leider ist genau das Gegenteil der Fall.

Sobald alle Augen auf mir ruhen und ich meine Texte sprechen soll, bin ich total durch den Wind, bringe die Wörter durcheinander und stammele nur noch peinlich herum. Kurzum: Ich bin ein Totalausfall! Je mehr Fehler ich mache, desto angespannter werden die Gesichter der anderen um mich herum. Sogar Leonie bekommt Sorgenfalten, wenn sie denkt, dass ich sie gerade nicht ansehe. Wenigstens ist die Vampirella während den Proben noch nicht am Set, sonst hätte sie längst Hackfleisch aus mir gemacht!

Sie kommt erst fünf Minuten vor der Sendung ins Studio, als ich gerade nachgeschminkt werde. Alle klopfen mir auf die Schulter und wünschen mir mit fröhlich-angespannter Miene Hals- und Beinbruch. Ein Kameramann meint sogar, dass die erste Moderation sowieso die schwierigste sei und meistens schiefgehe. Das wüssten der Vorstand und »die ganzen anderen Großkopferten«, weshalb sie nicht so streng in ihrem Urteil seien. Wahrscheinlich hat er es wirklich nett gemeint und wollte mich nur beruhigen, aber mir noch mal ins Bewusstsein zu rufen, wer diese Sendung heute alles ganz genau anschauen und mich bewerten wird ... allzu sehr beruhigt mich dieses Wissen jetzt nicht gerade! Ganz im Gegenteil.

Aufgeregt schnappe ich nach Luft, und während Louisa hektisch nach dem Rouge sucht, laufe ich kalkweiß an. Meine Schnappatmung steigert sich von Sekunde zu Sekunde ins Unermessliche. Ich hole ähnlich verzweifelt Luft wie ein Fisch an Land und sehe dabei vermutlich ähnlich dämlich aus. Aber ich kann nichts dagegen tun ... Ich habe *Panik*!

»Ganz ruhig, *chica*. Das wird schon.«

Ich spüre eine warme Hand auf meinem Rücken und sehe in Manuels warme, freundliche und – Gott sei Dank nicht nur aufgesetzt – zuversichtliche Augen.

»Du kannst das. Du hast schon viel brenzligere Situationen gemeistert. Wenn dich die Karten nerven, dann schau sie einfach nicht an. Wir sind vorhin jeden einzelnen Beitrag durchgegangen. Du weißt genau, worum es geht, und du kennst die Moderationen inzwischen auswendig! Lass dich von ein paar blöden Karten nicht nervös machen. Falls es doch schiefgeht, dann schnappen wir uns nachher ein Taxi, düsen zum Flughafen und nehmen die nächste Maschine nach Mallorca in die Finca meiner Eltern! Ich könnte sowieso mal wieder ein bisschen Farbe im Gesicht vertragen!«, flüstert er mir ins Ohr, und ich entspanne mich ein wenig.

Eigentlich hat er recht. Ich moderiere *Flash!*, die Sendung, für die ich seit Monaten arbeite! Ich kenne jeden einzelnen Beitrag, ich weiß genau, worum es geht, und das erzähle ich jetzt einfach den Zuschauern. Eigentlich keine große Kunst, oder?

Zumindest rede ich mir das halbwegs erfolgreich ein, während ich endlich im Studio mitten im Scheinwerferlicht stehe und wieder mal darauf warte, dass die Sekunden heruntergezählt werden.

Als es dann wirklich losgeht, passiert tatsächlich erneut ein kleines Wunder. Wie schon bei der Fashion Week stelle ich mir vor, dass Tom neben mir steht, und auch dieses Mal beruhigt mich seine, wenn auch nur eingebildete, Anwesenheit sofort. Ich begrüße die Zuschauer, erzähle ihnen, worum es im ersten Beitrag geht und was meiner Meinung nach darin besonders spannend ist. Plötzlich verstehe ich, was Tom mit »authentisch« gemeint hat. Denn ganz ehrlich, die meiste Zeit meines bisherigen Lebens war ich eine von denen, die *vor* dem Fernseher sitzen. Insofern sind »die Zuschauer« für mich keine fremden, obskuren Wesen von einem anderen Stern, sondern ich bin eine von ihnen und erzähle ihnen ein bisschen was über die Sendung. Irgendwie scheint das zu funktionieren.

Als nach sechzig Minuten das Kameralicht ausgeht, klatschen zumindest alle um mich herum und sehen *ehrlich* erleichtert aus. Leonie stürmt zu mir nach vorn und knutscht mich von unten bis oben ab, und auch Manuel umarmt mich stürmisch. Bevor die »offizielleren« Mitarbeiter mir gratulieren, flüstert mein Mitbewohner mir noch ins Ohr, dass wir ein anderes Mal nach Mallorca fliegen müssen, und erst in dem Moment überkommt mich eine riesengroße Erleichterung. Ich bin doch kein schmarotzender Vollidiot, der sich als Moderatorin verkleidet hat. Offenbar kann ich das, was ich da tue, tatsächlich ganz gut! Warum und wieso auch immer – es hat funktioniert!

Als ich kurz darauf in meiner Garderobe sitze und abgeschminkt werde, kommen sogar der Vorstand und der Geschäftsführer vorbei und gratulieren mir zum gelungenen Einstand. So erleichtert, wie die beiden aussehen, waren sie heute garantiert noch nervöser als ich! Gerade als ich auf dem Parkplatz beschwingt zu Leonies Auto laufe und denke, dass ich heute einen souveränen Auftritt hingelegt habe, sehe ich einen schwarzen SUV an mir vorbeifahren. Oh. Mein. Gott. Das ist Toms Auto!!! Augenblicklich habe ich das Gefühl, dass mein Herzschlag aussetzt, und alle Moderationen der Welt werden plötzlich zur Nebensache.

»Tom, warte!«, schreie ich dem Auto hinterher, obwohl keines der Fenster geöffnet ist und er mich somit unmöglich hören kann. Aber egal, ich muss unbedingt mit ihm reden!!! Das ist meine Chance! Weil das Auto auf dem Firmengelände nicht besonders schnell fahren kann, ist es immer noch in Sichtweite. Ohne groß zu überlegen, renne ich hinterher. Blöderweise habe ich heute Morgen natürlich zu Highheels und nicht zu Laufschuhen gegriffen, so dass die Verfolgungsjagd quer über den Firmenparkplatz alles andere als einfach ist. Aber ich gebe nicht auf, ich will endlich mit Tom sprechen!!!

Hinter mir höre ich Leonie und Manuel, die am Auto auf mich warten, aufgeregt meinen Namen rufen, aber ich ignoriere sie. Ich muss diesen Wagen, ich muss Tom stoppen, sonst redet er nie mit mir!!! Also mobilisiere ich noch mal alle Kräfte, die ich habe, und gebe Vollgas. Irgendwie – keine Ahnung, ob Tom abbremst, als er im Rückspiegel sieht, dass ich wie eine Irre auf ihn zurase, oder ob ich mich einfach mal zur nächsten Sommerolympiade anmelden sollte, weil ich ein Sprint-Ass bin – hole ich ihn tatsächlich ein.

»Anhalten, sofort anhalten!!!! Wir müssen reden!!!! Halt endlich an!!!«, brülle ich den SUV an.

Doch just in dem Moment, als ich in Reichweite der Fahrertür bin und den Griff umfassen will, bricht mir der rechte Absatz ab. Noch im Fallen sehe ich, wie sich der überraschte Fahrer nach mir umdreht, dann knicke ich um. Im nächsten Moment lande ich mit einem lauten Schrei auf dem Boden und werde fast überfahren. Beim Aufprall schürfe ich mir beide Hände auf, lande unsanft auf dem Knie und zerreiße mir die sündhaft teure True-Religion-Jeans, die ich neulich erst im Ausverkauf erstanden habe. Aber das Schlimmste ist die Erkenntnis, die sich langsam in meinen Kopf eintrichtert: Der Mann am Steuer war gar nicht Tom!!! Wenn mich nicht alles täuscht, war das …

»Anna? Geht es Ihnen gut? Haben Sie sich etwas getan?«, dringt da eine sehr verwunderte Stimme an meine vor Peinlichkeit rot angelaufenen Ohren.

Vorsichtig hebe ich den Kopf und blinzele nach oben. Sekunden später würde ich den Kopf am liebsten wieder einziehen und wie Homer Simpson »Neiiiiin!« brüllen! Vor mir steht unser Vorstand. Woher soll ich denn bitte wissen, dass er das gleiche Auto fährt wie Tom??? Am liebsten würde ich im gepflasterten Boden versinken. Da höre ich hinter mir klappernde Absätze, und kurz darauf kniet Leonie neben mir.

»Alles gut?«, fragt sie mich flüsternd, und als ich nicke, hilft sie mir auf und strahlt den Vorstand an. »Herr Kobald! Das ist ja wirklich ganz hervorragend gelaufen heute. Eben sind die ersten Zuschauerreaktionen reingekommen: durch die Bank positiv! Ein guter Tag für den Sender, würde ich sagen. Na, dann bringen wir unsere neue Starmoderatorin mal nach Hause, war schließlich ein anstrengender Tag heute, nicht wahr!?«, flötet sie in einem Singsang, den vor allem Kindergärtnerinnen benutzen.

Aber anscheinend wirkt es. Leicht verdutzt nickt der Vorstand, verabschiedet sich höflich von uns, gratuliert mir erneut, verabschiedet sich noch mal, blickt sich kurz um und steigt dann endlich in sein Tom-Lookalike-Auto, um davonzubrausen. Erleichtert atmen wir alle aus.

»Ich dachte, es wäre…«, fange ich mit meiner Verteidigung an.

»Wir wissen, was du dachtest! Aber Tom ist nicht mehr beim Sender. Hör das nächste Mal einfach auf uns, wenn wir dich rufen, oder wirf wenigstens einen Blick auf das Nummernschild – das würde auch deinem Klamottenbestand guttun!«, fällt mir Manuel, der uns inzwischen erreicht hat, ins Wort und mustert kritisch und doch amüsiert meine kaputten Schuhe und das Loch in meiner Dreihundert-Euro-Jeans (die ich zwar für neunundneunzig Euro bekommen habe, aber trotzdem doof).

»Jetzt bringen wir dich erst mal nach Hause und verarzten dich. Und dann feiern wir dich noch ein bisschen. Das war echt gut heute, Süße! Kopf hoch! Mhm?«, übernimmt Leonie das Reden und legt tröstend einen Arm um mich. Sie weiß genau, dass alle Vorstände und Fernsehthemen dieser Welt gerade keinen großen Wert für mich haben.

Als ich eben dachte, dass Tom da im Auto säße, stand die Welt still. Deswegen werde ich morgen Abend auch noch mal zu seiner Wohnung fahren und versuchen mit ihm zu reden, beschließe ich, als ich zum Auto humpele.

Tom und mich verbindet mittlerweile mehr als nur eine gemeinsame Sendung. Ich glaube, ich habe mich einem Mann noch nie so nahegefühlt wie ihm, und ich hatte auch noch nie das Gefühl, dass ich bei einem Mann ich selbst sein darf. Mit allen Fehlern und dem kompletten Ausmaß meiner Tollpatschigkeit. Er liebt mich so, wie ich bin, oder sogar *weil* ich so bin, wie ich bin. Ich denke, nein, eigentlich bin ich mir sogar sicher, dass er ganz genauso fühlt. Das mit uns darf nicht so zu Ende gehen! Wenn ich schon bereit bin, mich für ihn vor ein Auto zu werfen und meine Pumps von Jimmy Choo zu opfern, dann kann ich ruhig auch noch mal persönlich versuchen, ihn dazu zu überreden, dass er mit mir spricht. Genau das werde ich morgen auch tun! Und zwar ohne Wenn und Aber! Er *muss* mit mir reden …

Vorher brauche ich jedoch dringend ein Pflaster, Wundcreme, neue Klamotten und eine extragroße Portion heiße, fettige Pommes. Und vielleicht eine Brille. Nicht dass ich morgen beim Falschen klingele und wieder irgendeinen Vorstand, den Dalai Lama oder – Gott behüte – gar Til Schweiger mit Tom verwechsele. Aber glücklicherweise sind Türschilder leichter auseinanderzuhalten als Autos. Zumindest für mich.

Anna Abendrot – Starmoderatorin und professioneller Vollpfosten. Autsch! Meine Hände brennen.

Dieses Arschloch!

Shoppingbeutetagebuch:

Pumps von Jimmy Choo als Ersatz für meine abgebrochenen Stuntman-Highheels: 5 (aber drei davon im Sale zu fünfzig Prozent reduziert, also eigentlich nur 3,5)

Neue Jeans: 0 (um passende Jeans zu finden, reicht ein relaxter Shoppingtag nicht aus, das ist eine Lebensaufgabe!)

Jeggins von Patrizia Pepe als Ersatz für die nicht geshoppte neue Jeans: 2

Sündhaft teure und auch ansonsten sündhafte Minikleider, in denen ich tausendmal heißer aussehe als Vanessa, dieses Miststück: 8 ... na gut: 10 (aber zwei davon stehen Leonie eh viel besser als mir, die zählen nicht)

Nicht gekaufte Louis-Vuitton Taschen: 1 (bin stolz auf mich)

Am nächsten Morgen wache ich total aufgeregt auf. Heute ist der Tag, an dem ich endlich mit Tom reden werde. Ich fühle es. Heute wird es klappen! Dieses Mal lasse ich mich nicht so einfach abwimmeln! Heute wird er mich anhören, das spüre ich. Ja, ich habe ein richtig gutes Gefühl, und als ich voller Elan die Beine aus dem Bett schwinge, kann ich mir ein Grinsen nicht verkneifen. Das wird ein guter Tag. Ein geradezu fabelhafter Tag sogar! Derart motiviert tänzele ich in Richtung Küche und kann schon auf dem Flur Manuel und Leonie reden hören. Anscheinend haben sie eine kleine Meinungsverschiedenheit.

»Pack das weg, bevor sie aufsteht und es sieht! Das muss jetzt wirklich nicht sein! Ich bringe es ihr nachher schonend bei.« Ich kann Leonies Stimme erkennen und Papier rascheln hören.

»Schonend!« Das ist Manuel. »Wie willst du ihr so was denn bitte schonend beibringen? Da gibt's so viel nicht zu beschönigen. Sie rennt wie eine Irre fremden Autos hinterher, und er vögelt ihre Erzfeindin!«

Ruckartig bleibe ich stehen und schnappe nach Luft. Was hat Manuel da gerade gesagt? Redet er etwa von Tom?

»Also bitte!« Wieder Leonie.

»Er vögelt sie doch nicht, sie waren nur zusammen auf einer bescheuerten Filmpremiere!«

Aha. Ich beruhige mich ein bisschen. Wenn auch nicht wesentlich.

»Und haben Händchen gehalten!«, trumpft Manuel wieder auf.

Bitte was? Ich halte das Lauschen nicht länger aus und stürme in die Küche.

»Wer hat Händchen gehalten?«, frage ich und halte mich mit langen Guten-Morgen-Wünschen gar nicht erst auf. Das klingt nach einem echten Ernstfall.

Manuel und Leonie starren mich so erschrocken an, als wäre ich eine verweste Mumie, die sich gerade aus ihrem Sarkophag in Ägypten hergebeamt hat, und nicht ihre altbekannte Mitbewohnerin, die im Nebenzimmer geschlafen hat. Manuel hat blitzschnell beide Hände hinter den Rücken gelegt, wo ich den Zipfel einer Zeitung entdecken kann. Ohne auf eine Antwort meiner betreten schweigenden Freunde zu warten, schnappe ich ihn mir und falte die zerknitterte Zeitung auseinander. Auf der letzten Seite sind, wie immer, die People-Bilder der Münchner High Society (oder was man so dafür hält) abgebildet. Ein Drittel der Seite ist nur von einem einzigen Foto ausgefüllt. Es zeigt Tom und – kreisch! – Vanessa!

Vanessa???? Ich muss dreimal hinschauen, um es zu begreifen. Wie sie aussieht! Vanessa trägt ein kurzes Kleid mit hellgrünen Pailletten, das leider ihren braunen Teint und ihre zierliche Figur ziemlich perfekt betont, und lächelt, als hätte sie gerade einen dreimonatigen Kuraufenthalt in Disneyland absolviert. Auf dem Bild wirkt sie kein bisschen wie Vampirellas kleine Lieblingssklavin, sondern eher ein winziges bisschen wie Jennifer Lopez. Nur in dünn und platinblond. Und mit Tom an der Hand.

Ja, die beiden halten auf dem Bild tatsächlich Händchen! Es sieht zwar eher so aus, als würde sie seine Hand halten und er es nur dulden, aber das kann natürlich Wunschdenken von mir sein. Jedenfalls berühren sich ihre Hände definitiv! Fassungslos lese ich den Textblock neben dem Bild:

Das strahlendste Paar des Abends waren zweifelsohne Tom Vanderscheid mit seiner sexy Begleiterin Vanessa Draksel. Pikant: Bis vor kurzem war Vanderscheid noch mit Anna Abendrot liiert, der neuen Starmoderatorin von KNL! Da hat es wohl jemandem gar nicht gefallen, dass Abendrot (doppelt pikant: als Vanderscheids Nachfolgerin!) das neue Gesicht von *Flash!* ist. Tja, wenn zwei sich streiten, freut sich eben meistens ein Dritter, in diesem Fall die blonde Schönheit Vanessa Draksel, die ihren Auftritt an der Seite ihres Hauptgewinns, des neuen *Tagesschau*-Sprechers sichtlich genoss. Der *Münchner Blitz* wünscht dem jungen Glück an dieser Stelle alles Gute!

Vor lauter Schock muss ich erst mal nach Luft schnappen. Dann erst bin ich in der Lage, laut auszusprechen, was ich beim besten Willen nicht fassen kann. »Der hat doch nicht diese elende Schnepfe Vanessa auf den roten Teppich mitgenommen!!!«

Wäre ich ein sprechender Teekessel, würde mir jetzt Dampf aus den Ohren zischen.

»So wie bei dir damals«, gluckst Manuel und schwankt sichtlich zwischen Empörung und Vergnügen, weil die Geschichte für ihn als Boulevardreporter einfach *zu* gut ist.

»Tom sieht aber nicht besonders glücklich aus, wenn du mich fragst«, stellt Leonie fest und betrachtet skeptisch das Bild.

»Früher haben wir in der Redaktion über Klatschgeschichten berichtet, heute *sind* wir der Mittelpunkt der Klatschgeschichten!«, gluckst Manuel, ohne darauf einzugehen, und erst ein Doppel-Gift-Blick von Leonie und mir bringt ihn zum Schweigen. Um uns zu besänftigen, schickt er schnell noch ein »Aber ihr Hintern sieht wirklich extrem dick aus in diesem Kleid!« hinterher.

Leider lügt er.

»Tut er nicht! Vanessa sieht perfekt aus«, seufze ich und würde ihr dafür am liebsten den Hals umdrehen. Sie *sollte* dick aussehen! Von mir aus kann ihr Hintern so stark anschwellen, dass er nicht nur die Drittel-, sondern die ganze Seite der Zeitung bedeckt! Außerdem ist es mir neu, dass Tom auf dürre Zickentussis wie Vanessa steht. Andererseits hat sie vermutlich keine Knoblauchwolken auf Til Schweiger abgefeuert. Oder gleich die ganze Premiere mit einem Schluckaufanfall gecrasht! Oh Gott! Am liebsten würde ich auf der Stelle die Stadt verlassen und diese Zicke niemals wiedersehen. Und dieses Arschloch von Tom Vanderscheid auch nicht! NIE, NIE, NIE wieder!!!!!

»Untersteh dich, den Kopf gegen die Wand zu schlagen! Du hast nachher noch Sendung!«, ermahnt mich Leonie und beobachtet mich wachsam.

Ich versuche tatsächlich den Impuls zu unterdrücken. Kann denn nicht mal irgendetwas unkompliziert laufen in meinem Leben? Der eine betrügt mich einen Tag vor der Hochzeit mit Misses Blasebalg, und der Mann, von dem ich wirklich dachte, dass er meine große Liebe sei, ersetzt mich, ohne mit der Wimper zu zucken, durch Vampirellas Lieblings-Magerskelett!

»Alles halb so wild. Jetzt kannst du ihn wenigstens richtig hassen. Das ist ein viel gesünderes Gefühl, als sich die ganze Zeit schuldig und schlecht zu fühlen!«, analysiert Manuel die Situation aus einer anderen Perspektive.

Auch wenn es auf den ersten Blick seltsam klingen mag, irgendwie hat diese Perspektive etwas! Denn die Emotionen, die gerade in mir hochkriechen, die haben mit Schuldgefühlen tatsächlich nicht viel zu tun. Gut, mit Hass vielleicht auch noch nicht. Aber definitiv tendieren sie eher in Richtung Hass als Schuld. So gesehen ist das vielleicht tatsächlich ein Fortschritt? In mir keimt eine Sekunde lang Hoffnung auf. Dann betrachte ich wieder das Bild und könnte schreien.

»Dieses Arschloch!«, quietsche ich aus vollem Herzen und zerknülle die doofe Zeitung.

»Riesenarschloch!«, bestätigt Leonie.

»Riesenarsch«, stimmt auch Manuel zu. »Aber ich hab's gleich gesagt. Das war das Kleid«, fügt er grinsend hinzu.

Genervt werfe ich ihm die zusammengeknüllte Zeitung an den Kopf und laufe ins Bad. Wahrlich – *so* beginnt ein ganz fabelhafter Tag.

Zu allem Übel wird er auch nicht wirklich besser. Im Sender schleiche ich vor lauter Panik, ich könnte *ihr* begegnen, nur mit geducktem Kopf durch die Redaktion. Erst als Leonie mir flüsternd mitteilt, dass Vanessa gar nicht da ist, sondern eine Woche Urlaub genommen hat (WAAAAH!!! Etwa mit Tom gemeinsam???), höre ich auf, im Enten-Duck-Gang durchs Büro zu laufen. Leider kann ich nun die ganzen mitleidigen und vor allem auch ziemlich schadenfrohen Blicke sehen, die mich verfolgen. Natürlich hat *jeder* hier das Bild in der Zeitung gesehen, und – *quelle surprise!* – mein verkorkstes Liebesleben und ich sind mal wieder Thema Nummer eins in Deutschlands verrücktester Boulevardredaktion.

Nachdem ich den Arbeitstag endlich überstanden und es irgendwie sogar geschafft habe, die Sendung halbwegs professionell zu moderieren, fühle ich mich wie nach einem Marathon. Allerdings schmerzen mir nicht die Bein-, sondern die Gesichtsmuskeln. Den ganzen Tag zu lächeln und so zu tun, als könnte mir nichts etwas anhaben, obwohl man innerlich explodieren könnte, das ist wirklich kein Spaß! Die meiste Zeit hatte ich mich im Griff, aber immer mal wieder hat es mich dann doch durchzuckt. Zwischen zwei Moderationen ist mir sogar ein kurzes »Dieses Arschloch!« entwischt, aber da ich es in mich hineingemurmelt habe, hat es – glaube ich – niemand verstanden. Nur meine Schminkelfe schaute mich kurz irritiert an. Nach meinem rasch angeknipsten Mir-geht-es-gut-meine-Welt-ist-völlig-in-Ordnung-und-mit-wem-Tom-Vanderscheid-Händchen-hält-geht-mir-am-Hintern-vorbei-Lächeln war sie aber wieder beruhigt und puderte munter weiter.

Als ich nach der Sendung nach draußen laufe und Leonie auf dem Parkplatz treffe, tun mir die Kiefermuskeln höllisch weh. Statt einer Begrüßung sage ich nur kommentarlos und immer noch ungläubig: »Dieses Arschloch.«

Was sie mit einem ebenso kommentarlosen »Dieses Arschloch« quittiert.

Dann tun wir das einzig Vernünftige, was man in einer solchen Notsituation als Frau tun kann: Wir fahren in die Stadt und gehen shoppen. Da gerade Sale ist und ich kürzlich quasi aus Versehen in die Riege der Großverdiener aufgestiegen bin, artet unser kleiner abendlicher Shoppingtrip allerdings leicht aus. Okay, er artet ziemlich aus. Aber gerade als wir im Oberpollinger den Louis-Vuitton-Store ansteuern, weil ich mir vor lauter Frust eine Handtasche kaufen will, obwohl ich diese Einheitsuniform-Handtaschen, mit denen in München jede zweite Möchtegern-Fashionista rumläuft, abgrundtief verabscheue, ruft jemand hinter mir melodisch meinen Namen. Ruckartig drehen Leonie und ich die Köpfe. Auf uns zu läuft ein strahlender und fabelhaft aussehender Marco Tossi, der erst mich und dann Leonie mit italienischer Herzlichkeit, einem fabelhaft riechenden Rasierwasser und Wangenküssen begrüßt.

»*Bella!* Ich freue micche so, dicche zu sehe«, eröffnet Marco die Unterhaltung und strahlt dabei so umwerfend, dass ich ihm glatt glaube, dass er es auch so meint.

Keine Ahnung, was danach genau passiert, aber zehn Minuten später ist Marco wieder weg (verfolgt von einem Rattenschwanz mit Fanschals und Filzstiften bewaffneten Teenies), und ich habe ein Date für Freitagabend.

»Das ist genau das, was du jetzt brauchst!«, strahlt Leonie und schnuppert genießerisch in die Richtung, in die Marco entschwunden ist, um noch den letzten zarten Hauch seines Rasierwassers zu erhaschen.

»Nein! *Was* ich brauche, ist ein Anruf von Tom, dass es ihm leidtut, dass er niemals mit der Hexe hätte Händchen halten sollen, dass er mich außerdem unglaublich vermisst und wieder mit mir zusammen sein will«, antworte ich traurig. Ich mag Marco wirklich gerne, sonst hätte ich die Einladung nicht angenommen, aber ganz ehrlich, ich fühle mich nicht richtig wohl bei dem Gedanken, ein Date mit einem anderen Mann als Tom zu haben. Vor allem da ich eigentlich gar keinen anderen Mann möchte! Und sollte er noch so gut riechen.

»Okay, aber wenn der Trostpreis ein Date mit dem heißesten Bayernspieler der Saison ist, dann ist das doch auch was! Andere Frauen in deiner Situation müssen sich in den Männerschlussverkauf stürzen, du dagegen bekommst den begehrtesten Junggesellen der Stadt auf einem Silbertablett serviert! Das ist das Beste, was dir passieren kann! Glaub mir, Süße, es gibt keine bessere Methode, einen Mann zurückzubekommen, als einen anderen zu daten! Wenn Tom mitkriegt, dass du was mit Marco Tossi hast, wird er ausflippen und dich sofort zurückhaben wollen!«, referiert Leonie mit erhobenem Zeigefinger.

»Ich habe nichts mit Marco Tossi! Und was ist bitte ein Männerschlussverkauf???«, entgegne ich empört und laufe neben ihr in Richtung Parkhaus. Die Lust auf Louis-Vuitton-Taschen ist mir jedenfalls gründlich vergangen.

»Na, Speed-Dating! Die letzte Möglichkeit, wenn sonst nichts mehr geht. Und das ist kein Spaß, glaub mir. Ich war erst einmal dort, aber bei der Erinnerung daran stellen sich mir heute noch alle Nackenhärchen auf. Dagegen sind die Kandidaten bei *Schwiegertochter gesucht* echte Leckerbissen.« Leonie bleibt eine Sekunde stehen, verzieht das Gesicht und schüttelt sich kurz, dann ist sie wieder voll bei der Sache. Leider bei der Marco-Tossi-Sache. »Meinetwegen hast du eben nichts mit diesem unglaublich heißen italienischen Superstar. Aber mal mit ihm auszugehen kann trotzdem nichts schaden! Außerdem musst du ihn unbedingt fragen, welches Rasierwasser er benutzt. Das könnte ich Torben schenken«, sinniert meine Freundin und reckt neugierig den Hals in Richtung der Parfümabteilung, an der wir gerade vorbeilaufen.

Dass sie Torben schon Rasierwasser kaufen möchte, lässt mich trotz meiner vertrackten Lage hellhörig werden.

»Ist es etwa richtig ernst zwischen euch?«, frage ich sie und hoffe ganz fest, dass es so ist. Leonie hat es echt verdient, und Torben ist ein toller Mann. Einer, der nicht über rote Teppiche läuft und dabei die Hände magersüchtiger Schnepfen hält.

»Dieses Arschloch«, flüstere ich beim Gedanken an Tom erneut und überlege, dass das Date mit Marco Tossi vielleicht doch gar keine so schlechte Idee ist. Zumindest besser als diese Männerschlussverkaufsnummer.

»Punkt eins: Ja, das ist es. Ich kann es selbst kaum glauben! Torben ist einfach nur toll, ich kann gar nicht mehr aufhören, an ihn zu denken, und ihm geht es genauso. Süße, ich glaube, ich bin total verliebt!«, gesteht Leonie und strahlt mich dabei so glücklich an, dass ich sie in den Arm nehmen muss.

Wir bleiben stehen, drücken und freuen uns, dass es wenigstens gerade für eine von uns so rund in der Liebe läuft. Bei dem Gedanken durchzuckt es mich schon wieder, und ich kann ein weiteres »Dieses Arschloch!« nicht unterdrücken. Das beendet dann auch unsere Umarmung.

Während Leonie sich die Haare glattstreicht, schaut sie mich mit einem weitaus ernsteren Blick an. »Ach ja und Punkt zwei: Du musst deine »Dieses-Arschloch!«-Ausbrüche besser kontrollieren. Ich habe heute mitbekommen, wie Louisa aus der Maske einer Volontärin erzählt hat, dass du am Tourette-Syndrom leidest … Nicht gut, Sweety!«

Mist, hat die Make-up-Elfe mein Gemurmel also doch verstanden. Das ist wirklich nicht gut. Schließlich kursieren schon genug Gerüchte über mich. Andererseits denke ich mir: Was soll's?

»Weißt du, was? Vielleicht leide ich ja tatsächlich am

Tourette-Syndrom! Und zwar am Tom-Tourette-Syndrom! Soll aber nicht ansteckend sein, habe ich gehört«, antworte ich relativ entspannt. Ganz ehrlich, sollen sie im Sender lieber über meine nicht vorhandenen Krankheiten als über mein nicht vorhandenes Liebesleben tratschen.

Dann gehen Leonie und ich zur Feier des Tages, auch wenn es an diesem Tag nun wirklich nichts zu feiern gibt, noch einen Champagner in der Kosmetikabteilung trinken. Wie kann eine Zeit nur so furchtbar und gleichzeitig so fabelhaft sein?

Pizza, Pasta, nix amore!

Shoppingbeutetagebuch:

Sündhaft teure und auch sonst sehr sündige Ich-tue-so-als-ob-ich-über-meinen-Ex-hinweg-wäre-und-Sex-mit-einem-anderen-haben-könnte-Unterwäsche: 1 *Set*

Neue Jeans: immer noch 0

Selbstbräunungssprays, damit ich neben dem fabelhaften Italiener nicht ganz so blass aussehe: 8 *(alle doof, ich habe einfach kein Glück mit Selbstbräunern)*

Na gut. Nachdem ich nach der Arbeit noch schnell mit Leonie in die Stadt gedüst bin, um bei Agent Provocateur die provozierendste Unterwäsche zu erstehen, die ich jemals getragen habe, sitze ich jetzt mit Marco im Hugo's und esse die beste Trüffelpizza, die ich jemals probiert habe. Ziemlich viele Superlative für einen Abend.

Allerdings ist das mit der Unterwäsche hauptsächlich auf Leonies Mist gewachsen, weil sie meinte, ich würde mich selbstsicherer fühlen, wenn ich einen Tanga für fünfundneunzig Euro trage. Die Absicht, Marco zu verführen, habe ich jedenfalls nicht. Auch wenn ich dazu vermutlich keine teure Unterwäsche brauchen würde, denn so wie er mich die ganze Zeit ansieht, ist es ihm relativ egal, *was* ich drunter trage, Hauptsache ich ziehe es möglichst bald aus. Er ist zwar keineswegs aufdringlich (zumindest nicht auf nervige Art und Weise), und es ist auch wirklich nett … Aber je länger ich diesem umwerfenden Mann gegenübersitze, desto klarer wird mir, dass mich kein anderer Mann als Tom umwerfen kann.

Das ganze Restaurant beobachtet uns, und alle anwesenden, winzige Cocktailkleider tragenden Frauen stieren Marco an, als wäre er die Offenbarung des Jahrhunderts. Na ja, fast alle. Die einzige, die das nicht tut, bin ich. Dabei gibt er sich so viel Mühe! Wir trinken Champagner, haben einen fabelhaften Tisch, und Marco erzählt FC-Bayern-Interna am Fließband und versucht mich zum Lachen zu bringen. Was ich auch häufig tue, nur leider nicht mit ganzem Herzen. Denn mein Herz ist, sosehr ich es Marco gegenüber bedaure, bei Tom. Jetzt mal ehrlich: Wenn selbst *der* Frauenschwarm der Stadt mich nicht vom Hocker reißen kann, weil ich nur an diesen einen anderen Mann denken muss, der lieber Vampirellas rechte Hand datet als mich, dann *muss* ich diesen einen anderen Mann aufrichtig lieben …

Nur leider heißt das noch lange nicht, dass es umgekehrt genauso ist. Tom reagiert nach wie vor nicht auf meine Anrufe, antwortet nicht auf meine Nachrichten, und wenn ich bei ihm klingele, tut er so, als ob er nicht da wäre. Wenn ich ihn zurückhaben will, muss ich es irgendwie anders versuchen.

Plötzlich fällt es mir wie Schuppen von den Augen: Ich brauche die eine große Geste, wie in romantischen Filmen oder früher beim guten alten Kai Pflaume! Ein riesiges Herz aus Feuer, ein Transparent, das ein Flugzeug hinter sich herzieht, einen Bungee-Sprung im Namen der Liebe oder etwas in der Art. Nur nicht in lächerlich, sondern in stilvoll, bewegend und überzeugend. Das ist es!

»*Scusi*? Anna? Möschtest du eine süße Nachetische?«

Marco schaut mich mit seinen riesigen braunen Frauenschwarmaugen an.

Schuldbewusst fällt mir auf, dass ich ihm die letzten paar Minuten gar nicht mehr zugehört, sondern nur über Tom nachgegrübelt habe.

»Gern«, antworte ich schnell und lächele mein Gegenüber entschuldigend an.

Er kann schließlich nichts dafür, dass ich die einzige Frau in diesem Laden bin, die bei seinem Anblick nicht zerfließt. Trotzdem ist er mit mir da. Oder vielleicht gerade deswegen?

Ist an der Theorie, dass Männer eine Frau vor allem dann erobern wollen, wenn sie keine Anstalten macht, am Ende doch etwas dran? Dann wäre bei Tom die große Geste allerdings ganz und gar nicht zielführend, sondern eher die Ich-date-andere-Männer-und-es-geht-mir-auch-ohne-dich-super-Theorie à la Leonie erfolgversprechend. Aber gehört Tom wirklich zu *dem* Typ von Mann? Eigentlich kann ich mir das nicht vorstellen. Andererseits hätte ich es mir auch niemals vorstellen können, dass er händchenhaltend mit Vanessa für die Fotografen posiert. Insofern …

Der fantastisch duftende Schokoladenkuchen, den der Kellner gerade vor mich hinstellt, unterbricht meine Gedanken. Ich nehme mir vor, mich nun wirklich auf das kleine Kunstwerk aus Schokolade und auf mein Gegenüber zu konzentrieren und aufzuhören, mir den Kopf zu zerbrechen. Wobei ich das Gefühl habe, dass meine Idee mit der großen Geste so schlecht nicht ist … Aber das werde ich in aller Ruhe mit Leonie und Manuel besprechen, ganz sicher nicht mit Marco Tossi. Daher suche ich schnell nach einem unverfänglicheren Thema als den diversen Rückeroberungstheorien für meine große Liebe.

»Der ist wirklich perfekt!«, sage ich zu Marco, nachdem

ich den ersten Bissen probiert habe, weil mir gerade kein besseres Thema als der Kuchen auf meinem Teller einfallen mag.

»Nischte so perrfekte wie du!«, antwortet er charmant wie immer.

»Ich bin alles andere als perfekt«, murmele ich und mache mich lieber schnell weiter über den Kuchen her.

»Isch liebe Fraue, die gute Esse zu schätze wisse, *amore*! Die Frauen hiere in Münsche abbe keine Ahnung von *mangiare*! Alle nur Bohnestange!«, erklärt er.

Unwillkürlich frage ich mich, ob ich mich nicht doch in ihn verlieben könnte. Ich horche kurz in mich und sehe sofort Toms Gesicht vor meinem inneren Auge. Gut, nein, leider nicht. Stattdessen spüle ich den restlichen Kuchen mit einem großen Schluck Champagner herunter.

»Sind die italienischen Frauen denn anders?«, frage ich ihn, nur um etwas zu fragen.

»Nischte alle, aber viele. Aber keine isse so wie du«, schmachtet er, und nur eine Gruppe männlicher Autogrammjäger, die Marco just in dem Moment ansprechen, retten mich vor einer Antwort.

Nachdem wir eine halbe Stunde später auch die zweite Flasche Champagner geleert haben, will Marco mir unbedingt noch einen ganz besonderen Club zeigen. Mit dem Taxi fahren wir direkt vor das Heart, ein Club-Restaurant in der Nähe vom Stachus. Doch als ich den Laden ansteuern will, zieht Marco mich zu einem unauffälligen Eingang ein Stück weiter links. Er begrüßt die Türsteher mit Handschlag, führt mich eine Treppe nach oben und weiter in ein … Getränkelager! Ungläubig starre ich ihn an und bleibe stehen, doch er nimmt meine Hand und zieht mich hinter sich her. Ob er das witzig findet?

Vor einer Wand mit Getränkekisten bleiben wir stehen.

Gerade als ich anfange, das Ganze nicht mehr lustig, sondern merkwürdig zu finden, tippt er eine Art Code in ein kleines Tastenfeld an der Wand ein, das ich zuvor nicht bemerkt habe. Einen Moment später fährt die Wand wie durch Zauberhand zur Seite, und wir stehen tatsächlich am Eingang zu einem Club! Marco grinst nur und führt mich an die Bar. Unterwegs begrüßen ihn wieder alle möglichen Leute mit Handschlag, allerdings lässt er mich dabei nicht los, was mir langsam etwas unangenehm ist. Erst an der Bar schaffe ich es, meine Hand unauffällig wegzuziehen und mein neues Glas in Empfang zu nehmen. Blöderweise habe ich da längst das Gefühl, dass der ganze Club mich als Marco Tossis neue Flamme wahrgenommen hat. Was ziemlich gut wäre, wenn Leonies Theorie über Männer zutreffen würde, und ziemlich schlecht, falls Tom doch anders ist. In dem Fall will ich auf keinen Fall *irgendwo* als die neue Flamme von *irgendjemandem* (außer Tom natürlich) gebrandmarkt werden.

Deswegen fühle ich mich gerade auch nur noch schlecht. Marco und ich tanzen miteinander, und er ist wie immer sehr charmant, aber inzwischen – ich denke, der Champagner ist nicht ganz unschuldig daran – versucht Marco immer mehr auf Tuchfühlung zu gehen. Bald bin ich nur noch damit beschäftigt, ihm mehr oder weniger elegant auszuweichen. Nach einer halben Stunde wird es mir zu anstrengend, und ich flüstere, na ja, schreie ihm ins Ohr, dass ich nach Hause gehen möchte.

Unglücklicherweise versteht er das als Aufforderung, zwinkert mir verschwörerisch zu und brüllt: »Ische auch, *amore mio*!«

Die Musik ist wirklich elendig laut, nur leider nicht so laut, dass ich es hätte überhören können. Bevor ich den Irrtum richtigstellen und Marco erklären kann, dass ich zwar durchaus gehen möchte, aber nicht mit ihm zusammen, hat er auch schon meine Hand geschnappt und führt mich in Richtung Ausgang. Unterwegs folgen wieder zahlreiche Abklatschrituale mit diversen Vertretern der Münchner Lokalprominenz, und an den bewundernden Blicken der Männer und den neidischen Blicken der Frauen kann ich ganz genau ablesen, was der gesamte Club von uns oder vielmehr unseren nächsten gemeinsamen Stunden denkt.

WAAAAAAAAHH!!!

So ein Mist! Das Letzte, was ich will, ist, dass Tom morgen früh brühwarm erzählt bekommt, seine Ex habe die Nacht mit Bayerns Feldstar Nummer eins verbracht.

Also befreie ich, sobald wir unten vor dem Club angekommen sind, meine Hand von Marcos Pranke. Ich will ihm schnell ein unverfängliches, aber dennoch höfliches Abschiedsküsschen auf die Wange geben und mit dem nächstbesten Taxi türmen. Doch ich habe nicht mit Marcos italienischem Temperament gerechnet, als ich mich zu ihm beuge, um seine Wange zu berühren. Anstatt mein Bussi zu erwidern, nimmt er mich stürmisch in seine Arme, beugt mich leicht nach hinten und setzt zu einem Hollywood-Kuss an, der sich gewaschen hat! Wäre es nicht Marco, sondern Tom, der mich so küssen würde, wäre ich wohl schon vor lauter Entzücken in Ohnmacht gefallen. So registriere ich nur, dass sein Bart ziemlich kratzt und sein Rasierwasser trotz allem sehr gut riecht. Allerdings hilft mir das jetzt auch nicht weiter!

Ich wehre mich sofort, aber wer jemals versucht hat, einen leidenschaftlichen, angetrunkenen Italiener, der noch dazu einer der größten Sportstars von ganz Europa und sich dieser Tatsache durchaus bewusst ist, mitten im großen Showkuss loszuwerden, der weiß genau, dass das sooo einfach nicht ist. Ein normaler Mann hätte anhand meiner angestrengt zusammengepressten Lippen und meinen wackelnden Händen vielleicht früher oder später geschnallt, dass ich gerade nicht in Stimmung bin, aber Marco Tossi ist es vermutlich einfach nicht gewohnt, dass eine Frau nicht dahinschmilzt, wenn er sie küsst. Insofern denkt er vermutlich nur, dass ich eine verdammt miese Küsserin mit Zappelphilipp-Syndrom bin, und offenbar ist er hartnäckig genug, um dies ändern zu wollen.

Krampfhaft überlege ich mir, wie ich es schaffen könnte, mich ohne den Einsatz massiver körperlicher Gewalt aus dieser misslichen Lage zu befreien, während Marco mein immer panischeres Rumgezappele nicht mal zu registrieren scheint. Erst als mich weiße Blitze blenden und mir plötzlich klar wird, dass uns gerade jemand fotografiert, entwickele ich Superwoman-Kräfte und reiße mich von Marco los. Was ich dann sehe, lässt mir das Blut in den Adern gefrieren. Um uns herum steht eine Horde von Fotografen und Schaulustigen und knipst wie wild drauflos.

Blitz Seite eins!, ist das Erste, was mir in den Sinn kommt, und vor lauter Panik drehe ich mich nicht mal mehr zu Marco um, sondern haste einfach auf eines der wartenden Taxis zu, reiße die Tür auf und steige ein. Glücklicherweise habe ich einen Fahrer mit Sinn für Dramatik erwischt, denn sobald ich ihm die Adresse genannt habe, fährt er mit quietschenden Reifen los.

Während der gesamten Fahrt knete ich wie wild meine Finger und weiß nicht, wie ich die drohende Katastrophe abwenden soll. Knutschfotos von mir und Marco Tossi in allen großen deutschen Boulevardblättern sind nun wirklich nicht dazu geeignet, um Tom zurückzugewinnen!

Immer noch in Gedanken und Tom-Panik versunken bezahle ich fünf Minuten später den Taxifahrer und steige aus. Da gibt der Mann schon wieder Gas und braust mit quietschenden Reifen davon, scheinbar hat er eine Schwäche für den Geruch von verbranntem Gummi. Kopfschüttelnd blicke ich ihm hinterher und registriere erst jetzt langsam, dass er mich gar nicht in meiner Straße abgesetzt hat. Hier wohne ich doch gar nicht!

Oh. Mein. Gott. Hier wohne nicht ich, sondern Tom!

Ich muss ihm vorhin in meiner Panik automatisch Toms Adresse genannt haben, nicht meine. Wie dämlich von mir… Oder – ein Hoffnungsschimmer durchströmt mich – etwa Schicksal? Vorsichtig linse ich zu Toms Fenstern hoch, doch natürlich brennt kein Licht. Trotzdem fasse ich mir ein Herz und marschiere mit wackeligen Knien, pochendem Brustkorb und nicht mehr ganz so nüchtern auf die Eingangstür zu. Bevor ich den Finger ausstrecke, blicke ich erneut nach oben. Immer noch kein Licht. Ich klingele einfach. Einmal, zweimal, dann warte ich. Nichts passiert. Weder meldet sich Tom über die Gegensprechanlage noch geht oben in der Wohnung ein Licht an. Eine richtige Déjà-vu-Situation, denn ich stehe hier nicht zum ersten Mal und werde nicht hineingelassen. Allerdings stehe ich zum ersten Mal mutterseelenallein mitten in der Nacht hier.

Plötzlich verwandelt sich meine eben noch aufgeregte Anspannung in tiefe Traurigkeit. Mir ist es gerade völlig egal, ob Tom Vanessas Hand genommen hat… Was wird die halbe Welt morgen von mir und Marco denken? Dass wir wie wild rumgeknutscht haben und Münchens neue Top-Affäre sind! Sind wir das? Nein!

Statt den Abend mit Marco zu genießen, konnte ich die ganze Zeit nur an Tom denken und habe mir den Kopf zerbrochen, wie ich ihn zurückgewinnen kann. Vielleicht ist es bei ihm ja so ähnlich abgelaufen? Nur was ist damit, dass er gekündigt und mir nichts davon erzählt hat? Klar tut das weh, aber mal ehrlich: Es tut nicht so weh, wie ihn jeden Tag zu vermissen und nach außen die glückliche Moderatorin spielen zu müssen, die über allem steht. Ich stehe nämlich über gar nichts. Ich will einfach nur zu Tom.

Sehnsüchtig blicke ich wieder zu den dunklen Fenstern hinauf und lasse mich völlig entkräftet zu Boden sinken. Tränen strömen mir übers Gesicht, und die ganze Traurigkeit, die ich in den letzten Tagen immer wieder verdrängt habe, kommt endlich raus. Wenn mein Leben ein Film wäre, würde es jetzt zu regnen anfangen, aber das Einzige, was tropft, sind meine Tränen. Irgendwie macht mich das noch trauriger, und ich muss noch heftiger weinen.

Ich weiß nicht, wie lange ich so dasitze und einfach nur weine, aber irgendwann klingelt mein Handy.

»Tom!«, schießt es mir durch den Kopf, und sofort glaube ich wieder an Schicksal. Doch auf dem Display steht Leonies Name.

»Ja?«, gehe ich schniefend ran.

»Süße, stell dir vor!!!«, kreischt sie hörbar aufgeregt, »Manuel hat eben von Alex die Insider-Info bekommen, dass DU, ANNA ABENDROT, als beste Newcomerin für den Deutschen Fernsehpreis nominiert bist!!! Alex kennt jemanden in der Jury, es ist noch nicht offiziell, aber sag, ist das nicht der Wahnsinn??? Wo bist du überhaupt? Und ... wie ist es mit Mister Italianoho?«, platzt sie mit der Neuigkeit heraus und spricht die letzte Frage in einem verschwörerischen Singsang aus, was mich sofort wieder zum Weinen bringt.

»Buhhhuuuuhuuu!«, ist somit das Einzige, was ich herausbringe.

Leonie, sofort alarmiert, hält sich nicht lange mit Geplänkel auf, sondern fragt gleich das Wesentliche: »Wo bist du, Süße?«

»Vvvortomswoohnungabererisssnichdaaaaha«, schluchze ich.

»Ach du Scheiße. Bleib, wo du bist, ich bin in zehn Minuten da und hole dich!«

Danach höre ich nur noch das Besetztzeichen und warte und weine. Und weine und warte und weine und fühle mich so einsam wie noch nie in meinem Leben. Gerade als ich im tiefsten Selbstmitleid-Morast versinke, kommt das Rettungskommando mit quietschenden Reifen und Motorengeheule direkt vor mir zum Stehen. So direkt vor mir, dass nur zehn Zentimeter fehlen, und ich wäre platt gewesen.

Manuel bleibt hinterm Steuer, während Leonie samt der lilafarbenen Couch-Schmusedecke aus dem Auto springt, mich einpackt und mich auf den Rücksitz verfrachtet. Sobald wir beide hinten hocken und Leonie anfängt, mir den Rücken zu rubbeln, gibt Manuel Gas und fährt wie ein Bekloppter los. Ich glaube, so ähnlich gehen Rettungseinsätze von Elitetruppen in Kampfgebieten vonstatten.

»Was zur Hölle hast du denn hier mitten auf der Straße verloren? Solltest du nicht gerade mit dem heißen Italiener vögeln?«, kommt es von vorn, und Manuel dreht sich fragend zu uns um, wobei er versehentlich das Lenkrad herumreißt und das Auto einen Satz nach rechts in Richtung Isarufer macht.

Leonie schreit auf, während ich erneut schluchze.

»... ganze Zeit nur an Tom denken müssen ... Große Geste ... So unglückliiiich ... Will Pommes«, ist alles, was ich während meiner Heulattacken von mir geben kann, aber da Leonie mich sofort mit einem »Oh Süße!« tröstend in den Arm nimmt, schätze ich, dass sie ausreichen, um meine Lage zu erklären.

Als wir nach einem Zwischenstopp am nächsten McDrive-Schalter endlich vor der richtigen Wohnungstür ankommen, dreht Manuel sich vor dem Aussteigen noch mal zu mir um.

»Hey, du bist für den Fernsehpreis nominiert! Genug geheult, das ist fantastisch!«, ruft er mir aufmunternd zu und sieht mich erwartungsfroh an.

Ich glaube, er erträgt so viel Geheule auf einmal nicht. Doch ich muss ihn enttäuschen. Was interessiert mich der Deutsche Fernsehpreis? Kriege ich davon Tom zurück? Nein! Außerdem… Den Deutschen Fernsehpreis? Hat den nicht sogar schon mal dieser eine Rüpelrapper bekommen? Oder war das ein Bambi? Egal. Mein Leben ist verpfuscht, die Liebe meines Lebens will mich nicht mehr sehen, und morgen werde ich knutschend mit Marco Tossi auf Seite eins der Münchner Gazetten abgebildet sein. Aber hey, alles egal, immerhin bekomme ich einen dämlichen Fernsehpreis! Was soll mich denn daran bitte aufheitern???

Okay, irgendwo hinter meinem Selbstmitleid-Champagner-Tran weiß ich selbst, dass ich ein kleines bisschen unfair bin. Trotzdem: Ich will meine große Liebe zurück! Alles andere ist mir schnurzegal! Anstatt das zu sagen, schiebe ich mir jedoch wie ferngesteuert die letzte Pommes in den Mund, dann heule ich wieder laut auf und sage gar nichts mehr, woraufhin Manuel fluchtartig das Auto verlässt.

»Komm, Süße, Manuel hat recht. Lass uns nach oben gehen und dich ins Bett bringen, du zitterst ja!«, redet Leonie beruhigend auf mich ein und verfrachtet mich sanft wie eine Mutter (also nicht meine, aber ich bin sicher, andere Mütter sind so sanft) nach oben.

Stunden später erwache ich mit den schlimmsten Halsschmerzen meines Lebens und Leonie und Manuel an meinem Bett, die fröhlich Zeitungen über dem Kopf schwenken. Sofort befinde ich mich wieder in einer Déjà-vu-Situation. Ich will nicht mehr jeden Morgen mit irgendwelchen doofen Schlagzeilen geweckt werden, die mein Privatleben hemmungslos ausschlachten! Ich will diese Knutschfotos nicht sehen, ich will nicht länger das Gespött der Leute sein, ich will EINFACH NUR MEINE RUHE!!!

»Deine Nominierung ist *die* Schlagzeile!«, kräht Manuel fröhlich und hält mir den Münchner *Blitz* direkt vors Gesicht.

Oh. Hat er gerade Nominierung gesagt? Nicht Herumgeknutsche? Ist er sicher? Neugierig schnappe ich mir die Zeitung und breche augenblicklich in erleichtertes Gelächter aus. Tatsächlich, die Überschrift lautet:

»Deutschlands tollpatschigste Nachwuchsmoderatorin für den Deutschen Fernsehpreis nominiert!«

Darunter ist ein Bild von mir aus dem *Flash!*-Studio abgedruckt. Keine Knutschfotos weit und breit. Warum verstehe ich zwar nicht, denn so, wie ich die Boulevardwelt bisher kennengelernt habe, wäre »Deutschlands tollpatschigste Nachwuchsmoderatorin bei wildem Knutschgelage mit Bayernstar gesichtet!« die weitaus verkaufsförderndere Schlagzeile gewesen, aber beschweren werde ich mich darüber ganz sicher nicht! Außerdem heißt das, wenn Tom heute Morgen die Zeitung aufschlägt, wird er nicht ein Bild von mir sehen, das ihn dazu veranlassen wird, mich endgültig abzuhaken, sondern nur eine nette Nachricht über meine Nominierung. Jipppieeee!!!

»So viel zum Thema top secret«, murmelt Manuel in dem Moment.

»Tja«, meint Leonie nur und wendet sich dann an mich. »Immerhin weißt du jetzt, wann du Tom auf jeden Fall wiedersehen wirst!«, strahlt sie mich an.

Schlagartig und ungeachtet der wirklich ekelhaften Schmerzen in meinem Hals richte ich mich auf. »Meinst du allen Ernstes, er kommt?«, frage ich und bekomme schon wieder Herzklopfen.

»Natürlich kommt er. Er ist der neue *Tagesschau*-Sprecher und zudem eines der bekanntesten deutschen Fernsehgesichter. Er wird da sein, verlass dich drauf!«, beschwört mich Leonie.

Plötzlich finde ich den Deutschen Fernsehpreis gar nicht mehr so überflüssig und unwichtig. Dann brauche ich ein neues Kleid!, schießt es mir noch durch den Kopf, bevor ich mich mit Wick-MediNait und anderen Wundern der modernen Pharmazie zurück ins Koma schieße, um morgen wieder für *Flash!* fit zu sein. Ich *muss* schließlich fit werden, denn ab heute läuft der Countdown, und dieses Mal werde ich es nicht versauen! Ich werde mich perfekt und gründlich auf den Tag vorbereiten, an dem ich Tom zurückerobern werde. Auf die Verleihung des Deutschen Fernsehpreises. Jippiiieeee Yeahhh und gute Nacht…

My destiny

Shoppingbeutetagebuch:

Einzigartiges Kleid, das, wenn ich es trage, bei Tom nur einen einzigen Gedanken auslösen wird, und zwar: Ich liebe diese Frau!: 1 *(allerdings in 8 Versionen)*

Passende Schuhe und Täschchen: ca. 20 *(da muss einfach das Richtige dabei sein)*

Wow, nachdem ich nun wochenlang diesem Moment entgegengefiebert habe, ist er nun tatsächlich da. Heute ist der Tag, an dem ich Tom wiedersehen werde (kreisch!)! Und der Tag, an dem ich vielleicht den Deutschen Fernsehpreis bekommen werde, aber ehrlich gesagt ist das im Vergleich dazu, dass ich endlich meine große Liebe zurückgewinnen kann, eher Nebensache.

Die letzten Wochen habe ich fast ein bisschen wie in Trance gelebt. Ich habe die Sendung moderiert, tausend Interviews zum Fernsehpreis gegeben und jeden zweiten Tag gemeinsam mit Leonie nach *dem* perfekten Kleid für heute Abend gefahndet. Wirklich entscheiden konnten wir uns nicht, deswegen habe ich mir eine kleine Auswahl zugelegt. Glücklicherweise musste ich die meisten Kleider nicht bezahlen, denn neuerdings reißen sich die Designer darum, mich ausstatten zu dürfen. Obwohl mich vor ein paar Wochen noch niemand von denen kannte. Seltsame Welt... Ich bin trotzdem froh, denn die Vorbereitungskosten für den großen Abend würden sonst selbst mein neues Moderatorinnen-Budget bei weitem übersteigen.

Das Rennen hat am Ende eine schwarze Abendrobe gemacht, die irgendwo zwischen Sissi und Catwoman liegt und die ich im echten Leben wahrscheinlich nicht mal mit allen meinen Kreditkarten zusammen bezahlen könnte. Enge Korsage, weiter Rock, vorn ausgeschnitten, mit Blick auf meine dank des regelmäßigen Trainings der letzten Wochen nahezu perfekt durchtrainierten Beine.

Ja, Sie haben richtig gelesen: durchtrainiert! Ich, Anna Abendrot, war beim Pilates!

Na ja, Leonie und Manuel sind der Meinung, ich würde mich wie besessen auf das Wiedersehen mit Tom vorbereiten, und wahrscheinlich stimmt das auch. Aber gibt es nicht schlimmere Dinge, von denen man besessen sein kann, als von der Vorstellung, seine große Liebe wiederzusehen? Den großen Moment stelle ich mir übrigens so vor: Toms und meine Blicke werden sich kreuzen, er wird mir tief in die Augen blicken, ich ihm auch, und in diesem Moment wird alles egal sein. Er wird alles vergessen. Ich werde alles vergessen. Wir werden einfach nur aufeinander zurennen und uns in die Arme schließen. Unsere Lippen werden sich zu einem nicht enden wollenden Kuss treffen. So weit mein Plan, wie die Realität aussehen wird, weiß ich natürlich nicht.

Ich weiß nur eines: Tom steht auf der Gästeliste, er wird also da sein. Kein Wunder, dass ich so nervös bin wie noch nie in meinem Leben.

Die Limousine, in der ich mit Leonie sitze, nähert sich dem Coloneum, wo die Verleihung stattfinden wird. Wir sind heute Morgen in Köln gelandet, und zur Feier des besonderen Tages sind nicht nur Leonie, sondern auch Manuel und Alex und sogar Torben mit angereist. Die drei sitzen in der Limousine hinter uns, damit wir Mädels unter uns sein können. Darüber bin ich sehr froh, denn seit wir im Hotel losgefahren sind, kaue ich wie eine Irre auf den Lippen rum. Woraufhin Leonie mir das Lipgloss nachzieht und ich sie frage, ob Tom wirklich da sein wird. Was sie bejaht. Woraufhin ich wieder auf den Lippen rumkaue und das Ganze von vorn losgeht. Ganz ehrlich, kein Mann würde so was länger als zwei Minuten mitmachen.

Als der Chauffeur schließlich hält und wir darauf warten, dass man uns die Tür öffnet, drückt Leonie mir noch mal ganz fest die Hand. Danach geht es los. Die Autotür wird geöffnet, und wir betreten den roten Teppich. Ich war in den letzten Wochen auf einigen Events und habe deswegen mitbekommen, was in dem Moment so alles passiert, dennoch überwältigt es mich immer wieder. Fotografen schreien, Teenies wollen Autogramme, manche Zuschauer klatschen spontan – es ist unglaublich und vor allem unglaublich laut.

Die ganze Zeit möchte ich mir ins Gesicht fassen, weil ich denke, dass dort irgendetwas Ekelhaftes klebt und die Leute mich in Wahrheit deswegen alle anstarren. Das verunsichert mich jedes Mal total, und auch auf diesem roten Teppich muss Leonie mich sanft nach vorn stupsen, damit ich überhaupt weitergehe. Wenn große Schauspieler, die etwas geleistet haben, derart gefeiert werden, dann ist das in Ordnung. Aber ich bin einfach nur jemand, der irgendwie in eine Klatschsendung reingestolpert ist und jetzt vor sich hin moderiert. Vielleicht bin ich ein bisschen anders als die meisten anderen in der Branche, aber Großartiges geleistet habe ich deswegen noch lange nicht. Insofern ist es mir nach wie vor unangenehm, über den roten Teppich zu laufen. So wie beim ersten Mal, als ich mit Tom auf der Premiere dieses Ryan-Reynold-Films war …

Just in dem Moment, als ich mich an diesen … nun ja … legendären Abend erinnere, passiert es! Wie aus dem Nichts durchzuckt mich etwas, das sich anfühlt wie ein Stromstoß. Mit klopfendem Herzen drehe ich mich um, blicke auf und … schaue genau in Toms Augen! Er steht circa zwanzig Meter von uns entfernt und hat sich auch zu mir umgedreht.

Es ist tatsächlich so wie in meiner Fantasie. Er starrt mich an, ich starre ihn an, unsere Blicke verschmelzen. Wir sind beide wie hypnotisiert, und die Welt dreht sich ein kleines Stückchen langsamer. Nur mein Herz, das klopft so schnell, dass ich das Gefühl habe, alle könnten es durch meine Korsage hindurchspringen sehen. Ich merke, wie ich anfange zu strahlen. Ich kann nicht anders. Das Strahlen kriecht von der Bauchhöhle über den Hals bis zu meinem Mund. Tom zu sehen fühlt sich einfach an wie … nach Hause kommen! Nur spannender.

»Hi«, forme ich stumm mit den Lippen und strahle weiter.

Regungslos starrt er auf meinen Mund, und gerade als ich denke, dass er jeden Moment auf mich zurennen und mich küssen wird, versteifen sich seine Gesichtszüge, und er nickt mir kurz zu. Dann dreht er sich um und läuft ohne einen weiteren Blick davon. Mein Strahlen erstirbt augenblicklich. Das läuft jetzt aber nicht mehr so wie in meiner Fantasie!!!

»Was war das denn?«, murmele ich vor mich hin, und Leonie, der unser kurzes Blicke-Intermezzo nicht entgangen ist, starrt mich mindestens genauso verwirrt an.

»Der sah aus, als hätte er gerade einen Geist gesehen«, antwortet sie. »Aber jetzt weißt du immerhin, dass er wirklich da ist. Warte die Verleihung ab, lass ihn runterkommen und vielleicht einen Drink nehmen. Auf der Party hinterher sprichst du ihn dann in Ruhe an«, flüstert sie mir ins Ohr und schiebt mich weiter zu den wartenden Journalisten, damit ich die obligatorischen Miniinterviews hinter mich bringen kann.

Allerdings bin ich ganz und gar nicht bei der Sache. Die ganze Zeit frage ich mich, was das eben war. Ich habe genau gespürt, dass ihn das Wiedersehen genauso tief berührt hat wie mich. Aber irgendwie hat ihn etwas zurückgehalten. So als wäre ich eine Versuchung, der er unbedingt widerstehen muss. Ich habe bis eben gedacht, wenn wir uns nur endlich wieder in die Augen schauen könnten, wäre alles klar. Irgendwie war es ja auch so. Jedenfalls bis er sich zusammengerissen hat und geflüchtet ist. Als ob ich Cholera hätte oder so. Ich weiß nicht, ob ich verletzt oder einfach nur enttäuscht oder besser schockiert sein soll. Oder alles zusammen? Das war jedenfalls ein sehr merkwürdiges erstes Wiedersehen. Das zweite wird bestimmt besser. Zumindest versuche ich mir das einzureden.

Als wir endlich das Foyer erreichen, verdrehe ich mir fast den Hals, um Tom zu entdecken, doch wir sind recht spät dran und werden direkt in den Saal gebeten, wo wir Manuel und die anderen wiedertreffen. Kurz darauf fängt die Show auch schon an, allerdings bin ich so abgelenkt, dass ich kaum etwas mitbekomme. Ich blicke mich die ganze Zeit immer wieder verstohlen im Saal um, um herauszufinden, ob Tom in der Nähe sitzt, kann ihn jedoch nirgendwo entdecken. Dafür thront zwei Reihen hinter mir Marco Tossi neben einer fantastisch aussehenden Schwarzhaarigen und zwinkert mir verschwörerisch zu. Schnell drehe ich mich wieder um. Ich weiß nämlich sehr genau, wer die dunkle Schönheit an seiner Seite ist. Warum unsere Knutschfotos nie veröffentlicht wurden, weiß ich inzwischen auch. Die Dame ist nämlich Marcos Frau!

Die Tatsache, dass er mit einem italienischen Unterwäschemodel verheiratet ist, hat er bis vor kurzem gut unter

Verschluss gehalten, vermutlich um sein Image als Frauenschwarm nicht zu gefährden. Jedenfalls fand Signora Tossi das verständlicherweise nicht so prickelnd und ist ihm kurzerhand nach München hinterhergereist. Wie es der Zufall will, war das ziemlich genau zum Zeitpunkt unseres verhängnisvollen Dates. Da die Medienprofis beim FC Bayern auf Skandale dieser Art nicht wirklich erpicht sind, haben sie dafür gesorgt, dass die Knutschfotos in den Redaktionsgiftschränken gelandet sind. Keine Ahnung, *wie* sie das geschafft haben, aber als Manuel (der glücklicherweise immer alles weiß) mir die Geschichte erzählt hat, habe ich mir gleich am nächsten Tag einen FC-Bayern-Kuschelpulli (in pink – kreisch!) gekauft und beschlossen, offizieller Fan des Vereins zu werden.

Als ich mir noch mal kopfschüttelnd ins Gedächtnis rufe, wie absurd das Ganze war, kneift Leonie mir aufgeregt in den Oberschenkel und deutet quietschend auf die Leinwand. Dort erscheint mein Bild, und ich kann gerade noch hören, wie Judith Rakers sagt: »Der Deutsche Fernsehpreis in der Kategorie beste Nachwuchsmoderatorin geht dieses Jahr an … ANNA ABENDROT!!!!«

Da springen auch schon alle neben mir auf und klatschen wie wild. Leonie und Manuel weinen, Alex und Torben jubeln und pfeifen synchron. Ich bleibe erst mal total erschrocken sitzen und komme mir vor wie das Häschen in der Grube. Bis Leonie und Manuel mich aus meinem Sitz ziehen und mich mehr oder weniger sanft in Richtung Bühne schubsen. Um mich herum sind überall Kameras und strahlende Gesichter. Immer noch schockiert laufe ich die schmale Gasse in Richtung Bühne nach vorn, und als ich schließlich oben stehe und von Frau Rakers den Preis und Küsschen entgegennehme, kann ich nach wie vor kaum fassen, was da gerade passiert.

Die Scheinwerfer blenden mich, und als mir klar wird,

dass ich vor einem Mikrofon stehe und alle von mir erwarten, dass ich etwas sage, bekomme ich Panik. Entgegen den Ratschlägen meiner Mitbewohner habe ich mir natürlich keine Dankesrede ausgedacht, schließlich war ich viel zu beschäftigt damit, mein großes Wiedersehen mit Tom zu planen. Aber nun ist der ganze Saal still, und alle starren mich an. Wohl oder übel muss ich also irgendetwas sagen.

WAAHHHHHHHH!!!

Ich habe wirklich keine Ahnung, was ich von mir geben soll. Um Zeit zu gewinnen, räuspere ich mich erst ein oder zweimal. Dann setze ich an.

»Vielen ... Dank ...« Meine Stimme klingt total kratzig. Ich räuspere mich noch mal und setze erneut an. Am besten versuche ich einfach, ich selbst zu sein, nehme ich mir vor und sage: »Vielen Dank für diesen tollen Preis, den ich ...«

Ja, was eigentlich?

Den ich gar nicht haben will?

Den ich als gänzlich überflüssig empfinde?

Den ich im Vergleich zu Tom nicht mal ansatzweise spannend finde?

Nein. Auf einmal weiß ich es.

Mitten im Satz trifft mich die Erkenntnis. Dies ist genau der richtige Moment! Endlich kann ich das tun, was ich schon lange hätte tun sollen. Ich kann Tom beweisen, wie viel er mir bedeutet. Ich hole tief Luft, kratze allen Mut zusammen, den ich finden kann, und spreche weiter.

»Noch mal vielen Dank für diesen tollen Preis, den ich ... gar nicht verdiene. Tja, das ist die Wahrheit. Ich habe diesen Preis wirklich nicht verdient. Die Tatsache, dass *Flash!* eine großartige Sendung im deutschen Fernsehen ist, und auch, dass die Münchner Fashion Week ein solcher Erfolg war, hat das Publikum eigentlich nur einem Mann zu verdanken. Tom Vanderscheid.«

Ich kann hören, wie im Publikum gespanntes Getuschel einsetzt, doch das kann mich nicht mehr verunsichern. Langsam komme ich in Fahrt.

»Tom Vanderscheid ist ein ganz besonderer Mann. Ich habe vor ihm keinen vergleichbaren Menschen getroffen, und um ehrlich zu sein, ich glaube das werde ich auch nie wieder. Tom ist nicht nur eine unbeschreibliche Bereicherung für die deutsche Fernsehlandschaft, nein, er war … er *ist* auch eine unbeschreibliche Bereicherung für mein Leben.«

Noch mal atme ich tief durch, dann lasse ich den Blick über die Publikumsreihen schweifen, von denen ich glaube, dass dort Tom sitzt, und hoffe, er weiß, dass ich ab hier nur noch zu ihm spreche. Gut, und zu ein paar Millionen Fernsehzuschauern, aber die zählen jetzt nicht. Ich räuspere mich ein letztes Mal, ehe ich weiterrede.

»Deswegen will ich dir, Tom, einfach nur sagen, dass du die Liebe meines Lebens bist und ich mir die Welt ohne dich nicht mehr vorstellen kann. Oder besser: Ich *will* sie mir nicht mehr ohne dich vorstellen, denn alles, was in den letzten Monaten passiert ist … mein widerlicher Ex und diese BWL-Studentin, der Umzug nach München, der Katastrophenstart bei KNL, unser erstes Treffen in der Männertoilette, die Kinopremiere damals …« An dem Punkt wende ich mich kurz nach links, wo ich vorhin Til Schweiger im Publikum entdeckt habe. »Tut mir übrigens immer noch sehr leid, das mit dem Aufstoßen, Herr Schweiger«, woraufhin im Saal vereinzelt verhaltenes Kichern einsetzt.

Ich atme wieder tief ein und fahre fort.

»All das, egal was, egal wie schlimm, peinlich oder aufregend es war … Tom, ich bin überzeugt davon, dass es Schicksal war und dass das alles nur aus einem einzigen Grund geschehen ist, nämlich damit wir uns kennenlernen! Die

Sendung, der ganze Zirkus hier, der Preis«, ich hebe kurz den exklusiven Briefbeschwerer hoch, »das ist alles toll und schön, aber das Einzige, das Wichtigste, das, was mir wirklich etwas bedeutet, ist der Wunsch, an deiner Seite zu sein. Deine Freundin zu sein. Deine Partnerin. Ich mag von vielen Dingen nichts verstehen, ehrlich gesagt verstehe ich nicht mal besonders viel vom Fernsehmachen, trotzdem stehe ich hier und habe einen Preis dafür bekommen. Aber eines, das habe ich ganz genau verstanden: Du bist der Mann, den ich liebe, der Mann, den ich begehre, der Mann, ohne den ich nicht sein möchte. Von dir und mir, von uns beiden, *davon* verstehe ich etwas. Und dafür möchte ich gar keinen Preis bekommen. Ich möchte einfach nur wieder deine Freundin sein. Der Mensch, dem du vertraust, der Mensch, neben dem du morgens aufwachst, der Mensch, der dein Badezimmer mit Eukalyptusschaum überfluten darf. Ich will bei dir sein, denn ich liebe dich und … wenn du mich auch noch liebst, dann wäre ich das glücklichste Mädchen auf der ganzen Welt. Denn dann könnten wir beide einfach wieder das tun, was uns bestimmt ist und was richtig ist. Denn dann könnten wir wieder zusammen sein. Und das würde mich glücklicher machen als alle Preise dieser Welt zusammen …«

Die letzten Worte flüstere ich mehr ins Mikro, als dass ich sie deutlich ausspreche, und ich versuche dabei krampfhaft, die Tränen, die mir in die Augen steigen, zu unterdrücken. Das Herz klopft mir bis zum Hals. Ich atme tief aus und fühle, wie trotz aller Bemühungen langsam doch die ersten Tränen in meinen Augen glitzern. Gleichzeitig klopft mein Herz noch wilder. Endlich habe ich alles ausgesprochen! Jetzt weiß Tom alles. Was wird er sagen? Wie wird er reagieren? Wo *ist* er?

Suchend lasse ich erneut den Blick über das Publikum schweifen. Ich habe Toms Platz immer noch nicht entdecken können, deswegen suche ich nun die Reihen nach einer Person ab, die aufsteht. Eigentlich dürfte in diesem Moment nur eine einzige Person aufstehen und auf die Bühne eilen. Und diese Person ist Tom.

Das Scheinwerferlicht blendet mich dermaßen, dass ich nicht viel erkennen kann, als der Saal in Bewegung gerät. Alle blicken sich um und suchen nach Tom. Jeder will sehen, wie er aufsteht und zu mir nach vorn eilt, um dort das große Happy End zu vollziehen. Irgendein findiger Regisseur hinter den Kulissen sieht offenbar genau das kommen und beschließt – immerhin sind wir beim Deutschen Fernsehpreis –, die Situation mediengewaltig zu nutzen. Aus den Lautsprecherboxen ertönen die ersten Takte von Lionel Richies »My Destiny«. Spätestens beim Refrain, als Lionel »You are my destiny, you are my one and only« schmettert, tobt die Menge!

Die Leute stehen auf, klatschen im Takt und suchen weiter begeistert die Halle nach dem auf die Bühne eilenden Tom Vanderscheid ab. Mich überkommt ein unbeschreibliches Hochgefühl, denn ich kann es kaum erwarten, dass Tom endlich vor mir steht und wir uns endlich wieder in die Arme schließen! Ich komme mir ein bisschen vor wie Baby in *Dirty Dancing*, als sie allein auf der Bühne steht, kurz bevor sie mit dem heißen Tanzlehrer, der ihre große Liebe ist, übers Parkett wirbelt und alle den beiden zujubeln. Hier ist es so ähnlich, und als nun auch noch ein Regen aus goldfarbenem Glitter auf mich niederrieselt, während Lionels Satz »You gave that joy to me!« aus den Boxen dröhnt, habe ich das Gefühl, ich könnte vor lauter hysterischen Schmetterlingen im Bauch platzen!

Aufgeregt schirme ich die Augen mit der Hand gegen das Scheinwerferlicht ab, um Tom besser erkennen zu können, wenn er kommt. Mittlerweile haben auch die Fotografen angefangen mich abzulichten, und dank der Blitzlichter sehe ich nun wirklich so gut wie gar nichts mehr. Als der Refrain zum dritten Mal erklingt, mischt sich allmählich ein ungutes Gefühl in meine Euphorie. Okay, der Saal ist groß, aber müsste Tom nicht langsam vorn angekommen sein? Zumal ich annehme, dass er als *Tagesschau*-Sprecher und prominentes Gesicht nicht allzu weit hinten positioniert worden ist…

Die Menge auf den Sitzen stellt sich mittlerweile offensichtlich die gleiche Frage wie ich, denn langsam setzt immer lauter werdendes Getuschel ein, und die Regie dreht Lionel Richie ein ganzes Stück lauter, um die aufkommende Unruhe zu übertönen. Das funktioniert aber nur ein paar Augenblicke lang, denn als das Lied nach einer gefühlten Ewigkeit zu Ende ist und die Musik immer leiser wird, hören die Leute auf, sich suchend im Publikum umzuschauen, und alle Blicke ruhen wieder auf mir.

Ich stehe immer noch oben auf der Bühne. Allein. Kein Tom in Sicht. Dafür habe ich jede Menge Flitterkram im Haar, der sich in meiner mit Haarspray fixierten Hochsteckfrisur festgesetzt hat. Als die Regie aus lauter Verzweiflung das Lied noch mal von vorn einspielt, ertönen die ersten Buhrufe im Saal. Ich weiß nicht, was ich tun soll, und bleibe daher einfach wie angewurzelt stehen. Langsam wird mir bewusst, dass Tom nicht auf die Bühne kommen wird. Da wird mir erst so richtig klar, was ich gerade getan habe. Ich habe vor der versammelten Fernsehlandschaft Deutschlands einem Mann, der mich wahrscheinlich hasst, ein überaus kitschiges Liebesgeständnis gemacht, woraufhin er sich ganz offensichtlich entsetzt vom Acker gemacht hat!

Je klarer mir wird, was da gerade geschieht, desto fassungsloser bin ich, und meine Stimmung schlägt um. Auf diese Art und Weise gedemütigt zu werden ist ja fast noch schlimmer, als einen Tag vor der Hochzeit von seinem Verlobten auf der eigenen Couch betrogen zu werden!!! Zumindest bekommen diese Blamage hier wesentlich mehr Menschen mit, überlege ich mir, während die Fotografen nun wie verrückt auf die Auslöser drücken und mich ablichten, als gäbe es kein Morgen. Als das Murren und die Buhrufe im Zuschauerraum immer lauter werden, beschließt wohl auch die Regie, dass es keinen Sinn hat, auf ein fröhliches und quotenbringendes Happy End zu warten, und dreht Lionel mitten im Refrain den Saft ab. Jetzt stehe ich in einer riesigen Pfütze aus Glitterteilchen, allein und verloren im Scheinwerferlicht und sehe wahrscheinlich aus wie ein verschrecktes Bambi im Rocher-Goldkugel-Look.

Immerhin haben mit dem Aussetzen der Musik auch die Buhrufe aufgehört, und im ganzen Saal herrscht betretenes Schweigen. Alle schauen mich an und schämen sich fremd. Bis eine Stimme die Stille rüde unterbricht.

»Jetzt eröffne halt mal einer das Büfett. Der Alte kommt doch eh nicht mehr!«, schreit ein blonder Mann im schlecht sitzenden Anzug in der zweiten Reihe.

Ich denke im ersten Moment nur: Pocher, du Sau! Dann wird mir klar, dass er recht hat. Tom wird nicht mehr kommen. Tom ist wahrscheinlich längst zum Hinterausgang raus und hat sich wie ein flüchtiger Schwerverbrecher das erstbeste Taxi genommen.

Ich muss hier weg!, ist der nächste Gedanke, der mich durchzuckt, und wie aus einer Trance erwacht, raffe ich den Rock meines Kleides zusammen und renne in Richtung Bühnenrand. Als ich ihn fast erreicht habe, spüre ich zu meinem Entsetzen, wie ich mit meinen minimal zu großen Pumps von Jimmy Choo auf dem Glitzerzeugs ausrutsche, ins Schwanken komme und in hohem Bogen und mit einem lauten »WAAAAAAAAHHH!« von der Bühne fliege. Noch im Sturz wird mir das nun erst recht aufbrausende

Klick-Konzert des Blitzlichtgewitters bewusst, und ich habe kurzfristig das Gefühl, blind zu werden. Dann warte ich auf den großen Knall, bei dem ich mir wahrscheinlich gleich das Genick brechen werde.

Komischerweise empfinde ich beim Aufprall auf dem Boden keinen Schmerz. Erst nach einigen Orientierungssekunden bemerke ich, dass ich gar nicht auf dem Boden, sondern auf einem Zwei-Zentner-Security Mann gelandet bin. Der ächzt und stöhnt unter mir, woraufhin ich hektisch versuche von ihm herunterzuklettern. Was allerdings auch nicht so einfach ist, und als ich ihm bei meinem unbeholfenen Gestrampel auch noch das Knie in den Schritt ramme, verdreht der Gorilla im Anzug die Augen und wird ohnmächtig. Entsetzt schlage ich die Hände vor den Mund und vergesse mich festzuhalten, wodurch ich augenblicklich ins Rutschen gerate und nun doch fast ungebremst auf den Boden knalle. Da greifen vier starke Hände nach mir und ziehen mich auf die Füße.

Vorsichtig werde ich aufgerichtet und behutsam vom Geschehen weggeführt. Anscheinend habe ich zwischenzeitlich angefangen zu weinen, denn durch einen Tränenschleier hindurch erkenne ich Manuel und Alex, die mich in ihre Mitte nehmen und stützen. Vor uns ist Leonie, hinter uns Torben. Gemeinsam bilden sie einen Schutzwall, um mich vor den Fotografen und den neugierigen Schadenfrohen abzuschirmen, und wir bahnen uns einen Weg nach draußen.

»Habt ihr Tom gesehen?«, frage ich Leonie und kann selbst hören, dass ein letzter leiser Schimmer Hoffnung in meiner Stimme mitschwingt.

Als sie nur stumm und traurig den Kopf schüttelt und für unsere kleine Karawane weiter eine Gasse durch die Menge schafft, lasse ich ermattet die Schultern hängen und mich stumm und widerstandslos von meinen Freunden abführen.

Etliche Fotografen verfolgen uns unter dauerhaftem Blitzlichtgewitter, und auch draußen stehen zig Kamerateams, die natürlich alle voll auf das Ereignis des Abends draufhalten. Also auf die peinlichste und gedemütigtste Preisträgerin der Nacht.

Erst als unsere kleine Überlebenskarawane in eine der wartenden Limousinen einsteigen kann, als jemand die Türen hinter uns schließt und wir in die Stille eintauchen, trauen wir uns kurz aufzuatmen. Niemand möchte als Erster etwas sagen, das kann ich regelrecht spüren. Was sollte man auch in diesem Moment sagen? Für das, was eben passiert ist, gibt es keine Beschreibung. Ich habe gerade eine emotionale Atombombe gezündet und ganz Deutschland hat zugeschaut. Wahrscheinlich fragt sich jeder im Wagen, wie ich mich je von diesem Super-GAU erholen soll. Am allermeisten ich. Das war die wohl krasseste Abfuhr, die Deutschland jemals gesehen hat.

Stöhnend vergrabe ich den Kopf in den tausend Tüllschichten in meinem Schoß. Nichts mehr sehen und nichts mehr hören, das ist das Einzige, was ich mir in diesem Moment wünsche.

Beiläufig bekomme ich mit, wie Alex neben mir per Handy versucht, unsere Flüge auf die letzte Maschine nach München umzubuchen, und als ich höre, wie Leonie und Manuel sich beraten und zu dem Schluss kommen, dass sie »mich irgendwie erst mal eine Weile weg vom Geschehen bringen müssen«, hoffe ich, dass sie damit eine einsame Insel im Südpazifik ohne Internet, Zeitungen, Fernsehen und vor allem ohne Männer meinen! Denn ganz ehrlich: Was bleibt mir denn bitte anderes übrig, als auszuwandern?

Ich kann unmöglich hierbleiben. Nicht hier, wo ich das Klatschthema Nummer eins bin. Nicht hier, wo mein verkorkstes Liebesleben mittlerweile auch den letzten Lokaljournalisten aus seinem Loch gelockt haben dürfte. Nicht hier, wo ich an jeder Ecke an Tom denken muss. An Tom, der mir eben unmissverständlich klargemacht hat, dass ich für ihn gestorben bin. Ein für alle Mal.

Diese bittere Erkenntnis tut so weh, dass ich vor lauter Schmerz innerlich taub bin. Was – in Anbetracht der Umstände – vielleicht am besten ist.

Abaco

Shoppingbeutetagebuch:

Neue Bikinis: 3

Flipflops mit Funkelsteinen: 1

Sonnencremes für sämtliche Sonnenstadien und Körperregionen: 13 *(alle mit Anti-Aging-Wirkung)*

Leichte Strandkleider für tagsüber: 8

Leichte Strandkleider für abends: 7

Alles von Leonie geshoppt, während ich mich mit XL-Sonnenbrille und Betäubungs-Cava unter den Sonnenschirm an Manuels Pool verkrochen habe

Mit der Insel lag ich gar nicht so falsch, auch wenn sie weder einsam im Pazifik liegt noch männerfrei ist. Aber keine achtzehn Stunden nach meinem Jahrhundertdesaster beim Deutschen Fernsehpreis sitze ich zwischen Manuel und Leonie im Flieger nach Mallorca auf dem Weg in das Ferienhaus von Manuels Eltern. Ich habe vielleicht Pech mit Männern, aber was meine Freunde angeht, bin ich der größte Glückspilz auf Erden. Das sollte mich eigentlich glücklich machen, allerdings fällt es mir im Moment etwas schwer, Glück zu empfinden …

Glück wäre es gewesen, wieder mit Tom zusammen zu sein. Mich an seine Schulter anlehnen zu können, morgens neben ihm aufzuwachen und abends in dem Wissen einzuschlafen, dass es diesen einen Menschen auf der Welt gibt, der mich aufrichtig liebt. Beim Gedanken daran, wie schön alles hätte sein können, spüre ich, wie meine Unterlippe gefährlich anfängt zu beben. Schnell schaue ich aus dem Fenster auf das blau glitzernde Meer unter mir und versuche, Tom aus meinen Gedanken zu verbannen. Es gelingt mir nur mäßig. Okay, vielleicht auch gar nicht. Trotzdem gebe ich mich so tapfer wie nur möglich. Nicht gerade meine größte Stärke, um ehrlich zu sein.

Nach der Landung habe ich zum Weitergrübeln erst einmal keine Zeit mehr, denn wir müssen sofort erneut flüchten, und zwar vor einer Gruppe neugieriger deutscher Pauschaltouristen.

»Liesje, ei schau emal, des is doch die vom Färnsähpreis, oda net?«

Mehr brauchen Leonie, Manuel und ich gar nicht zu hören, schon sind wir alle drei im synchronen Stakkatoschritt zum nächsten Taxistand geflüchtet. Gerade als ich denke, dass Mallorca eventuell doch nicht das ideale Fluchtziel ist (Stichwort siebzehntes Bundesland), fährt der Wagen an Zitronen- und Orangenbäumen vorbei in eine wunderbar einsam (!) gelegene Finca, die sich hoch oben auf den Klippen mit traumhaftem Blick über das blaue Mittelmeer befindet. Hier gibt es keine Pauschaltouristen, dafür duftet es himmlisch nach Zitronen. Es ist so schön hier, dass ich mich gleich noch elender fühle, auch wenn das den anderen gegenüber ziemlich unfair ist. Denn Manuel und Leonie geben sich alle erdenkliche Mühe, um mich abzulenken.

Im Moment hilft ihnen beim Wie-lenken-wir-Anna-von-der-größten-Blamage-ihres-Lebens-ab-Programm vor allem ein großes Glas Cava auf Eis, das ich mithilfe eines Strohhalms verzehre, während ich mich unter einem überdimensionalen Sonnenschirm auf der Poolterrasse vor der fröhlich strahlenden Sonne verstecke. Vor mir glitzert das türkisfarbene Wasser im Natursteinpool, neben mir wuchern Massen von pinkfarbenen Bougainvilleen über die alten Gemäuer. Der Himmel ist so blau, dass die Farbe fast schon in den Augen schmerzt, und nach dem zweiten Cava auf Eis kann ich mir fast nicht mehr vorstellen, dass in einer Welt, in der so paradiesische Orte wie dieser existieren, etwas so Katastrophales wie gestern Abend wirklich passieren kann. Noch ein, zwei Gläser, und ich könnte mir fast einreden, dass das alles nur ein böser Traum war und die Wirklichkeit ganz anders aussieht. Zum Beispiel so, dass ich in Wahrheit hier gerade mit Tom Urlaub mache und er gleich um die Ecke kommen und mich küssen wird. Aber das ist wieder nur eine Fantasie und nicht die Realität, und deswegen beschließe ich, lieber auf ein weiteres Glas Cava zu verzichten.

»Wie geht es dir, *chica*?«, fragt mich Manuel vorsichtig und schiebt mir eine Platte mit Serranoschinken, Manchego und anderen köstlichen Tapas zu, die er vermutlich gerade aus der Küche geholt hat.

Da ich nicht richtig mitbekomme, was um mich herum geschieht, kann ich das nicht genau sagen. Vielleicht hat sie auch die wahnsinnig nette Haushälterin gebracht, die zur Finca gehört. Ich sollte mich vielleicht ein wenig zusammenreißen und versuchen, in die Realität zurückzukehren. Sieht nämlich ganz so aus, als ob ich meine Fantasien langsam abhaken könnte. Zumindest jene, in denen Tom vorkommt. Andere Fantasien habe ich derzeit nicht (denn kalorienfreie Pommes zählen nicht).

»Immerhin habe ich jetzt Gewissheit«, antworte ich mit leerer Stimme und beschließe, beim Anblick der spanischen

Köstlichkeiten vor mir doch noch ein Glas Cava zu trinken.

Appetit habe ich jedenfalls keinen (erstaunlicherweise nicht mal auf Pommes), und ich kann mir momentan auch nicht vorstellen, dass ich jemals wieder welchen haben werde. Den Tag sollte ich rot im Kalender anstreichen. Wenn das alles nur nicht so traurig wäre…

»Und einen Fernsehpreis«, fügt Manuel an, was ich mit einem sarkastischen Schnauber quittiere.

»Und wahrscheinlich die Schlagzeilen des Jahrhunderts«, ergänze ich die Liste.

»Hier oben gibt es keine Schlagzeilen. Nur Sonne und Cava!«, entgegnet Manuel, und dafür liebe ich ihn wirklich sehr. In dem Moment klingelt sein Handy.

»Ja, Anna ist bei uns. Sie hat sich zwei Wochen Urlaub genommen. Nein, sie gibt derzeit keine Interviews!! Nein, *ganz* sicher nicht!«, höre ich ihn sagen und kann mir lebhaft vorstellen, wer am anderen Ende ist. Fröhliche Vampirella-Grüße aus good old Germany!

»Nein, es ist uns egal, was für eine Quote das wäre. Anna ist zwei Wochen nicht zu sprechen und damit basta!«, herrscht Manuel nun sein iPhone an, und als das Gespräch daraufhin anscheinend rapide an Niveau verliert, legt er grußlos auf.

»Verena?«, frage ich nur matt.

»Das ist nicht dein Problem«, antwortet er bestimmt. »Torben ist noch in Deutschland und klärt das alles für dich. Mach dir keine Sorgen, *chica*!«, setzt Manuel noch nach.

Bevor ich darauf erwidern kann, dass die Redaktion gerade meine geringste Sorge darstellt, kommt Leonie zu uns an den Pool. Sie ist bewaffnet mit unzähligen Einkaufstüten und greift sich erst mal mein Glas Cava auf Eis und nimmt einen ordentlichen Schluck.

»Gott, ist das heiß da draußen!«, stöhnt sie und wendet sich mit einem geheimnisvollen Lächeln an mich. »Süße, ich habe soeben deine Urlaubsgarderobe entscheidend aufgestockt. Für die nächsten Tage dürftest du damit ausgestattet sein! Und sobald es dir besser geht, fahren wir nach Palma und shoppen noch ein bisschen zusammen. Du wirst es lieben hier!«, versichert sie mir.

Ich lächle meine beste Freundin an, und eine große Welle der Zuneigung überrollt mich. Es ist rührend, wie Leonie davon ausgeht, dass man mit Shoppen alle Probleme lösen oder zumindest lindern kann. Auch wenn ich die leise Vermutung hege, dass sie sich einfach nicht mehr anders zu helfen weiß, als mich mit Klamotten zu trösten. Was könnte sie sonst auch tun? Tom dazu zwingen, mich zu lieben? Schwierig! Wahrscheinlich würde ich es an ihrer Stelle auch eher mit der neuen Sommerkollektion versuchen.

»Torben und Alex landen heute gegen neun. Um zehn treffen wir uns mit ihnen im Abaco in der Altstadt von Palma, da steigt heute eine bezaubernde kleine Party im engen Kreis. Keine Ahnung, was genau gefeiert wird, aber Alex hat versichert, dass nur«, sie wirft mir einen vielsagenden Blick zu, »harmlose Gäste anwesend sein werden!«, trägt Leonie uns den Plan für den Abend vor.

Dass Torben und Manuel heute nachkommen wollen, hatte ich fast vergessen. In Krisenzeiten hält die Sippe eben zusammen, denke ich mir. Ich finde es wirklich lieb, wie alle mich ablenken wollen, aber das Letzte, wonach mir momentan der Sinn steht, ist eine Party, wie harmlos die Gäste auch sein mögen.

»Süße, das ist lieb, aber ich bin müde …«, entgegne ich.

»Dann husch, husch ab ins Bett. Heute Abend bist du ein neuer Mensch, du wirst sehen!«, fällt Manuel ein.

Zumindest der Teil mit dem Bett klingt gut, das muss ich

gestehen. Ganz ehrlich, ich würde gerade jede Chance nutzen, um mich irgendwo zu verkriechen, und die Möglichkeit, mich in ein dunkles Zimmer einzuschließen und die Augen zu schließen, erscheint mir sehr verlockend. Also lasse ich meine beiden Rettungsengel allein am Pool zurück und verziehe mich erst mal auf mein Zimmer.

Dort ist es herrlich ruhig. Die dicken Steinwände der Finca strahlen eine angenehme Kühle aus, und inmitten der ganzen antiken spanischen Holzmöbel fühle ich mich sicher und halbwegs geborgen. Sobald ich in dem traumhaften Himmelbett liege, umgeben von weißen Leinenvorhängen, bin ich dank meiner Erschöpfung und dem mittäglichen Cava-Konsum auch schon eingeschlafen.

Als ich vier Stunden später aufwache, fühle ich mich tatsächlich etwas besser. Jedenfalls so lange, bis mir wieder einfällt, warum ich in diesem wunderschönen Bett in einem Zimmer in einer fantastischen Finca liege. Unglücklicherweise immer noch allein. Und das wird auch nie wieder anders sein …

»You are my destiny. You are my one and only.«

Ob ich diese Songzeile jemals aus dem Kopf bekommen werde? Oder zumindest nicht fast vor Schmerz und Scham zerfließe, wenn ich an sie denke? Ich kann es mir kaum vorstellen.

Gerade als ich mich ernüchtert auf das Bett zurückfallen lassen will, streift mein Blick ein traumhaftes weißes Cocktailkleid, das an der Zimmertür hängt. Darunter stehen wunderschöne beigefarbene Pumps, und daneben liegt ein Zettel:

»Dein Outfit für heute Abend. Style dich in Ruhe, mach dich hübsch, wir warten am Pool auf dich.

Love, Leonie und Manuel«

Als ich die Botschaft lese, füllen sich meine Augen augenblicklich mit Tränen, so gerührt bin ich. Und gleichzeitig erstaunt. Es ist also doch noch etwas Tränenflüssigkeit übrig geblieben. Diese Tränen sind allerdings nicht nur Tom geschuldet. Meine Freunde geben sich wirklich so viel Mühe mit mir. Vielleicht stimmt der alte Satz ja: Männer kommen und gehen, wahre Freunde bleiben. Dafür sollte ich dankbar sein. Also beschließe ich, mich aufzuraffen und mich fertig zu machen. Nicht mir, sondern ihnen zuliebe.

Als ich eine halbe Stunde später frisch geduscht und geschminkt in den Spiegel blicke, gebe ich mir selbst ein Versprechen, nämlich wenigstens zu versuchen, mich heute zusammenzureißen. Anna Abendrot, die tapfere Kriegerin in beigefarbenen Pumps.

Beim Anblick von Leonies und Manuels erleichterten Gesichtern, als ich mich zu ihnen an den Pool geselle, wird mir eins klar: Ich bin froh, dass ich mich aufgerafft habe, und meine Freunde sind wohl noch glücklicher, dass ich nicht weiter wie eine Scheintote im Bett liege. Zusammen trinken wir noch ein Gläschen Cava, an dem ich zwar nur nippe, aber allein die Tatsache, dass ich mich aus dem Zimmer gewagt habe, macht die beiden schon glücklich. Daher werde ich auch versuchen, sie nicht zu enttäuschen!

Meine guten Vorsätze halten genau so lange, bis uns ein Taxi vor einem eindrucksvollen Herrenhaus in Palma absetzt. Als ich die Eingangshalle betrete, verschlägt es mir die Sprache. Ich war noch nie zuvor im Abaco, und so etwas habe ich auch noch nie in meinem Leben gesehen! Der Schein hunderter Kerzen taucht den opulenten Saal in ein sanftes Licht. Auf dem Boden sind kiloweise frische Früchte so drapiert, dass ich mir schlagartig vorkomme, als wäre ich in einem Zorrofilm gelandet. Vor einer königlich anmutenden Treppe entdecke ich ausladende Blumenarrangements, die größer sind als ich. Und zwar *mit* Highheels. Das ist der romantischste Ort, den ich jemals gesehen habe, und sofort habe ich nur noch einen Gedanken.

Wenn Tom jetzt hier wäre …

Ich muss schlucken und kann fühlen, wie meine Unterlippe erneut anfängt zu beben.

»Komm, Süße, wir schauen mal nach draußen«, schlägt Leonie nach einem Seitenblick auf mich schnell vor und hakt sich bei mir unter. Ich kann ihr ansehen, dass sie genau weiß, was in meinem Kopf gerade vor sich geht. Allerdings verstehe ich in dem Fall nicht wirklich, warum sie mich ausgerechnet heute mit zu *so einem* Ort nimmt. Ausgerechnet hier, im Mekka der Romantik, soll es mir besser gehen? Wohl kaum … Und schon wieder erwische ich mich dabei, wie ich traurig aufseufze. Leonie hört es anscheinend auch, denn als wir auf dem Weg nach draußen an einer Bar vorbeikommen, schnappt sie sich sofort zwei Gläser Champagner von einem Tablett, das ein adrett gekleideter Kellner herumreicht, und gibt mir eins davon. Die Betäubungsstrategie zieht nun mal immer. Zumindest wenn es nach Leonie und Manuel geht, der eben von hinten nachkommt und bereits frische Gläser in der Hand hat. Oh Mann!

Dann betreten wir einen Innenhof, dessen Anblick mich abermals fast von den Socken oder vielmehr aus den Pumps reißt, und zwar auch ohne Champagner. Ein großer, altmodischer Käfig mit Singvögeln, erneut hunderte weiße Kerzen, Palmen und ein romantischer – natürlich von Kerzen beleuchteter – Brunnen in der Mitte. Es ist so schön, dass man bei dem Anblick auch ohne Liebeskummer nur noch heulen könnte. Dazu singt eine begnadete Soulsängerin leise Liebeslieder. Ich überlege, ob ich einfach abhauen oder mich lieber gleich in dem Brunnen ertränken soll. Aber ich fürchte, weder das eine noch das andere würden Leonie und Manuel zulassen.

Überall stehen kleine Grüppchen von sommerlich elegant angezogenen Menschen, alle in leise Gespräche vertieft und mit Champagnergläsern ausgestattet. Trotzdem ist es nicht unangenehm voll. Entweder das ist eine Party im wirklich exklusiven Kreis, oder wir sind extrem früh dran. In trauriger Bewunderung lasse ich wieder und wieder den Blick schweifen und fühle mich ziemlich erschlagen von all dieser Perfektion.

»Es ist wirklich wunderschön hier«, sage ich, nur um mal etwas gesagt zu haben, das nicht nach Verzweiflung klingt.

Doch meine beiden Mitbewohner sind zu sehr abgelenkt, um mir zu antworten. Immer wieder schielen sie nervös in Richtung Eingang und stoßen sich gegenseitig an. Klar, schießt es mir durch den Kopf, die beiden warten auf ihre Partner! Beim Gedanken daran, dass Alex und Torben jeden Moment erscheinen werden, wird mir ganz schlecht. Ich mag die beiden sehr, und ich freue mich von Herzen über das Glück meiner Freunde, aber gleich der einzige Single in unserer Runde zu sein deprimiert mich so sehr, dass mir schon wieder die Tränen aufsteigen. Irgendwie verstehe ich auch nicht, warum sie mich nicht einfach in meinem Bett konnten schlafen lassen und mir hier stattdessen dieses Romantik-Hoch-zehn-Pärchenparadies vorführen müssen! Soll das eine Art Schocktherapie sein? Die hatte ich in Köln nun wirklich zur Genüge!

Langsam steigere ich mich in meine Wut hinein und werde richtig sauer auf meine Rettungsengel. Auch wenn es unfair sein mag, schließlich möchten sie mich nur ablenken, aber *diese* Ablenkung ist eher hinderlich denn förderlich. Als ich mich zu den beiden umdrehe, um es ihnen zu sagen, ist Manuel verschwunden. Leonie steht zwar immer noch neben mir, dribbelt aber so nervös von einem Highheel auf den anderen, dass ich sie gar nicht erst anspreche.

Sie würde es sowieso nicht mitbekommen. Offensichtlich kann sie es kaum erwarten, bis Torben endlich da ist. Na ja, ich kann ihre Nervosität durchaus nachvollziehen, aber sensibel ist etwas anderes. Just in dem Moment – als wäre das alles noch nicht genug – holt die Soulsängerin zum finalen Schlag aus und stimmt die ersten Zeilen von Lionel Richies »My Destiny« an.

»You came in …«

Schlagartig versteift sich mein Körper, und ich spüre, wie mir die Tränen endgültig in die Augen schießen. In Überschallgeschwindigkeit. Und dann kann ich einfach nicht mehr. Das ist alles zu viel.

»Ich muss hier weg«, presse ich nur noch zwischen den Zähnen hervor und renne los.

Leonie will mich zurückhalten, doch ich bin schneller. Tränenblind bahne ich mir einen Weg durch die champagnertrinkenden Menschen. Ob ich eine der hundert Kerzen umstoße oder nicht, ist mir in dem Moment total egal. Ich will nur noch weg!

»Anna!«

Mitten in meinem Wahn stocke ich und bleibe stehen. War das …? Das klang wie … Nein, ich werde sicher bloß langsam verrückt. Meine Fantasie verträgt sich nicht mit dem ganzen Kerzenschein. Schnell eile ich weiter …

»Anna!«

Wieder höre ich diese eine Stimme, die ich hier unmöglich hören kann. Die hier nicht erklingen kann, weil der Mann, zu dem sie gehört, nicht hier sein *kann*!

»*You are my destiny.*«

Schon wieder erschallt dieser verdammte Refrain, so schön und so furchtbar zugleich, und ich versuche mir immer panischer einen Weg nach draußen zu bahnen.

»Anna, jetzt bleib doch mal stehen!«

Schockiert erstarre ich. Die Stimme hat sich verdammt echt angehört. Und verdammt nah.

»Anna …«

Jemand, der direkt hinter mir steht, flüstert meinen Namen. Egal wie viel Fantasie ich besitze, das klang nicht mehr nach Fantasie. So klingt nur ein einziger Mensch auf der Welt.

Langsam drehe ich mich um und erkenne durch meinen Schleier aus Tränen … Tom! Er steht direkt vor mir. Ganz nah. Er schaut mich an, und auch in seinen Augen glitzern Tränen.

»Anna, ich …« Weiter kommt er nicht.

Er ist da! Tom ist da. Hier, in dieser traumhaften Bar auf Mallorca! Hier, an diesem Ort, an dem es für ihn nur einen einzigen Grund geben kann, da zu sein. Und dieser Grund bin ich. Es kann keinen anderen geben. Egal was war, egal was kommt, in diesem Moment ist er da. Und das reicht mir.

Ich falle ihm um den Hals, und als ob Tom nur darauf gewartet hätte, sucht er meine Lippen, sie verschmelzen mit seinen und dann …

Dann steht die Welt endlich tatsächlich still. Und das ist garantiert keine Fantasie. Es passiert wirklich. Es ist die Realität.

Pommes aus dem Blumentopf

Shoppingbeutetagebuch:

Sexy Ich-habe-meinen-Freund-zurück-und-werde-ihn-verführen-bis-ihm-schwarz-vor-Augen-wird-Unterwäsche: 3 Shoppingbags voll *(aber alle überflüssig, weil sowieso nie lange an)*

Mehr Zeit zum Shoppen hatte ich nicht, denn ich habe gerade Besseres zu tun. Glücklich sein zum Beispiel.

Ich sitze in einem traumhaften Café in der Innenstadt von Palma de Mallorca, umgeben von Palmen und Blumen. Vor mir ein Brunnen, auf dem sich weiße Tauben niedergelassen haben, die Sonne scheint, und der Mann, den ich liebe, hat mir eben Pommes im Blumentopf bestellt. So muss das Paradies aussehen. Zumindest mein persönliches.

Hinter mir liegen die sechsunddreißig schönsten Stunden meines Lebens. Nachdem wir uns im Abaco irgendwann voneinander gelöst haben, sind wir in die Finca gefahren, und Tom ist in mein Himmelbett eingezogen. Seitdem haben wir uns maximal ein einziges Mal für zwei Stunden am Stück losgelassen. Und das auch nur, weil ich mit Leonie zu einem kleinen Notfall-Shopping-Einsatz gedüst bin (dass ich auf Mallorca sexy Unterwäsche brauchen würde, also damit konnte nun wirklich niemand rechnen).

Dass Tom tatsächlich auf die Insel gekommen ist, konnte ich anfangs gar nicht glauben. Aber es hat sich herausgestellt, dass er, nachdem er mich nach meinem Auftritt auf der Preisverleihung nicht erreicht hatte (mein Handy habe ich nach dem Desaster im Coloneum natürlich umgehend ausgeschaltet), direkt Leonie angerufen hat. Nachdem er sie in »mühevoller Kleinarbeit«, wie er sich ausdrückte, überzeugt hatte, dass er doch kein Riesenarschloch ist, hat sie ihm tatsächlich verraten, wohin ich Hals über Kopf geflüchtet bin. Woraufhin er, ohne lange zu überlegen, die nächste Maschine gebucht hat und gemeinsam mit Alex und Torben nach Mallorca geflogen ist.

So viel zum Thema Riesenarschloch...

Die Jahrhundertabfuhr auf der Preisverleihung war in dem Sinne gar keine Jahrhundertabfuhr. Zumindest keine gewollte... Dass Tom mich auf dem roten Teppich wiedergesehen hatte, brachte ihn so durcheinander, dass er gar nicht erst auf der Preisverleihung war, sondern sich ohne Umwege in die nächste Bar chauffieren ließ, um sich dort einen hinter die Binde zu kippen. Also mache wohl doch nicht nur ich richtig blöde Sachen, aber das nur nebenbei. Jedenfalls verfolgte er meinen Auftritt und die Liebeserklärung im Fernsehen und fuhr sofort los, um zu mir zu kommen. Die große Geste hat insofern also tatsächlich Wirkung gezeigt. Nur war ich zu dem Zeitpunkt blöderweise schon auf der Flucht...

Alles hochdramatisch und filmreif, zumindest kann ich das jetzt, *nach* dem Happy End, so sehen.

Ein paar entscheidende Fragen habe ich mich allerdings noch nicht zu stellen getraut. Ich wollte die Magie der letzten Tage nicht gleich wieder zerstören... Doch wenn ich mir Tom, diesen wunderbaren Mann, so betrachte und beobachte, wie er an seinem frisch gepressten Orangensaft nippt und mir zuzwinkert, dann wird mir klar, dass es an der Zeit ist, auch die letzten unausgesprochenen Dinge zwischen uns endlich zu klären. Denn nur ein ehrliches Happy End ist ein richtiges Happy End. Wenn ich bloß nicht so eine Angst vor seinen Antworten hätte…

»Duhuuu…«, fange ich an und weiß nicht, wie ich weiterreden soll. Mir spuken so viele Fragen im Kopf herum, aber ich will sie nicht alle auf einmal stellen und gleich wieder alles kaputt machen. Und ob ich die Wahrheit mögen werde, ist noch eine ganz andere Sache.

»Was ist los, Prinzessin?«, fragt Tom und nimmt meine Hand.

Sofort schmelze ich dahin. Aber das bringt ja auch nichts. Okay, was soll's. Ich muss mich einfach trauen! Ganz tief hole ich Luft, dann lege ich los. Nachdem ich mich einmal dazu entschlossen habe, sprudeln die Fragen auch sofort aus mir heraus wie das Wasser aus dem Springbrunnen vor uns.

»Warum bist du im Krankenhaus eigentlich nicht ans Handy gegangen? Und warum hast du mich daraufhin komplett ignoriert? Mich vor deiner Tür stehen lassen? Warum hast du mit Vanessa, dieser Hexe, Händchen gehalten? Und warum – bitte – hast du mir nicht erzählt, dass du Nachrichtensprecher wirst? Warum? Warum? Warum???«, schieße ich los und fühle mich erleichtert, dass ich endlich alles ausgesprochen habe.

Tom wird ganz still, lässt meine Hand los und sagt erst mal nichts.

Oh Mist! Das waren aber auch wirklich viele Fragen auf einmal. Habe ich jetzt wieder alles versaut? Vorsichtig setze ich nach. »Ich bin dir ja nicht mehr böse oder so. Aber… es ist nur… WARUM???« Ich muss es einfach wissen.

»Na ja«, setzt Tom an. Jetzt ist es an ihm, tief Luft zu holen. »Also, das Einfachste zuerst. Ich habe mit Vanessa nicht Händchen gehalten. Sie hat meine Hand genau eine Sekunde lang in die ihre genommen, und in der haben die Fotografen natürlich prompt abgedrückt. Ich wusste nicht mal, dass sie als meine Begleitung auf den roten Teppich gehen würde, ich dachte, es gehe bloß um ein Interview«, erklärt er.

Sofort bin ich besänftigt, denn so was in der Art hatte ich ja bereits vermutet. Aber die schlimmen Sachen kommen alle noch.

»Was das nicht ans Telefon Gehen betrifft… Also, im Krankenhaus konnte ich einfach nicht ans Handy gehen, und mein Management hat mich komplett abgeschirmt. Als es mir besser ging, musste ich gleich zu einigen Besprechungen nach Hamburg fliegen«, führt Tom aus, und als er sieht, wie ich empört nach Luft schnappe, fährt er sofort fort. »Natürlich hätte ich dich anrufen können, und ich habe auch alle deine Nachrichten bekommen. Aber ehrlich gesagt… Ich war auch ganz schön durch den Wind. Erst hast du die Sendung moderiert, dann gab es gleich diese komischen Interviews, die Gerüchte über dich und Marco Tossi auf der Aftershowparty und… Keine Ahnung, irgendwie war mir das alles zu viel, Anna.«

»Du kennst doch die Zeitungen und weißt, was in der Branche alles geredet wird. Und du weißt, dass das meiste davon nichts als Mist ist!«, werfe ich traurig ein.

»Natürlich *weiß* ich das, aber ich bin auch nur ein Mensch. Und das alles in derart geballter Form hat mich nun mal überfordert. Kurz darauf kam das mit meinem Wechsel raus, du warst das neue *Flash!*-Gesicht, alles ging so schnell, war so öffentlich. Es war einfach… zu viel… Zu viel auf einmal«, versucht er weiter zu erklären und nimmt meine Hand.

Noch bin ich nicht zufrieden, weshalb ich meine Hand sanft zurückziehe. »Warum hast du mir das mit deinem neuen Job verschwiegen? Deiner Maskenbildnerin hast du davon erzählt, sogar die Vampirella wusste es. Alle haben es gewusst, nur ich nicht???«, frage ich ihn, und sofort steigen mir wieder die Tränen in die Augen.

»Anna«, Tom nimmt meinen Kopf vorsichtig zwischen seine Hände und küsst die verstohlene Träne weg, die meine Wange hinabläuft. »Ich wollte dich nicht verletzen. Ich wollte dich überraschen! Auch wenn das zugegebenermaßen eine ziemlich blöde Idee war«, flüstert er leise.

Schlagartig ziehe ich den Kopf zurück. »Überraschen???«, ich kann es nicht glauben. Wie meint er das denn?

Tom lächelt. »Wir beide waren so in die Vorbereitungen für die Fashion Week versunken, und wir haben so toll zusammengearbeitet! Das war der Wahnsinn! Ich wollte erst dieses Projekt mit dir gemeinsam beenden und dich abends nach der Show mit der Neuigkeit überraschen. Du wusstest als Einzige, was mir dieser Job wirklich bedeutet, und das wollte ich in Ruhe mit dir feiern, ohne Rummel, ohne Stress. Nachdem ich das größte Projekt meiner Laufbahn bei KNL erfolgreich abgeschlossen hätte. Es erfolgreich mit *dir* zusammen abgeschlossen hätte! Anna, hast du dich denn nie gefragt, warum Vanessa dich so schnell für mich hat einspringen lassen? Ich habe dich intern schon länger als meine Nachfolgerin vorgeschlagen! Die Gespräche im Haus sind schon gelaufen. Ich wollte das in Ruhe mit dir besprechen. *Nach* der Show. Vorher war alles nur ein Riesenchaos«, beendet er seine Erklärung und lächelt mich wieder an.

Ich bin erst einmal sprachlos. Überraschen? Nach dem Stress? Die Einzige, die wusste, was es ihm wirklich bedeutet, war ich? Und Tom hat mich als seine Nachfolgerin vorgeschlagen??? Das sind wirklich ganz schön viele News auf einmal. Ich weiß beim besten Willen nicht, was ich dazu sagen soll.

Ein Kellner im weißen Hemd rettet mich vorerst, indem er einen riesigen Blumentopf voller knuspriger Pommes und einen Teller mit lauter kleinen, dreieckigen Clubsandwiches vor uns abstellt. Glücklicherweise ist er genau in diesem Moment gekommen, denn ich weiß immer noch nicht, was ich erwidern soll.

»Ich habe dich so sehr vermisst, Anna«, flüstert Tom mir ins Ohr, küsst mich auf den Hals und lehnt sich nach vorn, um eine Pommes aus dem Blumentopf zu fischen und sie mir vor den Mund zu halten. »Erst mal genug gefragt, genug geantwortet? Wir haben noch alle Zeit der Welt, Anna. Du kannst mich noch so viel fragen, wie du willst, und ich werde dir in Zukunft immer eine Antwort geben. Wenn mir eines in den letzten Wochen klar geworden ist, dann dass ich dich liebe. Du bist die einzige Frau, die ich liebe. Du bist meine Prinzessin. Und das werde ich nie wieder vergessen, das verspreche ich dir.«

Das sagt er in einem sehr ernsthaften Ton, und seine grünen Augen werden ganz dunkel. Ich bin immer noch total verwirrt und kann nichts erwidern. Stattdessen, so unpassend das jetzt klingen mag, starre ich auf die Pommes, die er mir immer noch vor die Nase hält.

»Und jetzt? Magst du Pommes essen, meine Prinzessin? Die sollen ziemlich gut sein hier!«, sagt Tom, der meinen Blick bemerkt hat, und grinst mich an.

Ich schaue ihn an, diesen Mann, der mein Herz zum Klopfen bringt, der die schönsten Augen der Welt hat und der mir Pommes aus dem Blumentopf serviert. Plötzlich muss ich lächeln. Ich schaue ihm in die Augen, eine Sekunde, zwei Sekunden, drei Sekunden lang, dann nicke ich und sage: »Ja, genug gefragt, genug geantwortet. Lass uns Pommes essen.«

Und dann … ja, dann esse ich Pommes aus einem Blumentopf mit dem Mann meines Lebens und habe nur noch einen Gedanken:

Gott. Sei. Dank. Passiert so was immer nur mir!!!

Glossar

Anmod: Abkürzung für Anmoderation, also ein zwei kurze Sätze, in denen ein Moderator die nächste MAZ ankündigt. Damit soll er den Zuschauer so richtig neugierig machen auf so fabelhafte Themen wie »Die neuesten Bauch-weg-Höschen im ultimativen Extrem-Wasserrutschen-Test«. Nicht immer eine leichte Aufgabe.

Audience Flow: Anzahl der Zuschauer, die nach einer Sendung von der darauf folgenden übernommen werden können. Sind es nicht so viele, sollte man in der Redaktionskonferenz rechtzeitig in Deckung gehen, vor allem wenn man für den ersten Beitrag der Sendung (= Aufmacher) verantwortlich war.

CvD: Chef vom Dienst, also derjenige, der den Redakteuren sagt, was sie drehen sollen, nur um hinterher alles auseinanderzunehmen.

Daily Format: Sendung, die daily (also täglich und nicht nur einmal die Woche) läuft und somit jeden Tag mit unzähligen Minuten brandaktueller News, hochkarätiger Reportagen und anderem Trash gefüllt werden muss.

Fundus: Raum, gefüllt mit unzähligen Klamotten, die mildtätige Designer in meist absolut unpassenden Größen zur Verfügung gestellt haben.

Inear: Kleiner Kopfhörer im Ohr, der während einer Livesendung die Kommunikation zwischen den einzelnen Verantwortlichen und dem Moderator ermöglicht. Wenn man Glück hat auch ohne Vampirella-Gekreische.

MAZ: Magnetaufzeichnung. So nennen Fernsehmenschen Fernsehbeiträge – weils kürzer ist und Harald Schmidt es auch so macht.

MSV: Männerschlussverkauf, Leonies Bezeichnung für Speed Dating.

Storytelling: Dramaturgie und Aufbau einer Sendung, kurz: die Kunst des Erzählens. Oft beherrscht und noch öfter nicht.

Primetime: Beginnt meist um 20.15 Uhr, alles unmittelbar davor ist Accesstime und wiederum davor Daytime, nach der Primetime kommt übrigens die Late Primetime (Könnte man auch alles einfach auf Deutsch sagen, aber das würde bei weitem nicht so cool klingen).

Tubby Tollpatsch: Ungeschickter Mensch, der von einem Fettnäpfchen ins nächste stolpert (einer von Leonies Kosenamen für Anna).

Zielgruppe 14 bis 49: Umfasst angeblich die werberelevanten Zuschauer, zumindest hat dies das findige RTL-Urgestein Helmut Thoma mal behauptet, und alle haben es geglaubt.

Danksagung

Ich danke …

Zuallererst meinem Agenten Michael Gaeb, ohne den es diesen Roman so niemals gegeben hätte. Danke, dass du mich gefunden hast!

Meiner fabelhaften Lektorin Eléonore Delair. Mit niemandem sonst lässt es sich so wunderbar in Annas Welt eintauchen. Danke für deine Begeisterung und dein Engagement!

Allen Boulevardredaktionen Deutschlands (in denen glücklicherweise weitaus weniger Vampirellas rumlaufen, als man gemeinhin annimmt.)

Allen Leonies, Manuels, Toms und Annas, die ich kenne (und die genau wissen, wen ich damit meine …)

Meinem Lieblingsprogrammmanager und wichtigen Ratgeber in allen Fach- und sonstigen Fragen.

Meiner Familie, meinen Freunden/innen und allen Menschen, die meine Kreativitätsanfälle und Autorinnenlaunen so gelassen über sich ergehen lassen.

Danke!